教育部人文社会科学重大课题
"文化全球化与90年代文艺转型"结项成果

► 总主编⊙王一川

现代文艺与文化转型丛书
XIANDAIWENYI YU
WENHUAZHUANXING CONGSHU

回心与转意
——新时期
中国美学的复苏（1978-1985）

XIN SHIQI
ZHONGGUO MEIXUE DE FUSU

► 罗　成/著

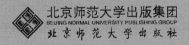

北京师范大学出版集团
BEIJING NORMAL UNIVERSITY PUBLISHING GROUP
北京师范大学出版社

理解和阐释中国现代文艺状况，其视野自然包括处在现代转型语境中的中国现代文艺的诸种状况。丛书由七部著作组成：《现代文学中的汉语形象》《文艺转型论》《玫瑰门中的中国女人——铁凝与当代女性作家的性别认同》《日常沉迷与诗性超越——贾平凹意象写实艺术》《旅行的现代性——晚清小说旅行叙事研究》《回心与转意——新时期中国美学的复苏（1978—1985）》《当代中国大众文化的本土化范本——论冯小刚贺岁电影的品牌化建构》。这些著作之所以能合到这套丛书中，不是由于它们服从于预定的系统构思或统一题旨，而是由于它们都能从各自的不同角度去探究处于现代文化转型中的中国现代文艺（主要是现代文学）状况。因此，这七部著作是各自独立而又相互倚重的系列成果。诚然各自所见不尽相同，具体的关注焦点和评价也各异，但毕竟都或多或少地为我们呈现出中国现代文艺中的变化与转型景观。下面不妨就它们各自的内容和特点做简要介绍。

《现代文学中的汉语形象》从中国文化现代性视角出发，用宏观的文化研究与微观的审美分析相结合的方法去考察现代文学中的汉语形象，再从汉语形象的变化透视中国现代文学的转型。这是我主持的教育部人文社会科学重点研究基地重大项目"现代文学中的汉语形象"的结项成果，合作的同人如下：张法、张荣翼、季广茂、郜元宝、杨联芬、周志强、江正云、李松、程惠哲。在来自中国人民大学、复旦大学、武汉大学、南开大学、中国艺术研究院和北京师范大学等单位的学者的通力合作下，我们的这部合著重点分析了中国现代女权叙述中的汉语形象、现代作家的语言观念与文体演变、革命文论与知识分子形象、都市通俗文学中的汉语形象、文人文学中的汉语形象、历史文学中的汉语形象、先锋文学中的汉语形象等问题，希望从汉语形象这个特定层面为把握中国现代文学与文化转型提供一些新的观察点和被遗忘的风景。

《文艺转型论》来自我个人从全球化视角对近十多年来中国小说、电影、电视、网络文学、诗学等相关现象所做的分析，希望由此描述当前中国文艺转型轨迹，同时也对它的历史渊源有所回溯。这是我主持的教育部"跨世纪优秀人才计划"项目及人文社会科学重大课题"文化全球化与90年代文艺转型"的结项成果。全书涉及全球化境遇中的文艺、全球化时代的文艺转型、全球化语境中的文学文本、全球性语境中的诗学、中国全球化理论溯源等问题。

在当代作家中，铁凝以对中国女性的入木三分的独特解剖及自我解剖独树一帜。对此，刘莉的《玫瑰门中的中国女人》运用女性主义性别视角，结合心理学的认同研究，从与主体和权力相缠绕的性别认同入手做了细致而合理的分析。刘莉的一个值得重视的独有发现，便是从铁凝的性别书写中找到了中国当代女性遭遇的"性别认同延长期"，这个独创的概念特别有助于我们理解和反思中国当代女性生存中的独特的社会困窘。她认为当代女作家的性别认同有中国自己的特点，铁凝对女性身份认同的贡献集中表现在对父权制文化和女性文化的清晰审视与批判上，这些对于理解铁凝和中国当代女性生存状况都是重要的。还要提到的是，这部书稿本应在 2003 年就完成了，但刘莉又以六年时间尽力作了修改和扩充，甚至在美国布法罗大学访学的间隙也不放松，从而使它以更加厚实的风貌面世。

　　贾平凹是近三十年文坛里不断发生重要影响但同时又伴随争议的作家，对他的小说特色和成就的阐释及评价历来不一致。《日常沉迷与诗性超越》的著者黄世权说过，他对这位屡陷争议漩涡的大作家既不特别欣赏也不特别反感，既不想简单肯定也不想简单否定，而兴趣只在对这种小说写作的美学特征和贡献本身作理性思考。我想这一态度对学术研究是必要的和重要的，正是如此，黄世权得以顺利跨越争议而深入贾平凹独创的意象写实艺术中，由此他写出这一部以冷峻解剖和纵深阐释见长的小说美学分析著作。黄世权发现，贾平凹的小说写作经历了从现代现实主义叙事模式回归中国古典日常现实主义的转型，一方面贾平凹大胆继承鲁迅、沈从文和汪曾祺等的现代抒情意象传统，另一方面又过滤掉这种传统中的清新诗意方面，而在平淡自然的日常生活中营造诗性境界。此书的一个独特见地在于，把贾平凹的这种对中国现代两大传统的创作模式的汇合放在更深广的现代文学转型视域中去评价，使其在中国现当代文学发展中的独特意义凸露出来。著者同时还冷峻地指出，由于写实和意象的内在矛盾，以及作家本人艺术观念的种种偏差，这种模式并没有成就现代文学的民族经典。这种观点当然只属一家之言，这或许会引发包括作家本人在内的学界同人的反驳，但未必没合理处，至少这种争鸣本身对进一步认知中国现代小说美学新传统富有意义。如果作家能从这样的辩证见解中有所自觉和反思，并展开新的美学探险，这也许正是中国当代文学的幸事。

　　如果把中国古代文学史的最后一页和中国现代文学史的第一页，都归结到旅行叙事（或跨国旅行叙事）上，那么也许这会被视为故作惊人语。但这样的文学史料证据实在不难找到。王韬的《漫游随录》和《后聊斋志异》，黄遵宪的《人境庐诗草》、梁启超的《夏威夷游记》和《新中国未来记》，李伯元的《文明小史》和苏曼殊的《断鸿零雁记》等，无不在旅行叙事上大做文章。原因不难见出：正是作家们在一次次"开眼看世界"的新奇旅行中获得了令他们震惊的"现代性体验"，如此才会激发起不可遏止的旅行叙事欲望。这一段文学史陈迹虽然重要，但过去被特殊关注的并不多，而向来喜欢旅行的唐宏峰慧眼发现了这个选题，就紧紧抓住不放，从北京写到多伦多，又从多伦多写回北京，直到最后写出《旅行的现代性》一书。这本书集中考察晚清小说中的旅行叙事问题，在对旅行叙事概念本身首次做梳理和界定的基础上，处处依托具体的个案分析，重点探讨旅行叙事对晚清社会空间的表征和构型、新式交通工具与旅行叙事、晚清特有的体验类型——怪熟（uncanny）、旅行的现代主体意义、旅行叙事所形成的特殊小说文体等问题，所有这些问题都在力图回答现代中国人的主体性问题，这一现代主体同时作为共同体的人与具有内在深度的人而存在。她在这些问题领域提出了独到而合理的见解，发前人所未发之见，赏前人所未赏之景，特别是对"怪熟的遭遇"及其背后内涵的分析，描摹出文化转型期中国现代文学的一种独有景致，这称得上全书的最大亮点，相信可以引起有识之士的进一步探讨兴味。

我个人相信，20 世纪 80 年代是中国现代文艺的特别重要的转型时段，也正是在这个时段中，中国现代文学创作、文论和美学都经历了一场深刻的变化。至于那场变化究竟怎样，多年来我辈与前辈一样都知之甚少，这同我们是那场转型过程中的发热或发烧的亲历者，多少有些关系。好在 20 多年过去，我们现在、特别是我们的晚辈有可能沉下心来，以旁观者的姿态从中寻觅一些曾被忽略或掩盖的东西。罗成的《回心与转意》正是这样一部静心回看美学转型场景的及时的书。它从思想史视野出发，选取美学家朱光潜与李泽厚这两位当时风云人物的思想文本，细细观察 1978—1985 年间中国美学的复苏面貌，在一个反思与批判的平台上揭示新时期初期"美学热"之下中国文化主体性的发生与流变的成因、价值及意义。此书的独到处在于，持守"外缘影响"与"内在理路"结合的双重思路去分析，把握住中国现代美学思潮中的三大线索，即去人性化、去主观化、去传统化，揭示了美学研究从求真模式转向求诚模式、进而实现"回心转意"的历程。"回心转意"恐怕是罗成自己有心得，而我也认为这是理解中国现代美学转型相当关键的独到发现之一。著者还别出心裁地认为，中国美学复苏的根本问题不是通常认为的对人性生活的向往，而是对美好生活与健全社会的追求，从而美学追寻的不仅仅是"美"而更是"美好"。我以为这些见解都有助于我们重新回眸美学转型中的如烟往事，从中拾取一些飘逝而又不该遗忘的东西。

起初曾追随王朔试水中国影视界的冯小刚，从 1997 年《甲方乙方》以来早已成为中国影坛的一员主将。他以独创的冯氏贺岁片系列十多年来一直雄霸中国内地票房，并以《集结号》为中国电影的主旋律片，以艺术片和商业片之间的类型互渗带来突破性贡献，从而成为中国电影界具有巨大影响力的风云人物。张俊苹的《冯小刚贺岁电影品牌建构研究》从冯小刚贺岁电影的生产与营销状况入手，考察其品牌化建构和发展过程，由此揭示冯式贺岁电影实践所负载的本土化文化意味和产业运作模式，对这一现象背后中国电影产业化的转型和中国大众文化兴起的历史语境做了阐发。我个人以为，此书的主要看点在于，对冯小刚贺岁电影的艺术个性及其品牌化的美学做了探索，指出冯小刚在突破传统喜剧类型后开拓出一种"新都市喜剧"美学风格。作者还指出，冯小刚从反精英的王朔主义转向祛魅化的大众文化认同，但难舍艺术情愫又不断尝试突破商业创作的类型化局限，这种旨在以牺牲精神探索为代价而"脱困"的大众文化认同情结贯穿于冯小刚贺岁电影品牌建构过程中。此书的结论是，冯氏贺岁电影以本土文化为内核，以产业为依托，构建成具有市场号召力的品牌，是加入WTO后中国电影发展的一条可借鉴道路，同时也成为负载当代中国大众文化本土化特征的一种范本。我相信，这一研究有力地加入冯小刚及中国当代电影发展的争鸣之中，有助于进一步深化对中国当代电影本土风格的认知。

本丛书为教育部跨世纪优秀人才计划暨人文社会科学研究重大项目"文化全球化与90年代文艺转型"的结项成果之一，同时还受到北京师范大学985科研项目和长江学者科研基金项目资助，特此向教育部社科司和人事司领导、北京师范大学校领导和文学院领导致谢。除此以外，我还要特别感谢我的老师童庆炳先生，他在上述项目的申报、实施和结项过程中都自始至终地给予了重点关怀和热情指点，令我铭记在心。

我还要感谢北京师范大学出版社高等教育分社人文编辑室各级领导、策划编辑赵月华女士及相关人士的支持和协作，使丛书得以顺利出版。

最后，特别感谢本丛书书稿的每位合作同伴，正是他们的倾心付出和真诚友谊，才合力呵护出这株难免稚嫩的幼苗。

2010 年 3 月 3 日
记于北京林萃西里

目　录

引　言

　　新时期初期的"美学热"是当代中国不可忽视的思想史事件，它造就了历经波澜之后中国美学的复苏。如果说朱光潜与宗白华是现代中国"美学的双峰"[①]，那么无论从影响力还是从著述量来看，朱光潜与李泽厚都称得上是当代中国"美学的双峰"。从1978年至1985年，以这两位美学家为首引导了"美学热"的新一轮高潮，促成了中国美学乃至中国文化主体性的复苏。他们或爬梳考证，或自创新见，为中国美学乃至中国思想重启了诸多重大问题，因而也直接开启了1985年之后接踵而来的"文化热"。本书尝试以朱光潜和李泽厚在新时期初期的思想演进为主要对象，同时适当辐射同时代其他美学家（如宗白华、高尔泰等）相关的美学思想，希冀在一个反思与批判的识度之中，经由美学复苏的视角，去重审新时代中国文化主体性的起源与流变的成因、脉象、价值与意义。

一、在思想史视野中返回新时期美学

　　毫无疑问，新时期初期中国美学的发展历程有着特别值得关注的意义。正如李泽厚曾指出的："美学热是很好的博士论文题目，中国为什么有美学热，是值得研究、讨论的。"[②] 但本书面对这一对象所要解决的首要问题，是"如何进入新时期美学的研究"，而解答这一"如何"的问题，又必然涉及更为根本的"为什么要进入新时期美学的研究"的问题。前者是一个方法论的问题，后者是一个价值论的问题。方法论的更新必须奠基于价值论的重新考量。为什么要研究新时期美学？其实这一问题又指向了更深层的内在学理思辨：新时期的学术思想解放为什么是以美学开始的呢？在那个年代，美学究竟承担了什么样的历史功能与思想责任？这些问题都在逼视着研究者们能够提供出更为有力的解答。

　　其实，对于新时期美学的探讨，已经相当丰富，今天再来做一番研究无疑是一种重新阐释，那么，这种重新阐释是否有必要？它的意义何在呢？在这里，詹姆逊（Fredric Jameson）所提倡的"永远历史化"的准则

[①]　叶朗主编：《美学的双峰：朱光潜宗白华与中国现代美学》，合肥，安徽教育出版社，1999。

[②]　李泽厚：《浮生论学：李泽厚、陈明2001年对谈录》，68页，北京，华夏出版社，2002。

对于我们的研究来说，有着至关重要的意义。正如他所说："我们对过去的阅读主要取决于我们对目前的经验"，这里的关键在于，"在这样一个浸透着各种信息和'审美'体验的社会里，老式哲学美学的那些问题本身就需要从根本上历史化，而且可以预见，它们将在历史化的过程中变得面目全非"①。本书认为，立足于思想史视野，破除成见，激活历史，为未来中国美学的前行进行思想史的清理，这些有着极为重要的意义。因此，重启对新时期中国美学的研究是有着充分必要性的。这里所说的思想史视野，体现为对三个层面的关注。

其一，历史层面的重要性。新时期初期是现代中国历史进程中少有的几个关键转折时期。自 1840 年"三千年未有之大变局"以来的重要时期，1949 年"中国人民从此站起来了"，而 1978 年开启的新时期则如邓小平所说："目前这个时期是我们党和我们国家的历史上的一个重大转折时期。""实现四个现代化的伟大前景激动着、鼓舞着、引导着我们全党、全军和全国各族人民。"② 新时期初期，是中国社会重启现代化进程的开端。走出20 世纪 70 年代的历史，重新寻找到一条既适应世界主流发展趋势，同时又不丧失民族国家自我主体性、文化传统特征的道路，就成为贯穿整个新时期思想理论任务的当务之急。重大的历史感促使人们对位居这一时期思想中心地位的美学热潮及其内在问题进行深入探讨：一方面，新时期初的中国美学是接承 20 世纪 50 年代美学大讨论和 1949 年以前的现代美学传统而启航的；另一方面，新时期初期中国美学的兴盛又直接关系到 1978 年以后中国人文社会科学的全面复苏，后来的"文化热""国学热"，都与之有着不可忽视的关联。因此，新时期初的中国美学就有了继往开来的历史意义。

其二，思想层面的复杂性。新时期初期的思想风貌有着波谲云诡的复杂面相。思想解放的历程并非"吹面不寒杨柳风"，而是"料峭春风吹酒醒"③。在 1976 年粉碎"四人帮"的喧天锣鼓过后，"第三次思想解放运动"④ 进展得并不那么一帆风顺。就学术思想而言，一方面，有着保守思

① ［美］弗雷德里克·詹姆逊：《政治无意识》，王逢振、陈永国译，5 页，北京，中国社会科学出版社，1999。

② 邓小平：《坚持四项基本原则》，见《邓小平文选》，第 2 卷，183 页，北京，人民出版社，1983。

③ 20 世纪 70 年代以后，广为传唱的一首歌曲《祝酒歌》："美酒飘香啊歌声飞。朋友啊！请你干一杯！请你干一杯！胜利的十月永难忘，杯中洒满幸福泪。来来来！十月里，响春雷，八亿神州举金杯，舒心的酒啊浓又美，千杯万盏也不醉。"歌曲表现了 20 世纪 70 年代结束给民众带来的解脱感，"酒"作为一个典型象征，一方面是心情愉快的体验，另一方面也潜藏着将历史进行无意识压抑、淡忘的可能。

④ 周扬：《三次伟大的思想解放运动——在中国社会科学院召开的纪念五四运动六十周年学术讨论会上的报告》，载《人民日报》，1979-05-07。

想与改革思想的角力，这是在以往思想史研究中受到普遍关注的；但另一方面，更有改革思想自身拿捏、考虑中的节制、审慎，而这却是以往思想史研究所少有论及的。如果说，保守与改革之间的论辩是"料峭春风"的话，那么改革思想内部慎重、复杂的思考则是一种显得有点孤独的清醒，区别于陶醉在改革时代的酒香之中的大众，这是一种自觉的理性反思。新时期初期中国美学所呈现出的诸多争论、辩驳，乃至具体到某一思想家自身话语所呈现出的"二律背反"现象，也都只有置身于这一整体思想状况的复杂悖境之中才能获得有效阐释。

其三，意义层面的现实性。认识到历史的重要、思想的复杂之后，如果仅仅停留于历史的思想之中，研究所完成的或许只能是一种封闭式的知识考据。这样的工作，已经有了大量的研究成果。或者可以说，关于新时期的美学发展"史实"，已经被人们耕耘、整理过许多了，再来整理本书，有什么必要呢？关键问题就在于此。纵览新时期美学的研究，人们多半仍停留在考据事实、整理旧说的层面，尽管"史"已经出现不少，但是"史"并没有进入与当下中国美学乃至思想状况的对话之中，没有成为激活人们对当下文化状况来龙去脉重新理解的活力所在。简短而言，亦即"史"仅仅是历史考据，与当下的现实思考丧失了联系。因此，我们重新进入新时期美学的梳理与研究，就应怀有一种更高层次的自我期待，即在梳理新时期美学理论的同时，揭示出它对现实焦虑的关怀回应。并且，这里所说的现实焦虑还不应局限于 1978 年至 1985 年间的社会现实，而要涵盖自 20 世纪以来直至当下社会存在的一些普遍性问题，有关社会中根本性困境的思考与解决，如对差异性与共通性、分裂感与团结感、现代化与传统性等具有张力的因素之间的辩证审思。只有当我们从历史感中提炼出美学的现实意义来的时候，历史才成为我们的历史，历史才能与现实融通起来，对过去那段美学史的回顾也才能真正成为我们型塑自身文化认同、应对思想现状的根基。

在历史、思想、意义三个层次的思想史视野的递进中，新时期中国美学呈现出一种少有的纵深感：它既处于历史的一端，又牵扯着现实的脉搏。新时期的中国美学并不是思想的化石，而是已经融入了人们当下的思维、话语与行动，它呼唤着人们重新找到一种合适的方式进入它的美学问题中去，因为它的焦虑也就是我们的焦虑。

在回答了"为什么研究"之后，本书需要解答"如何研究"的提问。价值论的确认还需要方法论的证明，在提出本书的方法论之前，不妨先来考察一下前辈学者做出过哪些工作，塑造过怎样的当代中国美学的形象。然后，本书才能展开自己的探询，做出自己的回应，与之开展有效的对话。

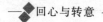

二、新时期中国美学学术史研究综述

本书关注新时期初期即 1978 年至 1985 年间的中国美学复苏，这里集中梳理新时期以来美学学术史的研究概况。有关新时期中国美学的学术史研究，大致可以分为中国大陆地区研究和中国港台地区及海外中国的研究两大块。

1. 中国大陆地区的研究概况

其实，早在新时期初期"美学热"进行时，就有学者开始着手中国当代美学乃至新时期美学的整理与研究工作了。1979 年第 5 期的《复旦学报》刊载了蒋孔阳撰写的《建国以来我国关于美学问题的讨论》①，文章高屋建瓴，简单回顾了新中国成立以前的现代美学发展历程，然后全面梳理了新中国成立以来尤其是 1956 年以来美学大讨论的详细情况。文章以"美的本质"问题讨论为核心，将 1956 年以来的美学大讨论划分为四个主要学术派别：第一派主张美是主观的，以吕荧和高尔泰②为代表；第二派主张美是客观的，以蔡仪为代表；第三派主张美是主观与客观的统一，以朱光潜为代表；第四派主张美是客观性与社会性的统一，以李泽厚为代表。这篇文章的学术价值在于，它对"文化大革命"前的中国美学概况作了较为细致与全面的评析。在新时期美学复苏伊始，做这样一个工作有着鲜明的学术史意义，同时也为美学学科自主意识的恢复乃至美学家自我认同的重构提供了一种历史的理据③。继之，1982 年 1 月由北京大学出版社出版的《美学向导》一书，收录了朱光潜、宗白华、王朝闻、蔡仪、李泽厚等几位美学家的自述，他们分别以不长的篇幅叙述了自己在美学道路上一路走来的经历。同书还收录了浮石的《现代中国的美学研究》与张中秋的《我国当代美学讨论综述》两篇文章，它们分别评述了新中国成立前和新中国成立后的中国美学研究概况。值得注意的是，张中秋的文章将新中国成立后的美学研究划分为两个阶段：第一阶段是 1956 年到 1965 年，第

---

① 蒋孔阳：《建国以来我国关于美学问题的讨论》，载《复旦学报》，1979（5）。此文后被转载于李泽厚主编：《美学》，第 2 期，上海，上海文艺出版社，1980。

② 文中所用名字为"高尔太"，高尔泰有时发表文章自己也用"高尔太"，但著书都使用"高尔泰"，本书统一使用"高尔泰"。

③ 蒋孔阳此文刊发后曾寄予朱光潜，朱光潜回信："急拆读《建国以来我国关于美学问题的讨论》大文，感到欣喜，一则喜故人无恙，二则喜故人仍坚持美学研究，态度认真，对当时论争中各派所持的要点作了简赅明了的概述，持论之极公允。这是多年来没有见到的一篇好文章，我年老健忘，对当时争论的情况已很模糊，有两个出版机构约我出一本过去的美学论文集，正愁不易下手，原来保存的有关资料已久被没收，大文为我提供了搜寻资料的线索，也替编辑者提供了很好的准绳，所以无任铭感。"朱光潜：《朱光潜教授给蒋孔阳副教授的信》，载《复旦学报》，1980(1)。可见文章的发表既激活了美学家的历史记忆，也为学术史的资料梳理与保存起到了积极作用。

二阶段是 1976 年 10 月粉碎 "四人帮" 到 1981 年①。如果说，蒋孔阳论文的意义在于明确了学术史上学术观点区分的话，那么张中秋的文章则首先自觉意识到了当代美学研究本身的历史时段问题。

　　除开综述性的文章，就是美学资料的搜集与整理。为了引导 "美学热" 的顺利展开，《美学向导》特意编撰了四个要目，分别为：《我国现代美学论文要目》（浮石辑）、《我国当代美学论文要目》（陈文良辑）、《美学译文要目（1949—1981.6）》（郭兰芳辑）、《美学专著、译著要目（1919—1981）》（陈文良辑）。这几个要目为中国当代美学史的研究奠定了一个良好的学术基础，同时也建构起了一种学科史的意识。美学资料的汇编工作由此延绵不断地展开。其中代表性的有，由四川省社会科学院文学研究所主持，从 1984 年到 1988 年出齐了四卷本的《中国当代美学论文选》，辑录了 1953 年到 20 世纪 80 年代中期的重要美学论文。

　　随着资料搜集与整理工作的进行，初步的学术史研究也渐次开启。这一最初阶段的美学学术史研究基本上是按照对美学家进行思想述评的方式来进行的。如《翻新自有后来人——谈李泽厚》（忍言，《读书》1981 年第 1 期）、《"历史之谜" 的探求与 "结构方程" 的预言——李泽厚同志美学思想述评》（丛英奇，《齐齐哈尔大学学报》1982 年第 3 期）、《朱光潜美学思想述评》（李丕显）、《历史 "积淀" 是美学的重要课题——试谈李泽厚的美学思想》（梅宝树）②、《从〈谈美〉到〈谈美书简〉——试论朱光潜美学思想的变与不变》（郭因，《江淮论坛》1982 年第 1 期）、《朱光潜先生美论中的实践观略评》（胡义成，《求索》1984 年第 2 期）、《朱光潜晚近美学思想评述》（邹士方、王德胜，《文艺研究》1986 年第 3 期）、《宗白华传略》（邹士方，《晋阳学刊》1984 年第 6 期）、《王朝闻艺术论初探》（陈宏在，《文艺研究》1982 年第 6 期）、《王朝闻美学思想初探》（里郎，《艺术研究》1985 年第 4 期）、《王朝闻美学理论的系统透视》（刘再复、林兴宅，《文艺研究》1986 年第 2 期）、《再谈李泽厚的美学思想》（梅宝树，《文艺研究》1986 年第 3 期）、《蔡仪美学思想的新发展》（涂途，《文艺研究》1986 年第 3 期）、《论蔡仪的美学思想》（郗吉堂，《河北学刊》1986 年第 3 期）、《略论蔡仪的艺术思想》（王宏建，《美术研究》1986 年第 2 期）等。1987 年，辽宁人民出版社出版七卷本《当代中国美学思想研究丛书》③，这是对已然逝去的一个美学时代做出的第一次全面总结，同时也标志着由老一辈

---

　　①　张中秋：《我国当代美学讨论综述》，见文艺美学丛书编委会主编：《美学向导》，198 页，北京，北京大学出版社，1982。
　　②　两文均见李泽厚主编：《美学》，第 4 期，上海，上海文艺出版社，1982。
　　③　这套丛书共包括七本：《朱光潜美学思想研究》（阎国忠）、《宗白华美学思想研究》（林同华）、《王朝闻美学思想研究》（张本楠）、《蔡仪美学思想研究》（李兴武）、《李泽厚美学思想研究》（王生平）、《蒋孔阳美学思想研究》（高楠）、《高尔泰美学思想研究》（丁枫）。

美学家所开启的新时期"美学热"已经完结,即将过渡到美学历程的发展与衍变阶段。1988 年,由李泽厚的博士生赵士林撰写的《当代中国美学研究概述》更是将 1949 年以来的中国美学发展作了全面的介绍,它以当代中国美学家的学术传略为经,以美学的基本问题和范畴为纬,考察、分析和阐释了当代中国美学的发展历程,客观、系统地梳理了当代中国美学发展的学术脉络①。

如果说 20 世纪 80 年代的美学学术史研究还主要停留在资料搜集整理与对美学家个人思想的初步评述上的话,那么 90 年代以来至今,中国当代美学学术史的研究就显得更为自觉和益发深入了。90 年代以来,中国大陆地区的当代美学学术史研究大致上可以分为五种类型。

第一,思想传记型。这类著作多以某一美学家的生平为主线,勾陈往事,发掘材料,将美学家的思想与其人生历程互相阐发,述评结合,勾勒出一个完整的美学家思想生活的成长过程。代表作如蒯大申的《朱光潜后期美学思想述论》②、钱念孙的《朱光潜:出世的精神与入世的事业》③、王德胜的《宗白华评传》④ 等。

第二,事件梳理型。主要代表有阎国忠的研究,他以"走出古典"为主题,集中于梳理新时期初至 20 世纪 90 年代中期的数次美学论争,主要包括"共同美"的讨论、人性论与人道主义的讨论、《手稿》讨论、艺术本质的讨论、文学主体性的讨论以及实践美学的讨论⑤。此外,戴阿宝、李世涛则将视角延伸到新中国成立初期,以审美功利主义与审美自由主义的对峙为主线进行学术梳理,主要涵盖了 20 世纪 50 年代的美学大讨论、80 年代的共同美、自然美及《手稿》论争、90 年代以来的实践美学与后实践美学之争、审美文化研究论争⑥。

第三,问题观念型。这一类研究以美学史上的一些关键问题或者概念为线索,透过对关键问题或关键词的梳理去窥测美学史的变迁。如阎国忠主持的观念型研究,分别以王国维的"境界",宗白华、吕澂、朱光潜、叶朗等人的"美感经验",蔡仪的"典型",高尔泰的"自由",李泽厚、朱光潜、蒋孔阳的"实践",周来祥的"和谐",后实践美学的"生命"("生存")为主题,概述了一幅中国现代美学关键词的历史画卷,而下编则聚焦于美学学科定位、美学的对象、人与自然的统一、美学方法论这四

---

① 赵士林:《当代中国美学研究概述》,天津,天津教育出版社,1988。

② 蒯大申:《朱光潜后期美学思想述论》,上海,上海社会科学院出版社,2001。

③ 钱念孙:《朱光潜:出世的精神与入世的事业》,北京,文津出版社,2005。

④ 王德胜:《宗白华评传》,北京,商务印书馆,2001。

⑤ 阎国忠:《走出古典:中国当代美学论争述评》,合肥,安徽教育出版社,1996。

⑥ 戴阿宝、李世涛:《问题与立场:20 世纪中国美学论争辩》,北京,首都师范大学出版社,2006。

个重要问题，进行了思辨的探讨①。此外，陈望衡对 20 世纪中国美学本体论问题的探讨，试图从中国现代美学本体论问题产生与发展的视角来权衡 20 世纪中国美学史。它分为上下两编，上编为"西方美学的传入和中国美学的本体论问题的提出"，时间为 1911 年至 1949 年，下编为"马克思主义指导下的中国美学本体论的多元探索"，时间为 1949 年至 1999 年。在下编中，除开讨论 20 世纪 50 年代的美的本质论战外，作者着重聚焦于新时期以后的美学发展，概述了 80 年代关于《手稿》的论战，以及以"实践本体论"为主要代表的多种美学本体论的状况，并提出自己思考所得的"境界本体论"②。

第四，影响比较型。这类著作侧重于研究中国古典美学、西方美学对中国现代美学的影响。如彭锋的研究，以前现代、现代、后现代的区分为框架，界定了 20 世纪中国美学在中西比较视野中获得的理论定位：王国维、蔡元培、朱光潜等人的美学在总体上属于现代美学，而蔡仪、李泽厚以及实践美学则属于前现代美学，至于后现代美学只有在诸如鲁迅等少数思想家身上略有表现③。牛宏宝等则在详细调查与统计西方美学译介进入中国的情况方面做出了贡献，并以此为基础讨论了 1949 年以前中国接受西方美学影响的所谓"三重结构性倾向"："借思想文化以解决问题"、中西启蒙的"视域融合"、以"艺术心性论"解释西方美学。另外还探讨了康德、克罗齐、尼采和黑格尔在中国的命运，以及不同时代的中国美学家们的代表作与西方美学之间的关系，包括朱光潜的《谈美》、王朝闻的《美学概论》、叶朗的《中国美学史大纲》、蒋培坤的《审美活动论纲》、李泽厚的《美学四讲》④。而袁济喜的研究则是为数不多的从传统文化角度来探讨 20 世纪中国美学传统因素的尝试。他以朱光潜、宗白华、林语堂为个案，分别定位于"在诠释中转化传统""在体验中激活传统""在交汇中寻觅传统"⑤。

第五，思想脉络型。这类著作着重于从美学思想史的角度去探究美学在现代中国的发生、发展与社会思想变迁之间的复杂关联。如尤西林认为，在 20 世纪 80 年代纷繁的美学热效应现象背后有着支配诸种表象的深层结构。这一深层结构不仅关系到启蒙运动产生的美学学科的现代性意义，还关系到 20 世纪马克思主义所强化的人文主义倾向与社会主义国家

① 阎国忠、徐辉、张玉安、张敏：《美学建构中的尝试与问题》，合肥，安徽教育出版社，2001。
② 陈望衡：《20 世纪中国美学本体论问题》，长沙，湖南教育出版社，2001。
③ 彭锋：《引进与变异：西方美学在中国》，13～14 页，北京，首都师范大学出版社，2006。
④ 牛宏宝、张法、吴琼、吴伟：《汉语语境中的西方美学》，合肥，安徽教育出版社，2001。
⑤ 袁济喜：《承续与超越：20 世纪中国美学传统》，北京，首都师范大学出版社，2006。

意识形态的现代性演变①。如祝东力认为，20世纪80年代的"美学热"
并不是一场单纯的学术繁荣，而是"文化大革命"后知识分子的一段内心
历程的表征。在那个时代，美学学科实际上承载了超越于自身的一系列深
刻的社会意识形态含义。因此，他重点探讨了新时期"美学热"到20世
纪90年代审美文化批评这一段的美学发展史，揭示了导致"美学热"兴
盛及衰落的社会意识形态含义，并兼及当代知识分子境况变迁的研究②。
邹华则以"和谐与崇高的转换"为思想线索，贯穿中国现代美学史，力图
从历史与逻辑统一的基础上来把握中国美学的演进③。夏中义的研究，将
视角跨越美学与文艺理论双重领域，聚焦于新时期数位在美学文论领域叱
咤风云的代表人物（刘再复、鲁枢元、李泽厚、刘小枫等），对20世纪80
年代的文论美学思想场域做出了独到而细致的分析，其中尤为精彩的是对
李泽厚与刘小枫等人之间或显或隐的思想交锋所做的论述评价④。薛富兴
的研究，以蔡仪美学、朱光潜美学、李泽厚美学、周来祥美学为个案分析
基础，勾画出了一个1949年到21世纪初的中国美学发展图景，即美学
"三部曲"：初创（20世纪五六十年代），复兴（20世纪七八十年代），转
型（20世纪90年代以来）。其内在的审美意识理论是"'新古典主义'审
美理想从确立到衰落，再到现代化转型的过程"⑤。此外，还有朱存明的
《情感与启蒙：20世纪中国美学精神》⑥、邢建昌与姜文振的《文艺美学的
现代性建构》⑦、聂振斌等的《思辨的想象：20世纪中国美学主题史》⑧、
封孝伦的《二十世纪中国美学》⑨ 等，分别从启蒙精神、文艺美学、现代
性、审美意识等不同视角来贯穿透视20世纪中国美学的百年历程，均有
一定的启发意义。

除专著之外，20世纪90年代以来，尤其是2008年以来，借改革开放
30周年纪念之机，回顾与反思新时期美学乃至20世纪中国美学的论文层
出不穷。1998年在中国美学学会召开的一次学术研讨会上，学者们提出要
对20世纪的中国美学研究做全面回顾与梳理，会后编撰了一本论文集

---

① 尤西林：《"美学热"与后"文革"意识形态重建：中国当代思想史的一页》，见《心体与时间：二十世纪中国美学与现代性》，178～193页，北京，人民出版社，2009。

② 祝东力：《精神之旅——新时期以来的美学与知识分子》，北京，中国广播电视出版社，1998。

③ 邹华：《20世纪中国美学研究》，上海，复旦大学出版社，2003。

④ 夏中义：《新潮学案》，上海，上海三联书店，1996。

⑤ 薛富兴：《分化与突围：中国美学1949—2000》，北京，首都师范大学出版社，2006。

⑥ 朱存明：《情感与启蒙：20世纪中国美学精神》，北京，西苑出版社，2000。

⑦ 邢建昌、姜文振：《文艺美学的现代性建构》，合肥，安徽教育出版社，2001。

⑧ 聂振斌、章建刚、王柯平、徐碧辉、杨平：《思辨的想象：20世纪中国美学主题史》，昆明，云南大学出版社，2003。

⑨ 封孝伦：《二十世纪中国美学》，长春，东北师范大学出版社，1997。

《美学的历史：20世纪中国美学学术进程》①，该书汇集美学界数十位专家，分别从"问题的提出""历史与反思""承续与转换""历史中的个人"四大方面来探讨，从百年中国美学的提问方式、美学思想与中国思想等理论后设反思到20世纪中国美学，从西方资源、传统资源、马克思主义与中国美学的关系反思到各位美学家与20世纪中国美学的关系，数十篇论文概览了20世纪中国美学史诸多重要问题。2007年以来，美学学科的研究者们纷纷再次聚焦于新时期美学的发展历程，试图从中总结经验问题并开拓未来道路②。

2. 中国港台地区及海外中国研究的概况

中国港台学界关注大陆当代美学思想，最早源于改革开放初期。1982年美国檀香山召开国际朱子学会议，会上台湾学者傅伟勋结识了李泽厚。随着两岸学术关系的发展，1986年4月傅伟勋教授应邀访问大陆讲学三周，回台后写作了一系列的文章向台湾知识界介绍大陆学术界的现状，其中两篇文章专门评述李泽厚的美学思想。一篇着重介绍李泽厚与刘纲纪主编的《中国美学史》第一卷，傅伟勋认为："'文化大革命'结束以后不但有批判地继承，且有创造的发展倾向的是美学这一部门。"他分析这种美学突破的原因有四点：（1）美学理论本身有助长革命情绪与精神团结的积极功能；（2）20世纪50年代的美学讨论与学术资料整理奠定了研究的基础；（3）对中国思想文化史的审美性背景的假定；（4）70年代后期的爱国主义情绪有助于传统美学的再发现。傅文高度评价了《中国美学史》的学术水准，并对比台湾美学研究，倡导"打开我们美学研究的途径，与大陆学者争长竞短"。同时，他也指出了该书的局限，如没有彻底冲破教条主义限制、标榜过度的华夏优越感等。另一篇文章则对李泽厚的生平、性格及学术背景做了详细的介绍，并就《美的历程》及其他思想史著作，乃至"主体性实践哲学"做了比较全面的评述③。

① 汝信、王德胜：《美学的历史：20世纪中国美学学术进程》，合肥，安徽教育出版社，2000。

② 2007年以来讨论新时期美学史发展的重要论文集有：王德胜主编：《20世纪中国美学：问题与个案》，北京，北京大学出版社，2009；王德胜主编：《问题与转型：多维视野中的当代中国美学》，济南，山东美术出版社，2009；重要论文有：高建平：《中国美学三十年》，载《四川师范大学学报》，2007（5）；曾繁仁：《回顾与反思——文艺美学30年》，载《华中师范大学学报（人文社会科学版）》，2007（5）；王一川：《从启蒙思想者到素养教育者——改革开放30年文艺理论的三次转向》，载《当代文坛》，2008（3）；陈雪虎：《人文之维及其当代面对：文论美学30年回望》，载《当代文坛》，2008（3）；王德胜：《"去"之三味：中国美学的当代建构意识》，载《江苏社会科学》，2008（4）；高小康：《美学学科三十年：走向离散》，载《文艺争鸣》，2008（9）；刘士林：《中国美学30年的内在理路与未来愿景》，载《江西社会科学》，2008（11）；代迅：《文化的普遍主义与相对主义：新时期中西美学关系及研究方法的反思》，载《山东社会科学》，2008（12），等等。

③ 傅伟勋：《审美意识的再生——评介李泽厚与刘纲纪主编〈中国美学史〉第一卷》，《李泽厚的荆棘之路——大陆学术界的"苦闷的象征"》，两篇文章均见傅伟勋：《"文化中国"与中国文化——"哲学与宗教"三集》，台北，东大图书公司，1988。

台湾学者熊自健则关注中国当代思潮的研究，他以"儒学自由主义"的立场，评论当代中国大陆思潮，20世纪80年代中国大陆的美学及文学理论发展是被关注的一个重要方面。他撰文探讨"朱光潜如何成为一个马克思主义者"，认为朱光潜之所以接受马克思主义观点，在于马克思"共产主义新人"的理想与朱光潜早年坚持的完整人格理想相一致，同时马克思主义提出的实践观点也解决了朱光潜早期唯心主义美学所带来的理论困境，使得朱光潜得以重新认识与评价西方美学。同时，朱光潜的马克思主义研究还扩大了中国马克思主义的视野与境界，带来了新鲜的人道主义气息，朱光潜没有局限于马克思主义经典，而是以马克思主义基本观点与方法为依凭，写出了《西方美学史》，创造了新的学术高峰①。另外他还以"朱光潜与康德美学的对话"为视角，探究了朱光潜思想由前期演进到后期发展的历程，颇为精当地指出了马克思主义对朱光潜学术发展所起到的促进作用②。

此外，台湾学者龚鹏程在其对台湾美学的研究中，也曾关注到大陆"美学热"的发展，认为："大陆在八十年代中期以后的美学热，……除了翻译西方论著之功不容抹杀以外，可以称道的，主要是走出了一个'人学美学'的方向。"③除此，他还详细探讨了美学研究在中国的发展与蕴含的问题，他认为中国美学发展的困难在于"与传统断隔了的危机"以及"对西方美学理解的疏陋"，要么因关切政治而忽略了美学和美感教育，要么太强调美学改造社会功能而使其工具化。他通过梳理从蔡元培、王国维到朱光潜、宗白华的"两种美学路向"，从20世纪50年代的美学大讨论到80年代的美学研究，提出了中国美学面临的诸多问题④。

除了港台学者之外，海外研究的学者们也有部分涉足当代中国美学领域的研究。如刘康的研究，他以马克思主义与美学的关系为视角，在探讨中国近代直至当代美学发展的过程中，反思了广泛的政治与文化问题，结合中国近现代的改良思想、革命思想、改革思想，将中国美学置于国内政治意识形态、全球资本主义的双重时空坐标中，探讨其中所蕴含的现代性（modernity）、后现代性（postmodernity）、另类现代性（alternative mo-

---

① 熊自健：《朱光潜如何成为一个马克思主义者》，见《当代中国思潮述评》，51～98页，台北，文津出版社，1992。

② 熊自健：《朱光潜与康德美学的对话——朱光潜美学思想的演进》，见《当代中国思潮述评》，99～128页，台北，文津出版社，1992。作者同书另收有《李泽厚对儒家思想史的析论》《刘再复的文学理论及其冲击》等文，是对新时期大陆思想史、文学理论领域相关学者的述评。

③ 龚鹏程：《台湾美学与人文》，载《思与言》，2002，40（2）。龚鹏程这里所说"八十年代中期以后的美学"显然属于误解，可能源于对大陆历史文化语境的生疏所造成的，但是他所概括的"人学美学"还是比较准确的。

④ 龚鹏程：《美学研究在中国的发展及其蕴含之问题》，见《近代思潮与人物》，北京，中华书局，2007。

ternity）的种种纠结关系。中国马克思主义美学与中国革命间的关系成为他关注的焦点①。王斑则在其博士论文中，以"崇高"为理论焦点，穿梭于 20 世纪中国的美学理论、文学创作乃至电影文本，在一个泛文化研究式的路径中，探讨了中国美学与中国政治的关系②。

总的来说，因为时空距离而带来的视角差异，中国港台及海外研究给予我们的美学史研究以诸多不同而富于启发性的思路。

三、本书研究对象、思路及方法

本书的研究对象为新时期初期的中国美学。所谓"新时期初期"，本书将之限定在 1978 年至 1985 年间③。做出这样一种限制性划分，有三个方面的理由：一是符合中国社会政治经济的整体变迁；二是照应文学、艺术、学术领域的现象演变趋势；三是考虑到美学研究主体即美学专业从业人员的代际更替。

首先，中国政治经济格局的整体变迁是界定新时期初美学复苏不可或缺的时代背景。由于"文化大革命"结束，现代中国命运出现了新的转机。一方面是批判林彪、四人帮的行为，另一方面是围绕"两个凡是"展开意识形态领域的斗争。1978 年 12 月 18 日到 22 日，中共召开第十一届三中全会，会议认为："全国范围的大规模的揭批林彪、'四人帮'的群众运动已经基本上胜利完成，全党工作的着重点应该从一九七九年转移到社会主义现代化建设上来。"④ 会议明确提出了"新时期"的总任务是"社会主义现代化建设"，同时着重讨论了农业问题，决定将《中共中央关于加快农业发展若干问题的决定（草案）》和《农村人民公社工作条例（试行草案）》两个文件下放到各省、市和自治区讨论与执行。这意味着国家将农村改革作为社会改革的第一步。会议同时还号召"解放思想，努力研究新情况新事物新问题，坚持实事求是、一切从实际出发、理论联系实际的原则，我们党才能顺利地实现工作中心的转变"，这也就吹响了思想解放

---

① Liu Kang：*Aesthetics and Marxism*：*Chinese Aesthetic Marxisits and Their Western Contemporaries*. Duke University Press，2000.

② 王斑：《历史的崇高形象：二十世纪中国的美学与政治》，上海，上海三联书店，2008。

③ 与本书时段划分一致的有高建平的研究，他曾将新时期三十年的美学发展划分为：1978—1985 年的"美学热"，1986—1989 年的学院化倾向和对中国古代美学的研究，1990—1995 年的美学被冷落，1996—2000 年美学的复苏，2001 年以后的新世纪美学发展。高建平：《中国美学三十年》，载《四川师范大学学报》，2007（5）。

④ 《中国共产党第十一届中央委员会第三次全体会议公报》，北京，人民出版社，1978。

的新号角。因此，新时期的开端定位于 1978 年①。

本书将"新时期初期"的结束定位于 1985 年，是考虑到从 1978 年到 1984 年已经经过了数年的农村经济改革实践，随着家庭联产承包责任制的推广，原有的人民公社制度逐渐为包产到户所取代，"公社"与"大队"的名称被旧有的"乡"和"村"所取代，"农业在经历了 1/4 世纪的集体化尝试以后，再次建立在以家庭为基本生产单位的基础之上"②。到 1985 年，在农村经济改革的催动下，社会经济体制与人的观念发生了巨大的变化。随着农村经济的恢复发展，经济改革开始向城市转移。1984 年 10 月 20 日中共十二届三中全会在北京召开。这次会议通过了《中共中央关于经济体制改革的决定》，提出"加快以城市为重点的整个经济体制改革的步伐，以利于更好地开创社会主义现代化建设的新局面"。并认为，改革是为了建立充满生机的社会主义经济体制，号召恢复人民的"积极性、主动性、创造性"。同年，邓小平提出"建设有中国特色的社会主义"③的构想，这意味着"摸着石头过河"的中国改革即将开始进入一个有自觉意识的新阶段。这种政治经济整体上的改革转变造成了 1985 年后中国社会各个领域都进入了一个更加积极、更加富于创造性的新阶段。

其次，文学、艺术、学术研究领域的演变趋势也与新时期初的美学复苏相伴相生。文学创作上，1978 年 8 月上海《文汇报》发表复旦大学本科生卢新华的短篇小说《伤痕》，从而引发了"文化大革命"后的第一个文学潮流——"伤痕文学"。自此到 1984 年间，相继产生了"反思文学""改革文学"等文学创作潮流。很明显，阵阵文学潮流的兴起，与中国社会改革的大背景有着不可分割的联系。1984 年 12 月，一批青年作家、评论家汇集杭州召开会议，不约而同集中讨论了"文化"的话题，这就为 1985 年的"寻根文学"打开了理论思路④。从追抚"伤痕"发展到自觉追寻文化之"根"，文艺创作在保持与政治张力状态关系的同时，逐步寻回了文学的审美本性与文化根性。

就高层政策而言，1979 年 10 月 30 日，邓小平在中国文学艺术工作者第四次代表大会上发表《祝词》，提出："我们要在建设高度物质文明的同

---

① 一个值得注意的事例是：作为新时期美学研究"破冰"之举的"共同美"讨论，其展开过程颇为曲折。作为讨论引子的何其芳遗作《毛泽东之歌》发表于 1977 年第 9 期的《人民文学》上，可是直到 1979 年朱光潜才在同年第 3 期《文艺研究》上发表《关于人性、人道主义、人情味和共同美问题》一文，这才促成全国性美学讨论真正开启。而这已是三中全会结束几个月后的事情了。以此推断，在 1976 年至 1978 年这一段时间，美学家、理论家们还在观望局势的变化走向。

② ［美］R. 麦克法夸尔、费正清主编：《剑桥中华人民共和国史》，下卷，谢亮生等译，530 页，北京，中国社会科学出版社，1992。

③ 邓小平：《建设有中国特色的社会主义》，见《邓小平文选》，第 3 卷，62 页，北京，人民出版社，1993。

④ 蔡翔：《有关"杭州会议"的前后》，载《当代作家评论》，2000（6）。

时，提高全民族的科学文化水平，发展高尚的丰富多彩的文化生活，建设高度的社会主义精神文明。"① 这还是着重于恢复文艺创作在"文化大革命"时代所损耗的元气，鼓励饱经劫难的作家们拿起笔来重新投入创作。然而，到了 1984 年 12 月，中国作家协会召开第四次代表大会，胡启立代表中央书记处向大会祝词，指出："文学创作是一种精神劳动，这种劳动的成果，具有显著的作家个人的特色，必须极大地发挥个人的创造力、洞察力和想象力，必须有对生活的深刻理解和独到见解，必须有独特的艺术技巧。因此创作必须是自由的。"并进一步强调，"这次作协会员代表大会是在经济体制改革全面展开的形势下召开的，是在党和人民对文学事业提出了更高的要求，文学面临新的更大的发展的情况下召开的"②。显然，随着经济体制改革在 1984 年的深入展开，文化领域也随之更加开放，作家们获得了空前的创作空间。

当人们把目光转移到学术层面，不难发现，1978 年到 1985 年这一段时间，人文社会学科领域兴起了一股"美学热"的强流，是它率先冲破了意识形态对学术研究的宰制牢笼。但是，这股思潮又呈现为内部包孕多端的种种复杂话语形态：以康德为主要代表的德国古典哲学美学主体性话语，以马克思《1844 年经济学哲学手稿》《关于费尔巴哈的论纲》为代表的实践话语与人道主义话语，以维柯、孔子等中西古典传统资源为代表的文化历史哲学话语。新时期初期的中国美学思想，通过采取一种"通情达理"（通过情感的抚慰达致理智的认识与谅解）的学术策略，来治疗由意识形态化的庸俗马克思主义所造成的心灵创伤，此时的美学经过经典哲学美学理论回归的学术策略，试图找到一条返璞归真、除旧布新的学术发展道路。无论是朱光潜的《谈美书简》《美学拾穗集》，还是李泽厚的《批判哲学的批判》《美的历程》；无论是王元化的《文心雕龙创作论》，还是宗白华的《美学散步》，都呈现出一种审慎而有节制的前进姿态。

1985 年，上海译文出版社推出该社组织的"二十世纪西方哲学译丛"的第一本《人论》（甘阳译），这意味着新时期思想主潮开始从"美学热"过渡到一个新的"文化热"时代。虽然，就书名而言，表面上似与前些年的人道主义讨论有着相通的地方，但是书的内容却有着极为不同的变化。因为这个"人"已经不再是康德意义上的先验主体，也不再是马克思所说

---

① 邓小平：《在中国文学艺术工作者第四次代表大会上的祝词》，见《邓小平文选》，第 2 卷，208 页，北京，人民出版社，1993。

② 胡启立：《在中国作家协会第四次会员代表大会上的祝词》，载《文艺研究》，1985（2）。

的实践主体，而是一个"创造符号的动物"①。随后，一批西方现当代哲学著作得以翻译出版，比较重要的丛书有上海译文出版社的"二十世纪西方哲学译丛"、生活·读书·新知三联书店的"当代西方学术文库""文化：中国与世界"丛书、四川人民出版社的"走向未来"丛书，以及由汤一介主持的"中国文化书院"丛书。伴随丛书出版而兴起的，是学术团体的涌现，几乎每一套丛书后面都有着相同兴趣爱好的学术团体。这些现象背后的时代趋势是，学术研究超越了1985年以前的对极"左"意识形态的批评，将思辨精神推向了历史文化意识的根茎深处，甚至文学创作同样也走到文化寻根的阶段。"文化热"取代了"美学热"，正如一位过来人回忆：

> 1984年，改革开放的政策已推行到第五年，社会经济体制与人的观念已发生了巨大变化，农村经济改革顺利完成，经济改革开始向城市转移；……1985年1月中国文化书院举办了第一次文化讲习班，组织著名学者及海外学人宣讲中国文化与比较文化，一时比较文化或文化比较成了全国瞩目的课题，掀起了全国范围的文化讲习热。1986年"文化：中国与世界"编委会推出了系统、全面引介西方近代人文学科重要著述的计划，又引发了全国翻译出版西方学术著作的热潮，短短两三年中，以文化引进和文化反思为主要内容的"文化热"在整个神州大陆兴盛一时，"文化"一辞，以它对人，对人生、历史、社会的巨大涵盖力，成了80年代中期以后无孔不入的幽灵，取得了超前的影响力。②

最后，是美学专业从业人员在1985年前后一段时间里开始出现了代际更替。早在1975年整顿期间，邓小平就向教育部门提出了"要后继有人"的问题③。1977年邓小平再次强调"尊重知识，尊重人才"，认为"我们要实现现代化，关键是科学技术能上去。发展科学技术，不抓教育不行。靠空讲不能实现现代化，必须有知识，有人才"④。这种人才断层引

---

① 据甘阳说，就是因为这个书名，所以成为当年最大的畅销书，一年内印了24万本，但是这完全是阴差阳错，因为该书主要观点与人道主义完全不相干。在甘阳看来，80年代有两个，一个是当时的"美学热"，另一个则是他所主持的"文化：中国与世界"编委会所进行的进入西学前沿的工作，而非简单化批判极"左"思潮。见查建英：《八十年代访谈录》，198～205页，北京，生活·读书·新知三联书店，2006。但是我们认为，甘阳的这一判断或许有两处可以作更细致的讨论：其一，所谓的"两个80年代"并非同时开展，而是呈现为接续性的顺序，因此"两个80年代"实际上还是一个80年代；其二，就算是"美学热"，也并非简单化的批判极"左"运动，其内部的复杂层面或许恰恰构成了"文化热"兴起的无意识资源。

② 陈来：《传统与现代：人文主义的视界》，76页，北京，北京大学出版社，2006。

③ 邓小平：《科研工作要走在前面》，见《邓小平文选》，第2卷，33页，北京，人民出版社，1994。

④ 邓小平：《尊重知识，尊重人才》，见《邓小平文选》，第2卷，40页，北京，人民出版社，1994。

发了政治家的历史紧迫感，最高决策层当机立断从 1977 年开始恢复中断了十年的高考制度。许多青年得到鼓励，报考了大学①。1978 年研究生招生考试恢复，当年，朱光潜、蔡仪和李泽厚同时招研究生，均招 5 人，分别有 300 多人报名②。按照规范化学制计算，文科类大学本科生培养需要四年，研究生需要两年到三年。如果一名学生顺利将本科与研究生连续攻读，到 1985 年左右，也已经毕业，并开始走上了工作岗位。更特殊之处在于，那是一个规范还没有完全建立起来的时代，一切都是百废待兴，一切都是从头再来，甚至诸多学子尚未走出校门，即已进入社会文化之中，推动了新的文化热潮接连兴起③。正如有学者从 20 世纪 80 年代的文学创作视角出发，看到了"77 后"群体的群际效应：

> 如果说，朦胧诗、伤痕文学、改革文学、反思文学的主力军属于从 50、60、70 年代跋涉过来的作家队伍（简称"49 后"群体），其中当然也不乏来自"文革"的"知青作家"群体和"77 后"群体的零星参与，那么可以说，正是由于"77 后"群体的大量加入和强势生产，后朦胧诗、寻根小说、先锋小说和新写实小说等潮流才能变成现实，具体地说是从潜流变成主流，从汩汩溪流变成浩浩大江。④

其实，"77 后"群体已经与"49 前""49 后"的知识分子群体构成了一种代际差距。这种现象不仅出现在文学创作领域，同时还存在于学术研究领域，这个代际更替的时间点就在 1985 年左右。1980 年，朱光潜曾对这种代际之间的历史责任有着自觉而清醒的认识："中国社会科学和任何事业都落在中年这一代人身上，就是四十到六十岁这一代人。"⑤ 其实，这还是指当时文学作品所关注的"人到中年"的这一社会中坚力量。但是，由于十年文化压抑造成了前所未有的知识渴求，几年间，青年人才的培养和涌现远远超出了人们的想象。当美学家高尔泰在 1983 年就敏感地把握到"'美学热'正在静悄悄地降落下去"的时候，他所感觉到的并非只是诸多跨学科方法论的"一波才动万波随"。作为"49 后"的一代知识分子，高尔泰心情复杂，"一面感到欢欣鼓舞，一面也隐隐有些不安：害怕自己

---

①　陈建功等：《我的 1977》，北京，中国华侨出版社，2007。

②　高建平：《中国美学三十年》，载《四川师范大学学报》，2007 (5)。

③　如甘阳所主持的《文化：中国与世界》编委会及其翻译团体，很多人都是当年尚在读的研究生甚至本科生，如甘阳当时所读北京大学外国哲学研究所，北大当时的研究生学制是两年半，所以《人论》出版的时候，他尚未毕业。查建英：《八十年代访谈录》，189 页，北京，生活·读书·新知三联书店，2006。

④　王一川：《中国现代Ⅰ文学与现代Ⅱ文学的断连带》，载《文艺研究》，2008 (4)。

⑤　朱光潜：《怎样学美学——1980 年 10 月 11 日在全国高校美学教师进修班上的讲话》，见《朱光潜全集》，第 10 卷，511 页，合肥，安徽教育出版社，1993。

落在时代的后面"①。其实，这里不仅有新的学科方法兴起所造成的紧迫感，更是暗含了新一代知识群体兴起对老一代美学家所造成的代谢感。

1978年到1985年间，是朱光潜、宗白华、王元化、王朝闻等"49前"知识分子与李泽厚、高尔泰、蒋孔阳等"49后"知识分子重新进入时代的高潮期。他们或迸发创作，或整理旧我，显示出了承接"五四"以来现代美学传统与1956年美学大讨论以来当代美学传统的努力。1985年以后，随着头两届研究生的毕业，诸多"77后"学子告别师长，独立进入哲学、美学、文艺理论领域，从而掀起了一股股新的学术热潮。1986年3月6日朱光潜先生与世长辞，1986年12月20日宗白华先生溘然长逝，两位美学老人的逝去最终标志着一个"美学热"时代的落幕。美国学者希尔斯（Edward Shils）认为：

> 现代社会比昔日的多数社会更热切地注重"世代"这一概念，因为现代社会较为重视"年青人"。"年青"已经成为要求特权和摆脱过去范型的理由。"一代人"，尤其是"年青的一代"已成为一种与社会中老一代的某种信仰和惯例进行斗争的战斗队伍；这些老一代人保持了大量的旧事物。②

确如其言，在这个关节点上，哲学美学与文艺理论界的一批年轻知识分子迅速兴起，相较老一代美学家，显示出了更为异彩纷呈的知识面貌。但是，两代人却并非完全对立，在理论关注与学术兴趣上，他们既有差异也有承续。一方面，老一辈的美学家们，无论是老年的朱光潜，还是中年的李泽厚，都还保留了基于共和国前三十年历史经验的治学模式与研究理念，无怪乎至今仍有研究者将之视为"古典模式"或"前现代模式"；另一方面，年轻一代却又是从老一代人的爱护和培养下成长起来的，尽管有着很大的学术取径差异，但是根本问题意识却暗自有着隐秘的勾连与相仿的底蕴。1985年，宗白华的弟子刘小枫完成了硕士论文答辩，他自述经历时，提及20世纪80年代初《美的历程》的出版，改变了他对中国哲学的成见，使得他狂热地爱上了"美学专业"："'美学'对于我来说，就是李泽厚的主体性哲学、张志扬的马克思经济学—哲学手稿的人类学美学、赵宋光的审美教育学。"③ 但是到毕业之前，他却已对美学专业感到冷淡，"直到1984年才接触到真正的哲学，就像那年第一次看到真正的雪：舍勒令我尖锐、海德格尔使我沉迷、舍斯托夫让我感动、维特根斯坦给我明晰"④，他旋即转入哲学、神学的研究。在刘小枫转入哲学、神学研究的同

---

① 高尔泰：《前言（一）》，见《美是自由的象征》，1页，北京，人民文学出版社，1986。
② ［美］爱德华·希尔斯：《论传统》，傅铿、吕乐译，48页，上海，上海人民出版社，1991。
③ 刘小枫：《修订本前言》，见《拯救与逍遥》（修订本），4页，上海，上海三联书店，2001。
④ 刘小枫：《修订本前言》，见《拯救与逍遥》（修订本），5页，上海，上海三联书店，2001。

时，另一些坚守美学领域的年轻知识分子则迈出了认识论美学，而进入了体验论、存在论美学领域。1982 年进入北大求学的王一川，在导师胡经之的引导下，开始关注体验问题，硕士论文选择了《论艺术的内在结构》，后来在攻读美学家黄药眠先生的博士研究生期间，继续致力于疏通西方体验美学的思路，1987 年完成博士论文《意义的瞬间生成：西方体验美学的超越性结构》①。显然，这一批年轻知识分子的成长道路呈现为复杂的多层面结构：一方面，他们已经在美学研究上完成了范式的转换，超越了传统的认识论美学、心理学美学，将新时期之初还站立于物质实践地面的主体性哲学引向了多重文化旨意的探索实验场；另一方面，他们的这种学术发展方向又与新时期初期美学家们筚路蓝缕的探索耕耘密不可分，无论是走向神学、哲学，还是走向文化、体验，乃至反传统，无一不与新时期初期美学复苏中所包含的诸般思想线索构成了并不遥远的呼应②。

　　至此，从政治经济整体变迁、文艺创作与学术研究新潮涌现、新一代青年知识分子的历史出场三个方面来看，大约以 1985 年为界线，新时期美学的发展可分为前后两期。前期以"49 前"与"49 后"两代知识分子为主体，他们或在 1949 年之前已成名，或经过了 20 世纪 50 年代美学大讨论的冶炼，形成了自己对学术的基本看法；新时期初 1978 年到 1985 年间，他们重新出现在历史舞台。由于往日声誉的恢复，这些美学家们重获知识权威地位，引发了人们对美学的关注与热爱。他们在突破僵化意识形态樊篱的同时，也展开了一些新的学术理路脉络。1985 年以后，随着"77 后"学术群体的兴起，前一拨重要的美学家或相继谢世（如朱光潜、宗白华），或转移阵地（如李泽厚），因而美学研究实现了复苏后的另一种转变，不过这已超出本书所要论述的范围。

　　本书关注于 1978 年到 1985 年间，由前两辈的美学家们所开启的中国

---

　　①　王一川：《后记》，《意义的瞬间生成：西方体验美学的超越性结构》，373～374 页，济南，山东文艺出版社，1988。

　　②　值得注意的是，本书认为"文化热"接续了"美学热"的观点，还可以从一套丛书的命名看出来，即由山东文艺出版社从 1986 年到 1989 年出版的"文化哲学丛书"，丛书内收专著 16 本：邓福星：《艺术前的艺术：史前艺术研究》（1986）；谢选骏：《神话与民族精神：几个文化圈的比较》（1986）；欧阳谦：《人的主体性和人的解放：西方马克思主义的文化哲学初探》（1986）；刘骁纯：《从动物快感到人的美感》（1986）；刘小枫：《诗化哲学：德国浪漫美学传统》（1986）；谢选骏：《荒漠·甘泉：文化本体论》（1987）；肖君和：《现代人的艺术系统》（1987）；王振民：《摄影审美心理学》（1987）；吕澎：《现代绘画：新的形象语言》（1987）；王一川：《意义的瞬间生成：西方体验美学的超越性结构》（1988）；谢选骏：《秦人与楚魂的对话：对〈展望二十一世纪〉的诘难》（1988）；洪汉鼎：《费希特：行动的呐喊》（1988）；谢遐龄：《文化走向超逻辑的研究》（1989）；谢松龄：《天人象：阴阳五行学说史导论》（1989）；翟华：《观念世界幽探》（1989）；修海林：《古乐的沉浮：中国古代音乐文化的历史考察》（1989）。可以看出，这套丛书中主要由 70 年代后成长起来的青年学者担纲，且有不少属于艺术学、美学方面的研究，但是此时都已经被置于"文化哲学"的名义下。因此，"文化热"其实是"美学热"的接续，此说并不为过。

美学复苏的过程。就"美学热"而言,这一时间段涉及朱光潜、宗白华、李泽厚、王朝闻、王元化、高尔泰、蒋孔阳诸多美学家的不同思想与著述,极为繁杂。但是,本书不准备作一番面面俱到的历史考察,而只想就新时期初期中国美学思想自身演进的内在逻辑与所关涉时代的重大问题梳理出一条潜隐的知识谱系,以把握美学复苏对新时期中国社会思想生活的深刻意义所在。因此,本书以新时期初最为活跃的两位美学家(朱光潜与李泽厚)的学术思想文本为中心,并涉及与中心问题相关的其他美学家思想来展开研究与论述。

在明确了研究对象之后,值得强调的是,本书所取思路略微不同于以往的当代中国美学史研究。以往诸多当代中国美学研究把当代中国美学仅限于一种"语境论"的视域之下,采用的是一种纯然历史主义的态度,他们所得结论最大的价值贡献也就是所谓的"历史还原"。可是问题在于,这种历史还原,很大程度上只是重复了研究对象所讲述过的话语或思想,弄清了思想话语是如何在一时一地生产出来的,并非意味着把握到了思想话语背后更深的问题命脉。进一步而言,或许我们可以这样认为,当代中国美学的问题,在以往的传统美学史研究那里,仅仅呈现为一个特殊性的问题,要么是 20 世纪下半叶的美学论争,要么是 1978 年后的美学嬗变。在这种研究视角下,决定当代中国美学变迁的因素,仅仅是外部社会结构与政治经济的变动。但是,这种研究范式把美学问题产生与变异的原因完全归结为外部因素的影响,而忽视了美学思想演进的内在理路。内在理路被忽视,其缘由就是把当代中国美学当作历史中的一个特殊对象。这就回到了前文所说的人们今天是否还有必要继续研究当代中国美学,以及人们究竟该如何研究当代中国美学的问题。

据介绍,在清代学术思想史的研究中,有一种"内在理路"(inner logic)的研究进路。清代学术史研究中存在着两种不同的思考方式:一种是"外缘影响"说,这也就是通常所见的采用历史的、政治的、经济的等外部因素来解释学术思想的方式,或者说是一种历史主义的方式;另一种是"内在理路"说,它所要达成的是"展示学术思想的变迁也有它的自主性",此即所谓的"The autonomy of intellectual history"①。但要注意,这两种研究方式并不是决然对立的。在历史因果的问题上,学术思想的"自主性"也只是相对的,不是绝对的,学术思想受外在环境影响是不可否认的事实。强调"内在理路",是为了对抗各种现代决定论的迷信,如人们通常所熟知的化约式的"存在决定意识"这样的社会发展公式。进而,"内在理路"的有效性范围是有着严格界定的:

---

① 夏中义:《林毓生与王元化"反思五四"——兼论王元化学案"内在理路"与"外缘影响"之关系》,载《清华大学学报》,2013(4)。

　　宋明理学家和清代考证学家都是研究儒家经典的，他们无疑属于同一研究传统之内。他们不但处理着同样的经典文献，而且也面对着共同的问题——儒家原始经典中的"道"及其相关的主要观念究竟何所指？这是儒学传统内部的问题，自有其本身发展与转变的内在要求，不必与外缘影响息息相关。①

由此来看，无论是宋明理学，还是清代考证学，都属于儒学传统内部的发展演变。更重要的是，在这种变化的传统之中还有诸多不变的因素，即共同的经典、共同的问题。因此，从这个角度来考虑，显然采用"内在理路"说能够更好地把握儒学思想史的转变。但要注意，思想史家并非偏袒内在理路的梳理，而是强调在以往过于重视外缘影响的传统治学途径中，应提升对思想史内在脉络梳理、理解的重视程度。外缘与内理，二者不可偏废。这样，也就为本书考察当代中国美学思想史的演变提供了另一种方法论的支持。但是，这种注重思想史内部因素渊源流变的方法论，或许并非仅仅具有方法论的意义，它还有着更为深刻的价值论意义。

　　需要注意的是"同样的经典"与"共同的问题"这个表述。回到当代中国美学的历史来看，无论是1956年的美学大讨论，还是1978年后的美学热，它们正是面对一些"同样的经典"和"共同的问题"而生成的，因此补充"内在理路"的探索显然有着充分的合理性。

　　就"外缘影响"和"内在理路"两个视角而言，可以这样来看，"外缘影响"解决的是学术史在认识论层面的问题，它既包括知识考据的认识问题（如学术话语如何受社会历史具体变迁影响？思想人物究竟从事过怎样的一些历史活动？这些历史活动的史实究竟怎样），又包括知识考古的认识问题（如学术活动如何受到"话语—权力"结构、意识形态氛围的制约）。当然，我们首先需要承认这样两种认识论层面问题的研究意义，它们有利于我们对学术史基本史实及其意识形态内涵的认识。但是，光有认识论层面问题的解决仍是远远不够的。因为无论是"知识考据"抑或"知识考古"，它们都只是在认识论的维度上展开的，它们探求的目标是"真"，即将知识还原为史实，将知识还原为权力。过去的美学史研究多半将"美"的思想置于"真"之标准的考量之下，因此当代中国美学所显露的意义多在历史认识层面，而"美"的价值层面的意义则过于简单，就被忽略掉了。"内在理路"则正好通过辨识思想的逻辑线条，试图解决思想史在价值论层面的问题。所谓价值论层面也就是说，知识的拷辨应该对我们的生活承担起责任，具体到美学的研究，即要在貌似变迁的学术话语背后去探询他们所焦虑、追问、思索、信仰的诸般"共同问题"，这些问题或许并非前人独有，而是所有人都必须面对的相同困境或困惑。我们研究

---

　　①　侯宏堂：《从"朱陆之争"到"内在理路"》，载《兰州大学学报》，2010（4）。

美学思想史，不仅仅要知道过去发生了什么、过去的人们说了些什么，也不仅仅要知道过去发生的和说出的有什么样的时代价值和历史意义，还要进一步地追问他们为什么要这样说？这一"为什么"的追问，不仅仅是一种历史性的、特殊性的探索，即不拘泥于一时一地时事局势对学术话语的影响性，还要看到隐藏在表象背后的那些超越于特定时空、勾连古今、涵盖东西学术发展的内在共同关注。这种关注超越于简单的认识论目的，而将思想的触角伸向历史性中的贯通性、特殊性中的普遍性、古典性中的现代性，乃至他者问题中的自我问题、自我问题中的普遍问题。由此，认识论问题才能重新激发出新的价值论思考，知识才能为现实承担起应有的责任，过去的思想才能重塑成今天的资源。依此，美学史的研究将"美"的思想置于"善"之标准的衡量之下，才能进一步思考美学对于社会所应有的思想承担与实践意义。

有论者对纯然认识论层面的方法的盛行产生的警惕：

> 指出错的，却说不出对的，这种流行的批评模式深刻地影响了人们的正确思维。尤其是自 20 世纪 80 年代以来，大量的批评者把中国自身描述成一个不可救药的存在，尽管其中许多批判的确指出了某些方面的社会真相，揭了社会和历史的老底，但那些完全负面的批判无疑加重了灾难深重的社会现实，它以釜底抽薪的方式打击了人们对国家、社会和文化的自信心，从而助长了社会的集体性堕落、集体性腐败和集体性的道德沦丧，这可以概括为对国家、社会和文化的集体性不负责任。令人绝望的是，很少有人去反思那些"揭老底"的批判所造成的社会心理损失，很少有人去想到那些"揭老底"的批判与社会精神崩溃之间看不见的关系，很少有人去思考关于真相的知识必须同时是对社会负责任的知识。这是一个特殊的知识论问题，福柯曾经揭示了"知识/权力"的关系，这是知识的政治学意义，同样，我们还必须注意到"知识/责任"的关系，这是知识的伦理学意义。无论是福柯的知识政治学还是我在这里讨论的知识伦理学都试图指出，知识不能被简单地理解为一个单纯的认识活动，真理并不是一个最高的判断，真理必须是好的，真理必须负责任，因为人类最终需要的是生活而不是真理。①

确如其言，当下这个时代对知识的认识论探究形成了一种普遍性的信仰。所谓"祛魅"潮流，其特征就是将崇高剥离为低俗、将自然还原成伪造、将精神简化为资本。尽管它的确在某些方面加深了我们的认识，但是

---

① 赵汀阳：《天下体系：世界制度哲学导论》，5~6 页，南京，江苏教育出版社，2005。

毫无疑问,这种"揭老底"在更多的方面也摧毁了我们的价值根基,使得我们失去了判断事物善恶好坏的标准。因为一切事象都不过是文本,而文本的背后只有"知识/权力"矗立。因此,就任何一个文本来说,没有优劣之分,因为它们都是话语权力宰制下的产物。学术探索的求真意志遮蔽了求善愿望,它在回到历史现场而获得知识性的深刻洞见之时,却陷入了对伦理性的盲目不见之中。"内在理路"方法背后的价值论意义正在此处凸显出来,它所确证的正是那被外在求真意志压抑的内在求善愿望的目的性,只有补充"内在理路"的进路,知识才能重新拾起被遗忘已久的自身责任,具体到美学知识而言,这种责任才是数百年来美学学科跨越时空产生共鸣的根本缘由所在。

就此而言,"外缘影响"与"内在理路"的结合成为本书自觉采用的方法立场,既不放弃认识层面的知识考究,更要关注伦理层面的责任辨析。或许只有这样思考,当代中国美学史才不会仅仅成为在自身特殊环境中生产出的美学话语。也只有这样思考,作为研究者,我们才能在辨认历史的同时获得走向未来的信心,而不是灰心。

以"美学热"为例,1956年美学大讨论对于以"唯心/唯物"来界定美的本质问题有着强烈的兴趣,1978年后的"美学热"则对人道主义、异化问题、劳动实践有着执着的追问,这貌似提问的对象有了变化,实际上,美学的内在理路却有着超越于外在意识形态的深刻一致。以往,一般的美学史研究仅把这种提问的变化追溯到政治文化语境的变更。于是,就有了诸多当代美学史的还原式研究。他们认为,当代中国美学的基本特点是"美学问题始终与社会问题交织,它们之间的互动决定了中国现代美学的历史命运"①。本书则试图站在一个结合内与外、认识与伦理、权力与责任、真与善的双重问题视野中来思考1978年至1985年间的中国美学复苏问题。本书认为,当代中国美学的问题,并不只是20世纪下半叶的中国的特殊问题,也不只是1978年以来中国学术的特殊问题。如果研究者只按照简单的"语境论"视角去探视它,那么它仅仅是某一时代具体的历史性问题,它只具有历史性的特殊价值,而没有现实性的普遍价值,这也就使得美学史的研究最终失去了当代意义。如果人们要从乍一看显得颇为陈旧的20世纪50年代至80年代的中国美学讨论中摸索出思想所可能具有的现实意义,就应该转变一种思路,即在历史主义思路之上,适当引进普遍主义的视角。或许,我可以这样说,当代中国美学,并不是一个仅属于当代中国特殊政治文化语境中的学术问题,它对当代中国学术文化建构的参与,隐藏着对现代美学诞生之原初意义上共同问题的解答意图。我认为,

---

① 戴阿宝、李世涛:《问题与立场:20世纪中国美学论争辩》,23页,北京,首都师范大学出版社,2006。

它是一种以特殊性颜面表述而深怀普遍性问题的学术研究。

本书在具体方法上，试图采用思想文本分析与知识社会学相结合的方法，重点讨论新时期初美学家所处位置、美学思想的前进方式与谱系脉络、学术演化背后隐藏的时代意识等重要问题。以往的当代美学史研究多限于对美学家个案的梳理，虽然为后来者学术史的研究打下了坚实的材料基础，但是无疑也有着"见木不见林"的视野局限，"思想史有消失于传记之中的危险，而且它依次地表现为一种纯粹的编年史"①。而另一些对整体研究的著述，多半流于美学家个人的思想总结，然后拼为一盘，或流于概览式的现象描述，均未做进一步的思想勾连。本书试图从美学思想史的角度切入，集中讨论新时期初中国美学的复苏如何"继往"，又如何"开来"的问题。具体步骤将从两个层次上对这一段的美学状况进行重新审视：其一，将美学家的思想进行勾连；其二，将美学思想与社会整体变迁相勾连。思想与思想、思想与社会之间结成的网络将构成一个类似于德国思想家卡尔·曼海姆（Karl Mannheim）所言的"问题的位系"。按照曼海姆的界定，所谓"位系"（constellation），其原义是指"在一个人出生时星的位置和相互关系"。相信命运的人认为初生婴儿的命运是由"星座"（constellation）决定的。曼海姆将"星座"这个术语转化为了"位系"这样一个知识社会学的命题，意指"在特定时刻特定因素的特定结合方式"，"各种因素的并存导致了我们所感兴趣的某个因素形态的构成"，因此"'位系'范畴隐含的问题就要求我们不仅对某一时刻的所有理论问题有一个概要性的了解，而且要考虑同一时刻的实际社会生活中的问题"②。实际上，这就要求人们在做思想史的知识社会学考察时，既要注意到一般传统所看到的知识内部的逻辑发展，同时也要注意知识的社会学问题，也即知识立场的社会学背景。新时期初"美学热"的兴起，并非仅仅是美学作为一个学科而突然繁盛。需要进一步发问：为什么美学"热"了起来？美学在社会中承担的是怎样的功能？美学家是怎样进行传承与开拓的？他们对待历史的态度究竟怎样？1978年后的美学与1978年前的美学究竟呈现出怎样的联系，它们是断裂的，还是连续的？如此等等。

出于这样的问题考虑，由于1978年到1985年的"美学热"现象繁多，著述纷纭，如果选择全部的现象、争论或者出版、翻译，并不是本书能完全覆盖的，也不是本书所追求的目的。因此，本书不追求面面俱到的描述，而是试图从这一时段中国美学主要代表人物朱光潜和李泽厚的思想演进着眼，来透视当代中国美学乃至学术思想史变迁的一个侧面，以便能够

---

① ［德］卡西尔：《卢梭、康德、歌德》，刘东译，70页，北京，生活·读书·新知三联书店，2002。

② ［德］卡尔·曼海姆：《卡尔·曼海姆精粹》，徐彬译，7页，南京，南京大学出版社，2005。

有效梳理出一条长久未为人们所把捉到的思想复苏脉络，从而重构出一片美学星空的精神图景。

四、新时期初中国美学复苏概况

意料之外，却又情理之中，新时期中国美学复苏得以开始的破冰之举源于毛泽东两项最高指示的披露。

1977 年 7 月 24 日，中国现代著名诗人、文学理论家、中国社会科学院文学研究所所长何其芳因突发心脏病逝世，同年 9 月 20 日出版的《人民文学》第 9 期为了纪念何其芳，刊载了他的遗作《毛泽东之歌》①。谁曾料想，正是这一篇诗人兼学者撰写的散文，成为文化寒冬过后的第一声报晓，促使新时期美学迎来了复苏的春天。散文由三部分组成，第一部分作者以诗人的热情追溯了开国大典的场景，引用自己的旧日诗作《我们最伟大的节日》，讴歌了伟大的领袖与新生的祖国。第二部分回忆了毛主席给作者亲笔改稿子的故事，描绘了毛主席给知识分子的生活予以关怀与思想指导。第三部分则记载了一次偶然的谈话：

> 最后，毛主席谈了一个很重要的理论问题，美学问题。他说：各个阶级有各个阶级的美。也是上次那位插话几次的同志说：问题在于也有一些相同的。毛主席象是回答他的问题，也象是发表他思考的结果似地说：各个阶级有各个阶级的美。各个阶级也有共同的美。"口之于味，有同嗜焉。"这两次听毛主席谈话，我都感到讲了许多很重要的问题，但因为不是在正式的会议上，我都没有当场作笔记，而是准备回来追记。但毛主席讲了这段关于美的问题的话，我却忍不住从口袋里掏出笔记本来记上了。

作者以学者的敏锐性洞察到了这次对话的重要性，并迅速捕捉记录了下来。依据这一段毛主席对"共同美"的肯定性意见，作者展开了对美学

---

① 何其芳：《毛泽东之歌》，载《人民文学》，1977（9）。刊载时，文末注明写作时间："一九七七年一月二十二日晨三点三十五分。"其实，当时《人民文学》发表占据六个版面的这篇文章仅仅是何其芳所撰名为《毛泽东之歌》回忆录的第 12、13 节。关于发表经过，据当时该文的责任编辑刘锡诚回忆，何其芳逝世消息传来的时候，《人民文学》编辑部正在讨论 1977 年 9 月的选题，由于"这样一个我所尊重的学者和前辈不幸逝世了，我想为他做最后一点事情"，于是刘锡诚打算在《人民文学》上发表何其芳在最后日子里写的回忆录，他从夫人牟决鸣的手中拿到了回忆录的打印稿，并在取得其子女何凯歌等的同意后，选择了其中的第 12、13 节，又经时任国家出版局局长王匡的加工与审批，以题为《毛泽东之歌》发表面世。见刘锡诚：《在文坛边缘上——编辑手记》，10～18 页，郑州，河南大学出版社，2004。《毛泽东之歌》全文见《何其芳全集》，第 7 卷，375～481 页，石家庄，河北人民出版社，2000。

问题的深思：究竟应该怎样理解各个阶级之间在美学问题上所具有的阶级性与共同性的问题？这便为新时期美学大讨论的开始埋下了一根导火索。何其芳的遗作余热未散，1977 年 12 月 31 日的《人民日报》在第一版显著位置刊载了《毛主席给陈毅同志谈诗的一封信》①。其中涉及了领袖对"形象思维"的肯定：

> 诗要用形象思维，不能如散文那样直说，所以比、兴两法是不能不用的。赋也可以用，如杜甫之《北征》，可谓"敷陈其事而直言之也"，然其中亦有比、兴。"比者以彼物比此物也"，"兴者，先言他物以引起所咏之，词也"。韩愈以文为诗有些人说他完全不知诗，则未免太过，如《山石》《衡岳》《八月十五酬张功曹》之类，还是可以的。据此可以知为诗之不易。宋人多数不懂诗是要用形象思维的，一反唐人规律，所以味同嚼蜡。

毛泽东以诗人的身份体验肯定了"形象思维"在诗歌中的重要性，尽管散文并不像他所说的仅仅只是"直说"，但"诗"的确是文学艺术中最为凝练也最具代表性的艺术样式。因此，肯定了诗歌的形象思维特征，实际上也就肯定了文学艺术具有不同于其他意识形态（如哲学、法律、宗教等）的独有特征——审美特征。审美特征在新时期人文学术破冰之初的恢复，即表现为对"形象思维"的再肯定。同时，还值得注意的是，毛泽东也肯定了赋、比、兴作为文学表现形式的合理性，批判了"多数不懂诗是要用形象思维的"宋代诗人，这便为新时期中国美学及文艺理论寻找古典传统提供了一条有力路径。

两条指示的披露给 1978 年的学术界带来的震撼是不可估量的。《毛泽东之歌》发表以后，学术界立即捕捉到了文章中孕育的一线思想解放契机，最初，是朱光潜在 1978 年第 3 期的《社会科学战线》上发表了《文艺复兴至 19 世纪西方资产阶级文学家艺术家有关人道主义·人性论的言论概述》②。此文虽仍以批判资产阶级与修正主义的面貌出现，但在客观上，

---

① 毛泽东：《给陈毅同志谈诗的一封信》，载《人民日报》，1977-12-31。信末注明写作时间："一九六五年，七月廿一日"。

② 该文发表时，注明："这篇旧稿原是在一次座谈会上的发言稿，没有发表过。旧稿久已遗失，事隔十多年，吴甲丰同志还保存了一份，建议给《社会科学战线》发表。特补记其过。"由此可知，该文基本是十多年前写作的产物，论调保持了前一时代的鲜明特色，但是在 1978 年局势尚未明朗的时期发表，虽然内容没有改变，但是发表的态度却甚为暧昧。另据学者蒯大申考证，这篇文章的起因是：1964 年根据政治需要，朱光潜接受主编《从文艺复兴到十九世纪资产阶级文学家艺术家有关人道主义人性论言论选》的任务，完成资料的编选后，朱光潜撰写了这篇文章作为序言，后来出于政治需要，该文被撤下，代之以当时政治口径写的"出版说明"，并将编者改为"北京大学西语系资料组"，由商务印书馆，1971。见蒯大申：《朱光潜后期美学思想述论》，141 页，上海，上海社会科学院出版社，2001。

详细介绍了自文艺复兴以来西方近代思想史中人道主义观念的发展状况，为后面展开的学术讨论做好了理论铺垫，让大家对人道主义思想有了一个较为全面的认识。随后，由上海、广西的几家学术刊物刊登了对"共同美"问题的一些初步讨论①。继而，1979 年第 3 期《文艺研究》刊登出朱光潜的《关于人性、人道主义、人情味和共同美问题》一文，从而一石激起千层浪，引发了数年的热烈讨论，揭开了美学与文艺研究回归人性时代的序幕②。另一方面，继《人民日报》1977 年年末发表毛泽东谈诗的书信以来，1978 年第 1 期的《诗刊》与《人民文学》均以最快的速度转载了此信。一时间，大江南北的学术刊物、文学刊物纷纷转载这一"最新"指示，并展开了对"形象思维"的研究与讨论。由此，当代中国美学在新时期初得以冲破冰封而复苏萌醒。

随着"共同美"与"形象思维"话题讨论的展开，一股"美学热"骤然兴起。最先注意到并且以此命名的应该是李泽厚，他在 1980 年 12 月的一篇文章中说："我想，值此所谓'美学热'，大家极需书籍的时期，许多人不能读外文书刊，或缺少外文书籍，与其十年磨一剑，慢腾腾地搞出一两个完美定本，倒不如放手先译，几年内多出一些书。"③ 在此紧迫而又富于自觉意识的情势下，学者们迅速恢复了专业研究，并投入纷纭而起的美学艺术理论的争鸣中去。从人道主义、人性论到《1844 年经济学哲学手稿》，从艺术本质的讨论到文学主体性的争辩，一时间风起云涌。甚至连非专业的社会人员都不约而同将目光投注到美学上来，据称当年有许多女工都买美学书以求知道如何装扮合理④。显然，普通人们是把"美学"仅仅当作了"美"（漂亮）的学问，这股热潮反映出了人们对久违的美学怀有一种陌生感⑤。

从 1978 年到 1985 年间，整个社会都对美学表示出了巨大的热情。略举数例，便可窥见当年美学独领风骚之神采。朱光潜的《谈美书简》从

---

① 这些文章有：覃伊平：《小议"共同美"》，载《广西民族学院学报》，1979 (1)；周抗：《略论各个阶级共同的美》，载《上海师范大学学报》，1979 (1)；陈东冠：《"共同美"在哪里？——与邱明正同志商榷》，载《复旦学报》，1979 (1)，等等。

② 据学者粗略估计，从 1978 年到 1982 年间，《复旦学报》《社会科学战线》《文艺研究》《北京师范大学学报》《学术月刊》《上海师范大学学报》《学习与探索》《文艺报》等十多家报刊载文参加了共同美的讨论，共刊出文章四五十篇。有些报刊还为此专门召开了笔会或座谈会。见阎国忠：《走出古典：中国当代美学论争述评》，8～9 页，合肥，安徽教育出版社，1996。

③ 李泽厚：《美学译文丛书序》，见《走我自己的路》，113 页，北京，生活·读书·新知三联书店，1986。

④ 李泽厚：《浮生论学：李泽厚、陈明 2001 年对谈录》，67 页，北京，华夏出版社，2002。

⑤ 据说 1978 年某单位招考时曾出过"什么是美学"这样一个试题。结果，有一个答案引起了人们的哄堂大笑。答曰：美学者，研究美国的学问也。这个并非笑话而是事实，相当典型地反映出，"美学"在中国今天还使许多人感到陌生。见李泽厚：《什么是美学》，见《走我自己的路》，66 页，北京，生活·读书·新知三联书店，1986。

1980 年到 1984 年印了四次，共印 195000 本；李泽厚的《美的历程》，在 1980 年至 1984 年间大约印数有 20 万本①。其时，投注于美学的社会热情可见一斑。

1980 年 6 月 4 日到 11 日，全国第一次美学会议在云南昆明召开，这是中国美学界有史以来第一次全国规模的学术盛会。83 岁高龄的朱光潜不顾年迈体衰，坚持远赴南国与会，并做了关于美学和美学史研究问题的讲话，给予了全国美学界以极大的信心与鼓舞。众望所归，朱光潜当选为中华全国美学学会会长。其他与会的知名学者还有 81 岁高龄的伍蠡甫，以及洪毅然、李泽厚等。参加这次全国美学会议的美学工作者 87 人来自全国 20 个省、市、自治区的大专院校、科研单位、出版社和报刊编辑部。会上学者们就美的本质、中国美学史、美育和形象思维等问题进行了广泛的交流与讨论，6 月 11 日，召开了全体会议，会上成立了中华全国美学学会，同时还成立了全国高等学校美学分会，通过了《中华全国美学学会简章》，选举了理事会，并由理事会推举了常务理事，从常务理事中产生了会长、副会长和秘书长。名誉会长为周扬。会长为朱光潜，副会长为王朝闻、蔡仪和李泽厚。秘书长为齐一。常务理事为马奇、王朝闻、齐一、朱光潜、杨辛、李泽厚、郭因、蒋孔阳、蔡仪。理事会由 28 人组成。会上还通过了《中华全国美学学会工作计划纲要》和《关于美学工作的情况和建议》。② 这次会议的召开标志着中国美学研究开始走上了正式的学科化建设道路，也标志着"美学热"进入高潮。

学术盛会之外，美学的复兴还体现在专业美学刊物的繁荣上。尽管美学进入中国已长达半个多世纪，但是到 1978 年之前，几乎没有出现过专门的美学刊物。即使是 20 世纪 50 年代的美学大讨论，其文章多发表在《人民日报》《光明日报》《文艺报》等报纸以及《新建设》《文史哲》等综合性哲学社会科学期刊上。因此，用一个历史的眼光来看，一门学科开始拥有自己的专业刊物，不能不说是一个学科走向独立与成熟的象征。这意味着美学从此开始有了自己更为广阔的言论空间，也暗示着美学渐渐走向了学术自律。伴随着"美学热"，全国出现了几家影响较大的美学专业刊物。一本是由中国社会科学院文学所文艺理论室主办的《美学论丛》，该刊由时任文艺理论室负责人的蔡仪担任主编，副主编为王春元、钱中文。《美学论丛》于 1979 年 9 月创刊到 1992 年 5 月出版了最后一期停刊，历时 14 个年头，共出刊 11 期，累计发表文章共约 280 万字。"美学热"从辉煌到冷却的过程，从《美学论丛》的发展也能窥见一斑，它的第一辑印过三次，累计四万五千册；第二辑印过两次，累计二万九千册；第三辑印一万

---

① 高建平：《中国美学三十年》，载《四川师范大学学报》，2007（5）。
② 《第一次全国美学会议在昆明召开》，载《中华美学学会第一次全国美学会议简报》，1980-06。

二千五百册；第四辑印了一万三千九百册。第四辑发行的时间是 1982 年，而到了第十、十一辑，各辑只印行了一千一百册，此时已是 1989 年。① 另一本重要的刊物是由中国社会科学院哲学研究所美学研究室与上海文艺出版社文艺理论编辑室合办的《美学》，时人皆称之为"大美学"。这个称呼形象地反映了这本刊物的特点：其一，《美学》发表的文章不受文字限制，从五六千字到三四万字，尤喜发长文章；其二，每一辑文字分量都在四十万字左右，用大十六开纸，显得较一般刊物大而且厚；其三，选稿不论门派，不以自己的趣味为标准，来源广泛。该刊从 1979 年创刊到 1987 年出版第 7 辑后停刊，历时八年，共出版七辑。与其他刊物不同，该刊除主办单位外，没有注明主编、副主编等字样，但是实际上组稿、选稿、审稿、定稿等一应事务都由李泽厚一人承担②。该刊影响广泛，主要参与了《1844 年经济学哲学手稿》等重要美学讨论。除这两份最重要的专业刊物之外，其余大型丛书及刊物还有诸如《美育》（湖南人民出版社主办），《东方审美文化研究》（山东大学和广西师范大学合办），蔡仪主编的《美学译林》（后改为《美学讲坛》）、《美学知识丛书》（共十本，由漓江出版社出版），李泽厚所在中国社会科学院哲学所美学室主办的《美学译丛》《美学译文丛书》《美学论丛》（丛书）等，此外还有《东方文艺美学丛书》（江苏文艺出版社），《文艺美学丛书》（北京大学出版社），重庆的《美的研究与欣赏》《美学文摘》，四川社会科学院的《美学艺术文摘》《大众美学》《美学新潮》，书目文献出版社的《美学文献》，商务印书馆的《外国美学》，天津的《美·艺术·时代》，安徽的《技术美学》，武汉刘纲纪编有《美学述林》，上海蒋孔阳编有《美学与艺术评论》，等等。

除美学专业刊物的繁荣外，专业著作及译作更是大量出版。到 1985 年，出版影响较大的著作有：李泽厚的《批判哲学的批判》（1979）、《美学论集》（1980）、《美的历程》（1981）、《中国古代思想史论》（1985），朱光潜的《谈美书简》（1980）、《美学拾穗集》（1980）、《朱光潜美学文集》（1980）、《艺文杂谈》（1981），王元化的《文心雕龙创作论》（1979），宗白华的《美学散步》（1981），王朝闻的《论凤姐》（1981）、《审美谈》（1984），蒋孔阳的《形象与典型》（1980）、《德国古典美学》（1980）、《美和美的创造》（1981），高尔泰的《论美》（1982），等等。同时，美学译介也得到迅速恢复和发展，老一辈美学家朱光潜晚年整理旧译稿，出版的有：《歌德谈话录》（1978）、黑格尔《美学》卷 2 与卷 3 上册（1979）、卷 3 下册（1981）、莱辛《拉奥孔》（1979），同时还新译出了意大利学者维柯

---

① 王善忠：《有关〈美学论丛〉的始末》，见靳大成主编：《生机：新时期著名人文期刊素描》，463～467 页，北京，中国文联出版社，2003。

② 聂振斌：《大〈美学〉的时光》，见靳大成主编：《生机：新时期著名人文期刊素描》，468～472 页，北京，中国文联出版社，2003。

的巨著《新科学》（1982 年译毕，1986 年出版）；宗白华整理旧译稿有
《宗白华美学文学译文选》（1982）。与朱光潜、宗白华着力于译介西方古
典美学不同的是，李泽厚主持的《美学译文丛书》作为中青年学者的翻译
成果，更是向国内学界译介了一大批现当代西方美学名著，截至 1985 年
已出版有：桑塔耶纳《美感》（1982）、苏珊·朗格《艺术问题》（1983）、
席勒《美育书简》（1984）、克罗齐《作为表现的科学和一般语言学的美学
的历史》（1984）、门罗《走向科学的美学》（1984）、贝尔《艺术》
（1984）、阿恩海姆《艺术与视知觉》（1984）、卡冈《美学和系统方法》
（1985）、齐斯《马克思主义美学基础》（1985）、门罗《走向科学的美学》
（1985）、杜夫海纳《美学与哲学》（1985）、科林伍德《艺术原理》
（1985），等等，这套丛书直到 20 世纪 90 年代总共出版 47 种。

伴随着专业研究的复苏，美学教育与普及工作也开始得到重视。

首先，全国高等学校纷纷恢复美学教研室，开设了美学原理、中国美
学史、西方美学史、文艺美学等课程，美学教学工作重新建立起来。

其次，美学教材的出版得到非常有力的组织。朱光潜 1964 年撰写的
《西方美学史》经过修订于 1979 年出版，是中国第一部自己编写的系统的
西方美学史教材与研究著作。继之，曾于 1961 年启动的《美学原理》，由
于王朝闻的主持，经过三年修改以《美学概论》为名于 1981 年出版，成
为中国第一部美学原理类教材①。由李泽厚、刘纲纪编写的《中国美学史》
（第一卷）也于 1984 年出版，是第一部中国美学史的系统著作。其他教材
还有，如蔡仪主编的《美学原理提纲》（1982）、全国 11 所民族院校编写
组编写的《美学十讲》（1982）、陆一帆编著的《美学新原理》（1983）、杨
辛、甘霖编著的《美学原理》（1983）、刘叔成等编著的《美学原理》
（1984），等等。与此同时，学界还整理出版了中西美学研究资料集，如《中
国美学史资料选编》（1980）、《西方美学家论美和美感》（1980）等。

最后，美学教师队伍的培养方面，为了适应高等院校开设美学课程的
需要，教育部委托全国高等院校美学研究会和北京师范大学哲学系于 1980
年 10 月到 1981 年 1 月联合举办了第一届高校美学教师进修班。进修班采
取自学为主，结合专题组织学术报告的学习方式，组织学员学习讨论统编
教材《美学原理》（王朝闻主编），同时还请来了朱光潜、蔡仪、王朝闻、
李泽厚等美学家授课，内容涉及美学的对象与学习方法、手稿问题、美的
本质、美感、古代美学、西方美学及艺术创作与欣赏等诸多方面，并且组
织学员参观了故宫和清东陵，结合实际进行了现场教学。参加学习的有来
自全国各地二十多所院校的教师三十人，此外，还有在京院校、科研单位

---

① 李世涛：《中国当代美学史上的"教科书事件"——关于编写〈美学概论〉活动的调查》，载
《开放时代》，2007（4）。

和文艺团体的旁听学员一百多人。其盛况可见一斑①。进修班结束后，讲稿汇集成《美学讲演录》出版②。

　　通过简短回顾，可以看出中国当代美学从 1978 年开始复苏，仅仅用了两三年时间就达到了高潮，到 1981 年，凡新时期初的重要美学家，其代表作已经基本出齐，所有重大讨论，如共同美、形象思维、人道主义与异化问题等都已经进行得如火如荼，学科建设也开始逐渐走上了知识化、学科化的发展道路。

　　① 朱立人：《高等院校美学教师进修班在活动》，载《哲学动态》，1981（1）。

　　② 全国高等院校美学研究会、北京师范大学哲学系合编：《美学讲演录》，北京，北京师范大学出版社，1981。

第一章　中国美学复苏的情境重构

一、历史的困局：中国现代美学的三次浪潮

要探讨新时期中国美学复苏的发生，我们首先面对的是 20 世纪 70 年代以来、"十七年"（1949—1966 年）以来，乃至上溯到五四以来整个中国现代历史影响下的美学格局。正是在对这种巨大历史结构图景的反思与批判之中，新时期美学得以走上了一条属于自己的道路。那么，这个历史图景究竟是怎样的？

通常，人们一般认为新时期是一个"拨乱反正"的时期，"拨乱"指的是结束了"文化大革命"极"左"意识形态造就的纷乱局面，"反正"则是指社会工作与生活恢复到了正常运行的轨道，具体到美学研究、文艺研究来说，这一时期的研究就是要返回到"十七年"乃至五四以来的现代美学文艺传统中去。就历史大势而言，这种指认是不错的。但是，如果落实到思想意识形态的层面，则问题很可能并不这么简单。正如有学者质问："拨乱反正，'正'在哪里？"① "世上根本就没有什么现成的先验的'正'，它也不可能现成地、先验地藏在过去、现在、未来的某个地方、某本书中、某个人头脑里，等着我们去寻找、去发现。"② 事实的确如此。站在今天的时空位置来反观新时期初的一段历史，研究者们需要注意到，一方面，新时期美学的复苏乃至繁盛，确实是对"文化大革命"极"左"美学的反驳，但是另一方面，它也不是一个简单地返回到 1966 年之前、甚至 1949 年之前的美学思想中去的过程，而是在对 20 世纪六七十年代美学进行深刻反思与批判的同时，更为浑融地去思考美学乃至中国思想内里存在的诸多两难境况，尝试从中寻找到一种更有利于文化主体性重塑的思想路径。因此，要理解新时期初期美学复苏的路径与意义，人们首先就得直面新时期美学的"史前史"所造就的历史格局（困局）。

如何进入并把握这种历史格局呢？我们认为，法国历史学家布罗代尔（Fernand Braudel）的"长时段"理论将有助于本书的考察。所谓"长时段"，是布罗代尔针对传统历史研究的时间观念所提出的一种新型思维范式。布罗代尔将历史时间划分为三个不同层次：第一个层次是短时段，它的表现是历史事件。在此，"事件是爆炸"，是"惊人的新闻"。短时段的

---

① 杜书瀛：《说文解艺》，72 页，北京，文化艺术出版社，2005。
② 杜书瀛：《说文解艺》，75 页，北京，文化艺术出版社，2005。

特征在于，"爆炸掀起的烟雾充满了当时人们的头脑，但爆炸本身却很短促，火光一闪即已过去"①。传统历史学更侧重这种短时段的研究，"历史似乎是这类反复无穷的小事的集合。布罗代尔指出，"这众多的琐碎素材并不构成科学思考所能加工的全部历史实在"②；第二个层次是中时段，它的表现是"态势""周期"和"间周期"。在此，经济史和社会史的崛起使得历史学家考察历史的时间长度发生了变化，供人们选择的时间可以是"十多年""二十五年"，甚至是"五十年"，计量方法的使用可以使研究者看到经济周期的循环。但是，布罗代尔指出"我们不应该只注意经济和社会这两大态势而无视其他因素"③，中时段还不足以形成影响历史发展的决定性因素；第三个层次是长时段，它的表现是"结构"，它指的是"社会现实和群众之间形成的一种有机的、严密的和相当稳定的关系"④。这些"结构"才是历史的"建筑"和"构架"，它们能够长久存在成为时代赓续、延绵不绝的"恒在因素"，是它们"左右着历史长河的流速"。布罗代尔认为，"长时段是社会科学在整个时间长河中共同从事观察和思考的最有用的河道"⑤。这种对历史短、中、长时段的划分，的确丰富了人们对历史时间的多元认识。"长时段"的提出，有助于人们从传统的编年史研究、计量统计研究等方式上升到一种更具普遍性意义的整体视野中，考察历史最深处制约着社会发展的"结构""模式"。

借鉴于布罗代尔的"长时段"理论，就中国现代美学史这一具体研究对象而言，我们认为，其中对具体历史事件的考察，如"美学大讨论"如何爆发、开展、结束，这是短时段层面的研究；对近 60 年共和国时期的美学历史发展，乃至 100 年间中国美学历史变迁的描绘及规律的探寻，这是中时段的研究；对位于这 60 年乃至 100 年中国现代美学不断变迁、反复起伏之下恒久决定性因素的探究，则属于长时段的研究。形象地说，长时段研究的对象，并不是具体细致的一朵历史浪花的微观形态，也不是历史浪涛的起伏频率或振幅落差，而是径直探测历史河道的两岸地脉，看看到底是怎样的因素架构了历史浪潮的地形图景。

据此，我们认为，自五四以来到 1976 年这一漫长的现代中国美学历

① ［法］费尔南·布罗代尔：《资本主义论丛》，顾良、张慧君译，176 页，北京，中央编译出版社，1997。

② ［法］费尔南·布罗代尔：《资本主义论丛》，顾良、张慧君译，177 页，北京，中央编译出版社，1997。

③ ［法］费尔南·布罗代尔：《资本主义论丛》，顾良、张慧君译，179 页，北京，中央编译出版社，1997。

④ ［法］费尔南·布罗代尔：《资本主义论丛》，顾良、张慧君译，180 页，北京，中央编译出版社，1997。

⑤ ［法］费尔南·布罗代尔：《资本主义论丛》，顾良、张慧君译，202 页，北京，中央编译出版社，1997。

程中，大致存在这样三组张力因素制约着以美学为代表的整个人文学科的发展：一、阶级性与共同人性；二、客观性与主观性；三、现代性与传统性。从"五四"到"十七年"，中国人文学术的发展便是在这三组因素所构建的思想张力场域中进行的"拉锯战"。出于这种张力不停地运动、倾斜、移动、偏向、崩裂，最终导致美学研究、文艺研究陷入了极端的历史困境。时过境迁，站在今天的位置上，回瞥那数十年的思想历史，要试图从中梳理出一条大致明晰的脉络，我们还得从这样三对因素所形构出的历史走向来进行辨识。

1. 去人性化与阶级反思

阶级性与共同人性之争，由来已久。早在 20 世纪 20 年代，现代文坛就爆发过鲁迅与梁实秋之间的激烈争论。梁实秋认为"文学批评的最后的标准"是"常态的人性与常态的经验"，文学是人性的产物，而"人性根本是不变的"[①]。梁实秋将普遍人性（或曰共同人性）作为文学批评的基础，提出以"一个共同的至善至美的中心"为标准来衡量文学的价值与品质。在一定意义上而言，他所注重的文艺的永恒性价值与普适性标准，是不错的。但是，正是这种对共同人性的弘扬却激发了鲁迅强烈的批判。鲁迅对此质疑："要写永久不变的人性，实在难哪。"[②] 他以"出汗"为喻，指出"弱不禁风"的小姐与"蠢笨如牛"的工人之间存在着不可漠视的差别，在"香汗"与"臭汗"之间，文学与文学家究竟应该站在什么样的位置？梁实秋坚定地认为，划分文学种类派别的根据是文学最根本的性质与倾向，而不是外在的诸般社会运动。"伟大的文学乃是基于固定的普遍的人性，从人心深处流出来的情思才是最好的文学"，"人性是测量文学的唯一的标准"[③]，"文学就没有阶级的区别"[④]。鲁迅却针锋相对地"不相信有一切超乎阶级"的"文豪"[⑤]，批评"在阶级社会中，文学家虽自以为'自由'，自以为超了阶级，而无意识底的，也终受本阶级的阶级意识所支配，那些创作，并非别阶级的文化罢了"。"文学不借人，也无以表示'性'，一用人，而且还在阶级社会里，即断不能免掉所属的阶级性，无须加以'束缚'，实乃出于必然。"[⑥]

鲁迅和梁实秋之间所呈现的矛盾就在于，是以阶级性还是以共同人性

---

① 梁实秋：《文学批评辩》，见《梁实秋批评文集》，91 页，珠海，珠海出版社，1998。
② 鲁迅：《文学与出汗》，见《鲁迅全集》，第 3 卷，582 页，北京，人民文学出版社，2005。
③ 梁实秋：《文学与革命》，见《梁实秋批评文集》，132 页，珠海，珠海出版社，1998。
④ 梁实秋：《文学是有阶级性的吗？》，见《梁实秋批评文集》，148 页，珠海，珠海出版社，1998。
⑤ 鲁迅：《文学的阶级性》，见《鲁迅全集》，第 4 卷，128 页，北京，人民文学出版社，2005。
⑥ 鲁迅：《"硬译"与"文学的阶级性"》，见《鲁迅全集》，第 4 卷，208 页，北京，人民文学出版社，2005。

来界定文艺，而这一争论所引发的矛盾成为制约 20 世纪下半叶中国文坛乃至人文学术研究的一个典型范式。

文艺和美学的阶级论与人性论之争，根本上关乎一个如何看待文艺、美学的群体性与个体性之间关系的问题。阶级论侧重人的社会归属，而人性论强调的则是人的自然状态。在社会的意义上，人属于特定的群体、组织、阶层、阶级，由人所创作的文艺、美学自然也带上了这种类别区分的色彩。其实二者都有一定的合理性，但是任何仅仅倾向于某一端的选择都会在实践中对文艺与美学的发展造成巨大的损失。

2. 去主观化与客观优位

一般而言，中国美学的客观性与主观性之争，是在 1956 年开始的美学大讨论中呈现出来的一个话题，也可以被视为"十七年"美学的核心问题。虽然表面上来看，"十七年"美学是以 1956 年开始的美学讨论为中心，以批判朱光潜的美学思想为肇始的，但实际上，在文艺理论领域清理主观性的行动开始得要更早。在此，首先要注意的是，主观性之所以成为当代美学史、文艺理论史上的一个重要问题，并不简单是由于它在哲学认识论上的所谓"唯心主义"倾向，更深层次的缘由在于主观性美学与逐渐成为主流的解放区美学、社会主义美学、文革美学这条权威知识谱系之间存在着严重的政治牴牾。所以，在探讨主观性与客观性之争的时候，我们不能轻易为表面的认知论哲学话语所迷惑，而要看到更深的根由。

从宏观的中国现代文艺美学发展历程来看，主观性的代表逐次可以展现为两派。

其一，以胡风为代表的体验美学。

作为左翼知识分子的胡风，与同时代的许多左翼作家、学者相比，他的文艺理论有着显著不同。虽然他基本上也是一位"反映论"者，始终认为文学是社会生活的反映，但是他的独特之处在于他对反映过程中作家主体能动性的强调。这种能动反映论，现在看来自然没有什么特别之处，但是在胡风所处的时代，却是有着重要的意义。胡风的能动反映论被学者从文学理论层面归结为"体验现实主义"①，这里不妨从美学角度将之命名为"体验美学"。这种"体验美学"根源于反映论美学，但是又超越于反映论美学，它是在对同时代的多种不同美学倾向进行批判的基础上逐渐生成的。

一方面，这是对"左倾"教条主义的批判，其美学表现是"公式主

---

① 据介绍，胡风自己并未使用过"体验现实主义"这一概念，这一概念最早是由文学史家严家炎提出，严家炎使用"体验的现实主义"是标明胡风理论影响下的小说流派，而后温儒敏将这一概念援引进对胡风文学理论体系的界定。见温儒敏：《中国现代文学批评史》，205～206 页，北京，北京大学出版社，1993。

义"与"客观主义"。由于苏联"拉普"的"左"倾机械论和庸俗社会学对中国左翼文学产生的恶劣影响,创作领域流行所谓"唯物辩证法的创作方法",将作家头脑简化为反映生活的"镜子"、传达思想的"容器"、宣传观念的"留声机"。所谓"公式主义",指的是"从一个固定的抽象的观念引申出来,不顾实际生活的千变万化的情形,无论在什么场合都把这个固定的看法套将上去"。① 胡风批评这种倾向要"从一种思想出发,尽可能地离开现实的人生"②。"那结果只有把生活弄成死板的模型,干燥的图案。"③ 所谓"客观主义",他有时也称之为"自然主义",这种倾向的表现是"冷静地描写""平面地叙述"。胡风认为这只是把文学当作了"生活现象的留声机片","是对于生活现象的屈服"④。需要注意的是,对于这两类倾向的批判,都是针对左翼革命文学内部的不同倾向做出的,它的目的在于纠正左翼文学的片面走势。另一方面,是对右派自由主义的批判。五四新文学骨干周作人、林语堂等在 20 世纪 20 年代中期开始逐渐脱离了时代主潮,放弃原来功利性的文学主张,而转向"性灵主义"与"趣味主义",推崇"以自我为中心,以闲适为格调"。胡风批评这种美学倾向是"抽象的'个性',抽象的'表现',抽象的'性灵'"⑤,由此"艺术作品就不是滔滔的生活河流的通过作家的认识作用的真实反映,而是一种非社会性的'个性'或'心境'的'表现'或'反照'了"⑥。值得注意的是,胡风指出了以林语堂为代表的京派美学观念的重要来源是意大利美学家克罗齐的"艺术表现论",这也就隐现出胡风的主观性体验美学与京派美学家朱光潜的主观性心理美学绝非同一指向。

在对左翼美学的机械化、图式化倾向和右翼美学的自由化、非社会化倾向的批判过程中,胡风逐渐形成一套以"主观战斗精神"为核心的重视主观能动性的现实主义美学理论,它强调的是作家的"主观精神""主观力"、向现实艰苦的"搏战"等,亦即"作家的献身的意志,仁爱的胸怀"乃至"对现实人生的真知灼见,不存一丝一毫自欺欺人的虚伪"⑦。

这一派别的其他代表,还有舒芜。舒芜认为,所谓"主观"是"一种物质性的作用,而只为人类所具有"。"它的性质,是能动的而非被动的,是变革的而非保守的,是创造的而非因循的,是役物的而非役于物的,是

---

① 胡风:《文学与生活》,见《胡风全集》,第 2 卷,323 页,武汉,湖北人民出版社,1999。
② 胡风:《现实主义在今天》,见《胡风全集》,第 3 卷,40 页,武汉,湖北人民出版社,1999。
③ 胡风:《文学与生活》,见《胡风全集》,第 2 卷,324 页,武汉,湖北人民出版社,1999。
④ 胡风:《文学与生活》,见《胡风全集》,第 2 卷,323 页,武汉,湖北人民出版社,1999。
⑤ 胡风:《林语堂论》,见《胡风全集》,第 2 卷,18 页,武汉,湖北人民出版社,1999。
⑥ 胡风:《林语堂论》,见《胡风全集》,第 2 卷,19 页,武汉,湖北人民出版社,1999。
⑦ 胡风:《现实主义在今天》,见《胡风全集》,第 3 卷,39 页,武汉,湖北人民出版社,1999。

为了自己和同类的生存，而非为了灭亡的。"① 他主张"人类""社会""主观"的"三位一体观"，依凭这种哲学观、社会观，他批评"伪客观"是一种"'超证明'的真理"："一切研究都并不为了得出一个符合客观真实的结论，而是预定一个结论为绝对正确再用研究来证明它"②。同时他还批评了"机械—教条主义"，认为"机械的'阶级决定论'"和"木石式的'理性论'"是最主要的表现。

不难看出，体验美学并不反对反映论的美学主张，而是在从客观到主观的反映、进而从主观到客观的表达这一过程中把捉到了创作主体的中介作用。他们所反对的既有无为态度的非社会倾向美学，更有机械教条的镜式反映论。就学理而言，体验美学对于作家主观态度的强调与革命主潮对于工农兵主体的重视形成某种牴牾。实质上，体验美学的主体仍然持守着五四启蒙主义的立场，而延安—解放区美学则已经改造成为抗日救亡乃至工农兵服务的立场，启蒙作家的主体是独立个我的主体，而革命作家的主体则要求集体大我的主体。立场的牴牾是美学观念分歧的根本因素。

其二，以朱光潜为代表的心理美学。

准确而言，胡风的体验美学侧重于文艺理论尤其是对作家创作论的批评，而 1949 年之前，在哲学美学领域真正独领风骚的应该是朱光潜的心理美学路数。早年，朱光潜以"悲剧心理学"的研究获得博士学位，继而回国将克罗齐的表现论美学、里普斯的"移情论"、布洛的"距离说"整合为自己的一套"文艺心理学"的理论体系。他取径于美感经验的心理学研究范式，从"文艺心理学"的层面切入来探究美学问题，得出"艺术是表现的""艺术是抒情的""艺术是创造的""艺术是想象的"等一系列结论，这些结论的共同特点在于都是从审美主体表现方面来思考问题。

美学观点上，朱光潜早期依循意大利美学家克罗齐的理论，主张从美感入手来研究美学，并把美感归结为"形象的直觉"③，后来由于洞察到形式派美学的缺陷④，转而从人生有机整体观来反思美学问题，认识到"美感的人"同时也是"科学的人"和"伦理的人"，最终在批判性思考的基础上形成自己独到的美学观点：（1）"美既不在内容，也不在形式，而在它们的关系——表现——上面"；（2）"美不仅在物，亦不仅在心，它在心

　①　舒芜：《论主观》，见《舒芜集》，第 1 卷，32 页，石家庄，河北人民出版社，2001。
　②　舒芜：《论主观》，见《舒芜集》，第 1 卷，46～47 页，石家庄，河北人民出版社，2001。
　③　朱光潜：《文艺心理学》，见《朱光潜全集》，第 1 卷，197 页，合肥，安徽教育出版社，1987。
　④　朱光潜：《文艺心理学》，见《朱光潜全集》，第 1 卷，359 页，合肥，安徽教育出版社，1987。

与物的关系上面"①。

可以看出,朱光潜心理美学的特点在于:立足于以美感经验为对象、以估衡主客体关系为主线,从早期的"人生艺术化"到中期的"艺术心理化",将对人生的思考由艺术中介落实到对心理现象的经验分析与哲学探究。即便在 20 世纪 50 年代后,他经由马克思主义的思想改造,将"美在心与物的关系"改造成为"美在主观与客观的统一"这样一个命题,但是他对美学探究的心理学视野始终是其学理进路的底色,只不过是由显入隐罢了。

值得注意的是,朱光潜的心理美学并不简单因为"唯心"倾向而遭受批判,这可以从他 1949 年前后的遭遇对比看出。1949 年之前,他被郭沫若、邵荃麟等斥责为"国民党的反动作家"②。这里的批判是源于朱光潜自居的"超然"政治立场,而这种"超然"的政治立场在他学术思想上的重要表现就是"美是形象的直觉"。在朱光潜的意识中,美无关乎外界的纷纭世事,美只是美感,美感只在于心与物的关系,这样一种美论在那个革命时代的主潮看来,是多么不合时宜。由此,"十七年"美学以批判朱光潜早期资产阶级唯心主义美学肇始。但是朱光潜在政治态度上有着主动自我改造的态度,并且逐渐使用马克思主义的观点来看问题与进行研究,因此朱光潜在马克思主义的视野下,逐渐发展建构出了自己的一套实践论美学观点。

其实,在胡风的体验美学、朱光潜的心理美学之后,"十七年"期间还涌现出以高尔泰为代表侧重于主观性的一种伦理美学倾向。高尔泰认为,美感是绝对性的,"美和美感,实际上是一个东西"③。"'美'是人对事物自发的评价。离开了人,离开了人的主观,就没有美。因为没有了人,就没有了价值观念。价值,是人的东西,只有对人来说,它才存在。"④ 高尔泰认为价值的尺度就是"人的尺度",那么,"人的尺度"究竟是什么呢?在高尔泰看来,就是"爱"与"善",它们才是"审美心理的基础"。"爱"与"善"作为美学的基础,实际上就标示出了一种伦理美学的维度。正如高尔泰自觉意识到的:"当美感的对象是社会生活或类似社会生活的现象的时候,它便不能不染上伦理学的色彩。美是与善相联系

---

① 朱光潜:《文艺心理学》,见《朱光潜全集》,第 1 卷,315、346、347 页,合肥,安徽教育出版社,1987。

② 邵荃麟、冯乃超等编:《大众文艺丛刊》,第 1 辑《文艺的新方向》第 2 辑《人民与文艺》,香港,香港生活书店,1948。

③ 高尔泰:《论美》,见文艺报编辑部编:《美学问题讨论集》,第 2 集,134 页,北京,作家出版社,1957。

④ 高尔泰:《论美》,见文艺报编辑部编:《美学问题讨论集》,第 2 集,138 页,北京,作家出版社,1957。

的，恶的东西总是丑的。"① 从这样一种伦理美学的哲学基础出发，文艺批评的原则自然就是"善"与"爱"，而艺术直接也就是"人道主义的武器"了。但是这种伦理美学在"十七年"时期并没有得到充分的发展与成熟，就销声匿迹了。

"十七年"时期，真正在学理上与朱光潜、高尔泰等相对的，是蔡仪发展出来的一套所谓"唯物主义"的"新美学"。"新美学"强调美是客观事物的一种属性，是如同"花是红的"一样的一种不以人的主观认识为转移的质素。但是，这套理论实际上暗含了一种类似于柏拉图所言的"美是理念"的客观唯心主义的倾向，由于这套"美论"确实太为僵硬、保守，将科学取向推向了极端，完全摒弃了作为人文学科的美学应有的价值关怀与人文意趣，所以也没有真正占据历史的中心。尽管美学研究领域没有实现"客观派"的统一，但是对"客观性"的强调仍然上升到了无以复加的程度，无论是蔡仪的教条化固执，还是李泽厚的创造性运用，抑或朱光潜的变通性容纳，都不能无视它的存在。至于文艺理论领域，"十七年"时期更是对属于客观性范畴的"题材"问题有着压倒一切的偏好，而创作主体的经验、技巧等方面的因素几乎不受主流文艺政策的重视。"题材决定论"成为这一时期最显著的文艺创作原则。

至此，可以看出现代美学发展过程中的几派主观性美学，或因为思想启蒙立场与工农主体立场相抵牾，或因为世事的茕茕孑立与时代主潮的社会整合相冲突，或因为抽象人性人道本位的伦理追求与革命的阶级论相背离，终究都被崇尚客观性的话语权威所压抑或忽视。"十七年"美学在这种主客观之争中，一步步树立起了美学客观性诉求的优势想象。

3. 去传统化与现代赋魅

其实，所谓的"中国美学"从根本上就是一个现代性事件。无论是"中国"，还是"美学"都并非华夏传统世界中的所有物②。"中国美学"本是中国社会近代以来在遭遇西方世界整体冲撞下而出现的产物。在这种现代性境况中诞生的中国现代美学自始至终都处于一种现代性与传统性的纠结之中，一方面要用现代的语言、思维、精神来重建属于现代中国的美学理论；另一方面传统性的基因又潜伏于自身建构的深处，成为一道无法轻易抹去的幽灵，躲在暗处期待某一复活契机的到来。总体上而言，现代中国美学在这一对因素之间的取舍是张扬现代性而贬抑传统性的。这种取舍在自"五四"到"十七年"一段的美学历程中呈现为两种模式：显西隐中

---

① 高尔泰：《论美》，见文艺报编辑部编：《美学问题讨论集》，第 2 集，141 页，北京，作家出版社，1957。

② 关于"美学"一词在汉语学界的由来，参见黄兴涛：《"美学"一词及西方美学在中国的最早传播——近代中国新名词源流漫考之三》，载《文史知识》，2000（3）。

与厚今薄古。

第一种"显西隐中",这是从中西文化之关系的角度来看的。所谓"显西隐中",指的是五四以来的中国现代美学,在现代性与传统性的把握上,西方现代性的认识论、价值观、世界观的代表,中国为传统性的认识论、价值观、世界观的代表,而现代性又标示着世界进步的主潮,所以在具体美学形态的建构上就以西方美学形态为自身文化建构的取向与榜样。值得辨识的是,这里所言的西方美学形态并非一个同质结构。自20世纪上半叶以来,对中国文艺理论及美学形态发生显著影响的有两种西方模式。

一种是以欧洲经验心理学为代表的心理美学模式,这一模式以朱光潜为代表,是1949年以前中国美学研究的主要进路,与之相比,同时代以中国传统的直观体悟方式进入美学意境的宗白华,却显得并非那么主流。李泽厚曾经评价说:"两人年岁相仿,是同时代人,都学贯中西,造诣极高。但朱先生新中国成立前后著述甚多,宗先生却极少写作。朱先生的文章和思维方式是推理的,宗先生却是抒情的;朱先生偏于文学,宗先生偏于艺术;朱先生更是近代的,西方的,科学的,宗先生更是古典的,中国的,艺术的;朱先生是学者,宗先生是诗人。"① 不难看出,在五四以来中国现代性学科建制、文化改造、思想启蒙的大潮覆盖之下,朱光潜的心理美学模式显然更符合这种追求自我文化更新与现代化变革的诉求,他对美感的探询显得更为科学化,无论是"移情说",还是"距离说",抑或"形象的直觉",都是有理可循、条分缕析的。他的美学从传统形态的虚玄美感中结构出了一套较为经验化且简易明了的心理学阐释,这是美学形态现代化的第一个阶段。

另一种是以苏联唯物辩证法为代表的认识美学模式,这一模式以蔡仪为代表,是1949年以后中国美学研究的主流模式。值得注意的是,朱光潜在1949年以后,经过补习马克思列宁主义哲学思想,也很快适应了这一模式。且不论其中政治形势的客观影响,从内在学思理路上而言,美学家本身之于现代性价值的肯定必然使他意识到苏式美学模式在历史前进的链条中比欧式美学模式具有更大的进步性。苏式唯物辩证法则的认识美学其实是将心理美学的研究进一步科学化:首先,它将玄妙幽暗的美感心理问题转化为对"美本质"的探讨,用"唯心/唯物"作为裁定衡量的标尺;其次,它进而将"美本质"的认识论结论与社会历史的现实基础相联系,完成一个"无产阶级/唯物主义/美在客观/逻辑思维"压制"资产阶级/唯心主义/美在主观/形象思维"的激进模式。心理学阐释被当作资产阶级落

① 李泽厚:《〈美学散步〉序》,见《走我自己的路》,121页,北京,生活·读书·新知三联书店,1986。

后思想扔进历史垃圾堆，而唯物论与阶级论的结合成为美学形态现代化的第二个阶段。

第二种"厚今薄古"，这是从古今时间对比的视野来说的。所谓"厚今薄古"，指的是五四以来的中国现代美学，在现代性与传统性的衡量上，其主流始终褒扬现代的价值而贬抑古代的价值。

五四时期的重要代表就是陈独秀、胡适等人宣称的"文学革命论"。胡适提出文学改良"八事"，其中"不模仿古人""不用典"[①] 等提法实际上已经明确了改良的对象正是古典传统。而陈独秀"敬告青年"，无论是人生还是社会都要"遵新陈代谢之道"，更是以"利刃断铁""快刀理麻"的方式提出"进步的而非保守的"等六条指导性的口号。一方面，这固然起到了思想启蒙的作用，另一方面也将价值的重心完全挪移到了当下的时间基点。这种古今价值的颠覆行动在文艺美学上的表述就是："推倒雕琢的阿谀的贵族文学，建设平易的抒情的国民文学""推倒陈腐的铺张的古典文学，建设新鲜的立诚的写实文学""推倒迂晦的艰涩的山林文学，建设明了的通俗的社会文学"[②]。古今价值在鲜明的对比中建构起了新与旧、诚与伪、明与涩的典型性反差形象。这种扬今抑古的价值观贯穿着现代文艺美学发展的主流，1949 年之后就明确成为"厚今薄古"的口号。文艺美学领域的古今之争愈益激进。

在"显西隐中"与"厚今薄古"两种进路的影响下，走完"十七年"的美学终于完成最为激进的去传统化的现代革命美学形态。

至此，在长时段的视野下，经由三对结构性张力因素的运动可以看出，自诞生到"文化大革命"的近四分之三个世纪里，中国现代美学经历了一个相当复杂的发展历程。这一历程以开放自新而始，以保守自闭而终。它所折射出的正是一种类似于思想史家列奥·施特劳斯（Leo Strauss）所说到"现代性的危机"。所谓"现代性的危机"，其表现是："现代西方人再也不知道想要什么——再也不相信自己能够知道什么是好的，什么是坏的；什么是对的，什么是错的。"[③] 这里的实质在于丧失了价值判断的有效标准。对于这一点，周扬看得很清楚。他指出，20 世纪 70 年代造成的精神创伤在于，民众（尤其是浩劫中长大的青少年）"不清楚什么是美，什么是丑，什么是文明，什么是野蛮，什么是高尚，什么是邪恶，甚至根本颠倒了美丑善恶"。"这给我们的民族在心灵上造成的危害和

① 胡适：《文学改良刍议》，见胡适选编：《中国新文学大系·建设理论集》，34 页，上海，上海文艺出版社，2003。

② 陈独秀：《文学革命论》，见胡适选编：《中国新文学大系·建设理论集》，44 页，上海，上海文艺出版社，2003。

③ ［美］列奥·施特劳斯：《现代性的三次浪潮》，丁耘译，见《苏格拉底问题与现代性》，32 页，北京，华夏出版社，2008。

创伤远远比在经济上造成的损失要大得多，更深重得多。"① 按照施特劳斯的看法，现代性的本质特点在于，它"是一种世俗化了的圣经信仰"，"彼岸的圣经信仰已经彻底此岸化了"，换而言之，亦即"不再希望天堂生活，而是凭借纯粹人类的手段在尘世上建立天堂"②。因此，"现代性"可以被理解为"对前现代政治哲学的彻底变更"和"拒绝"③。在这种现代性激进的思想史视野中，施特劳斯将马基雅维里、卢梭和尼采分别作为三次浪潮的代表思想家提出，指出他们都是在反思现代性的同时实际加剧了现代性的危机。西方政治思想史的发展与之相应经历了自由民主制、共产主义直到法西斯主义。而法西斯主义已经是一种彻底的"德意志虚无主义"了。这种"虚无主义"的要义就在于"从拒斥现代文明走向了拒斥文明本身之原则"④。这种现代性危机的逻辑，在我们看来，其实就是为了追寻美好生活而最终走向了扼杀美好生活的存在性可能，主观意图的良好愿望却造成了实践效果的悲惨结局。

依此来看，前述三组因素的历史拉锯，所造成的正是现代美学思想危机的步步加深。

首先，以五四新文化运动为第一个浪潮的发端，掀起了"去传统化"的潮流，从而将"现代性"赋予了极为崇高的魅力。这一浪潮所催生的是朱光潜的美学进路，被压抑的是以宗白华为代表的试图沿用传统形态来表述中国人体验与情感的散步美学模式。其次，以鲁梁之争为第二个浪潮的发端，掀起了"去人性化"的潮流，左翼文学将"阶级性"提升到文化政治的核心位置。最后，以 20 世纪 50 年代初的批判胡风思想为第三个浪潮的发端，掀起了"去主观化"的潮流。这个潮流在 1957 年的美学大讨论中达到高潮，将"客观性"提到美学判断的首要地位。文艺创作中对题材的重视压倒一切，美学研究中摒弃了美感经验而集中于美本质问题的探究。

毫无疑义，"去传统化"的本初理论意图是为了文化思想的创新自存，"去人性化"的本初理论意图是对底层民众的关怀拯救，"去主观化"的本初理论意图是把握客观真理的规律脉搏，三者所指向的实质是一种开放的、平等的、科学的理论智慧目标。但是因为"二元对立""敌我之分"

---

① 周扬：《关于美学研究工作的谈话》，见《周扬文集》，第 5 卷，273 页，北京，人民文学出版社，1994。

② ［美］列奥·施特劳斯：《现代性的三次浪潮》，丁耘译，见《苏格拉底问题与现代性》，33 页，北京，华夏出版社，2008。

③ ［美］列奥·施特劳斯：《现代性的三次浪潮》，丁耘译，见《苏格拉底问题与现代性》，34 页，北京，华夏出版社，2008。

④ ［美］列奥·施特劳斯：《德意志虚无主义》，丁耘译，见《苏格拉底问题与现代性》，102 页，北京，华夏出版社，2008。

的战争思维方式，使得理论智慧没有能够很好地在种种张力间把持一种均衡之势，在非此即彼的冲动中丧失了审慎、节制的智慧，抛弃了高超、巧妙的技艺，从而走向了残酷的极端境况。现代性、阶级性、客观性反过来异化成为压制人、分裂社会、制造悲剧的理念工具。就此意义上而言，本雅明（Walter Benjamin）所说"没有一座文明的丰碑不同时也是一份野蛮暴力的记录"①，的确发人深省。

新时期初期的中国美学所面临的正是这样一种历史困局。如何解开困局，三股浪潮所标示出的来龙去脉正好为人们了解新时期美学复苏提供了一种历史与逻辑的启示。新时期美学正是在对理论智慧的审慎、节制心态与巧妙、周旋技艺的恢复之际，凭借康德、马克思、维柯等哲人所指引出的思想脉络，经由回到主体性、回到共同人性、回到历史文化传统，逐次打开了一片崭新的新时期中国美学乃至中国思想的广阔天地。

二、审慎的渐进：现实视野下的论域空间

了解到新时期美学所面临的历史困局之后，要把握 1978 年至 1985 年间的美学复苏，还需要体认那个时代的知识感觉与学术立场。对知识感觉与学术立场的把握，不是仅凭直接阅读美学著作就能完全理解的，它的获得需要人们进入历史变迁的日常，去感受、玩味、体悟那些细致入微的变化，它们蕴藏于时代风云动荡中，为常人所难以察觉。狄尔泰（Wilhelm Dilthey）曾说："作家的创作出发点始终是生活经验，作为个人的生活经历，或者作为对当前的和过去的其他人的理解以及对他们在其中共同活动的时间的理解。""各种宗教的、形而上学的、历史的观念说到底都是过去的重大生活经历的标本，是它们的代表。"② 因此，复杂的观念源于复杂的经历。只有深入才能发现，原来思想家们的想法比人们本有的印象更为复杂，他们对待历史的态度较人们想象的更为微妙。探讨新时期初的美学思想演进，固然离不开对自"五四"至"十七年"的历史认知，同样也离不开对同时代兴起的思想解放运动的理解，这些思想史事件充满了矛盾的诱惑。因此，重新解释这一遗产才得以可能，本书的途径就是通过美学家的知识活动来透视其中的诸般奥秘。

那么，如何展开这种对知识活动的探究工作呢？在此，卡尔·曼海姆关于"知识的社会基础"的观点值得我们借鉴：

　　知识社会学所探求的是理解具体的社会——历史情况背景下的

---

① ［德］本雅明：《启迪》，张旭东、王斑译，269 页，北京，生活·读书·新知三联书店，2008。

② ［德］威廉·狄尔泰：《体验与诗》，胡其鼎译，164 页，北京，生活·读书·新知三联书店，2003。

思想，在此过程中，各自不同的思想只是非常缓慢地出现。因此，一般来说不是思维的人，或甚至进行思维的孤立的个人，而是处于某些群体中发扬了特殊的思想风格的人，这些思想是对标志着他们共同地位的某些典型环境所做的无穷系列的反应。①

依此所言，知识社会学既注重思想诞生的具体化环境，同时也注重引领思想发展的标志性人物。思想、环境、人物构成了一个完整的知识社会学分析模型。同时，这种模型令我们想起恩格斯的一个类似论述来："现实主义的意思是，除细节的真实外，还要真实地再现典型环境中的典型人物。"② 虽然，恩格斯所针对的是小说创作原则，但是这种"现实主义"的态度在我们看来，其实与知识社会学原则在根本上是相通的。它们共同强调了典型环境、典型人物这样一些因素，只不过旨趣有别：一个针对小说，是虚构性原则；一个针对思想，是历史性视角。但是其共同根本在于，从"这一个"或"这一群"的标志性对象身上凸显出一个大时代的风貌与意义来。鉴于此，我们下面就以一种现实主义的态度进入新时期初美学思想的论域空间，从人物所处、所虑、所现的典型环境、典型思想、典型风格三个层面来进行分析。

1. 典型环境：危机应对与中间道路

这里需要讨论的是新时期初期的典型环境。区别于大多数流于平面铺展的历史描绘与回忆，"典型环境"的诉求需要我们将历史现象凝练成为一种具有理论范式韵味的图景。环境之所以典型，原因在于，它内含着一种核心经验结构，尽管微妙复杂但却可经思辨提升。在我们看来，新时期初期的典型环境可以概括为：危机应对下的中间道路。

随着20世纪70年代的结束，国家意识形态进入调整时期。1977年2月7日，"两报一刊"（《人民日报》《解放军报》《红旗》杂志）联合刊发社论《学好文件抓住纲》，社论提出了日后史称"两个凡是"的论点："凡是毛主席做出的决策，我们都坚决维护，凡是毛主席的指示，我们都始终不渝地遵循。"刚刚粉碎"四人帮"的喜庆形势，又笼罩了一层模糊不清的意识形态阴霾。经过约一年时间的理论准备，1978年5月10日，中共中央内部刊物《理论动态》第60期首先发表了《实践是检验真理的唯一标准》一文，5月11日《光明日报》在第一版以通栏标题刊发《实践是检验真理的唯一标准》，署名"本报特约评论员"，5月12日《人民日报》《解放军报》全文转载该文，由此全国展开了轰轰烈烈的关于真理标准问

---

① ［德］卡尔·曼海姆：《意识形态与乌托邦》，黎鸣译，3页，北京，商务印书馆，2000。

② ［德］恩格斯：《致玛·哈克奈斯》，见《马克思恩格斯选集》，第4卷，683页，北京，人民出版社，1995。

题的讨论①。这次讨论表面上看是一个关于认识论问题的哲学探讨，但是，在哲学认识论背后隐藏的却是冲破思想桎梏、开启思想解放运动的先声。针对"两个凡是"，早在 1977 年，邓小平就首先提出要"完整准确地理解毛泽东思想"，认为"不能够只从个别词句来理解毛泽东思想，而必须从毛泽东思想的整个体系去获得正确的理解"②。意在告诫人们，不要用形而上学的、静止的、僵化的态度对待毛泽东思想乃至马克思列宁经典，而要实事求是地运用。随着真理标准问题的深入讨论，1978 年 9 月，他进一步提出了"坚持实事求是的原则"，为实践标准争论起到了支持作用："所谓理论要通过实践来检验，也是这样一个问题。现在对这样的问题还要引起争论，可见思想僵化的程度。根本问题还是我前边讲的那个问题，违反毛泽东同志实事求是的思想，违反辩证唯物主义、历史唯物主义的原理，实际上是唯心主义和形而上学的反映。"③ 从"完整准确"到"实事求是"，这一新时期政治思想阐释学标准的逐步确立，为恢复思想学术正常研究奠定了较为宽松的语义空间。1978 年 12 月，中共十一届三中全会的召开，标志着中国社会开始了新一轮的历史转型，国家将工作重心从"阶级斗争"转移到"经济建设"。正如邓小平在之前的理论务虚会上所简洁明快提出的那样："解放思想，开动脑筋，实事求是，团结一致向前看。"④ 这种开拓进取的口号更为新时期各领域、各行各业的改革定下了一个宽松自由的基调。

　　但是宽松、开放的号角仅仅是"典型环境"的一个面相，历史比人们想象的要复杂得多。思想解放并非单一的时代主题，历史往往是一曲复调的交响乐。改革与开放并非一蹴而就，尽管美学家们在文章中呼唤着："冲破他们所设置的禁区，解放思想，恢复文艺应有的创作自由，现在正是时候了！"⑤ 但是，在这种自由呐喊语气的背后，历史的其他面也从侧面暗暗影响着人们的思考。1979 年 3 月 30 日，邓小平在党的理论工作务虚会上提出："关于林彪、'四人帮'所散布的'极左'思潮（毫无疑问，这种思潮也是反对四项基本原则的，只是从'左'面来反对），我们过去已经进行了大量的批判，今后还需要继续开展这种批判，不能放松。"同时，他强调要开始"着重对从右面来怀疑或反对四项基本原则的思潮进行一些

---

　　①　关于这次讨论事件详情，见沈宝祥：《真理标准问题讨论始末》，北京，中国青年出版社，1997。

　　②　邓小平：《完整地准确地理解毛泽东思想》，见《邓小平文选》，第 2 卷，43 页，北京，人民出版社，1994。

　　③　邓小平：《高举毛泽东思想旗帜，坚持实事求是的原则》，见《邓小平文选》，第 2 卷，128 页，北京，人民出版社，1994。

　　④　邓小平：《解放思想，实事求是，团结一致向前看》，见《邓小平文选》，第 2 卷，141 页，北京，人民出版社，1994。

　　⑤　朱光潜：《关于人性、人道主义、人情味和共同美问题》，载《文艺研究》，1979（3）。

批判"①。对此，政治学家邹谠做出了十分精辟的阐释：

> 在变革国家—社会关系和改革政治体制与政治过程时，政治
> 领导人选择了一条中间道路（a middle course）。这条中间道路由
> 两个方面加以界定，其一是三中全会确立的思想路线和政治路
> 线，其二是邓小平在 1979 年 3 月提出的"四项基本原则"（坚持
> 社会主义、无产阶级专政、中国共产党的领导和马列主义毛泽东
> 思想）。最能体现中间道路选择的是放弃"两条路线的斗争"提
> 法，代之以"两条战线的斗争"概念，亦即既反对"极左思想"，
> 又同时反对"资产阶级自由化"倾向。②

所谓"中间道路"（a middle course），是政治学家从复杂的历史境况
中总结出来的一个阐释模式。它试图界定新时期初党内改革者在面对波谲
诡异的历史环境时所持的路向。这一历史环境的微妙吊诡之处就在于对两
难危机的应对。

一方面，要走向开放。改变封闭的思想路线，从阶级伦理的政治转向
经济伦理的政治，以营造一个类似于"专业分工"倾向的社会氛围。抹去
创伤，眼望未来，在物质建设与精神建设两个层面推动"四个现代化"建
设的积极展开。这里所着眼的是激发人们的创造力与想象力。另一方面，
要重建认同和团结。处于浩劫过后的调整适应期，经过多年的阶级斗争，
社会积怨甚深，人们对信仰的失望，造成了"我不相信"的现象。历史面
临着前所未有的合法性危机，权威坍塌，人心涣散。因此，新时期初期仍
然屡屡出现一些文化批判事件，如批判资产阶级自由化，《扯"淡"》问
题，《也谈突破》问题，更有声势尤为浩大的《苦恋》风波。③ 这些事件尽
管仍遗留了些许 70 年代批判的痕迹，但这里所致力的却是避免精神分化、
恢复人们的认同感与凝聚力。历史确实远为人们想象的要复杂。

依此，"中间道路"成为我们把握与理解那一个时代的核心范式。法
国思想家路易·阿尔都塞（Louis Althusser）曾说："每个独特的思想整体
（这里指的是某个具体个人的思想）的意义并不取决于该思想同某个外界
真理的关系，而取决于它同现有意识形态环境，以及同作为意识形态环境
的基地并在这一环境中得到反映的社会问题和社会结构的关系；每个独特
思想整体的发展，其意义不取决于这一发展同被当作其真理的起点或终点

---

① 邓小平：《坚持四项基本原则》，见《邓小平文选》，第 2 卷，166 页，北京，人民出版社，
1994。

② 邹谠：《中国革命再阐释》，80～81 页，香港，牛津大学出版社，2002。

③ 时任《文艺报》编辑的刘锡诚在回忆 1981 年那个同时"反'左'批右"的阶段时，"担心思
想解放的成果被否定"。参见刘锡诚：《在文坛边缘上——编辑手记》，611～613 页，郑州，河南大学
出版社，2004。

的关系，而取决于在这一发展过程中该思想的变化同整个意识形态环境的变化，以及同构成意识形态环境基地的社会问题和社会关系的变化的关系。"① 因而，要探讨中国美学在 1978 年到 1985 年间的复苏演进，也就要看到这个时期言论与写作论域空间的独特性。重新审视这一阶段的学术思想。首先，我们不应把它们视为永恒普遍的绝对真理，也不应以一种后来者的标准略去思想出现的具体语境而恣意褒贬，我们所需要做的是怀着"同情之理解"的态度，去勘察那思想道路上筚路蓝缕而艰苦卓绝的开创业绩。其次，区别于阿尔都塞完全切断"独特思想"与"外界真理"关系的做法，我们更认为在这种并非永恒普遍绝对真理的特殊话语之中，却饱含有对恒久价值和理想的不懈追求。由一般到特殊再到普遍，这将是我们进行新时期美学思想探讨的一个重要准则。这里，"中间道路"范式便为我们提供了进入特殊性语义情境的第一把钥匙。思想不只是思想本身，更是时代精神症候的折射。

2. 典型思想：去行政化与赋政治性

这里需要讨论的是新时期初期的典型思想。对于新时期的思想状况，一般有两种代表性看法：一种认为，新时期之初的学术思想是一个逐渐远离政治、走向自由自律的过程；一种认为，20 世纪 80 年代的去政治化思潮实际上是一种"去政治化的政治意识形态"②。虽然两种看法有所差别，但是学术与政治的关系辨认显然是它们的共同关注。它们的差异在于，前者持自由主义启蒙叙事立场，后者持新左派批判叙事立场，因此前者着意于描绘走向自由，后者则警醒于走向自由沦为新的意识形态。区别于这样两种叙事立场，在我们看来，新时期初期的典型思想可以概括为：去行政化与赋政治性。

1979 年朱光潜发表《关于人性、人道主义、人情味和共同美问题》一文，正式揭开了美学与文艺研究回归人性人道的时代序幕。正如他的文章所标举，毛泽东关于"共同美"的一席之谈，成为新时期初期美学冲破 20 世纪六七十年代五大禁区的有力支持。所谓"五大禁区"指的是："人性论"禁区、"人道主义"禁区、"人情味"禁区、"共同美感"禁区、"三突出"谬论等。显然，朱光潜看重的是它含有打破唯阶级论是举的思想能量，他先是把人性界定为"人类自然本性"，然后对人性和阶级性的关系给予了重新诠释，"人性和阶级性的关系是共性与特殊性或全体与部分的关系"，并且认为，阶级性与人性不构成矛盾对立的关系，两者同样是为

① ［法］路易·阿尔都塞：《保卫马克思》，顾良译，48 页，北京，商务印书馆，2006。
② 详细论述可参见汪晖：《当代中国的思想状况与现代性问题》《中国"新自由主义"的历史根源》《去政治化的政治、霸权的多重构成与 60 年代的消逝》，见《去政治化的政治：短 20 世纪的终结与 90 年代》，北京，生活·读书·新知三联书店，2008。

无产阶级事业服务的。另外，朱光潜还批判了破坏一切人类文化传统的历史虚无主义态度，由对"共同美感"的肯定出发，重新倡导了马克思主义关于文化的两大原则："一是对传统的文化遗产的批判继承；二是对世界各民族的文化的交流借鉴，截长补短。"①

与朱光潜不同，黄药眠不同意将人性奠定在自然属性的基点上的观点，他认为人性是"所有人类共同的特质，也就是说，人类的共同性，而又为别的动物所没有的东西"②。他把人性放在与动物性相对立的位置去看，这实际上就为以人类的社会性来界定的人性提供了一个人类学的基础。他承认在人类社会中有共同人性的存在，因为"人们的生活，除了有阶级的区分外，还有共同的社会生活，因而在艺术文学中也表现出不同程度的社会共同性"。他在看到人类社会具有阶级性的同时，还认识到了处于阶级斗争缓和时期的社会生活共同性，但认为这种共同性不是抽象的，不是自然属性，而是基于人类社会实践而来的社会生活的共同性。

在两位美学家之间，存在着一个究竟如何认识人性与阶级性之间关系的问题。朱光潜的要点是，人性是阶级性的基础，人性是自然普遍的，而阶级性是社会特殊的。黄药眠则认为人性是人类社会属性，是区别于动物自然属性的，在这种以社会属性为基本内涵的人性观中，根据历史环境分为侧重共同性和阶级性的历史态度。显然，在朱光潜那里，是以自由意志为取向的，通过弘扬自然人性为历史主义开路，以"共同美"的话题为历史主体朝向自身历史传统和他者文化赋予合法性。黄药眠那里，则是以群体合目的性为取向的，通过申辩社会人性，试图重新找到"共同美"的社会基础，防止将它简化为一个自然命题，造成理论对历史问题的实际解决缺乏力度。

值得注意的是，两者并没有把对方加以简单的否定，而是同时采取了肯定的态度，这种思维模式有了极大的改变，它们之间只是理论意图侧重的不同。其实，考虑到历史实际状况，二者本质上并不矛盾。前者是要造成思想上冲破网格的解放态势，而后者则是顾虑实际改革所必须依靠的社会力量。思想解放，固然要往前"冲"，但社会改革需要一定程度的"守"。这种张力的存在，体现了思想家所应有的节制与审慎。思想史的变迁需要人们以更复杂的态度来理解。

"共同美"讨论的背后，隐藏的是如何理解人性与阶级性的关系问题，而人性与阶级性的关系，还原到根本的基点上，则是一个文艺与政治的关系问题。1980年，邓小平在中央干部会议上讲话谈及文艺政策时，指出：

> 我们坚持"双百"方针和"三不主义"，不继续提文艺从属

---

① 朱光潜：《关于人性、人道主义、人情味和共同美问题》，载《文艺研究》，1979（3）。
② 黄药眠：《关于文学中人性、阶级性等问题试探》，载《文艺研究》，1980（1）。

于政治这样的口号，因为这个口号容易成为对文艺横加干涉的理论根据，长期的实践证明它对文艺的发展利少害多。但是，这当然不是说文艺可以脱离政治。文艺是不可能脱离政治的。任何进步的、革命的文艺工作者都不能不考虑作品的社会影响，不能不考虑人民的利益、国家的利益、党的利益。①

邓小平的讲话一方面强调了文艺发展的自律性，告诫了"文艺从属于政治"口号带来的历史弊端；另一方面又强调"文艺是不可能脱离政治的"，认为文艺有着重要的社会影响。

针对《在延安文艺座谈会上的讲话》以来的主流文艺政策，1978年以后进而贯穿整个20世纪80年代，文艺界曾盛行一种去政治化的理论倾向。相当一部分作家、学者、理论家都认为，由于"文艺为政治服务"曾产生过恶劣的历史作用，因此，要祛除政治介入文学的影响，通过重新认识文学的审美自由本性来界定文学的性质。但是，从最高领导人的讲话中透露出来的这种对待文艺与政治间的态度，在今天看来有着复杂的历史合理性。

奥地利政治学家阿尔贝·谢弗莱曾提醒人们注意，社会的政治生活一直存在着两个方面：第一，是一系列的社会事件，它们有固定的模式并定期发生；第二，是处于形成过程中的事件，其中，每一单个情况下必须做出新的、独特的形式的决定。他将第一方面称为"国家的例行事务"，把第二方面称为"政治"。② 这两者间的差别，其实质就是一个"行政"与"政治"的区分。行政的本质在于，将一切社会事务理性化、规则化为一套可操作性极强的程序，以致能适用于一个长时间的执行过程；而政治的本质则在于，它是依据实事求是的情况来调整行事的原则，造成一个新局势的态度。

经由这个区分来看待中国现代史上的文艺与政治的关系，或者能得出些许不同的意见。1942年，毛泽东《在延安文艺座谈会上的讲话》中所提出的"文艺为工农兵服务""先普及再提高"乃至文艺批评中"政治标准第一，艺术标准第二"的种种要求，是在战争的背景下讲的，文化战线和军事战线分别是拿笔杆子的部队和拿枪杆子的部队，党对于文学艺术所要求的是促进抗日战争的胜利与革命的成功。因此，这种以"区分敌我"为基本原则③，以"我们的文艺是为什么人的"为首要问题的文艺政策在当

---

① 邓小平：《目前的形势和任务》，见《邓小平文选》，第2卷，255～256页，北京，人民出版社，1994。

② ［奥］阿·谢弗莱：《论政治的科学概念》，转引自［德］卡尔·曼海姆：《意识形态与乌托邦》，黎鸣译，113～114页，北京，商务印书馆，2000。

③ ［德］卡尔·施密特：《政治的概念》，刘宗坤译，138页，上海，上海人民出版社，2003。

时来看确实是一个"政治性"的理念。而后的三十余年间，每逢政治局势紧张，比如，"在无产阶级专政下继续革命"时期，文艺就会不断陷入政治工具的境况中，而局势一旦稍微缓和，文艺政策就会有所调整，出现一定的自律空间，如"百花齐放、百家争鸣"。进一步而言，这种革命文艺的理念在长久的战争心态下，又逐渐僵化为了国家文化体制中的一种行政政策，人们习惯以"政策"衡量文艺的准绳，而失去了《讲话》本初所拥有的历史问题意识。因而，"文艺为政治服务"逐渐变为了"文艺为政策服务"。

新时期初，邓小平的讲话起到了澄清理论的作用。从政策上而言，不继续提"文艺为政治服务"，不以行政命令指手画脚，给予文艺应有的自律性空间，从政治上说，提醒文艺本身所蕴含的政治性影响。这里显现出了不同于前述自由主义与新左派两种叙事立场的深刻含义。启蒙叙事将政治等同于特定时代的政策，因此，去政治化的要求实际上是去行政化的诉求。但其弊端在于以偏概全，掩盖了政治本身的意义和重要性；批判叙事看到了启蒙叙事自身也属于一种意识形态，这是它深刻的一面，显然它对政治有着深刻的关注。但它的问题是，对政治的理解仍然局限于意识形态与"话语—权力"的层面，肯定的仍然是"知识/权力"的路径。我们的主张是，超越这两种思想指认，进入"知识/责任"的层面，去发现历史状况中更为积极且富有建设性的思想意义。因此，从这一视野来看，在邓小平讲话的引导下，20世纪80年代的思想探寻呈现出了去行政化与赋政治性的面貌。正如学者指出，"文艺与政治的这种关系中，关键的是要区分政治与现实政权的政治。政治是泛指对社会人生的关心；而现实政权的政治则是为了维护自己特殊集团的利益而去统治和压制别的阶级集团"①。恰如其所言，政治有两种类型，不妨称之为政治Ⅰ和政治Ⅱ，政治Ⅰ涉及的是政治哲学对何为美好人生与完善社会的整体思考，而政治Ⅱ则仅仅体现为现实政治的统治、控制、斗争与压迫。由此，文艺不再为政治服务，不再充当政治Ⅱ的工具，而文艺是不可能脱离政治的，指仍然有政治Ⅰ的内在责任。所以，在我们看来，20世纪80年代美学、文艺思想的典型特征就是"去行政化"与"赋政治性"的双重拉动。前者是清除极端的教条影响，后者则是重认美学、文艺的政治理想与责任担当。

3. 典型风格：双元批判与审慎美德

这里需要讨论的是新时期初期的典型风格（即典型人物特征）。以往诸多历史给人们造成了一种刻板印象，即新时期的人们分为两派：保守派和改革派，两派对立，改革派推动历史，保守派阻碍历史。这种将改革与保守对立起来，然后赋予善恶道德意义的做法，广泛存在于20世纪80年

---

① 何浩：《鲁迅：真善美的交锋与纠缠》，见童庆炳主编：《中国现代文学理论价值观的演变》，88页，北京，北京大学出版社，2005。

代的各类文艺作品之中。但是，这种二元对立的思维实质上与之前的"两条路线"没有差别，只不过所指认的对象颠倒过来。在我们看来，新时期初期思想家们的典型风格可以概括为：双元批判中的审慎美德。

在前述新时期典型环境、典型思想重新敞开的过程中，饱经沧桑的美学家们也呈现了不能透彻把握的独特风格。1978 年，朱光潜开始着手修订1963 年出版的《西方美学史》。他将《序论》与《结束语》重新撰写，其中充满了他对马克思列宁主义的新认识，他曾在北京大学的一个内部讨论会上提出，对其反对意见居多①。后来，这两篇文章作为论文先期发表在了期刊上②，从而引起关于"上层建筑"与"意识形态"的争论。朱光潜在文章中，提出了重新认识"上层建筑"与"意识形态"关系的问题。首先，他梳理了历史上三种对待两者关系的态度：一，马克思、恩格斯和列宁的观点认为，上层建筑与意识形态相平行，且上层建筑树立于经济基础之上，而意识形态与经济基础相适应；二，斯大林的观点认为上层建筑包含了意识形态；三，以斯大林为代表包括苏联学者以及卢卡奇认为，上层建筑等同于意识形态。其次，他提出自己的看法：第一，"并不反对上层建筑除政权、政权机构及其措施外，还包括意识形态或思想体系，因为两项都以'经济结构'为'现实基础'，而且都对基础起反作用"，在此他认为"实质不在名词而在本质不同的三种推动历史的动力"；第二，"坚决反对在上层建筑和意识形态之间画等号，或以意识形态代替上层建筑"③。那么，朱光潜为什么要重辨这一关系呢？区分经济基础、上层建筑与意识形态三种历史动力，实质在于分辨"学术同政治的关系问题"。朱光潜认为：

> 现在大家提出学术、文艺要不要为政治服务，当然是要为政治服务，从古到今，不只是社会主义时代，学术、文艺一向都是为政治服务，而且一向是为统治阶级服务的，向来如此。但是不是这两者就可以等同了呢？不能。这又回到马克思的英明论断，马克思认为，上层建筑，不论是政治的、法律的上层建筑，或是意识形态的上层建筑，都要为基础服务，这是很清楚的。但同时，它们究竟是两回事，不能等同起来。④

①　朱光潜：《还应深入地展开上层建筑与意识形态的讨论》，见《朱光潜全集》，第 10 卷，610页，合肥，安徽教育出版社，1993。

②　《西方美学史》修订本出版于 1979 年 6 月，而朱光潜先期将部分修改的重要内容以《研究美学史的观点和方法》与《上层建筑与意识形态之间关系的质疑》为题分别发表，载《文学评论》，1978(4)，载《华中师范学院学报》，1979（1）。

③　朱光潜：《上层建筑与意识形态之间关系的质疑》，载《华中师范学院学报》，1979（1）。

④　朱光潜：《还应深入地展开上层建筑与意识形态的讨论》，见《朱光潜全集》，第 10 卷，611页，合肥，安徽教育出版社，1993。

在这里，朱光潜一方面强调文艺要为政治服务，尤其是为统治阶级服务；另一方面又强调二者不能等同起来，即"上层建筑"不等于"意识形态"。美学家探讨这样一个充满政治意味的命题，正是在思考：如何让位于社会结构中意识形态层次的学术研究在自律性与他律性之间保持一种平衡的张力？答案并非简单地否定意识形态的政治性，也不是孤立地肯定学术研究的自主性。区分意识形态与上层建筑，是为了解放被传统政治思维定式捆绑着的学术理论，而勾连意识形态与上层建筑，则是为了维护马克思主义理论的指导地位。考虑到当时思想解放运动尚未全面展开①，"坚持马列第一义"②的朱光潜，以注经式的写作策略，在巩固马克思主义指导地位的同时，解构僵化意识形态的牢笼，有着历史合理性。某种程度上，这也是那一时代思想家们所走过的"中间道路"的呈现。

1982年5月6日，85岁高龄的朱光潜应邀参加了中宣部召开的纪念《讲话》发表40周年的座谈会，会上作了一个发言，语惊四座而锋芒犀利。在这个未刊的题为《怀着感激，重温"讲话"》的发言中③，朱光潜说道：

> 我年老昏聩，已无力写出领导要求的"研究性的文章"，只能就切身经验谈点实感，主要只谈"资产阶级自由化"这个谈虎色变的问题。我们都是毛泽东思想和马克思主义的信徒，应该理解而且牢记文艺是反映经济基础的意识形态这条基本原则。试问：有可能在经济基础上仍执行生产责任制和货币商品流通这种资产阶级制度残余的同时，希望根除文艺乃至一般文化教育方面反映出资产阶级自由化吗！社会主义革命并不是一朝一夕就会完成而是有不同阶段的。在现阶段生产责任制和商品流通还不能废除，党中央在经济方面仍利用这两种经济发展的杠杆是英明决策，我是衷心拥护的。因此，我认为现在就谈在文艺方面乃至一般文化教育方面不要"资产阶级自由化"是为时过早，不符合历史唯物主义规律的，也不符合我们的宪法。我们刚刚制定的宪法要保障学术自由和文艺创作自由，这个自由是哪个资产阶级

---

① 直到1980年7月26日《人民日报》发表《文艺为人民服务，为社会主义服务》的社论，才正式提出用"文艺为人民服务，为社会主义服务"的口号代替原来的"文艺为政治服务"或"文艺从属于政治"的口号。

② 朱光潜在1980年10月11日给全国高校美学教师进修班讲话时，说了一段顺口溜，其中有一句是"坚持马列第一义，古今中外要贯通"。朱光潜：《怎样学美学——1980年10月11日在全国高校美学教师进修班上的讲话》，见《朱光潜全集》，第10卷，504页，合肥，安徽教育出版社，1993。

③ 此则材料见韩毓海主编的《20世纪的中国：学术与社会（文学卷）》一书第三编《中华人民共和国的文学（1949—1989）》之中，该篇前后摘引了这篇发言中三段较长的内容。笔者遍查资料，发现这篇发言未收入《朱光潜全集》，也未见于任何报刊，出处估计是内部材料或者内部档案记录。

"化"过来的吗？就丝毫不带资产阶级的色彩吗？①

在此，对于当时兴起的批评"资产阶级自由化"的潮流，朱光潜逆流而上表示出了反对意见。他以历史唯物主义原理为依据，提出疑问：既然经济基础的生产与流通领域尚且恢复了必要的带有资本主义色彩的政策，那么按照"社会存在决定社会意识"的原理，思想领域出现自由创作的取向，有一些不同的声音，也是很合规律的。既然经济领域的改革要遵循历史发展的规律，不能单靠主观意志来行事，那么在思想领域的开放也要遵循唯物史观的规律，不能以简单的行政命令来干涉。马克思说过："革命需要被动因素，需要物质基础。理论在一个国家的实现程度，总是决定于理论满足这个国家的需要的程度。但是，德国思想的要求和德国现实对这些要求的回答之间有惊人的不一致，与之相应，市民社会和国家之间以及和市民社会之间是否有同样的不一致呢？理论需要是否会直接成为实践需要呢？光是思想力求成为现实是不够的，现实本身应当力求趋向思想。"②朱光潜正是看到了新时期官方对意识形态领域与经济领域要求的"不一致"，从而直指问题的根本：理论的物质基础。因为，"批判的武器当然不能代替武器的批判，物质力量只能用物质力量来摧毁"③。重要的问题在于，要真切地把握时代的核心问题，而非以某种口号标语去简单反对一种思想现象。思想领域的问题，不是要使它符合某种绝对的真理，而是要注意到思想赖以生存的现实土壤，在一个活的历史环境中去理解、包容与妥善引导。

如果说，这是朱光潜从一个方面来抵抗对思想解放可能造成的某种新的制约的话，那么，在同一篇发言中，朱光潜还从另一个方面思考了文艺与政治的关系问题：

> 这问题涉及阶级斗争和政治标准两个重要问题。从私人谈话和报刊报道中可以看出近来有一种论调，说不要提阶级斗争了，过去强调阶级斗争，才引起"残酷斗争，无情打击"，对统战和团结都不利，至于政治标准过去也强调太过，不免片面，危害到文艺创作。这话固然有些道理，是否就要取消阶级斗争，不提政治标准呢？有人连"政治"两个字也不敢用，这种现象是值得警惕的。自有人类社会以来就有了阶级，也就有了阶级斗争，有了

---

① 朱光潜：《怀着感激，重温"讲话"》，见韩毓海主编：《20世纪的中国：学术与社会（文学卷）》，357 页，济南，山东人民出版社，2001。

② ［德］马克思：《〈黑格尔法哲学批判〉导言》，见《马克思恩格斯选集》，第 1 卷，11 页，北京，人民出版社，1995。

③ ［德］马克思：《〈黑格尔法哲学批判〉导言》，见《马克思恩格斯选集》，第 1 卷，9 页，北京，人民出版社，1995。

政治，而且在任何阶级统治下，政治标准也都是第一，这是毛泽东思想和马列主义都谆谆教导我们的历史事实，就连我这几年在翻译的资产阶级祖师爷维柯的《新科学》里也不厌其烦地分析这种历史事实。我说讳言阶级斗争和政治不存在阶级，这是有鉴于斯大林过早地宣布苏联在 1935 年已经不存在阶级，从那时以来苏联政局的演变的事实都已经证明斯大林的错误，我们应该引以为戒。难道阶级斗争就那么不好听，"文艺为人民服务"就比"文艺为政治服务"听起来较悦耳吗？①

正如韩毓海评价的，"这当然不是'极左'论调。把朱光潜这种身受极端思潮迫害的人视为'极左'，没有比这更荒唐的了。朱光潜实际上表达的是一个理论家的睿智和基本素养——即理论的工作在于：在灵活的话语实践和变迁的现实之间建立灵活的辩证关系"②。确实，朱光潜既提出了自由化思想的历史合理性，同时又坚持"文艺为政治服务"，他的这番发言亦左亦右，显示出了思想家的知识立场在时代悖境中秉持着与现实的张力。这是一种真正的批判识度，它坚持批判、反省任何脱离实践的观点，以激活理论应有的把握力与穿透力去面对现实境况③。

英国理论家伊格尔顿曾提出过一个令 20 世纪 80 年代的中国学人们颇为惊异的观点："所有文学批评都是政治批评。"他认为，政治并非被我们刻意拉入文学的，而是一开始就位于文学之中。"政治一词所指的仅仅是我们组织自己的社会生活的方式，及其所包含的权力关系。"④ 因此，在这个意义上，文艺理论、美学理论的历史一直是我们时代的政治与意识形态史的一部分。在这种"话语—权力"的视野中，问题并不在于理论是否被卷入了政治关系（权力关系），重要的在于分辨理论究竟该如何面对政治？它持何种立场？按照伊格尔顿的说法，"纯"理论只是一种学术神话，"应该谴责的是它对自己的政治性的掩盖和无知，是它们假定自己为'技术的''自明的''科学的'或'普遍的'真理原则时的那种盲目性"⑤。

---

① 朱光潜：《怀着感激，重温"讲话"》，见韩毓海主编：《20 世纪的中国：学术与社会（文学卷）》，372 页，济南，山东人民出版社，2001。

② 韩毓海主编：《20 世纪的中国：学术与社会（文学卷）》，373 页，济南，山东人民出版社，2001。

③ 多年后，学者甘阳对于左右之争有一个看法颇为精当："其实左好还是右好，《诗经·小雅》说得最好：'左之左之，君子宜之，右之右之，君子有之。'换言之，该左就左，该右就右，君子无可无不可。"甘阳：《将错就错》，6 页，北京，生活·读书·新知三联书店，2002。就此而言，朱光潜身上体现出的正是这样一种君子风范。

④ ［英］特里·伊格尔顿：《二十世纪西方文学理论》，伍晓明译，214 页，西安，陕西人民出版社，1987。

⑤ ［英］特里·伊格尔顿：《二十世纪西方文学理论》，伍晓明译，214 页，西安，陕西人民出版社，1987。

朱光潜所面对的，正是 20 世纪 80 年代颇为吊诡的语境：一方面，国家权力要从以经济领域为首的社会各领域逐步退出，减少对各领域的行政干涉。知识分子们对美学、文艺理论等学科的去政治化要求与决策层的思考其实有着深刻共鸣；另一方面，由于现代化理念对阶级斗争理念的替代，历史惯性又常引发政策对学术的简单行政干预，这使人想起 1978 年以前的种种运动历史。对于"去政治化"的趋势，朱光潜担忧的是，简单地回避政治话语（阶级斗争、政治标准），并不能从实际上消除社会重新分化的事实，这种态度只能造成对当下所出现的新问题的一种漠视与掩盖；但是，又不宜重新采取行政干预的粗暴手段，那样会破坏思想解放来之不易的成果，而只能依靠学术话语自身的力量，接引、改造、转化出一种新的政治意识来达成理论与现实的积极互动，形成理论话语真正的批判功能。更深一层来看，这种批判功能正是康德思想、经典马克思主义乃至真正的哲学思考本身所要求的。

正如政治学家所见，此即"一条政治、社会与经济改革得以向前推进的宽泛的中间道路"①。在这样一个中间道路上的行进，便成为新时期初中国美学家们身处的现实境况。从而，这种独特的历史境况就决定了那个时代的美学家们，有着一种极为复杂的思想面相。中国美学思想的复苏，并非仅仅是一个走向自由的单维叙事，而是维系着思想解放与持守信念的张力，是一种审慎而有节制的前进（渐进）。我们不仅要看到，这种张力存在于不同的思想家之间，更要看到它就存在于许多思想家自身思考的内部。1985 年朱光潜给《文艺日记》题词："青年人第一件大事是要有见识和勇气！走抵抗力最大的路。"② 这实际上是在回应他自己早年的观点："能朝抵抗力最大的路径走，是人的特点。"③ 整个时代的氛围还决定了，其他诸多美学家都有着类似的知识立场与"道路"选择，如李泽厚在 20 世纪 80 年代末曾自陈："我们正处在两代人的中间，一方面觉得我们走得太远，一方面则觉得我们太保守。我不管两个方向上的责难，走自己的路。"④ 此外，还有"黄药眠现象"⑤ 等。

① 邹谠：《中国革命再阐释》，71 页，香港，牛津大学出版社，2002。

② 朱光潜：《题〈文艺日记〉》，见《朱光潜全集》，第 10 卷，725 页，合肥，安徽教育出版社，1993。

③ 朱光潜：《朝抵抗力最大的路径走》，见《朱光潜全集》，第 4 卷，25 页，合肥，安徽教育出版社，1988。

④ 李泽厚：《文学与艺术的情思》，《人民日报》（海外版），1988-04-14。

⑤ 所谓"黄药眠现象"，是黄大地对以黄药眠先生为代表的老一辈知识分子的一个总结："如果存在所谓黄药眠现象的话，那么它不仅包括他对党和人民的热爱，同时也应包括他面对新时期社会弊端的斗争精神，他时而可能考虑到党和人民的整体利益而变得慎重、沉默；时而又不能容忍时弊的肆虐，挺身而出，仗义执言。"黄大地：《〈黄药眠现象〉一解——有感于黄药眠九十诞辰纪念会》，载《炎黄春秋》，1994（4）。

　　这里所体现出的就是理论家对于审慎、节制美德的持守。依据施特劳斯的理解，"谨慎的本质所在，就是知道什么时候该说，什么时候该保持沉默"①。朱光潜的身上正体现出这样一种素质来。例如，他对于自己学术道路的评价，出现过这样一种抵牾的现象。1979年9月20日，他在给陈望衡的信中说："我研究美学主要是新中国成立前的事，无论从质看还是从量看，新中国成立前的著作都较重要。这当然是个人敝帚自珍的看法。"② 此后，到1981年，朱光潜为上海文艺出版社自编美学文集时，又说："从'敝帚自珍'的眼光来看，我自以为我的新中国成立后实际上不到二十年的工作比起新中国成立前大半生的工作远较重要。"③ 前说"敝帚自珍"的是新中国成立前"著作"，后说"敝帚自珍"的是新中国成立后"工作"。为什么在对待自己前后期思想上会有此不同说法呢？值得注意的有两点。第一，前者是在私人信件中表露的，而后者则是在公开的出版物中述说的；第二，前者的说法用的是"著作"，后者的说法用的是"工作"。实际上，这里就涉及一个对谁言说及其自我身份定位的问题。对学者说与对大众说，自然有着非常的不同。在面对学者的时候，他是以个人的身份，不需要考虑社会责任，而面对公众的时候，他是以公民的身份，要考虑到社会责任。同样，"著作"是可以完全文责自负的一种个人独特思想的言述，而"工作"则更倾向一种"听将令"式服务于时代的撰述。可见，对学者言说与对大众言说，纯个人著书与为社会工作，诸般隐藏的区分恰恰隐现出了美学家身上难得的审慎品质。

　　有如施特劳斯所言："谨慎乃是一种高尚的畏惧。'谨慎'乃是这样一种东西，它们在运用于理论和运用于实际或政治时是有所不同的。""一个谨慎的政治作家为了善良事业来对事情进行表述，会处之以一种有望创造出普遍的善良意志来追求善良事业的方式。一切可能会'揭开'社会中令人肃然起敬的那一部分用来'掩盖其分歧'的'面纱'的东西，他都要避免提到。"④ 那一代美学家审慎品质的价值正在于此，理论的洞察在于不会将任何理论僵固化，而会保持它的实践性。尽管历尽劫波，尽管马克思主义出现了种种问题，但是对于面向公众的言说，还是要考虑到理论本身的针对性。一个本身已经面临团结性瓦解危机的社会，必须改造出一种新的具有凝聚力的思想来重新团结社会，这或许就是朱光潜对自己新中国成立

　　① ［美］列奥·施特劳斯：《自然权利与历史》，彭刚译，168页，北京，生活·读书·新知三联书店，2003。

　　② 朱光潜：《致陈望衡》，见《朱光潜全集》，第10卷，461页，合肥，安徽教育出版社，1993。

　　③ 朱光潜：《关于我的〈美学文集〉的几点说明》，见《朱光潜全集》，第10卷，566页，合肥，安徽教育出版社，1993。

　　④ ［美］列奥·施特劳斯：《自然权利与历史》，彭刚译，211页，北京，生活·读书·新知三联书店，2003。

后思想依然重视的缘由所在。李泽厚亦然。李泽厚认为，实践论和历史唯物论是一个东西，如果历史唯物论离开了实践论，就会沦为漠视个体的宿命论和经济决定论，如果实践论离开了历史唯物论，则会走向唯意志论和主观唯心主义①。这表明李泽厚坚持对抗任何将思想教条化和虚无化的趋向，始终抵御任何的理论极端化，以避免理想与生活互相伤害。

在理性思考与感性言说之间，在追求自由与关怀平等之间，新时期初期的中国美学与中国思想就是这样在"中间道路"上一步一步"挤"出来的，而不是"冲"出来的②。

---

① 李泽厚：《康德哲学与建立主体性论纲》，见《李泽厚哲学美学文选》，154～155 页，长沙，湖南人民出版社，1985。

② "挤"与"冲"的思考，源于刘再复与李泽厚的对谈："你多次地对我说，中国的民主，应当是一步一步地'挤'出来，不应当是'冲'出来，这种渐进的态度也是一种理性的态度。"李泽厚、刘再复：《告别革命》，56 页，香港，天地图书有限公司，1995。

第二章　中国美学复苏的问题进路

一、断裂与延续：思想脉络的复调理路

当我们对研究对象的基本知识立场有了大致的了解之后，需要进入美学复苏的内在思想史脉络，来勾绘出美学思想自身行进的地形图。英国思想史家伯林（Isaiah Berlin）说过：

> 不仅是思想史，就连其他有关意识、观念、行为、道德、政治、美学方面的历史，在很大程度上也是一种主导模式的历史。……因此，为了确定一种文化特征，为了阐明该文化的种属，为了理解人存身其间思考、感受、行动的世界，很重要的一点是，要尽可能地分离出这种文化所遵从的主导模式。①

新时期初期的美学思想史中是否存在这样一个"主导模式"呢？如果存在，它究竟是怎样的呢？美学究竟以何种方式行进？是前进，还是后退？是简单的"走出古典"②，还是有着更为复杂的方式？

1. 审美模式：从求真到求诚

就美学层面而言，新时期初的审美主导模式经历了一个显著的变化：从求真趋向求诚。

1978 年 9 月 9 日，《人民日报》为纪念毛泽东逝世两周年，刊发了毛泽东诗词三首：《贺新郎·别友》（1923）、《七律·悼罗荣桓同志》（1963）、《贺新郎·读史》（1964）。相比当时的"伤痕文学"潮流，这个由国家主流意识形态所给出的暗示信号似乎没有为太多人所关注。

方兴未艾的"共同美"与"形象思维"论争，还处于思辨析理与政治判断的角力之中。而毛泽东的旧作，却被主流媒体以暗含意味的形式公开宣传。以往那些豪气干云、革命斗志的号角似乎都已消散远去，作为伟大革命领袖的毛泽东也显露出了平常人的一面。伟人遗作透露出来的讯息暗示出了一种压抑已久的美学情感的复归。不再是集体大我的叱咤风雷急，而是百炼精钢化为绕指柔。英雄的平凡心、儿女情，既暗示着一个新时代的开始——从以崇高为特征的"英雄美学期"走向以世俗为特征的"自由

---

① ［英］伯林：《浪漫主义的根源》，吕梁等译，10 页，南京，译林出版社，2008。
② 阎国忠：《走出古典——中国当代美学论争述评》，合肥，安徽教育出版社，1996。

期"美学时代①，更彰显出美学的求真模式朝向求诚模式的转变。

所谓求真模式，以这样一种看法为代表："美的事物之所以美，在于这事物本身，不在于我们的意识作用。""正确的美感的根源正是在于客观事物的美。没有客观的美为根据而发生的美感是不正确的，是虚伪的，乃至是病态的。"② 尽管这种美论并未在美学界一统天下，但是在文艺创作的政策指导上却有着相当重要的表现：文艺只能反映真善美，不能反映假丑恶。由此推之，只能反映"高、大、全"，只能表现"三突出"。这里面隐藏的是一种再现符合论的思维，即艺术真实就是要用形象反映"生活的真相和真义"③，"所谓艺术的真实，是以生活真实为基础，通过概括、集中提炼创造出来的具体生动的艺术形象，表现出社会生活的某些方面的本质和规律"④，"艺术的真实性，就是艺术作品反映社会生活所达到的正确程度"⑤。艺术的目的在于追求真理，这是不错的，也是那一时代持不同立场的知识分子所共同向往达致的愿望。但问题在于，求真模式所追求的只是真理性的一个方面，即寻求审美客体与正确理念的符合，而正确理念又是唯一的、僵化的意识形态化的政治标准。因此，趋于激进化的求真模式的实质，就是要求美和艺术的表现要符合由外在政治标准所界定的社会真实。如果说，1978 年之前的政治标准是要创造一个消灭了剥削阶级的普遍无产阶级社会的话，那么求真模式正隐现出为了把个体精神整合为共同体意志所做出的思想努力。共同体意志表现为生活真实的本质、历史发展的规律，所以个体精神需要无条件服从，抛弃个我的一切私情隐欲，投入大我的真相、本质之中。无分寸地、不加限制地将个体强行整合为共同体，这就是 1978 年以前美学求真模式所裹挟的政治意识。尽管社会的生活真实，历史规律确有其合理性，如消灭剥削、大众平等，但是这样不加技巧、盲动式地将个体推向共同体，伤害的不仅仅是艺术，更是共同体本身。20 世纪 80 年代，不仅无产阶级的普遍社会没有建立，由求真模式指导的文艺路线也受到损坏。

所谓求诚模式，主要表现就是作家巴金所说的"把心交给读者"⑥"讲真话"⑦。真理性的含义，在 1978 年前后开始发生了隐微的转变，不再只是符合论思维下的真实，更增添了表现论思维中的真诚。对于真理的追

①　封孝伦将 1949 年至 1979 年、1979 年至世纪末两个阶段划分为"英雄期美学"与"自由期美学"，见封孝伦：《二十世纪中国美学》，241～463 页，长春，东北师范大学出版社，1997。

②　蔡仪：《美学论著初编》上卷，237 页，上海，上海文艺出版社，1982。

③　蔡仪：《文学概论》，15 页，北京，人民文学出版社，1979。

④　十四院校文学理论基础编写组：《文学理论基础》，41 页，上海，上海文艺出版社，1981。

⑤　高等艺术院校艺术概论编著组：《艺术概论》，19～20 页，北京，文化艺术出版社，1983。

⑥　巴金：《把心交给读者》，见《随想录》，44～50 页，北京，人民文学出版社，2000。

⑦　参见巴金《随想录》中一系列文章：《说真话》《再论说真话》《写真话》《三论讲真话》《说真话之四》，见《随想录》，北京，人民文学出版社，2000。

求，美学在社会真相、历史规律的标准之外，发现了个我之真诚、良知、良心的存在。美学家高尔泰在修改自己的成名作《论美》时，增加了这样的表述："客观事物的形式（真）通过主体的心理感受（理想、信念—善）表现为美。美是真与善的统一，但它更多的是与善相联系而不是与真相联系。"① 高尔泰在这里所说的"美"其实也是对于一种终极性真理的追求，但"与善相联系"，亦即将主体的真诚置于真理性的首要位置，而非客体的真实。后来，他进一步展开了这个论述。首先，他将"真诚"意识植入审美内涵之中，认为"审美的能力，作为一种与他人联系的能力，是与善、爱、同情、信仰、真诚等能力成正比的"②；其次，他将"真诚"划为艺术概念的最核心层次，"我们强调艺术是情感的表现，强调艺术不是单纯的模仿和反映现实，不是说艺术没有认识功能，或者没有倾向性。而是说，由于审美客体或价值现实不可能只由单一的认识而没有评价地被把握，所以艺术不可能不是情感的表现"。这种情感的表现，就是"艺术的同情性"，它"形成了艺术概念的第五层——真诚"，"真诚是艺术的最根本的要素，真诚是艺术的生命"③。甚至，"说的是真话还是假话，这是艺术与非艺术的最重要的分水岭"④。在这样的表述中，美学家与文学家共同传递出了美学主导模式正在发生转变的意味，即真理性的寻求从求真模式转变为了求诚模式。

由求真模式向求诚模式的转变，具体到美学研究上的表现有以下两点。

首先，审美主体的心理特征、作用开始重新受到重视。新时期伊始，朱光潜说："我仍得坦白招认，我还是相信移情作用和内模仿的。"⑤ 李泽厚说："尽管遭人反对，我仍然坚持审美心理的研究与美的本质的研究至少是同样重要的，美学不能完全等同或仅仅归结为哲学认识论。"⑥ 这一时期，审美心理学或者文艺心理学获得了恢复乃至极大的发展。李泽厚为美学的心理学研究正名："今天的所谓美学实际上是美的哲学、审美心理学和艺术社会学三者的某种形式的结合。""如果说，美的哲学只是美学的引

---

① 高尔泰：《论美》，见《论美》，12 页，兰州，甘肃人民出版社，1982。值得注意的是，这段话在《论美》一文 1957 年的版本中还没有。当时将这种看法归结于"美在主观"，其实很容易使人误认为等同于朱光潜早期美学的主观论（"美在形象的直觉"）。实际上，二者是非常不同的。就高尔泰来说，他的美论目的在于追寻一个真理性的目的，因此"善"的视野敞开的是，从伦理学角度切入追寻真理的途径，而朱光潜则是将美论转化为文艺心理学（即美感），从经验心理学层面去探寻美的生成模式。这二者虽都是"美在主观"，但是却有着不同着力点的。
② 高尔泰：《美是自由的象征》，见《论美》，62 页，兰州，甘肃人民出版社，1982。
③ 高尔泰：《艺术概念的基本层次》，见《论美》，84、85 页，兰州，甘肃人民出版社，1982。
④ 高尔泰：《艺术概念的基本层次》，见《论美》，85 页，兰州，甘肃人民出版社，1982。
⑤ 朱光潜：《谈美书简》，87～88 页，上海，上海文艺出版社，1980。
⑥ 李泽厚：《李丕显〈美学初鸣集〉序》，见《走我自己的路》，126 页，北京，生活·读书·新知三联书店，1986。

导和基础的话，那么审美心理学则大概是整个美学的中心和主体"①，美学研究的心理学路径在背负了多年的"唯心主义"骂名之后终于得以平反，并被置于无比重要的地位。更进一步，在这一时期的文艺理论领域中，童庆炳对审美主体的心理把握有了更为深入的推进。他在一般心理因素之外，特别强调了情感的重要性。他认为，"审美主体对生活的诗意把握过程"，一方面是认识过程，要"调动主体的感觉、知觉、诗意、记忆、表象、想象、理解等心理机能"；另一方面，它又不限于认识过程，在这些心理过程中，"始终存在着情感的积极地介入"②。在他看来，审美主体的诸种心理因素是需要和情感相结合才真正生成为审美特征的，"对于美的创造来说，感知、表象是出发点，想象是基本途径，理解是透视力，而情感作为一种自由的元素与上述各种心理功能的融合，是美的发现力"。"情感的介入与否和介入的程度，是创作主体审美把握的关键。"③ 与此同时，金开诚、陆一帆等人也展开了关于文艺心理学的研究④。

其次，审美主体的个性、风格在被共同体意志长久压抑之后重新得到弘扬。1979 年 10 月，王元化的《文心雕龙创作论》由上海古籍出版社出版，全书分上下篇，重点显然在于下篇的"创作论八说"：心物交融说、杼轴献功说、才性说、拟容取心说、情志说、三准说、杂而不越说、率志委和说，分别涉及主客关系、艺术想象、创作个性等方面。它的意义在于，不但开始重视审美主体的心理特征，而且将这种心理特征进一步个性化、风格化，就艺术创作层面的深入探讨程度而言，显然比朱光潜、李泽厚的看法更为具体了。更为可贵的是，它借鉴传统美学思想与黑格尔哲学推动了美学研究的"回心"运动，同时也为美学在中西思想对比中如何重新确认自己的历史文化传统提供了一种新颖的思路。1981 年，童庆炳发表《关于文学特征问题的思考》，更是将这种对于审美特征的新思考引入文学基本理论领域，提出"文学所反映的生活是整体的、美的、个性化的生活"⑤。虽然此处涉及的是作为审美客体的生活个性化，但是个性化生活的发现背后实际也有着对审美主体个性化的隐蔽诉求。美学模式在朝向真诚迈进的同时，也朝向个体独特性迈进了。1982 年，詹锳出版了专著《〈文心雕

① 李泽厚：《美学的对象和范围》，见《李泽厚哲学美学文选》，190、199 页，长沙，湖南人民出版社，1985。
② 童庆炳：《文学与审美》，见《文学审美特征论》，36 页，武汉，华中师范大学出版社，2000。
③ 童庆炳：《文学与审美》，见《文学审美特征论》，43 页，武汉，华中师范大学出版社，2000。
④ 金开诚：《文艺心理学论稿》，北京，北京大学出版社，1982；陆一帆：《文艺心理学》，南京，江苏人民出版社，1985。
⑤ 童庆炳：《关于文学特征问题的思考》，见《文学审美特征论》，18 页，武汉，华中师范大学出版社，2000。

龙〉的风格学》①，王元化翻译出版歌德的《文学风格论》②，更是将风格作为一个独立的话题彰显了出来。

同一时期，与"风格"形成呼应之势的，还有宗白华在魏晋人物身上品味到的"风度"，李泽厚在"美的历程"中领悟到的"风神"。宗白华认为，"就中国艺术方面——中国文化史上最中心最有世界贡献的一方面——研寻其意境的特构，以窥探中国心灵的幽情壮采，也是民族文化的自省工作"③。由此，宗白华从中国艺术里找到了节奏、意境、风度等一系列民族文化心灵的审美象征物④；李泽厚则找到了"风神"：谈到唐代宗教画衰落、出现世俗生活画卷时，他认为"现实世间生活以自己多样化的真实，展现在、反映在文艺的面貌中，构成这个时代的艺术风神"⑤；谈到"气韵生动"时，他认为这是整个中国画的美学特色："不满足于追求事物的外在模拟和形似，而要尽力表达出某种内在风神，而这种风神又要求建立在对自然景色、对象的真实而又概括的观察、把握和描绘的基础之上"⑥；乃至谈到《沧浪诗话》对"韵味"的追求，昆曲的潇洒主角、精细唱姿、优美文辞，他统统都归结为"一代风神"⑦。

风格、风度、风神，在某种意义上，正体现出"浪漫主义之父"赫尔德（J. G. Herder）所说的"表白主义"（expressionism）这种特征。所谓"表白主义"，指的是："人的基本行为之一，是表白，是有话要说。因此，一个人无论做什么事情，都是在充分地表白自己的本性。"因而，在这种视角下，"艺术是一种表白，是一种表达出来的声音。一件艺术品就是一个人向其他人表达他自己的声音"⑧。求诚模式，不只是说真话，更是说心里话，说属于自己的心里话。从美学表现上来看，求诚模式引导人们重新回到个体本位、民族本位、心理本位，个性、风格、创造性都得到了巨大的释放。更值得注意的是，这种返回是在个体与共同体双重意义上展开，个体回到的是个性，共同体回到的是民族性，无论是内隐层面的心理，还是外显层面的风格，都是在这两个层次上所做的双向返回。这一返回就潜移默化地实现了美学的意图，使得个体在回到自身的过程中，同时回到了民族文化本源，脱离开僵化政治意识形态的强制力，美学引领人们朝向一

① 詹瑛：《〈文心雕龙〉的风格学》，北京，人民文学出版社，1982。
② ［德］歌德：《文学风格论》，王元化译，上海，上海译文出版社，1982。
③ 宗白华：《美学散步》，68页，上海，上海人民出版社，1981。
④ 胡继华在其研究中，从艺术经验、艺术境界、生命形象、形而上学四个方面，将宗白华的"气韵"论、"意境"论、"人格"论、《形上学》思想四个方面做了详尽剖析。见胡继华：《宗白华：文化情怀与审美象征》，北京，北京出版社，2005。
⑤ 李泽厚：《美的历程》，150页，北京，文物出版社，1981。
⑥ 李泽厚：《美的历程》，171页，北京，文物出版社，1981。
⑦ 李泽厚：《美的历程》，160、192页，北京，文物出版社，1981。
⑧ ［德］伯林：《浪漫主义的根源》，吕梁等译，62、63页，南京，译林出版社，2008。

个民族文化的精神共同体走去。

2. 文化态度：再认中的通变

进入文化态度层面，新时期初文化认同呈现的特征是：再认中的通变。

首先是文化再认。1978 年 9 月 9 日，同一天的《人民日报》上，还刊发了一篇新整理出来的毛泽东文章：《同音乐工作者的谈话》。该文是 1956 年 8 月 24 日毛泽东在中南海怀仁堂与部分音乐工作者谈话时所记录下来的。纵观全文，显然这并不仅是一篇关于某一艺术种类的专门谈话，更是涵盖了文化、科学诸领域中如何处理古今传统与中西关系的宏观思考。毛泽东的讲话大约包含这样几个方面。

第一，关于如何处理古今历史传统的问题。毛泽东认为应该重视历史传统，提出要把"中国的好东西"都学到，要重视"中国的东西"，不然"很多研究就没有对象了"[①]。

第二，关于如何处理中西文化关系的问题。毛泽东认为，应该既学习又创造。一方面，"要熟悉外国的东西，读外国书"；另一方面，"要中国化，要学到一套以后来研究中国的东西，把学的东西中国化"。两个方面应该是统一的，"学了外国的，就对中国的没有信心，那不好。但不是说不要学外国"。

第三，关于如何对待文化承载者知识分子的问题。毛泽东认为，如果知识分子的问题处理不好，就会造成对革命事业的不利影响，知识分子们有近代的科学文化知识，所以一定要团结他们。

第四，关于如何处理文化形式的问题。毛泽东号召"标新立异"，主张艺术要有民族形式和民族风格。

从这样几个方面，可以看出毛泽东对中国现代社会主义文化的全盘思考。他是有着一种开放态度与主体精神的，既反对教条主义和保守主义，又反对"全盘西化"，他认为"向古人学习是为了现在的活人，向外国人学习是为了今天的中国人"。他的时代意识与文化认同，始终站在一个新生而又有着悠久历史的泱泱大国立场上来思考的。他以树立"民族信心"为主体目标，以"民族风格"为创造形式，以"知识分子"为重要载体，以"学习外国和古人"为完成手段，全面论述了中国现代文化建设的重要问题。

这篇文章的刊发，意味着国家在拨乱反正的改革开放之初就认识到了文化问题的重要性，并返回 20 世纪 70 年代之前去寻找开创新时期文化发展的合法性资源。毛泽东讲话的公布，对知识界、思想界突破 20 世纪 70 年代意识形态的网罗、在断裂中接续学术文化的血脉起到了至关重要的作用。

---

① 引文均见毛泽东：《同音乐工作者的谈话》，载《人民日报》，1979-09-09。该文另可参见《毛泽东文集》，第 7 卷，76～83 页，北京，人民出版社，1999。

其次是文化通变。刘勰说过："变则可久，通则不乏。趋时必果，乘机无怯。望今制奇，参古定法。"这句话的意思是，"善于变化才能够持久，善于会通才不会贫乏。适应时代需要一定要果断，趁着机会不要怯懦。看准当前的趋势来创作突出的作品，参酌古代的杰作来确定创作的法则"①。他虽然指的是文学创作，但是我们也不妨将其理解为文化态度。文学本身就是文化中的一种具体类型，文学如此，文化亦然。通变强调的就是有所继承、有所革新。

日本学者竹内好在研究近代日本与近代中国遭遇西方现代性的思想态度时，曾以鲁迅思想为焦点，提出过一种分析范式："回心"与"转向"。竹内好认为，在遭遇到西洋现代性的过程中，中国和日本两国文化呈现出两种不同的认同姿态。日本是一种"转向型文化"，而中国则是"回心型文化"②。所谓"转向型文化"，指的是日本作为一种"优等生文化"而演变出来的文化态度。它的特点在于，致力把握存在于外部世界方面的东西，如学习西洋各种先进的物质文化、精神文化，但是却丧失了自我的主体性，就像"优等生"一样只是热心于挣分数，但是问题在于这是一种放弃了文化主体性态度的学习，一种非创造性地模仿。因此，竹内好认为这种放弃抵抗的优秀生仅仅是一种"奴才的优秀生""堕落方向上的优秀生"③。而所谓"回心型文化"，指的是以鲁迅为代表的中国近现代知识者，执着于自我意识而不轻易改变方向——"我只能走我自己的路"：

> 走路本身也即是自我改变，是以坚持自己的方式进行的自我改变（不发生变化的就不是自我）。我即是我亦非我。如果我只是单纯的我，那么，我是我这件事亦不能成立。为了我之为我，我必须成为我之外者，而这一改变的时机一定是有的吧。这大概是旧的东西变为新的东西的时机，也可能是反基督教者变成基督教徒的时机，表现在个人身上则是回心，表现在历史上则是革命。④

因此，"回心"与"转向"虽然表面上相似，但是实质上方向是截然相反的。"回心"是以保持自我而表现出来的向内运动，而"转向"则是以放弃自我反映出来的向外运动。"回心"的内核是一种主体性抵抗的变化运动，而"转向"完全没有这种抵抗态度。所以，"有我之回心"与"无我之转向"构成了中日两国文化现代性的基本精神模式。进一步，竹内好认为，由于"日本文化没有经历过革命这样的历史断裂，也不曾有过

---

① 周振甫：《文心雕龙今译》，276 页，北京，中华书局，1986。
② ［日］竹内好：《近代的超克》，孙歌译，213 页，北京，生活·读书·新知三联书店，2005。
③ ［日］竹内好：《近代的超克》，孙歌译，208 页，北京，生活·读书·新知三联书店，2005。
④ ［日］竹内好：《近代的超克》，孙歌译，212 页，北京，生活·读书·新知三联书店，2005。

割断过去以新生，旧的东西重新复苏再生这样的历史变动"，因而，在日本文化中"新的东西一定会陈旧，而没有旧的东西之再生"①。日本文化是一种没有生产性的文化，它可以由生走向死，但却不可以由死走向生。

这里，我们引用竹内好的观点并非执意于他对中日文化的具体划分，而是借重于他那种以主体性态度作为文化"复苏再生"衡量标准的思路，来对新时期初期的中国社会转型作一种文化层面的深度思考。显然，新时期初期的改革者并不是用一种截然断裂的方式来推动对内改革与对外开放的。无论是用进化论，还是用断裂论，都无法有效地说明中国社会在"文化大革命"后发生的整体变化。按照社会学家的看法，近代以降的中国社会是一个"悖论社会"（paradoxical society），这里所用英文"paradox"一词的含义指"不仅是个别违背理论预期的现象，更指一双双相互矛盾、有此无彼的现象的同时存在"②。社会学家使用这个概念，意指不能简单依据西方形式主义化的主流理论来论证中国③，无论是马克思主义，还是韦伯的现代性理论。现代中国始终是一个充满各种复杂传统的巨大存在，而其中最为重要，又常为人所忽视的就是"现代传统"（新传统）的因素。所谓"现代传统"，是指一个半世纪以来在中西文化并存下中国所形成的革命传统（社会主义传统）。因此，黄宗智建议：

> 正是这样一个多种社会类型并存的社会迫使我们抛弃简单的理念化了的类型分析和结构分析，而着眼于混合体中的历史演变过程本身。"转型"一词，用于中国，不应理解为目的先导的从一个类型转成另一个类型，从封建主义转到资本主义，或社会主义转到资本主义，而应认作是一种持久的并存以及产生新颖现象的混合。正因为现有单一类型理论的不足，我们需要从混合社会的历史实际出发来创建新的理论概念。④

依此而言，与其将中国社会的转型视为通盘而彻底地改变，毋宁认为它是一次有着内在主体性意识的调整通变。其实，正是由于认识到中国国情的特殊性，新时期初期的中国社会转型也并没有简单地从社会主义走向资本主义，而是以继往开来的态度面对历史与未来，走了一条充满主体性精神的改革实践道路。正如邓小平所意识到的，"我们不能够只从个别词

①　[日] 竹内好：《近代的超克》，孙歌译，213 页，北京，生活·读书·新知三联书店，2005。
②　[美] 黄宗智：《悖论社会与现代传统》，载《读书》，2005 (2)。
③　这里所谓的"形式主义化"，并非指常见文学理论中的某一流派，而是指不加任何区分地把某一种社会学理论当作一个普遍性的模型套用到对任一社会的阐释中去，比如，用马克思的历史发展五阶段论，或者韦伯的新教与资本主义伦理关系的理论来简单套用中国传统社会向现代社会的发展，那就犯了"形式主义化"的错误。
④　[美] 黄宗智：《认识中国——走向从实践出发的社会科学》，载《中国社会科学》，2005 (1)。

句来理解毛泽东思想，而必须从毛泽东思想的整个体系去获得正确的理解"①。这种对待历史的态度是极其有别于苏共二十大赫鲁晓夫对待斯大林的历史评价的，也正是这种思考促使中国改革区别于 20 世纪 80 年代末苏联解体对经济体制进行全盘西化的"休克疗法"。所谓从"整个体系"去获得理解，正是恢复和确立一种传统意识。毕竟，中国 1949 年以来的社会实践已经形成了一个无法回避的"新传统"。虽然从 1949 年到 1956 年间，中国社会依靠苏联支援，从政治到经济，从军事到文教，全面建立起来了一套苏式的计划体制。但是，随着 20 世纪 60 年代中苏关系的恶化，中国开始一边反帝一边防修，中国实际上很早就离开了苏联化的轨道，开始"走自己的路"了②。新时期的开启，执政党的工作重心从"阶级斗争"转向了"经济建设"，但是这种"转向"并不如竹内好所划分的"转向型文化"的那样一种转变，而相反是一种"回心型文化"的转承③。

3. 回心与转意：美学思想的双轴运作

再回到新时期初美学思想，它的演进正体现出了这样一种文化主体性的态度。1978 年到 1985 年间的中国文化思想（美学、文学、艺术、哲学等），都是在一个调整与完善的意义上来恢复和发展的。这种调整与完善，落实到中国美学思想中就体现为一种回心与转意双轴运作的文化复苏。所谓回心、转意，是我们对新时期初期中国美学复苏状况的一种把握。它可以分为两个层面来考虑。

首先，从宏观的文化意识上看，新时期初美学复苏的回心与转意轨迹同属于竹内好所说的"回心型"文化演进模式。因为，这一阶段的文化与美学的变化并不像部分学者所指认的那样，是一个化约式"走出古典"的过程，也不是一个简单地"分化与突围"的经历。而是在重新认识自身学

---

① 邓小平：《完整地准确地理解毛泽东思想》，见《邓小平文选》，第 2 卷，43 页，北京，人民出版社，1994。

② 美国学者莫里斯·迈斯纳指出，毛泽东时代绝非仅仅后来人们所想象的那样惨不忍睹。从 1952 年到 1975 年间，工农业占国民生产总值的比重，从 30％和 60％颠倒过来变为 72％和 28％。中国在 20 世纪 70 年代中期跃居世界第六大工业强国。甚至 1966 年到 1976 年的"文化大革命"期间，尽管造成了很大破坏，但工业生产仍以平均每年超过 10％的速度增长。参见［美］莫里斯·迈斯纳：《毛泽东时代的经济遗产》，见李彬、李漫主编：《马克思主义新闻观拓展读本》，170～173 页，北京，清华大学出版社，2008。

③ 从经济学角度来看，经济学家胡鞍钢认为，中国是先改革，后转轨："经济改革与经济转轨的区别在于，改革的焦点是调整与完善现有制度，而转轨是改变制度基础的过程。中国与东欧相比，前者属于经济改革，后者属于经济转轨。"胡鞍钢将经济体制转型分为三个阶段，第一阶段为经济改革阶段（1978—1992 年），主要是脱离计划经济体制，形成双规模式。而这一改革阶段又分为 1978—1984 年的农村改革和 1985—1992 年的城市改革。第二阶段为经济转轨阶段（1992—2003 年），主要是建立社会主义市场经济体制，开始系统、综合、主动地制度创新。第三阶段为基本完成转轨阶段（2003—2020 年），主要是完善社会主义市场经济体制。参见胡鞍钢：《对中国之路的初步认识》，见黄平、崔之元主编：《中国与全球化：华盛顿共识还是北京共识》，158～161 页，北京，社会科学文献出版社，2005。

术传统的基础上，再造中国美学进路的过程。学者丁耘指出：

> 改革绝不仅是基本国策的调整，它意味着大时代的自新精
> 神。除了大决裂的时刻，新时代当其酝酿期间，必然要同旧时代
> 的正统意识形态发生积极的联系，要从老经典那里挖出新可能。①

确如其言，这中间，最为关键的一点，就是对自我文化主体性的历史指认。1978 年后的美学进路，并非简单割舍过去传统的转折，而是依靠古今中外一切可资借用的传统，在一场"史无前例"的"文化大革命"逝去后，在个体的和民族的双重意义上，再次寻回属于自我的道路。

朱光潜的理论态度就是这样的一个例子。如前所述，新时期初的朱光潜在摆脱政治化的极端束缚之后，逐渐恢复了理论家本应有的理论精神，面对复杂多端的现实状况，能以理论的思辨与勇气，来对时潮左右开弓，走出了一条"中间道路"。而这条道路的复归，是经过近 30 年的现实磨炼与理性深思重新开始的。早在 1951 年，刚亲身经历土地改革的过程之初，朱光潜曾这样检讨道：

> 从前我也存过"中间路线"之类的幻想，现在我看明白了：
> 从五四运动之后，中国知识分子根本上只有两条路可走，不是革
> 命，便是反革命。在革命和反革命的猛烈斗争中标榜"中间路
> 线"，鼓吹"超政治"，迟早总要卷进反动政权的圈套里去，和它
> "同流合污"。这便是我的惨痛的经验，也是许多类似我的知识分
> 子的惨痛的经验。②

显然，1949 年以前的朱光潜也是走的"中间道路"，而这条"中间道路"与新时期以后的朱光潜所走的道路是有着微妙区别的。1949 年之前，朱光潜只是信奉"超政治"的中间道路，既不加入"左"派，也不投靠右派，尽管他官至国民党中央监察委员，但是又没跟随国民党去台湾。1949年之后，他"开始真正学习，不但读了几本美学著作，也读了马克思恩格斯的一些论文艺的文章"，但并没有盲从于一般人的指责和批判③，而是

---

① 丁耘：《启蒙主体性与三十年思想史——以李泽厚为中心》，载《读书》，2008 (11)。

② 朱光潜：《最近学习中几点检讨》，见《朱光潜全集》，第 10 卷，23 页，合肥，安徽教育出版社，1993。

③ 蔡仪 1947 年完成自己的《新美学》，声称"旧美学已完全暴露了它的矛盾"，实际上就是指的朱光潜美学思想。见蔡仪：《新美学》，45~50 页，上海，群益出版社，1947。除蔡仪外，1948 年郭沫若撰文《斥反动文艺》，斥责沈从文、朱光潜、萧乾是国民党的反动作家，同年邵荃麟撰文《朱光潜的怯懦和凶残》，指责朱光潜是"法西斯'疯狂、残虐和暴乱'的典型"。很明显这些批判皆系朱光潜曾在国民党党内任职而出，而无关朱光潜的学术学理评判。这与蔡仪从学理上批评还不太一样。参邵荃麟、冯乃超等编：《大众文艺丛刊》第 1 辑《文艺的新方向》第 2 辑《人民与文艺》，香港，香港生活书店，1948。

"发现了一些过去多年未发现的问题，才开始对这些问题作严肃的思考"，并认为"将来在我的思想中战胜的不是唯心主义而是马克思列宁主义"①。这里，并不像一般的所谓"马克思主义者"，把马克思的某些话语——甚至不是马克思本人的思想而是苏联斯大林化的《联共（布）党史》②——教条化，朱光潜通过学习与接受马克思主义，以理论家的穿透力把握到了马克思主义的根本，没有陷入具体论点的烦琐争论，而是秉持文化改造的主体精神来对待传统与现实的关联，得以在新时期伊始就走了一条"中间道路"。正如学者所评价的："对朱光潜而言，马克思主义不是一套封闭的条条框框，而是一种具体分析、整体性分析事情的方法，用这种历史唯物主义的方法可以更深入、更全面地了解历史，并批判继承人类的文化遗产。"③

朱光潜在 1950 年就曾经思考："在无产阶级革命的今日，过去传统的学术思想是否都要全盘打到九层地狱中去呢？"④ 联系到新时期之初，朱光潜高呼"对传统的文化遗产的批判继承""对世界各民族的文化的交流借鉴，截长补短"⑤。不难发现，这种"回心型"的文化态度贯穿于朱光潜思想的始终。面对横扫一切传统的社会主义改造运动，他放弃的是"非政治"态度，而坚持的是对文化传统与主体思想的肯认立场。难怪当年美学大讨论，有人坚持认为朱光潜的"主客观统一"论仍然是唯心主义的立场⑥；而面对否定"文化大革命"，及随之兴起的去政治化思潮时，他又一

---

① 朱光潜：《从切身的经验谈百家争鸣》，见《朱光潜全集》，81 页，第 10 卷，合肥，安徽教育出版社，1993。

② 20 世纪五六十年代盛行于大陆教科书与哲学界的"辩证唯物论"，是由艾思奇主编的《辩证唯物论》一书推广的，但是这种"存在第一性，思维第二性，存在决定意识，对立统一"这一套绕口令究竟是不是马克思本人说过的呢？李泽厚在 50 年代就曾怀疑过，他发现"辩证唯物论"这个词是由普列汉诺夫首先提出，而为列宁所发挥。马克思和恩格斯只用过"唯物辩证法"，讲的只是辩证法，恩格斯虽写过《自然辩证法》，但是从来没有形成过一整套的"辩证唯物论"哲学。考茨基也没用过这个概念，但他把马克思达尔文化了，如其名作《唯物史观》，认为道德来自生物界，他只讲唯物史观，没讲辩证唯物论。直到斯大林才真正确立下来，《联共（布）党史》四章二节中著名的"辩证唯物论与历史唯物论"就是斯大林写的，从此就确定了共产党人的"世界观"。参李泽厚、刘再复：《告别革命》，174～175 页，香港，天地图书有限公司，1995。

③ 熊自健：《朱光潜如何成为一个马克思主义者》，见《当代中国思潮述评》，91 页，台北，文津出版社，1992。

④ 朱光潜：《关于美感问题》，见《朱光潜全集》，第 10 卷，2 页，合肥，安徽教育出版社，1993。

⑤ 朱光潜：《关于人性、人道主义、人情味和共同美问题》，载《文艺研究》，1979（3）。

⑥ 李泽厚洞察到，一方面朱光潜把旧的思想"心物关系说"用新的形式"主客观统一说"表现了出来，仍然坚持了在美感中建立美的唯心立场；另一方面，李泽厚更注意到，朱光潜的美学思想发生了重要变化，过去的"心"是超社会的、神秘的个人"主观"，而现在变为了作为社会的"心"。这一点恰好说明了朱光潜自 20 世纪 50 年代以来一直都在作一种"回心型"的文化转变，转变中有坚持，坚持中有转变。参见李泽厚：《美的客观性和社会性——评朱光潜、蔡仪的美学观》，见文艺报编辑部编：《美学问题讨论集》，第 2 集，32～35 页，北京，作家出版社，1957。

再强调马克思主义的重要性，并声称"我不是共产党员，但是一个马克思主义者"①。我们认为，这里所展现的并不是一个随时代局势而摇摆的朱光潜，而是一个与自身时代始终保持张力状态的理论家。并非像某些学者所认为的那样：朱光潜是一个不彻底的马克思主义者②。恰恰相反，朱光潜经过 30 年的不断学习，以直指原典的方式探取了马克思主义的精髓，那就是不断保持理论话语对外在现实的批判反思态度，在反思中发展，在发展中坚持。

正如朱光潜所表白的那样，新时期初许多美学家都并不是政治上的实际工作者，但是却都有着对马克思主义一致的理想与信念，如李泽厚、高尔泰、黄药眠等。作为马克思主义的信仰者，他们既有心怀改造旧社会、建设新社会的理想与信念，并且，不仅能看见"历史"的目的，而且更看重"人"的目的。作为一种从批判性话语中生成的现代社会思想，马克思主义的批判性立场，对任何处境现实绝不妥协的理论态度，成为信仰马克思主义的美学家们思想内里的隐秘核心。更深入一层地思考，其实际工作者与马克思主义美学家们之间的差异，可以被视为古典政治哲学中的"公民"与"哲人"之间紧张关系的一种现代投影。公民归属于城邦，哲人游离于城邦的边缘。公民生活的特征是拥有德性，这种德性主要是"政治品德""爱国者的品德"，真正的公民献身于职责；哲人生活的特征是享受"悠闲"，"自私地追逐他的快乐"，这种快乐就是对真理无节制地拷问。公民与哲人之间的矛盾在于，城邦要求公民对其特定的宗教信仰坚定不移，但是哲人所探究的科学真理却对其信仰的基础构成瓦解作用。社会奠基于习俗性的"意见"，科学追求的是真理性的"知识"，知识必然会对意见形成威胁③。毫无疑义，实际工作者身份类似于城邦公民，他们忠诚于代表中华民族的先锋组织，必须坚定地归属于共同体的信仰，只有如此才能形成类似古典城邦公民式的政治参与感与团结凝聚力。但是，马克思主义美学家，更倾向于一种对现代社会的批判和怀疑精神。因此，马克思主义美学家更倾向于一种哲人身份。如前所述，在公民与哲人矛盾的背后，其实质含义是德性与科学两种追求取向的矛盾。关于这一矛盾的认识，卢梭曾经提出过三种解决方法：其一，科学对于一个好社会而言是坏的，而对于一个坏社会而言则是好的；其二，科学对于一小部分真正的哲学家或拥有伟大心灵的天才而言是有益的，而对于"人民"或"公众"而言是有害

① 据胡乔木记载，朱光潜 1983 年赴香港中文大学讲学，一开场就说了这句话。胡乔木：《记朱光潜先生和我的一些交往》，见胡乔木等著：《朱光潜纪念集》，24 页，合肥，安徽教育出版社，1987。

② 熊自健：《朱光潜如何成为一个马克思主义者》，见《当代中国思潮述评》，92 页，台北，文津出版社，1992。

③ ［美］列奥·施特劳斯：《自然权利与历史》，彭刚译，261～263 页，北京，生活·读书·新知三联书店，2003。

的；其三，就科学本身而言，可以分为"形而上学"与"苏格拉底式的智慧"，前者是与德性不相容，败坏德性的，而后者则是自由社会中公民德性的引导者①。卢梭的意图是反思现代性启蒙的，在他的思考中，科学所代表的启蒙精神并非就"好"，尽管它可能是"真"的。一种科学追求如果不能对社会产生好的效应，那么就算它是真实的，那也许只是一种坏效果的真、一种无用的真。卢梭启示我们追求的真理应该是对社会"有用的"。这里我们可以看到，"实际工作者"和"马克思主义美学家"分别象征着政治德性与求真精神两种略微有差异的价值追求。首先，革命年代的两个群体的确是合而为一的，因此作为科学的马克思主义对于 1949 年前那样一个衰败涣散的社会具有批判启蒙的"好"作用。其次，在 1949 年至 1976 年间，随着马克思主义成为主流意识形态，造成了广泛庸俗化的效果。就像科学的普及化给社会带来了新的偏见一般，马克思主义的庸俗化、普及化造成了一系列新偏见，使得"对于偏见的反抗本身成为偏见"。最后，"马克思主义美学家"或许更应当从"苏格拉底式智慧"哲人的意义上来理解，而不是从简单的"形而上学"理论哲学家的意义上理解。因为，朱光潜所面对的情境非常复杂：马克思主义滥用和庸俗化造成社会思想崩塌。在 1978 年后，如果是简单地持守理论哲学家的准则，批判追寻所谓的自由真理，或许只能起到一种坏的历史效应，解构性真理不能真正提供给人以合理的生活与恒久的正义，尽管有道理但是不一定合理；如果简单地服从主流宣传，抹去创伤、一往无前，则又无法反省历史避免灾难的再次到来。因此，朱光潜宣称的"马克思主义者"及其所代表的一代美学家们，实际上是游走于共同体边缘，用智慧引导共同体前进的心灵守护者。一方面，他们有着对共同体的忠诚，依然坚持不懈地致力于共同体的修复；另一方面，他们有着个体的反思与批判，既反省过往的极端境况，又防止走向价值的虚无。这种具有建设性和引导性的批判反省意识，集中呈现出了属于那个年代的"回心型"的文化态度。

同样，这种既反思历史又不离现实的态度也在李泽厚身上有着鲜明体现。1981 年，李泽厚在给全国高校美学教师进修班演讲时，提出：

> 我们这几十年发展了"文艺政治学"，但不是美学。我们只注意了文艺和政治的直接的简单的关系，而没有看到文艺的美学特征和规律。文艺政治学也是值得研究的学科。但艺术的政治作用要通过美学来达到。②

---

① ［美］列奥·施特劳斯：《自然权利与历史》，彭刚译，265～269 页，北京，生活·读书·新知三联书店，2003。

② 李泽厚：《美感二重性与形象思维》，见《美学旧作集》，250 页，天津，天津社会科学院出版社，2002。

李泽厚并没有因为学术遭受极"左"政治的十年践踏，就全盘否定政治之于学术的意义，而是在区分出文艺的审美性前提之下，肯定了文艺政治学的合理性，强调不能片面地对待任何一方。后来，他在进一步探究中国进步知识分子接受马克思主义的原因时，认为中国传统的民族性格、文化精神和实用理性也起到了作用：

> 1949 年以后许多有自己明确的哲学观点、信仰甚至体系的著名学者和知识分子，如金岳霖、冯友兰、贺麟、汤用彤、朱光潜、郑昕等人，也都先后放弃或批判了自己的原哲学倾向，并进而接受马克思主义。尽管他们对马克思主义哲学了解的深度和准确度还可以讨论，但接受的内在忠诚性却无可怀疑。金岳霖解放初期还与艾思奇辩论，六十年代初却主动写了《论所以》；朱光潜对马克思主义哲学的态度也很典型。这与他们由热情地肯定共产党领导革命成功使国家独立不受外侮从而接受马克思主义有关；但这种由"人道"（政治）到"天道"（哲学）的心理转移，不又正是中国的思想传统么？他们不正是自觉不自觉地实现了这一传统么？①

李泽厚在这里描述了 1949 年后大陆知识分子的学术转型，他没有简单地批判新中国对知识分子的思想改造运动，而是从知识分子内在心灵与时代精神契合的角度，做出了解说。一方面，历史性革命的成功造成了知识分子接受马克思主义的热情与忠诚，另一方面，是中国思想传统本身所持有的"天道"与"人道"合一的取向，造成了知识分子们的心理转移。按李泽厚的话说，这是一个"自觉不自觉"的过程。自觉，在于有意识的转型，从非马克思主义的立场转向马克思主义的立场；不自觉，在于无意识的承续，承续由中国传统文化源远流长而来的"民族性格、文化精神和实用理性"。因而，转变与承续，也同样成为李泽厚思考中国思想史传统由古至今的一条潜在的辩证法则。

其次，从美学自身的学科研究领域来看，新时期初的美学走出了单一的哲学认识论争辩，以回心与转意为双向轴轮，启动了新时期初的美学知识生产。

具体到美学思想史，所谓"回心"，指的是美学思想从僵化的客观反映论回到了活络的主体表现论，"心"的哲学重新成为那一时代焦点集中的主题。由于受到 1956 年美学大讨论的泛政治化批判，朱光潜一度努力学习马列主义，力图以唯物主义理论来改造自己的美学观点，提出了"美

---

① 李泽厚：《中国古代思想史论》，315 页，北京，人民出版社，1985。

是主观与客观的统一"的著名论断。晚年的朱光潜回顾这一段经历时，承认坚持这种看法的缘由在于，"因为美离不开审美的人，因为文艺反映的是自然，而自然不仅包括客观世界，也包括人"。而作为"审美的人"，其暗含的用意是：抵抗"受到斯大林时代在日丹诺夫影响之下对马克思主义的歪曲"而"取得唯物独尊的地位"之"单纯的客观反映论"①。但迫于形势的压力，朱光潜在 20 世纪 60 年代编写《西方美学史》时，甚至连叔本华、尼采和弗洛伊德等具有心理倾向的美学思想都不敢提。70 年代以后，在初次呼喊出人道人性人情味之后，朱光潜开始重新推动审美心理学的复苏："美学不是孤立的学问，不懂心理学不行，绝对不行。"② 又说：

> 作为一个近代理论工作者，起码要有一般的近代常识，不但要有社会科学常识，也要有自然科学常识。在自然科学方面，美学必须有心理学的基础。多年来我们高等院校里根本没有开设心理学的学科；"文革"后虽是开设了，能教的人为数寥寥，愿学的人也不很多，而且教材和阅读资料都极端贫乏。学美学的人就没有几个懂得心理学的。要不然，在"反形象思维论"的论战中就不会闹那么多的缺乏心理学常识的笑话了。③

因为缺乏基本的心理学常识，尽管美学热潮澎湃，但是朱光潜意识到这种知识结构的缺陷会导致美学建设的根基不稳。对心理学的漠视，实际上就是对人的漠视，一门知识的功能只有当它与人的价值相连时才能凸显出其存在的意义。同样，李泽厚在 1979 年编选自己的美学旧作时，也对美学的心理学维度产生了新的重视：

> 迄今为止，美学是一门尚未成熟的科学，它受制约于心理学的发展水平，心理学又受制于生理学、生物学的发展水平。现在所讲的美学实际包括三个方面或三种内容，即美的哲学、审美心理学和艺术社会学，前者是对美和审美现象作哲学的本质探讨，后二者是以艺术为主要对象作心理的或社会历史的分析考察。三者有时混杂纠缠在一起，有时又有所侧重或片面发展，形成种种不同色彩、倾向的美学理论和派别。艺术社会学中又可分为艺术概论、文艺批评、艺术史等，但它们作为美学的方面和内容，总必须与审美经验（美感）的分析研究有关。所以今日美学实际上

① 朱光潜：《答郑树森博士的访问》，见《朱光潜全集》，第 10 卷，648 页，合肥，安徽教育出版社，1993。

② 朱光潜：《朱光潜教授谈美学》，见《朱光潜全集》，第 10 卷，540 页，合肥，安徽教育出版社，1993。

③ 朱光潜：《我学美学的经历和一点经验教训》，见《朱光潜全集》，第 10 卷，573 页，合肥，安徽教育出版社，1993。

乃是以审美经验为中心或基地，研究美和艺术的学科。美学与艺术学、文艺概论的区分也就在这里。后者可以不涉及审美心理，对艺术作一种非审美的外在探讨，如研究艺术与政治、与社会的关系等，美学则要求艺术研究与审美经验的研究联系或交融起来。①

李泽厚将美学划分为美的哲学、审美心理学、艺术社会学三个方面，认为美学是以审美经验（美感）为中心的研究。这种划分的意义在于：第一，重新肯认了审美经验在美学研究中的中心地位，美学研究不能脱离人的审美感受，这强调的是美学研究的自律性；第二，明确界定了形而上学的本质探讨、社会历史的外在探讨、审美心理的内在探讨三种美学研究进路，肯定了三种美学研究方面的各自存在合理性。值得注意的是，这段话是李泽厚在整理自己的成名旧作《论美感、美和艺术——兼论朱光潜的唯心主义美学思想》时，增加的一个修订脚注。某种程度上而言，它开始隐隐地重新肯定了朱光潜早期心理美学的合理性。

而所谓"转意"，指的是美学思想在回到主体心理、心性、心灵的同时，开始向更为广阔复杂意义的方向展开、延伸、推进。纵观这一时期，李泽厚"回到康德"，引发美学朝向主体意识与共通意识推进；朱光潜"回到维柯"，引发美学朝向文化意识与历史意识推进；李泽厚、朱光潜等诸多学者"回到马克思"，将美学朝向实践意识与人道意识推进。如此等等，不一而足。

需要指出，回心与转意并不是严格的前后相继的历时顺序，而几乎是一个共时交叠发生的趋势。毋宁认为，回心中就包含了转意，而转意中又依凭了回心。"心"与"意"成为新时期初美学乃至整个人文学科最为核心的概念范畴。

本书提出"回心与转意"这个主导脉络，背后所隐含的意图是对1978年后中国美学演进叙事模式的重新把握，亦即对美学思想史前后的"断裂"与"延续"的图景重构。在这里，我们既要避开那种化约式的进化论叙事模式，也要防范那种简单型的断裂论叙事模式。自20世纪80年代以来，这两种历史叙述方式又经常性的交织在一起，已经成为当代中国美学史主流叙事范型。说到底，这些叙事范型的目的均在于，为新时期以来的学术史确立一种区别于1949年至1978年间学术史的合法性。但是，简单地将思想史的发展视为一种断裂，或者盲目地认为新时期以来的美学发展是一步一步走出政治意识形态牢笼而得以学科化的进化历程，这都会引起对真正历史问题的掩盖或回避。为什么这么说？难道美学作为一门现代学科不是越来越自律了吗？的确，今天的美学已经越来越有自己的专业研究

---

① 李泽厚："1979年补注"，见《美学论集》，1页，上海，上海文艺出版社，1980。

领域与独特关注话题了，生态美学、分析美学、环境美学、身体美学等，研究范围从宏观概览到细致入微无所不包。但是问题在于，今天的美学也同时越走越狭隘，沦为了学院专业分工体制中的一门充满了泛技术性色彩的学科，而失去了"美学"作为"学"原本应有的反思现代性与关怀现实性的意义。如果不能看到这一点，也就无法理解为什么美学热在1985年前后已经开始衰落。代替它的"文化热"，则在哲学、文学、艺术诸领域承继了新时期初美学思想所呈现出的那份关怀之"心"与反思之"意"，沿着对传统与西方的双重进路追根溯源，直抵思想文化的根系。需要强调一点，这里并不是说1985年以后就没有了美学研究，而是说"美学热"已经为"文化热"所取代。代际上，相应的是老一辈美学家的谢世与淡出，朱光潜从1980年开始，晚年的精力主要投入了意大利哲学家维柯《新科学》的翻译与研究，而时入中年的美学家李泽厚也逐步从美学研究转向了中国思想史研究。随着1978年后第一代研究生的毕业，相继涌现的青年学者如刘小枫、王一川等，他们的学术感觉则基本上已经进入与"美学热"时代迥然不同的哲学、文化学、人类学乃至神学的层面。更深一层思考，我们甚至可以把朱光潜晚年的翻译工作与李泽厚的思想史撰述本身就看作一种学科范型的"文化转向"。从现象上来看，"美学热"已经衰退，但是"美学热"所蕴含的精神实际上已经成为新时期初涌现出的一股最具营养的血液，化入随后而兴的其他人文社会学科之中。它所形成的回心转意这个"主导模式"直接衍化出了1985年人文学术思想的演进。

二、"美好"的追寻：美学嬗变的根本问题

面对1978年兴起的这场中国美学复苏，思想家们的知识立场与美学演进的思想脉络显得极为复杂而微妙，但恰恰是这样一种复杂的遗产给予了人们重新阐释的可能性。因而，对这段美学思想史的阐释，我们就"不可能只是局限于参与者的观念和意图，而且也包括那些观念在我们自己的时代的继续问题"[1]。现在需要进行把捉的，就是特殊境况下的中国美学所可能包蕴的具有普世性意义的根本问题。当人们回过头来审视20世纪下半叶的中国美学历程时，不难发现，在短短的50年的历史中，美学居然"热"了两次，并且都出现在中国当代政治史的关键时刻，这就不免令人惊异。虽然，本书探讨的范围是第二次美学热时期，但是，"五十年代为八十年代美学打下了基础"[2]，如果不了解第一次美学热，人们就难以理解第二次美学热及其美学复苏的由来，也难以领会两次美学热貌似差异颜面

① ［德］鲁道夫·菲尔豪斯：《进步：观念、怀疑论和批评——启蒙运动的遗产》，见［美］詹姆斯·施密特编：《启蒙运动与现代性》，徐向东等译，341页，上海，上海人民出版社，2005。
② 李泽厚：《浮生论学：李泽厚、陈明2001年对谈录》，68页，北京，华夏出版社，2002。

背后的深刻趋同。

1. 社会团结与个体活性：两次"美学热"的精神关联

第一次"美学热"是在 1956 年至 1964 年间，由批判朱光潜的资产阶级美学思想为引子而展开了长达八年之久的美学大讨论，后来由于阶级斗争意识的升级，才使得美学讨论戛然而止。

回望 20 世纪初，王国维向中国引进了美学这门现代性的学科，加之梁启超、蔡元培的极力弘扬，经 20 世纪二三十年代诸多学者热心译介、研究与探讨①，并随着一批留学海外的学子归来，中国美学逐渐建立起了自己独具特色的格局。其中影响最为深广的，莫过于朱光潜的美学体系及其成就。1949 年以前，朱光潜出版的著作有：《给青年的十二封信》（1929年），《变态心理学派别》（1930 年），《文艺心理学》（1936 年），《谈美》（1932 年），《变态心理学》（1933 年），《悲剧心理学》（1933 年），《孟实文钞》（1936 年），《诗论》（1943 年），《我与文学及其他》（1943 年）。他的思想前期最重要的著作已经基本出齐。朱光潜早年依循意大利美学家克罗齐的理论，主张从美感入手来研究美学，并把美感归结为"形象的直觉"②，后来由于洞察到形式派美学的缺陷③，转而从人生有机整体观来反思美学问题，认识到"美感的人"同时也还是"科学的人"和"伦理的人"，最终在批判性思考的基础上形成了自己独到的美学观点：（1）"美既不在内容，也不在形式，而在它们的关系——表现——上面"；（2）"美不仅在物，亦不仅在心，它在心与物的关系上面"。④ 可以肯定的是，朱光潜的早期研究取得了西方美学进入中国以来所可能达到的巅峰成就。无论在学理上，还是在影响上，到 1949 年止，朱光潜的美学研究是与世界美学主流基本保持在同一水平上的，并且形成了自己对于西方美学独到的见解与批判。

随着时代局势的转变，民族救亡过渡到民主革命，1942 年，毛泽东发表《在延安文艺座谈会上的讲话》，提出：

> 在现在世界上，一切文化或文学艺术都是属于一定的阶级，属于一定的政治路线的。为艺术的艺术，超阶级的艺术，和政治并行或互相独立的艺术，实际上是不存在的。无产阶级的文学艺

---

① 胡经之主编：《中国现代美学丛编》，北京，北京大学出版社，1987。

② 朱光潜：《文艺心理学》，见《朱光潜全集》，第 1 卷，197 页，合肥，安徽教育出版社，1987。

③ "在我们看，克罗齐美学有三个大毛病，第一是他的机械观，第二是他的关于'传达'的解释，第三是他的价值论。"朱光潜：《文艺心理学》，见《朱光潜全集》，第 1 卷，359 页，合肥，安徽教育出版社，1987。

④ 朱光潜：《文艺心理学》，见《朱光潜全集》，第 1 卷，315、346、347 页，合肥，安徽教育出版社，1987。

术是无产阶级整个革命事业的一部分……文艺是从属于政治的，但又反转来给予伟大的影响于政治。①

毛泽东立足于阶级论，鲜明地把文艺当作党领导革命政治斗争的工具，主张文艺为政治服务，文艺是革命事业的一部分，也就是政治的一部分。因此，随着新民主主义革命的胜利，这种趋势日益明显。1947年，作为信奉马克思主义的美学家，蔡仪先后完成并出版了自己的代表著作《新艺术论》与《新美学》。在著作中，他声明"旧美学已完全暴露了它的矛盾"，而这里所谓的"旧美学"实际上是指朱光潜美学思想。蔡仪批评朱光潜的"美在心物关系"说，指出朱光潜虽看到形式派美学的缺陷，但"心物关系"说的实质仍然只是一种偏于"移情说"的主观唯心主义。进而，蔡仪依据唯物反映论原理，将"美"界定为一种"和红一样是事物的属性"②。由此埋下了50年代清算朱光潜美学思想的线索。

新中国成立前夕，毛泽东发表《论人民民主专政》，其中一段话特别值得注意，他在概括了从洪秀全、康有为、严复和孙中山寻求民族独立解放的道路之后，指出：

> 一切别的东西都试过了，都失败了。曾经留恋过别的东西的人们，有些人倒下去了，有些人觉悟过来了，有些人正在换脑筋。事情是发展得这样快，以至很多人感到突然，感到要重新学习。人们的这种心情是可以理解的，我们欢迎这种善良的要求重新学习的态度。③

这预示着，即将建立的新政权要求人们跟上时代的步伐，迅速学习新的思考与转换工作的方式，"换脑筋"成了知识分子日后命运的一个富于深意的隐喻。新中国成立初期，经过批判胡适学术思想、俞平伯的《红楼梦》研究、电影《武训传》等运动，学术界逐渐确立起来了一套"唯心/唯物"的二元对立方法论。在政治上，唯心主义就等于资产阶级思想，而唯物主义就等于无产阶级思想。正如有学者所见："'唯物'与'唯心'之间的对立已经完全超出了原有的哲学界限，泛化到整个的政治和意识形态领域。这既是一种理论倡导，也是一种政治动员；既有新意识形态建立的内在要求，又有政治上谋求一致的外在压力。"④ 1956年，以朱光潜6月

---

① 毛泽东：《在延安文艺座谈会上的讲话》，见《毛泽东选集》，第3卷，865~866页，北京，人民出版社，1991。

② 蔡仪：《新美学》，45~50页，上海，群益出版社，1947。

③ 毛泽东：《论人民民主专政》，见《毛泽东选集》，第4卷，1471~1472页，北京，人民出版社，1991。

④ 戴阿宝、李世涛：《问题与立场：20世纪中国美学论辩》，41页，北京，首都师范大学出版社，2006。

在《文艺报》第 12 号上发表《我的文艺思想的反动性》一文为标志，1950 年的美学大讨论轰轰烈烈展开了。颇为吊诡的是，这场长达 8 年的美学讨论以政治批判肇始而以学术争鸣收场。批判伊始，贺麟、黄药眠、曹景元、敏泽、王子野针对朱光潜的检讨做出了批判性的回应①。但是，蔡仪《评"论食利者的美学"》一文发表，引起原有政治批判发生了变化，因为蔡仪在文章中将矛头指向先前的批判者黄药眠，批评他"表面上是在批判主观唯心主义的美学思想，实际上却出乎意料地在宣传主观唯心主义的美学思想"②。随之，本来对准朱光潜一人的批判矛头开始分散，从集中火力清算朱光潜的唯心主义美学思想逐渐转变为了讨论"什么是美的本质""怎样才能既唯物又辩证地认识美学"等诸般更靠近学理探究本身的问题。讨论中逐渐形成了四派美学观点：（1）美是客观派，以蔡仪为代表，主张美是事物本身的一种物理属性；（2）美是主观派，以吕荧、高尔泰为代表，主张美是人的主观认识决定的，乃至美就是"爱"与"善"；（3）美在主客观统一的关系，以朱光潜为代表，他通过学习马克思主义著作，运用辩证唯物主义原理，将自己早期的"心物关系说"经由唯物反映论原理改造，有效地转化为"美是主观与客观相统一"说法，既顺应了时代潮流，同时也发展了自己的美学认识；（4）美在社会性与客观性的统一，以青年学者李泽厚为代表，他运用历史唯物主义原理，强调社会存在决定社会意识，把美的根源追溯到人类社会存在的根源。

值得注意的是，这场讨论并没有像同时代的其他讨论那样，最后统一于某一派的具体观点。表面上，1956 年兴起的美学大讨论获得了相对宽松且极为宝贵的自由讨论的学术环境。但是，仍然不能把这种所谓的"争鸣"看得过于随意。毕竟，它仍然是党领导下的文化学术领域中的一次辩论。

第二次"美学热"是在 1978 年至 1985 年间，新时期"解放思想、实事求是、团结一致向前看"指导思想的确立，美学家们从"极左"政治阴影中走出。他们带着自己对历史的反思与学术的执着，以《1844 年经济学哲学手稿》为依托，以"共同美"与"形象思维"为引子，掀起了马克思人道主义美学讨论的热潮。在人道、人性、人情味的感召下，"美学热"突破了 20 世纪六七十年代的思想禁锢与情感桎梏，而"实践美学"的提出则形成了与改革意识形态的共鸣，再认了政权的合法性基础，并重整了

---

① 贺麟：《朱光潜文艺思想的哲学根源》，载《人民日报》，1956-07-09，1956-07-10；黄药眠：《论食利者的美学》，载《文艺报》，1956（14—15）；曹景元：《美感与美》，载《文艺报》，1956（17）；敏泽：《朱光潜反动美学思想的源与流》，载《哲学研究》，1956（4）；这些文章连同王子野的《战斗的艺术》一文被《文艺报》编辑部编成《美学问题讨论集》第 1 集收录，作家出版社于 1957 年 5 月出版。

② 蔡仪：《评"论食利者的美学"》，载《人民日报》，1956-12-01。

人们对社会主义理想的认同。"美学热"不仅起到了弥合人民往日心灵创伤的疗效，更激活了历经政治动荡的中国人民久被压抑的创造力、想象力与生产力。在解除了阶级性的意识形态枷锁的同时，美学理想还试图重构普遍人性的正常关系，"五讲四美"的出炉成为美学社会性集体理想恢复的一个时代象征①。

通过简单回顾，我们的问题是：美学作为 17—18 世纪在哲学形而上学认识论知识框架中涌现出来的一门学问，何以在共和国短短几十年的历史上"热"了两次呢？其实，这一反思所依靠的时段前提，其本身便隐藏了把握对象所必有的特定视阈。毫无疑问，20 世纪下半叶是中华人民共和国政权建立、建设与改革的一个巨大历史进程，更是社会主义现代性传统在中国确立与实践的半个世纪。

或许，应该把问题回溯到"美学"作为一门现代性学科的缘起中去探询，才能获得深刻的理解。正如刘小枫所见，"与其说'美学'是一门'学科'，倒不如说是个重大的现代性问题"②。其实，美学本身便是现代性的产物。虽然，Aesthetics 在鲍姆伽登那里还只是作为完善感性认识的一门低级认识论科学提出来的，但是，从康德开始，"审美判断"已经取代了认识科学，而成为其庞大批判哲学体系的一个有机组成部分，并且是一个相当重要的组成部分。它的意义在于凸显区别于知识追求、欲望追求的情感追求，而这种情感追求反过来又沟通了知识追求与欲望追求之间的隔阂，趋向于构成一个完善的人类心灵整体。康德的继承者天才诗人席勒在洞察到康德美学核心旨趣的同时，将其中所包含的现代性问题意识进一步抖落得淋漓尽致。在席勒处，审美，不只是一个感性认识的问题，也不只是一个人类心灵的完善问题，它更是一个有关如何解决人类现代性文化危机的问题。这个危机就是：现代性文明的发展引发出社会文化的专门化，同时这种分化也相应引发了人性的分裂。这种分裂于 18 世纪在两个层面逐渐显露：社会层面的专业分工，人性层面的心灵分裂。相对于古代的整全之人，现代人成为孤零零的小碎片。席勒站在现代性伊始阶段便洞察到了这种现代性文化危机的深远影响，提出只有审美才能同时解决人性与社会的双重危机："唯独美的意象使人成为整体"，"唯独美的沟通能使社会统一"③。使自然之人经由审美游戏完成为道德公民，使野蛮国家经由审美教育达致政治国家，这就是近代美学得以萌生的现代性问题域，它内里所

---

① 1981 年 2 月 25 日，全国总工会、团中央、全国妇联、中国文联、中国爱卫会、全国伦理学会、中华全国美学学会等 9 个单位联合做出《关于开展文明礼貌活动的倡议》，号召全国人民特别是青少年开展以"讲文明、讲礼貌、讲卫生、讲秩序、讲道德"和"语言美、心灵美、行为美、环境美"为主要内容的"五讲""四美"文明礼貌活动。

② 刘小枫：《编者前言》，见《德语美学文选》，4 页，上海，华东师范大学出版社，2006。

③ ［德］席勒：《审美教育书简》，冯至、范大灿译，152 页，北京，北京大学出版社，1985。

裹挟的正是一直未便明言却需要人们透彻把握的政治意识：一种对美好生活与健全社会的理解与追求。在某种意义上，美学实质上是作为一种变相的政治哲学而真正诞生的。如果缺失了这份对更重大问题的人文关怀，仅仅作为一门感性认识科学或者艺术哲学，那么美学绝不会在近代学科群中显得如此耀眼夺目。

美学在中国的命运尤其如此。半个世纪里，中国美学发展始终伴随着对现代中国政治意识的理想建构与精神投入。如果没有这份憧憬与期待的闪亮底色，那么美学也就不可能构成半个多世纪以来屡屡回温的一个学术焦点，毕竟"理论在一个国家的实现程度，总是决定于理论满足这个国家的需要的程度"①。那么，当代中国的两次美学热与一个曾经政治分裂、经济落后、文化衰败已逾百年的文明古国所进行的社会主义现代性实践之间究竟有着怎样的隐秘联系呢？

在对半个世纪里中国美学的政治意识做解释之前，我首先需要简单确定这里所谓的"政治"一词的含义。由于"极左"政治的恶劣影响，新时期以来的学术传统对"政治"几乎谈虎色变，但是本书所涉及的"政治"并非仅仅如传统所指的党和国家的方针政策与行政政治，而是更有政治哲学意义上的"对于美好的生活或健全的社会的目的性"② 之理解。这种理解，立足于对终极意义的价值判断之思考，它关注的是事实背后所隐含的价值依据及其理想，它致力的是一个社会在普遍性意义上所可能拥有的最好秩序或正义诉求。依此，美学能够远渡重洋来到现代中国生根发芽，乃至在社会主义中国繁盛而"热"，正是由于其自身社会与人性理想质素的存在。由此而言，政治意识恰恰是观察中国美学六十年变迁亟须采纳而长期未受重视的关键视角。

依此，重新审视两次美学热，绕过表面的激烈批判或激情控诉，穿透意识形态话语设置的重重迷障，人们可以发现美学之在当代中国的两次兴盛均有着其隐微的政治意识与现实意图。

不妨来看，由于新中国的成立，随着政权的巩固，社会主义改造的完成，中国在 1956 年由新民主主义国家一跃而为社会主义国家，同时计划经济体制得以确立，经济基础与上层建筑的齐头并进对思想文化提出了与时俱进的要求。社会主义的中国究竟应该建设怎样的社会主义文化，这是时代提出的思想任务。以批判朱光潜的资产阶级美学思想为引子，1956 年至 1964 年间，在美学领域展开了长达 8 年之久的美学讨论。略过"唯心/唯物"的表面论争不谈，这次美学讨论的实质是一个社会精神整合的问

---

① ［德］马克思：《〈黑格尔法哲学批判〉导言》，见《马克思恩格斯选集》，第 1 卷，11 页，北京，人民出版社，1995。

② ［美］列奥·施特劳斯：《什么是政治哲学》，见［美］古尔德编：《现代政治思想》，杨淮生译，59 页，北京，商务印书馆，1985。

题。朱光潜过去在《谈美》《给青年的十二封信》等著作中所阐扬的"美是孤立绝缘的形相",固然有着对旧中国黑暗现实的拒斥与规避,但时过境迁,社会主义新中国有着重构中华文明共同体的强烈诉求,整合边缘、再造集体成为共和国政治文化理想的题中应有之义。新中国成立前夕,毛泽东曾郑重宣告:"我们应当进一步组织起来。我们应当将全中国绝大多数人组织在政治、军事、经济、文化及其他各种组织里,克服旧中国散漫无组织的状态。"① 这种重建国家共同体的设想涵盖了政治、经济、文化诸领域,于是致使美学的政治意识从社会边缘朝向社会共同体的主流回归,文化的向心力取代了离心力,无论是李泽厚"客观性与社会性的统一",还是朱光潜"主客观的统一",都是在对这样一种鲜明的社会主义共同体的想象进行"美"的呼应。对此,朱光潜曾有自觉的意识:

> 我从此看出,我们的中国现在已经有了古代政治思想家所认为治国的两大法宝:"治法"和"治人",整个国家机构已成为全面与局部息息相通的有机体,其中每个细胞都充满着活力。这种情形不但在中国无前例,就是英美法各资本主义国家也都还差得很远。②

1949 年后,中国出现了新气象,整个国家摆脱了人心涣散的状况,在百余年的战乱后,重新建立起了一个民族国家共同体。既有"治法",有纪律严明、秩序井然的社会生活,又有"治人",有活力无穷、充满生机的个体热情。无怪乎朱光潜会发出这样的感慨:"这是一个健全国家的情况,仿佛一个身强力壮的青年,有一股蓬勃的生气周流贯注到全体中每一个肢节。"③ 因而,伴随社会主义政治实践的进行,现代工业化进程的国家启动,实际上集体性的美学理想已然逐渐萌生。1957 年,在美学讨论展开的同时,朱光潜写下了《一个幼稚的愿望》,谈道:"我对于新诗有一个幼稚的愿望,望它在社会主义社会的基础上,能恢复到它原有的集体性和歌唱性。"④ 在这里,朱光潜所理解的"集体性"是:"一首诗或是一支歌,能叫同一集团中每个成员的脉搏,以同样的张弛程度去跳动的,所以一人

① 毛泽东:《中国人民大团结万岁》,见《毛泽东文集》,第 5 卷,348 页,北京,人民出版社,1996。

② 朱光潜:《从参观西北土地改革认识新中国的伟大》,见《朱光潜全集》,第 10 卷,11 页,合肥,安徽教育出版社,1993。

③ 朱光潜:《从参观西北土地改革认识新中国的伟大》,见《朱光潜全集》,第 10 卷,16 页,合肥,安徽教育出版社,1993。

④ 朱光潜:《一个幼稚的愿望》,见《朱光潜全集》,第 10 卷,85 页,合肥,安徽教育出版社,1993。

哀大家都哀，一人喜大家都喜，一人振奋大家都振奋。"① 既有个体情绪的触发，又有集体感受的认同。朱光潜实际上已经将艺术与美学的本质问题与社会主义现代性实践勾连起来，试图在"社会主义"的基础上，重新恢复以诗歌为代表的艺术及美学所独有的现实功效，那就是沟通个体情感、重塑集体认同。朱光潜如是说：

> 谈一首诗歌时，我可以作精细的分析，把语言的字面的意味都嚼干，虽然也得到一些感受，可是身心依旧是很镇静的。等到在一个群众大会里听到旁人歌唱这首诗歌，我的脉搏才跳动起来，特别是在合唱的时候，我才好像丢掉了自己，沉没到人海的脉搏跳动的大波澜里，不由得掉出欢乐的泪来。可是我自己不能参加歌唱，在群众里而又落在群众后面，这种欢乐就冲淡了很多。看一看参加合唱的人们，个个都容光焕发，"不知手之舞之，足之蹈之"，我就明白他们的感受比起我自己的，是有天渊之别的。因此，我体会到，诗歌的生命在音乐，在具有便于大家参与的能起"传染"作用的那种音乐。就在这个认识的基础上，我坚信诗歌如果想在人民大众中扎根，就必须有一些公同的明确的节奏，一些可以引起多数人心弦共鸣的音乐形式。这种节奏和音乐的形式正是一般民歌的特色。②

很明显，朱光潜已经从"孤立绝缘的形相"中走了出来，将美置于"人海的脉搏跳动的大波澜"里，"公同的明确的节奏"与"共鸣的音乐形式"才能赋予诗歌乃至艺术以美的生命。比较起来，早年的朱光潜曾认为艺术"要替人生造出一个避风息凉的处所"，并"和实际人生之中应该有一种'距离'"③；而1957年后的朱光潜将这种距离撤开，沉没到社会主义共同体的大海之中，这是一个极大的转变。联系他同时期对美本质问题的认定，"美是主观与客观的统一"，虽然表面上看仍有主观唯心之嫌，但是这个论断内里的问题意识却已是沧海桑田了。正如李泽厚当时所指出的，朱光潜的美学思想发生了重要变化，过去的"心"是超社会的、神秘的个人"主观"，而现在变为了作为社会的"心"④。这一点恰好说明，其实"唯心/唯

① 朱光潜：《一个幼稚的愿望》，见《朱光潜全集》，第10卷，85页，合肥，安徽教育出版社，1993。

② 朱光潜：《一个幼稚的愿望》，见《朱光潜全集》，第10卷，86页，合肥，安徽教育出版社，1993。

③ 朱光潜：《文艺心理学》，见《朱光潜全集》，第1卷，225页，合肥，安徽教育出版社，1987。

④ 李泽厚：《美的客观性和社会性——评朱光潜、蔡仪的美学观》，见文艺报编辑部编：《美学问题讨论集》第2集，32~35页，北京，作家出版社，1957。

物"之争，并非 20 世纪下半叶中国"美学热"的关键，"美学热"的真正要害在于是否能为民族国家共同体提供一种新的富于朝气与活力的社会想象。

同样，作为第二次美学热，表面上来看，新时期初的中国美学虽然是在努力挣脱以往苏联化的"唯物/唯心"之争，但其实质还在做一种恢复个体感性与群体沟通的努力，以激活人们的政治想象与生活期待。正如周扬所说："这种追求美的热情是我国人民在清除了'四人帮'之后，精神上获得解放的表现。"并认为它反映了民众"要求过真正美好生活的强烈愿望"。① 1976 年后，李泽厚很早就提出：

> 我认为，艺术的本质特征和作用，不在模仿，也不在或主要
> 不在狭义的认识。艺术主要不是教人去认识（狭义）世界，而是
> 教人去行动，去改造世界。它主要是使人激励起来，团结起来，
> 去改造自己的环境，而不只在给人一种认识而已，它毋宁是给人
> 一种情感的力量。这种情感力量不是生理的，而是包含社会伦理
> 理智的功能在内，这就是我们常讲的教育作用。艺术的教育作用
> 所以不同于读一本理论书籍的那种教育作用，原因正在于它是通
> 过情感上的强烈感染或潜移默化来进行的。艺术的这种本质、特
> 征和作用，便决定了它的思维方式。②

所谓"艺术主要不是教人去认识世界，而是教人去行动，去改造世界"，不正好是马克思"哲学家们只是用不同的方式解释世界，而问题在于改变世界"③ 的翻版么？艺术和美学在李泽厚这里，同朱光潜那里一样，是要通过情感的教育作用来激励民众、团结社会的。正是有了这层深刻的政治意识，中国美学才能给人们以一种新的个人理想与社会想象，有活力的个体与团结的集体有机结合，以打造一个新的中华文明共同体。只不过第一次美学热面对的是社会主义现代性实践的开端，它要整合百年衰败的民族文化，就必然侧重诉诸集体性的强烈手段；而第二次美学热面对的是社会主义现代性实践的曲折，它要恢复十年浩劫后民众认同，也需要诉诸集体性的感性招抚。在间隔近十多年后，貌似截然区分的两次美学热在内在精神诉求上呈现出惊人的一致来。

2. 良善生活与健全社会："感通学"的文化政治意义

更值得人们深入思索的是，这种惊人的一致背后还潜藏了对于"美学"本身现代性意识的复归。如前所述，美学的诞生体现为一种对美好生

---

① 周扬：《关于美学研究工作的谈话》，见《周扬文集》，第 5 卷，265 页，北京，人民文学出版社，1994。

② 李泽厚：《形象思维续谈》，见《美学论集》，282 页，上海，上海文艺出版社，1980。

③ ［德］马克思：《关于费尔巴哈的提纲》，见《马克思恩格斯选集》，第 1 卷，57 页，北京，人民出版社，1995。

活或健全社会的政治追求，而这种政治追求恰恰是内蕴于美学学科的诞生及演变过程之中的。

一般而言，美学之父鲍姆伽登 1750 年创立美学学科时的界定——"感性认识的科学"①——是获得了极广泛认同的。但是，作为伴随现代性分化而兴起的美学，实际上所承担的功能及应有的职责或许并不简单局限于"感性认识的完善"。

正如哈贝马斯（Jürgen Habermas）所见："韦伯给文化的现代性赋予了实质理性的分离特征。表现在宗教与形而上学之中的这种分离构成三个自律的范围。它们是：科学、道德与艺术。这三个方面最终被区分开来，因为宗教与形而上学结为一体的世界观分道扬镳了。自 18 世纪以来，从这些古老的世界观中遗留下来的问题已经被人安排分类以列入有效性的特殊方面：真理、规范的正义，真实性与美。"② 在这种现代性文化分化的历史演变中，哈贝马斯关注到，一方面，文化结构的分裂使得专家文化与大众文化间的距离日益增大；另一方面，经过专门化处理与反思过的文化与日常实践形成了断裂，没有有效地为生活世界灌注活水。这就是现代性的文化危机表征。

值得注意的是，在哈贝马斯归纳的背后隐含着一个至关重要而又一直没能得到有效清理的问题，这个问题与 1978 年以来美学的学理推进密不可分。其实，这就是一个"分与合"的问题，一个有关文化统一性衰落与共通性再造的问题。某种意义上，这也是"后革命氛围"③ 下的中国所面临的最大困境与挑战。因为革命已然结束，而现代性之门渐次开启，由经济现代性到文化现代性直到政治现代性。1978 年以来，中国走过的道路再一次重复了百年前的开放进程。随着这个进程的开启，美学成为这一时期中国文化演进的一个独特镜像。它的根本问题，正如历史上康德、席勒、马克思们所曾经试图去做的一样，努力在现代性文化的强大分离趋势中，

① ［德］鲍姆伽登：《美学》，王旭晓译，13 页，北京，文化艺术出版社，1987。
② ［德］哈贝马斯：《论现代性》，严平译，见王岳川、尚水编：《后现代主义文化与美学》，16 页，北京，北京大学出版社，1992。
③ 美国左翼理论家阿里夫·德里克在对 20 世纪 90 年代以来盛行的"后殖民主义"进行批判时，提出了"后革命"（post-revolutionary）的概念，前缀 post-有 after-（以后）和 anti-（反对）两种意义。德里克指出，后殖民论在概括现代世界历史时拒斥了革命这一关键时刻，从而后殖民论并非与殖民主义的结束同时出现（殖民主义迄今尚未结束），而是与 80 年代新的世界局势同时产生的，这个新的世界局势就是抹杀革命与剔除历史中的革命成分。因此德里克指出，"后殖民主义以文本代替历史，并将某些文本特权化，而无视其他文本。从后殖民文本中消失的，引人注目的有政治经济学和革命的文本"。参见［美］阿里夫·德里克：《后革命氛围》，王宁译，83～109 页，北京，中国社会科学出版社，1999。于此，我们可知，后殖民论在某种意义上是与现代资本主义有着文化同构的关系，他们共同抵制历史阐释中革命因素的存在。"后革命氛围"的引用是想切合于把握新时期中国学术转型所处的历史语境与全球话语互动空间的整体特征。

重新追寻文化的共通认同与群际整合。

就此而言，美学并不能仅仅从认识哲学的感性学意义上来理解，或许上升到文化哲学层面，将它理解为感通学更为妥帖。作为一种交织了感性与沟通双重之维的感通学渐次清晰起来。其实，这也是康德以来世界美学的一个普遍潜在的主题，"美"并非像莱布尼茨—沃尔夫学派的门徒们所认为的，仅仅意味着建构一个孑然自立的低级认识学科，"美"而是有着其自身的文化使命与政治承担的。这个问题，于康德而言，首先体现为"判断力"在心理结构层面的桥介意义："通过自然的合目的性概念而提供了自然概念和自由概念之间中介性概念，这概念使得从纯粹理论的理性向纯粹实践的理性、从遵照前者的合规律性向遵照后者的终极目的之过渡成为可能。"① 其次，体现为"判断力"在文化认同层面的共契意义："鉴赏有更多的权利可以被称之为共通感；而审美〔感性〕判断力比智性的判断力更能冠以共同感觉之名……我们甚至可以把鉴赏定义为对那样一种东西的评判能力，它使我们对一个给予的表象的情感不借助于概念而能够普遍传达。"② 在此，我们看到了康德对美学所做的超越于鲍姆伽登的伟大改造，他将一种作为科学认识论的分支提升为具有重塑知性与理性、个人与群体之间共通性的学科。这个主题后来更进一步演绎为席勒关于"断片的人"整合为"完整的人"，马克思关于"异化的人"解放为"自由的人"的诸般论述。及至当代，伽达默尔（Hans-Georg Gadamer）将问题通过追溯到维柯（G. Vico）而使其完全凸显，他认为对于当下教育来说重要的东西就是造就共通感，而共通感不仅是指那种存在于一切人之中的普遍能力，同时它更是指那种导致共同性的感觉。依据维柯的看法，给予人类意志以方向感的东西不是理性的抽象普遍性，而是表现一个集团、一个民族、一个国家或整个人类的共同性的具体普遍性③。

纵览美学的现代历程，从康德第三批判的意图，到席勒"游戏说"对"感性冲动"与"形式冲动"的调和，以及马克思对"自然主义"与"人道主义"的互阐，伽达默尔基于哲学诠释学的"视域融合"，哈贝马斯基于普遍语用学的社会交往行为理论，乃至巴赫金的"对话理论"，无不都是在人与自我、人与他人、人与世界各个不同层面对现代性文化分化做出的反思性回应。

这种位于现代性分裂之后对感性与沟通强烈诉求的状况，学者张法曾经意识到，西方美学在近代德国得名 Aesthetics，正应和了西方文化现代性过程中的两种需要：

① 〔德〕康德：《判断力批判》，邓晓芒译，31～32 页，北京，人民出版社，2002。
② 〔德〕康德：《判断力批判》，邓晓芒译，137 页，北京，人民出版社，2002。
③ 〔德〕伽达默尔：《诠释学Ⅰ：真理与方法》，洪汉鼎译，34 页，北京，商务印书馆，2007。

一是现代学术体系的建立要求美学作为一个具体学科出现，表现为一种黑格尔式的美学结构，这主要是一种科学性的需要；二是现代人的宇宙宏图要有一个人性整体，美感作为对现代性以来在概念分工和技术分工下遭遇分裂的人进行全面整合的一种方式，表现为康德式和席勒式的美学。在这一意义上，美学是在现代性的历史发展和自我矛盾中产生的。①

至此，美学已然从通行的"感性之学"突现为"感通之学"。所谓"感"，保留原有感性之意，意指活生生的、富于整体性的具体经验之知②，这是美学的个体生命根基；所谓"通"，内蕴两层含义，其一是共通感（sensus communis），即康德意义上超越自我的具有普遍可传达性的感受感觉；其二是共通体（community）③，这是由前两者结合而导致的当代美学最积极意义之所在，即在富于个体活性经验感悟的同时，所产生的普遍可传达的共通感能起到通达心物、沟通群际的共契功效。

对此，李泽厚有着深刻的自觉意识，他在 1981 年的讲演中如此强调：

> 美学不能等同于艺术论，它远远不只是艺术哲学。生活中的实物造型可算作实用艺术，但美学也远远不只是这个方面。人的生活怎么安排都与美学有很大关系，社会的和个人的生活节奏、色彩如何？感性的节奏是生活秩序的一部分。一个社会或群体必须建立一种感性的秩序。有和谐、有矛盾、有比例、有均衡、有对称、有节奏、有各式各样的关系，有张有弛。……人对世界的改造、把握、安排就包含了很深刻的美学问题在里面。④

美学不同于艺术哲学，它所涵盖的是整个人与社会生活的安排，这种关怀以感性秩序为触发点，这就是人们日常所体认的"美感"（和谐、矛盾、比例、均衡、对称、节奏）。实际上，它所致力的根本问题正是秩序的健全与社会的改造。在这个意义上，我们认为，经由感性与沟通双向维度达致美好生活与健全社会的向往，是贯穿于 1949 年至 1985 年间美学探

---

①　张法：《美学的中国话语》，18 页，北京，北京师范大学出版社，2008。

②　高友工将学术研究的知识对象划分为三种类型：技能之知、经验之知、现实之知。而文学美学研究对应的相当于第二层次的经验之知。参见［美］高友工：《美典》，1～18 页，北京，生活·读书·新知三联书店，2008。

③　近来汉语学界开始反思将 Community 翻译为"共同体"，认为"共同体"这个词语表达了当代思想的一种"短视"，它注重"同（一）性"；而"共通体"的表述则将"共在"的可能性交付给"通（达）性"。参见陈赟：《天下或天地之间：中国思想的古典视域》，8 页，上海，上海书店出版社，2007；［法］让-吕克·南希：《解构的共通体》，译者夏可君等，11 页，上海，上海人民出版社，2007。

④　李泽厚：《美感二重性与形象思维》，《美学旧作集》，245 页，天津，天津社会科学院出版社，2002。

索、挫折、复苏这一整体进程之中的核心问题意识。因此，中国当代美学以全然不同于资本主义现代性的社会主义现代性实践方式，尽管经过了曲折与磨难，但是终究走出了一条回心转意的美学道路。

因此，就特殊性层面而言，中国美学的确在深层政治意义上呼应了社会主义现代性实践于各时代提出的相应文化吁求；就普遍性层面而言，中国美学同时更承续了康德、席勒以来近代启蒙美学的根本性政治关注，那就是通过审美致力于促进社会与人性的健全、完善。美学所追寻的不仅是"美"，更是"美好"。

在了解新时期初期中国美学家们所持有的知识立场、研究进路和根本问题之后，我们便获得了一个进一步观察、梳理、把握与剖析 1978 年至 1985 年的中国美学复苏的情境支点。在这种"中间道路"的论域空间中，中国美学在貌似断裂发展的背后，实质上却接续了前三十年美学发展的根本问题意识。在一个新的时代语境中，中国美学依凭对中西经典思想的不断返回，试图重新找到一条继往开来的美学道路。某种意义上来说，这条道路的寻找，既是一个不断往后寻觅的过程，同时也是一个不断往前推进的过程。寻觅之中有推进，返回之中有转造。在这里，中西经典思想成为新时期初中国美学思想发轫的资源谱系，主体意识、实践意识、人道意识、文化意识、历史意识等构成了新时期中国美学复苏的拓展进路。

下面几章，本书将结合内在理路与外缘影响双重视角，来进入新时期初期中国美学思想具体的演变历程，以朱光潜和李泽厚的美学努力为中心，看看美学家们是如何在面对特殊情境的过程中呼应现代性世界问题的，看看 1978 年至 1985 年间的中国美学是怎样铺展出属于自我的回心转意道路的。

第三章 回到康德：美学复苏的主体论

回到康德，所标识的是中国美学复苏的主体论问题。20世纪70年代后，百废俱兴。无论是物质生产，还是精神生产，都在期待一种外部力量的碰撞与激活。早在十一届三中全会召开前两个月，邓小平就曾明确传达出了"向世界先进国家学习"①的思想。邓小平以政治家的敏锐与老练，洞察到了解决国家落后状况的途径，即实行开放政策。如果说，物质生产的激活有待于客观政策的开放与引导，那么精神生产的复苏，则多少显出一些自己的特色。国门的重新敞开固然提供了思想借鉴的契机，但更为耐人寻味的是，当代中国美学一直在波谲云诡的时代走势中默默持守着自己的思想方向，从来没有放弃过艰苦卓绝的思考努力。新时期初的中国美学复苏，与其说是改革开放的温和政策触发的，不如说是思想家们用经受磨难的意志打磨出来的。它所迈出的第一步，正是重新思考被压抑已久的主体性问题。如果说20世纪五六十年代的美学讨论范式还主要是主客观之辩的话，那么20世纪70年代末开始的中国美学则以主体性意识萌生为标志，开始超越于纯粹认识论。经由康德思想的激活，思想家对主体性问题的内在复杂取向做出了深刻的辨析，凸显出了主体意识与共通意识。美学在恢复个体感性活力的同时，也包含了重构共同体的团结意旨。

一、教条与虚无之上：主体探寻的思想语境

主体意识的复苏，成为新时期初中国美学乃至中国思想的第一缕曙光。这始于李泽厚那本《批判哲学的批判：康德述评》的面世。

1. 人的迷失：哲学追问的现实动力

《批判哲学的批判》一书出版于1979年，据称这是李泽厚在20世纪70年代后期就开始从事的一项秘密研究工作。1972年，李泽厚下放明港干校劳动，偷偷带上了《纯粹理性批判》的英文本，反复阅读了多遍，开始埋头写作，直到1976年完稿。1979年3月人民出版社初版印行3万册，一时间洛阳纸贵，没多久便全部售完②。1984年6月，此书出版

---

① 邓小平：《实行开放政策，学习世界先进科学技术》，见《邓小平文选》，第2卷，132页，北京，人民出版社，1994。

② 事隔多年，易中天回忆："八十年代的大学生、研究生，有几个不知道李泽厚的？就连他那本其实没多少人读得懂的《批判哲学的批判》，也是许多青年学子的架上之书枕边之物，有人甚至宣称以七七、七八级本科生和七八、七九级研究生为代表的一拨人是'读朦胧诗和李泽厚长大的一代'。"易中天：《书生意气》，136页，昆明，云南人民出版社，2001。

修订版①。正式发行之前，《读书》杂志先期刊载了修订版《后记》，李泽厚自陈："自己恰好也是在'文化大革命'中保持并增强了对基本理论的兴趣，才写作了这本书。"② 正如有论者所言，李泽厚是那个年代"依然保持着清醒的思考并且从事着文字撰述的少数知识分子之一"③。但是问题在于，李泽厚为什么选择了康德来作为秘密思考与写作的对象呢？或许，他的这一番心迹表露可以作为指引：

> 康德哲学的巨大功绩在于，他超过了也优越于以前的一切唯物论者和唯心论者，第一次全面地提出了这个主体性问题。康德哲学的价值和意义主要不在他的"物自体"有多少唯物主义的成分和内容，而在于他的这套先验论体系（尽管是在谬误的唯心主义框架里），因为正是这套体系把人性（也就是把人类的主体性）非常突出地提出来了。④

无疑，朝向康德思想的返回，思想家的目标就是重新理解人，而人性在此首先就展现为人类的主体性。看似颇为形而上的人之主体性，何以在一个泛政治化的年代会成为思想家致力的目标呢？要理解这个问题，首先应该回到主体性探索得以萌生的文化语境，时代将告诉人们思想诞生的秘密。

关于研究康德的缘起，李泽厚在他的修订版《后记》中对此曾有过一些交代。首先，在干校劳动这样一个艰难的环境中，自觉应该读一些艰难的书；其次，新中国成立以后许多年来，学界几乎没有专门研究康德的书，一般哲学史的论著文章对康德哲学，要么是大同小异地予以漫画式的否定，要么是把康德形容得高深莫测，在此情况下，想做一些填补空白、介绍评论的工作；最后，更为重要的是，出于李泽厚自身对马克思主义的热忱。一方面，因为马克思主义在中国被庸俗化，而以康德、黑格尔为代表的德国古典哲学又是马克思主义思想的重要来源，所以他想联系康德结合现代西方哲学和现代科学来理解马克思主义的发展方向；另一方面，也因为在当时国内或国外流行一股主观主义、意志主义、伦理主义的思潮，在诸如"文化批判""阶级意识"的旗号下，马克思主义被解说成了一种

---

① 李泽厚的《批判哲学的批判》一书，在1979年至1985年间先后印行过初版（1979）和修订版（1984），两版之间修订增删不少，因此本书的研究在材料上将两版分别对待。就这本著作而言，注释涉及1979年的，即初版本，注释涉及1984年的，即修订本。这是需要注意的，特此指出。

② 李泽厚：《"批判哲学的批判（康德述评）"修订再版后记》，载《读书》，1984（4）。

③ 骆玉明：《李泽厚的历程》，见《近二十年文化热点人物述评》，2页，上海，复旦大学出版社，2000。

④ 李泽厚：《康德哲学与建立主体性论纲》，见《美学论集》，150页，上海，上海文艺出版社，1980。

主观意志蛮干的理论，所以也想通过评论康德来阐述自己对于实践问题的重新思考。

在李泽厚的自述中，重释经典背后问题意识的最终指向显然是当下中国的时代状况，形而上的哲理思辨源于形而下的现实关注。哲学追问的驱动力主要来源是对历史的反思。这场"史无前例"的运动，"成为许多学者进行历史与哲学沉思的起点，隐隐中指引、塑造、决定反思的主题与视角。对许多知识分子来说，这场噩梦中最触目惊心的一幕也许还不是政治专制或经济崩溃，而是人的全面迷失"①。所谓"人的全面迷失"，在日常生活中主要表现为"三忠于四无限"等一整套对人性进行束缚与规训的程式：

> "无限信仰"就是用领袖的高瞻远瞩、洞察一切的智慧来取代独立思考（知的丧失）；"无限热爱"就是用对领袖的无产阶级感情去占据自己的感情世界（情的丧失）；"无限崇拜"就是把自己的命运交给领袖，放弃自己的人为抉择（意志的丧失）。这些风靡全国的口号意味着人们在追求地上的天堂时，把自己的思想、感情、意志全部掏空，献给一个自我异化的对象，一个自己铸造的神。神与天堂的幻灭给人带来整个价值世界的解体。人像从魔咒中走出来的一样，猛然发现自己作为独立存在已完全被吞没在一片黑压压的群众之中，随着一根神棒，一只巨手不断旋转。②

显然，作为一位自20世纪50年代美学大讨论之始就敢与各种权威（蔡仪、朱光潜）挑战论争的学者，李泽厚对人的全面迷失有着强烈的关注。正是这种渊源于现实的问题意识，成为主体性探寻得以启动的第一推动力。

2. 主体性的双重文本：理论哲学与个体叙事

康德思想的阅读与写作，对于李泽厚而言，并非在一个纯粹形而上哲学命题中进行的思辨游戏，也不是"躲进小楼成一统"式对现实的刻意规避。

早在1950年美学大讨论中就已自成一派，李泽厚有着自己一贯的主见，他深信"四人帮"必垮，历史终将重新书写。因此，他以私底撰述康德的方式，默默抵制着平庸的随众思想与消极的虚无思想两种倾向，通过非合法性的阅读、写作来为日后的合法性思想做提前积累的准备。

在进入他的思想文本之前，其实最值得注意的是，他的撰述方式本身

---

① 林同奇：《人文寻求录》，374页，北京，新星出版社，2006。
② 林同奇：《人文寻求录》，374页，北京，新星出版社，2006。

所传达出的哲学意味。这一点为以往的研究者们所忽略了。时值 1972 年，略有时间读书的李泽厚将偷偷带在身边的《纯粹理性批判》反复看了多遍后，有了一些自己的思考。后来，"四人帮"日益嚣张，"文化园地，一无可为"，加之进行的"评法批儒"斗争运动，使得学术研究步履维艰。李泽厚回忆，自己"只好远远避开，埋头写作此书，中亦略抒愤懑焉。而肝心均病，时作时辍，至一九七六年地震前后，全书始勉力完稿。虽席棚架下，抗震著书，另感一番乐趣"①。这说明，李泽厚的康德研究面临着三大困难：其一，政治上的压抑氛围，文化上的虚无政策；其二，身体上的肝心疾病困扰，时写时停，妨碍了书稿的顺利写作；其三，自然中的地震恐慌，不可预测的危险，隐埋在冥冥之中，完成书稿的可能取决于命运的恩惠。

就此而言，李泽厚的康德撰述实是一次思想的历险，他所面对的并不是政治的荒诞不经，更有身体的病痛不止、自然的灾难不测。如果不充分考虑到这些，就可能只会把李泽厚的康德研究局限于一种纯政治意味的思想抗争中，这也就形成一种惯常的解读策略。但是，主体意识的萌生，固然缘于政治反思，但却又并不限于政治反思，它有着更为深厚的主体性基础。主体性，不仅是一种观念形态，它更是一种行动方式。正如张法所说：

> 在康德的路线上给同一个英文词 subject 不同的汉译，从而得出本质上不同的含义。以前是"主观"，现在是"主体"，主观是一种观念，主体则是包括观念于其中的人，更主要的是指一个在实践中的人。作为主体的人，进行着自己的历史实践，在实践中既改变着世界，又改变着人自身（包括人的物质形态、文化形态和观念形态）。②

恰如其言，"主观"与"主体"，一字之别，却相距甚远。"观"是一种旁观者的态度，站在距离之外去察看对象，而"体"则是一种行动者的态度，用身体力行去把握对象。因此，主体性意识的萌生，并非只是简单将过去被否定的唯心论思想重新肯定，而是一种对人与世界关系的新认识的生发。这种新旧认识间的转变，既体现于思想家的观念，更展现为思想家的行动。

这里，不妨将李泽厚的康德撰述视为双重文本。第一重文本，是李泽厚的著作《批判哲学的批判》及其他关于康德的散论，这些论著在梳理、评价康德哲学的基础上，构筑起了一个关于主体性哲学的框架，这是为学

---

① 李泽厚：《初版后记》，见《批判哲学的批判》，423 页，北京，人民出版社，1979。
② 张法：《美学与中国现代性历程》，载《天津社会科学》，2006（2）。

术史所公认的；第二重文本，是李泽厚《批判哲学的批判》一书的《初版后记》《再版后记》乃至其他学术自述文字中所不断进行的叙事，在反复的追忆中，它们返回到思想家个体经历的生命感觉与体验之中，重构了主体性哲学思想得以萌生、清晰乃至成熟的历程，这一文本却被学术史简单忽略了。

双重文本视角的提出，其必要性在于，它们与主体性意识的诞生有着极为微妙而紧密的关联。如果说，第一重文本（理论哲学）是在一种理论推演层面对主体意识的构建与张扬，那么，第二重文本（个体叙事）便是在一种感性叙事层面对主体意识构建与张扬的铺垫、丰富。

刘小枫曾提出过一个关于伦理学问题的解答："什么是伦理？所谓伦理其实是以某种价值观念为经脉的生命感觉，反过来说，一种生命感觉就是一种伦理。"在此视野下，伦理学就呈现为"关于生命感觉的知识，考究各种生命感觉的真实意义"①。进而，刘小枫将自古以来的伦理学分为两类：理性伦理学与叙事伦理学。在他看来，理性伦理学意味着探究生命感觉的一般法则和人类生活应遵循的基本道德观念，进而通过制造一些理性法则，使得个人性情通过受教育而符合这些作用，像亚里士多德和康德这些思想家都是理性伦理学的代表。理性伦理学诉诸的是思辨的才能。叙事伦理学则侧重于讲述个人经历的生命故事，通过个人经历的叙事来提出关于生命的感觉问题，以营构出具体的道德意识和伦理诉求，像荷马、但丁、莎士比亚这些文学家都是叙事伦理学的代表。叙事伦理学诉诸的是体验的感觉。

由此来看，理性伦理学与叙事伦理学的分殊就体现为："理性伦理学关心道德的普遍状况，叙事伦理学关心道德的特殊状况，而真实的伦理问题从来就只是在道德的特殊状况中出现的。"② 不难发现，所谓"理性伦理学"与"叙事伦理学"的区分，在根本上对应的正是一种哲学能力的划分，亦即康德所言的两种判断力的区别。何谓"判断力"？在康德看来，判断力是位于"高层认识能力的家族内"的"一个处于知性和理性之间的中间环节"③。判断力问题的提出，基于康德对认识与伦理问题的研究，即《纯粹理性批判》与《实践理性批判》造成的自然与自由两大领域的隔阂，判断力是用来沟通与弥补这一巨大隔阂的。正如李泽厚在其著作中所见：

> 康德解决自然与社会、认识与伦理、感性与理性的对峙，统一它们的最终办法，是要找出它们之中一种过渡和实现这种过渡的桥梁。过渡本身是一个历史的进程：由自然的人到道德的人。

---

① 刘小枫：《沉重的肉身》，3页，北京，华夏出版社，2004。
② 刘小枫：《沉重的肉身》，4页，北京，华夏出版社，2004。
③ ［德］康德：《判断力批判》，邓晓芒译，11页，北京，人民出版社，2002。

但它的具体中介或桥梁、媒接，在康德，却成了人的一种特殊心理功能，这就是所谓"判断力"。康德说，"判断力"并不是一种独立的能力，它既不能像知性那样提供概念，也不能像理性那样提供理念。它只是在普遍与特殊之间寻求关系的一种心理功能。①

康德将这种用于调和人类心灵中两大领域的判断力又进一步划分为"决定的判断力"与"反思的判断力"②。按照康德的看法，前者是从普遍性出发来确定特殊性的能力，而后者则是从特殊性出发追寻普遍性的能力。决定判断力的难点在于将普遍规律具体应用于特殊事例，但是这还可以通过实践活动与训练来培养达到；而反思判断力，实际上就是审美判断力与目的论判断力，它的难点在于从特殊的个体中搜寻出普遍性来，这种能力属于康德所说"天才"的范畴，是教育作用也难以促成的。

上述"理性伦理学"与"叙事伦理学"的区分，针对的正是位于伦理学领域的判断力方式。理性伦理学，相对应的就是决定判断力；而叙事伦理学，相对应的则是反思判断力。理性伦理学提供的是一种理性命令的普遍要求，诉诸主体遵循于各项理性原则，在此，普遍性凌驾于特殊性；叙事伦理学则提供的是一种感性体验的特殊经历，诉诸主体沉潜于诸般生命形态，在此，特殊性反证出普遍性。

"理论伦理学/叙事伦理学"对应于"决定判断力/反思判断力"，其中所包含的伦理学与哲学思维的关系，给予人们理解前述李泽厚的双重文本意义以一种新的可能性。

李泽厚的第一重文本，所阐述的康德思想，为人们提供了一条通往理论哲学（理论美学）的道路，它的意义在于澄清学理意义，美学所可能拥有的探索新途径；而第二重文本，自陈撰写康德哲学思想的经过，为人们提供了一条通往反思哲学（反思美学）的道路，它的意义在于以个体感觉经验为例，隐现了美学对于个体生命所可能给予的把握。进一步来看，在李泽厚这里，第一重文本与第二重文本之间，又不只是一个思想与实际、理论与叙事、普遍与特殊相对立的简单关系，而更是一个相互映衬、相辅相成的哲学过程。在第一重文本中，李泽厚发掘出康德哲学在当代仍然保有的积极意义，如主体性、感性直观、沟通调和等思想，这是先在的理性思考；而第二重文本，显然处于他撰述完成著作之后，通过回顾自身的写作经历，将自己对康德哲学的主体性思想理解消融在个体叙说的文字中并

---

① 李泽厚：《批判哲学的批判》，356 页，北京，人民出版社，1979。

② 邓晓芒将此二者翻译"一般判断力"与"反思判断力"，宗白华将此翻译为"规定着的判断力"与"反省着的判断力"，而李泽厚用的是"决定的判断力"与"反思的判断力"，考虑到时代语境，李泽厚使用的"决定的"译法或许是有着其现实指向的隐微含义，加之本书研究对象是李泽厚的主体哲学，所以这里采纳李泽厚的译法。

展现出来，这样就完成了一个从普遍性到特殊性，继而又从特殊性到普遍性的双向思想运动过程。康德哲学美学，既明确体现在李泽厚的康德述评的专业论述上，同时也默默呈现为他的个体生命历程叙事。

> 下放劳动和工作，我在单位中大概是时间最长的一个。因此，身体上、精神上所受的创伤折磨所在多有。这也许是我比较抑郁和孤独的性格一直延续下来的原因。但也有一个好处，就是学会了使思想不受外来影响。我坚守自己的信念，沉默顽固地走自己认为应该走的路。毁誉无动于衷，荣辱在所不计。自己知道自己存在的价值和意义就是了。①

李泽厚不仅仅是在阐扬康德的主体性哲学，更是在研习中体认、实践这种主体性哲学的理念。主体性之于李泽厚，不完全是一个理念性的东西，而更是一种主体性的感觉：对于身心创伤折磨的沉默抵抗，"走我自己的路"。正如现象学家克劳斯·黑尔德（Klaus Held）所说："只有当人类的自由已经被躯体化了，也可以说被肉身化了，而且首先通过躯体性而与境域联系在一起时，这种自由才是具体的。"② 主体意识，正诞生于这种理念性与主体性的互动之中。刘小枫曾透过现代性社会理论视野（即"社会生存"），对审美意义的变迁做出了详尽分析，梳理出了美学确立背景中的两个二元对立：首先是唯理主义与感觉主义的对立，这是一般人都普遍认同的。在此意义上，作为感性学的美学，区别于知性认识的科学研究，致力于探寻人对世界的感性把握方式；其次是"义"与"体"的对立，这是人们通常所未曾注意到的，指的是学科意义上的感性学，其所弘扬的"感性"仍然是一种理念性（即"义"）的东西。刘小枫提出质问的是，作为"义"的感性究竟可以基于何种主体性（即"体"）基础而得以成立呢？③ 李泽厚笔下双重文本的发现，使新时期以来的中国美学以一种新的方式朝思想的深处敞开。

李泽厚的主体性哲学，既在"义"的层面进行了学理论证，更在"体"的层面推进了生命实践。它面对的是来自政治、身体、自然的重重阻碍与困境，而他的信念持守与理想追寻，更是直面政治—文化、感觉—经验、自然—生命层层迷惘所做出的辩证努力。

3. 书写奥义：隐微写作与政治意识

除开理论哲学与个体叙事这一双重文本的呈现，需要进一步探究的

---

① 李泽厚：《走我自己的路》（1981），见《走我自己的路》，4 页，北京，生活·读书·新知三联书店，1986。

② ［德］克劳斯·黑尔德：《生活世界现象学》，孙周兴、倪梁康译，210 页，北京，生活·读书·新知三联书店，2003。

③ 刘小枫：《现代性社会理论绪论》，330～351 页，上海，上海三联书店，1998。

是，李泽厚对康德哲学本身的研讨（即理论哲学），究竟采取了何种方式？顾昕认为李泽厚思想是一种隐藏在康德面目下的"黑格尔主义的幽灵"①。傅伟勋则认为，李泽厚所谓的"主体性实践哲学"，"只不过是使用新的语言，表达历史唯物论的基本主张"，即社会存在（或经济基础）决定社会意识（或上层建筑）。他指出，李泽厚并没有意识到"科学的马克思主义""哲学的马克思主义"与"意识形态的马克思主义"这三种马克思主义之间的分别。"科学的马克思主义"，指的是"只具科学盖然性的唯物史观"；"哲学的马克思主义"，指的是"辩证法的以及历史的唯物论，乃属自称绝对真理的哲学独断论"；"意识形态的马克思主义"，则指的是"通过阶级斗争，和无产阶级专政必定达到共产主义目标的'应然'信念"。② 不能否认，这些批评在一定意义上的确有着洞见。但是对于思想内涵的分析不能只停留在一种静态理论形态中去辨识，理论需要在回到历史的过程中来透视，这样才能得出既具特殊针对性、又具普遍适用性的理论意义。诸般评论，一致将哲学书写的时代背景抽空，依凭某种自由主义意识形态目的，片面指认李泽厚思想与时代主流意识形态的相合，过于化约地解读了新时期中国美学思想的复杂内涵。在我们看来，李泽厚思想并非在一个真空的环境中生发而成，而是有着具体历史情境的。在根本上来说，这个具体历史情境既制约了思想家们表述的内容，也制约了思想家们表述的方式。更深一层来看，思想家或许还并不只是面对某一特定具体历史情境发言，而是有着更为深远的普遍性哲学考虑而潜藏于其具体话语之中。我们的阐释将从"回到语境"，再到"超越语境"，经由一种辩证否定的途径去窥测李泽厚撰述康德的幽微之心。

不妨从一个细节来深入分析。李泽厚曾回忆道：

> 我的《批判哲学的批判〈康德述评〉》一书，是在相当恶劣的条件下开始动手的。当时在干校，只准读《毛泽东选集》，连看马列也受批评，要读其他书就更困难了。只好又像回到解放前的秘密读书一样，我在行装中偷偷放了本英文版"人人丛书"本的康德的《纯粹理性批判》，不很厚，但很"经看"，阅读时上面放一本《毛泽东选集》，下面是我自己想读的书……。③

不难看出，李泽厚研究康德时的情境，是一个读马列都要冒风险的年

---

① 顾昕：《黑格尔主义的幽灵与中国知识分子——李泽厚研究》，35～41页，台北，风云时代出版公司，1994。

② 傅伟勋：《李泽厚的荆棘之路——大陆学术界的"苦闷的象征"》，见《"文化中国"与中国文化："哲学与宗教"三集》，210～211页，台北，东大图书公司，1988。

③ 李泽厚：《走我自己的路》，见《走我自己的路》，4页，北京，生活·读书·新知三联书店，1986。另参见李泽厚：《课虚无以责有》，载《读书》，2003（7）。

代，更何况读康德这样的"大唯心主义的书"。在此，思想史家列奥·施特劳斯（Leo Strauss）对于思想史的阐述方式就非常值得我们借鉴。

一般来说，纯然的历史主义是将各时代的不同思想与当时的社会状况相对应起来加以研究的。施特劳斯则独辟蹊径，他认为这种对应式的历史主义考察忽略掉了思想和社会之间的最根本关系。他以一种反历史主义的态度批评这种简单的语境论考辨，从而提供了另一种富于启发的独到见解："也许所有的哲学家自己就构成了一个阶层"，"与那些将特定哲学家和特定非哲学家集群联系起来的东西相比，那种将所有真正的哲学家结为一体的东西是更为重要的"①。这区别于历史主义针对不同社团、阶级或者种群精神所展开的不同阐释。施特劳斯诉求的是，构建一种具有普适性的哲学情境，他认为不论在什么时代什么地方，只要是真正的哲人，他们就都面对着一个相通的基本情境，这就是"迫害"：

> "迫害"一词涵括了种种现象，从最残酷的，比如西班牙的裁判所，到最温和的，比如社会放逐。就文学史或理智史而论，介于两个极端之间的迫害类型是最重要的。在公元前 5 世纪到前 4 世纪的雅典，在中世纪早期的一些穆斯林国家，在 17 世纪的荷兰和英格兰，在 18 世纪的法国和德国，都可以找到这样的迫害类型，而所有这些国家当时都还处在相对宽容的时期。②

施特劳斯指出在消灭肉体与流放边缘两个极端之间，还存在着第三种迫害类型，而这一类型之于文学史或思想史而言，是更为重要的。这指的就是，在一些政治相对宽容的国家中存在着的带有隐秘性质的迫害。这个受迫害者的名单囊括了从普罗泰哥拉、苏格拉底、柏拉图、色诺芬、亚里士多德等古典哲人到笛卡尔、霍布斯、斯宾诺莎、洛克、伏尔泰、卢梭、莱辛乃至康德等近现代哲人。那么，问题在于，为什么处于比较宽松的环境下，还会存在迫害呢？这种迫害又是怎样一种状态呢？显然，这里的迫害已经不是杀戮、流放等直观经验层次上的方式了，它涉及哲人生活与思想的根本存在方式。

以苏格拉底之死为例，苏格拉底面对的生死抉择，其根本性在于，是屈从大众的意见，还是坚持"科学地探究正义和美德"。从哲学本身的意义来看，哲学（philosophia）是"爱智慧"，即对智慧的追寻，它的这种本性是不分时间不分国度的，因此，哲学所带来的困境并非一时一地，而是在哲学家群体中有着普遍性的共同根基。这一困境具体表现为，哲学家对

---

① ［美］列奥·施特劳斯：《迫害与写作艺术》，林国荣译，见贺照田主编：《西方现代性的曲折与展开》，197 页，长春，吉林人民出版社，2002。

② ［美］列奥·施特劳斯：《迫害与写作艺术》，林国荣译，见贺照田主编：《西方现代性的曲折与展开》，221 页，长春，吉林人民出版社，2002。

整全知识的追寻与社会习俗共同体中的大众意见形成了对抗。苏格拉底最终选择了不遵从民众意见的死亡之途，而柏拉图则找到了一个解决的办法，即"言谈中的德性城邦"①。较之于苏格拉底式的不妥协态度，这种方式更为柔和，这是一种更为隐蔽也更为保守的实践哲学的方式。柏拉图不再直接与习俗世界的民众意见相对抗，不再要求对城邦进行直接当下的革命性改造，而是一方面对大众的现行意见进行暂时性接受，从而避免苏格拉底悲剧的再次发生；另一方面用言谈来构筑起一个德性城邦，在这个"他者之城"中依然执着追寻人的完善。这样处理，就使得追求真理与现行意见之间不至于过分冲突，并且在接受现行意见的过程中，实际上又暗自推进了思想走向真理的步伐。柏拉图式的这种"隐秘的王者身份"代替了曾欲在德性城邦实行公开统治的哲学王。

由此，可以看出哲学、哲学家与社会之间，在本源意义上是处于一种对抗状态的。社会诉求的是习俗意见的稳定，而哲学追寻的是真理与人的完善。这种哲人与社会间的对抗，带来的便是一种永恒的困境：迫害。在施特劳斯看来，它是不以意识形态的转移为目的的，但凡大哲学家都执着于追寻人在可能性意义上所能达至的完善境界与真理认识，因此必然会与任何世俗时潮不相容纳，这就构成了哲学在社会中合法存在的正当性危机。出于这种悖境，"迫害"促使所有持异见的作者都发展出了一种特殊的写作技巧，这就是"隐微写作"：

> 迫害促成了一种特殊的写作技巧，因而也促成了一种特殊的文学类型，在其中，所有关于重要事情的真理都是特别地以隐微的方式呈现出来的。这种文学不是面向所有的读者，而只是针对那些聪明的、值得信赖的读者的。它有着私人沟通的所有优势，同时避免私人交流最大的缺陷——作者得面对死刑。②

按照这种看法，一本哲学著作的写就包含了两个层面："大众化的教诲"和"哲学的教诲"，前者蕴含了启蒙的性格，居于前台，而后者则关涉最重要的问题，仅以隐微方式加以表达。相对的是，我们解读哲学著作时也应该同时注意到这两个层面的存在，在作者显白教诲与隐微教诲的张力中去体察时代困境中的思想跋涉。

李泽厚的康德研究正是如此，他在阅读康德著作时"上面放一本《毛泽东选集》"，这个细节颇富象征意味，这其实也是那一时代诸多思想者阅读与写作的面相。例如，朱光潜曾被指派到"联合国文件资料翻译组"，

---

① ［美］列奥·施特劳斯：《迫害与写作艺术》，林国荣译，见贺照田主编：《西方现代性的曲折与展开》，206 页，长春，吉林人民出版社，2002。

② ［美］列奥·施特劳斯：《迫害与写作艺术》，林国荣译，见贺照田主编：《西方现代性的曲折与展开》，214 页，长春，吉林人民出版社，2002。

接受改造。改造期间，在翻译组负责人马士沂的帮助下，开始秘密进行黑格尔《美学》第二卷的整理、校改工作。马士沂给朱光潜找了一套两间的房子，让朱光潜躲在里间整理译稿，而自己在外间工作以掩护。朱光潜装作翻译联合国文件，秘密完成了黑格尔《美学》第二卷的定稿工作①。被打成"右派"的高尔泰则在夹边沟的恶劣生存环境中依然不停止对"人"与"美"的思考，后来辗转兰州、敦煌写成论文，在 1965 年他预感到更大的政治风暴即将来临，他将在敦煌完成的论文用密密麻麻的小字抄下，藏到了敦煌一个隋代洞窟中心柱后面的花砖下面，得以作为劫火余烬保存下来，后来在 20 世纪 80 年代得以发表②。

有意识的"遮掩"行为成为一种继续思考的标志。需要特别指出的是，"隐微写作"不同于当代中国文学史研究中所提出的"潜在写作"③。尽管在某种意义上，"隐微写作"与"潜在写作"同样包含秘密写作的意味，但是二者有着深刻的不同。

其一，"隐微写作"虽名之为隐微，但实际上它是以公开写作出版的面目呈现于世的，它的奥义在于一套文本内含了多重意图，读者见仁见智，无论何时何地，它都在意见与知识之间，习俗与真理之间，维持着一种妥协的抵抗意图；而"潜在写作"则是由于历史条件限制，完全不能公开发表的，只能等待时过境迁才能面世，但是与时推移的面世只能对过往的历史时代做出一种回顾式的反驳，并不一定与时下的历史语境构成一种思想张力。更多的情况是，"潜在写作"已经与当下时代主潮构成了某种程度的思想共鸣，它以被挖掘的文本思想来批判历史，暗中为当下的思想意识形态提供合法性正名资源。

其二，"隐微写作"是哲学的，它基于哲学追问与社会生存间的根本冲突而诞生，本质上是一种哲人的写作技艺；而"潜在写作"是文学的，它基于文人对于社会现状的异议而生成，它为了"抽屉"写作，以期藏之名山、传之后世，并非一种写作技艺，而是一种写作态度。简言之，"隐微写作"是适用于任何时代的公开的秘密，而"潜在写作"是仅仅针对某一特定时代的秘密的公开言说。

这个区分对于人们进一步理解以李泽厚、朱光潜等美学家为代表的中国当代美学思想有着极为重要的意义。因为中国当代美学家们，在相当长

①　蒯大申：《朱光潜后期美学思想述论》，148 页，上海，上海社会科学院出版社，2002。

②　丁枫：《高尔泰美学思想研究》，37 页，沈阳，辽宁人民出版社，1987。

③　所谓"潜在写作"，是陈思和首先提出，他认为当代文学史上存在着一种特殊的特殊现象，名之为"潜在写作"，指的是由于种种历史原因，一些作家的作品在写作后得不到公开发表，一定时期结束后才公开发行。将这些属于过去时代的文本放在其酝酿和形成的背景下考察，他们反映出那一时代知识分子严肃的思考，是当时精神现象不可忽视的有机组成部分，也展示出时代精神的丰富性和多元性。陈思和：《试论当代文学史（1949—1976）的"潜在写作"》，载《文学评论》，1999（6）。

的一段时间内均处于思想浪潮的尖峰顶端，成为万众瞩目的时代热点。"美学热"造就了美学与美学家的复苏，但是人们往往轻易将美学家的许多言说视为一种"潜在写作"的公布，其实在众多公开著作中，也潜藏了诸多隐秘说辞，而这些隐秘说辞所针对的可能并不只是历史中一时一地的险境，而是整个民族文化面对现代性境况时呈现的思想困境。

因此，所谓的"黑格尔主义的幽灵"也好，三种形态的马克思主义也罢，其实都不是中国美学所要致力扭转的最后目的，新时期中国美学思想虽然诞生于历史潮流转型之中，但是它所致力的根本目的一如既往，那就是在异化的"美好"造成挫折之后，从"人"的重新确证出发，去寻求新的理想实现途径。

二、个我与社会之间：主体意识的辩证内涵

"人"的重新确证，首先展现为主体意识的重新确证。自李泽厚掀起回到康德的潮流，之后的美学发展如脉脉流水，成就了贯穿新时期的汹涌波涛。十年之后，何新回顾 1979 年读到《批判哲学的批判》时的感情，仍然难以忘怀"所获得的那种哲学启迪和精神上的清新之感"，不由感慨："在某种意义上，我们这一代学人，都曾或多或少地沾溉过李泽厚的启蒙。"① 这种启蒙，正是源自主体意识的生成。

1. 回到康德：从"批判"到"建设"

新时期伊始，李泽厚集中刊发了几篇有关康德思想的论文，这成为人们研究新时期"回到康德"思潮的重要线索。它们分别是：《康德认识论问题的提出》（1978），《论康德的宗教、政治、历史观点》（1978），《关于康德的"物自体"学说》（1978），《康德的美学思想》（1979），《康德哲学与建立主体性论纲》（1981），《"批判哲学的批判（康德述评）"修订再版后记》（1984），《关于主体性的补充说明》（1985）。当然，更为集中而深邃的研究自然是《批判哲学的批判：康德述评》了②。

在《批判哲学的批判》一书中，李泽厚注意到欧洲哲学史上的"回到康德"运动。区别于同时代盛行的大批判思维模式，他提出"为批判而批判是没有意义的，回顾哲学史不是发思古之幽情"，正确的态度应该是"注意活的康德（康德在哲学史上、特别在现代的影响），而不要沉溺在死的康德（康德学的大量文献）中"③。这种态度昭示着，李泽厚的康德研究持有一种鲜明的问题意识与现实指向，他反感于琐碎的章句分析与争辩，

---

① 何新：《李泽厚与当代中国思潮》，载《新华文摘》，1988（9）。

② 时隔三十年后，李泽厚给西方哲学家排座次，仍然将康德列为第一。《李泽厚近年答问录》，3 页，天津，天津社会科学院出版社，2006。

③ 李泽厚：《批判哲学的批判》，49 页，北京，人民出版社，1979。

而关注于康德哲学的现实意义，尤其是康德哲学与现实问题及科学进展间的深刻联系。

李泽厚划分出两个"回到康德"的哲学思潮。第一个是 19 世纪下半期兴起的新康德主义。新康德主义不满于自费希特、谢林、黑格尔以来的哲学研究路径（即德国唯心论哲学将作为哲学元理论的康德哲学引导转化为一种关于现实的理论），而提出了"回到康德去"的反叛口号①。哲学在康德那里呈现为批判哲学，即对人自身的心理诸结构能力（知、情、意）进行批判性认识与沟通，对于前康德的形而上学来说，这是一种处于反思层面的思想运作。但是，自费希特至黑格尔，逐渐将哲学视为以概念把握现实的途径，马克思更是进一步批判性地发展了这种理路，将哲学用作"改变世界"的工具，而非仅仅像他的前辈那样用于"阐释世界"。新康德主义的代表人物李普曼（Otto Liebmann）在其 1865 年出版的名著《康德及其后继者》中，每一章的最后都写着一句话"回到康德去"，吹响了反抗当时新黑格尔主义、科学唯物主义的号角。实际上，新康德主义要回到的是康德的先验认识论。李泽厚认为，这一次的"回到康德"运动就是"回到和发展康德的那种主观唯心主义立场，并竭力抹杀物自体的唯物主义方面"②。第二个是 20 世纪 50 年代以来兴起的"回到康德"潮流。这一次思潮在李泽厚看来，却比前一次的更为重要，原因在于这一次思潮呼应了当代科学发展与社会斗争的现实。前一次思潮的要义是把康德拉向巴克莱和休谟式的主观唯心论，而这一次则基于当代相对论、量子力学、高能物理学、控制论、电子计算机等现代科技的高速发展，人的认识能动性在历史上前所未有地迅猛喷发，李泽厚以结构主义的列维-施特劳斯和发生心理学的皮亚杰为代表，梳理了哲学界对主客体之间关系的重新思考："不是主体反映客体，而是主体构造、建立客体，要求客体来符合主体"，如此等等。与此同时，李泽厚还关注到，在社会科学上的"新马克思主义"、法兰克福学派等对所谓"恩格斯—考茨基—普列汉诺夫路线的历史决定论"的批判，宣扬"主观战斗精神"，这也构成了康德哲学对马克思的当代改造。

经由对两个"回到康德"思潮的梳理，李泽厚敏锐地把捉到了康德哲学与现实重大问题的关联，无论是自然科学还是社会科学，康德的幽灵至今仍然游荡在社会思潮的核心地带。如何面对康德思想，又如何重新激活康德思想，成为了李泽厚康德论述的关键。

首先值得注意的是，李泽厚对待康德的微妙态度。一个明显的事实是，李泽厚对"批判哲学"所进行的"批判"，采取的是"述—评"的模

---

① 靳希平、吴增定：《十九世纪德国非主流哲学》，224 页，北京，北京大学出版社，2004。

② 李泽厚：《批判哲学的批判》，50 页，北京，人民出版社，1979。

式。他先用主要篇幅来详细介绍康德哲学的主要内涵，然后再用马克思、恩格斯、列宁的观点来对康德的先验唯心主义进行历史唯物主义的批判与改造。两部分，述的介绍部分占有主要的篇幅，而评的发挥部分则往往挂在每一节的最后。李泽厚所采用的这种模式并非仅仅随意性的，回置到文化语境，确有其幽微深意：一方面，那时公开的哲学研究仍然处于日丹诺夫讲话影响下，"唯心主义/唯物主义"二元对立斗争是主要的哲学研究范式；另一方面，在批林整风运动中，毛泽东发出了读几本哲学史，包括欧洲哲学史的指示。该指示本意在于要求干部吸取人类思维的历史经验，正确理解马克思主义精神实质，但客观上却为哲学研究的开展提供了一些余地①。由此可知，当时官方对待西方哲学有着微妙态度。李泽厚正是抓住了这一机遇，以批判康德的面貌对康德哲学做出了全面的梳理：

> 我们今天对待康德哲学，仍应遵循列宁这一经典指示，在阶级分析的基础上，具体揭示这个体系的基本矛盾，在批判中肯定它的唯物主义和其他合理成分；更为重要的是，深入分析它的唯心主义先验论。②

颇有意味的是，李泽厚虽立足于阶级分析与唯物主义，却又言之不详地肯定了"其他合理成分"，更进一步"深入"地分析"唯心主义先验论"。如果把阶级分析与唯物主义改造视为李泽厚的"显白说辞"的话，那么"其他合理成分"与"唯心主义先验论"显然就是他的"隐微说辞"了。正如施特劳斯指出，"作者的真实看法并不必然就是他在绝大多数文字中所表达的看法"③。一方面，李泽厚固然表达了他对唯物主义的坚定信念；另一方面，在批判唯心主义的同时，却将其思想质素中具有合理性的成分携入，造成对僵化唯物主义的反思与改造。因此，在显白层面来看，《批判哲学的批判》一书是用马克思来批判康德，而在隐微层面来看，则是通过康德来反思马克思。

随着时间的推移，李泽厚的这种用意逐渐明了："可以说一切哲学史都是当代哲学史。用这种角度看一下康德哲学，看看它能为当代马克思主义哲学提供些什么东西，这是我感兴趣的问题。"④ 到 1983 年的《修订版后记》中，李泽厚更是自陈："所谓'康德述评'者，尽管'述'在篇幅上大过'评'，但后者倒是我更重要的目的所在。"而这次修订"有关

---

① 杨河、邓安庆：《康德黑格尔哲学在中国》，174 页，北京，首都师范大学出版社，2002。
② 李泽厚：《批判哲学的批判》，49 页，北京，人民出版社，1979。
③ ［德］列奥·施特劳斯：《迫害与写作艺术》，林国荣译，见贺照田主编：《西方现代性的曲折与展开》，219 页，长春，吉林人民出版社，2002。
④ 李泽厚：《康德哲学与建立主体性论纲》，见《批判哲学的批判》，422 页，北京，人民出版社，1984。

'述'的部分几乎只字未改"，而"关于'评'的部分还是作了一些修改增补"。到 2006 年，李泽厚为该书三十周年修订第六版写后记时，依然维持了"'述'的部分没有改动，'评'的部分略有增删"的状况①。这种对待述评部分的不同态度究竟意味着什么？一种较为合理的理解是，"述"的写作是持有回到康德思想本意的功能，所以这一部分的书写具有较强恒定性，而"评"的写作则包含了李泽厚自己对马克思主义随时代与时俱进发展的认识，并且随着政治环境的日益宽松，每一次修订都会融入自己新的想法与观念，具有经常变动性。

这一点从全书附录的历史变化也可看出端倪来。该书 1979 年版本的附论是《背弃马克思主义的哲学史标本》，批判了苏联学者奥伊肯则尔曼和索洛维耶夫对康德哲学中唯物主义因素的肯定，认为这是"为替社会帝国主义的反动政治服务，马克思要从属于康德，由马克思主义倒退到康德主义去"②。而到了 1984 年版，附录更换为了《康德哲学与建立主体性哲学论纲》，该文是李泽厚写作于 1980 年，先期收录在上海人民出版社 1981 年出版的《论康德黑格尔哲学》中的一篇会议论文。该文一改反修语调，而径直宣称"康德哲学的功绩在于，他超过了也优越于以前的一切唯物论者和唯心论者，第一次全面地提出了这个主体性问题"③。2007 年的修订第六版的《附录》，则替换为了《循马克思、康德前行》的问答录，在对话中，李泽厚认为，怀疑、批判和创造、建设，这两个方面是相辅相成的，"康德的批判哲学是为了建设普遍必然的科学和道德奠定哲学基础"④。这样就愈益突出了康德哲学意义的普遍性一面，以及在激活我们对于现代性理解的方面，它起到了一种兼具历史与现实意义的厚重资源作用。

至此，李泽厚"回到康德"的意图，在从批判走向建设的脉络中逐次清晰起来：出于隐微意图的批判之辞，在时过境迁之后，得以建设之辞的面目呈现。但是，包含在康德研究内里跨越时间长河一直不变的，则是对康德思想的描述及其所包含的对主体性精神的弘扬。

2. 主体意识：主体性的双重反思

回到康德的核心旨趣是主体意识的苏醒。主体性问题，在当代中国美学思想史中，以李泽厚对"批判哲学"所展开的批判为核心，一直是一个非常复杂的问题。正如张旭东所言："它是新时期哲学、美学思想的一个非常集中而且系统的表达。它预示了'新时期'的许多自由、理想和意识

---

① 李泽厚：《三十年修订第六版后记》，见《批判哲学的批判》，446～454 页，北京，生活·读书·新知三联书店，2007。

② 李泽厚：《批判哲学的批判》，420 页，北京，人民出版社，1979。

③ 李泽厚：《康德哲学与建立主体性论纲》，见《批判哲学的批判》，424 页，北京，人民出版社，1984。

④ 李泽厚：《批判哲学的批判》，464 页，北京，生活·读书·新知三联书店，2007。

形态，是一本有思想史意义的著作。在这个意义上，我们甚至可以讲，20世纪 80 年代中国思想文化的哲学秘密是对康德的发现。"①

主体性界定

毫无疑问，主体性是李泽厚通过"回到康德"所提出来的核心命题，它在当代中国美学思想史上具有极其重要的地位。那么，究竟主体性是什么呢？

李泽厚在《批判哲学的批判》1979 年版中尚未明确提出对"主体性"的界定，1981 年影响广泛的《康德哲学与建立主体性论纲》也没有对主体性进行明确界定，真正第一次正面界定是在《批判哲学的批判》1984 年修订版中：

> 所谓"主体性"，也是这个意思。人类主体性既展现为物质现实的社会实践活动（物质生产活动是核心），这是主体性的客观方面即工艺—社会结构亦即社会存在方面，基础的方面。同时主体性也包括社会意识亦即文化心理结构的主观方面。从而这里讲的主体性心理结构也主要不是个体主观的意识、情感、欲望等等，而恰恰首先是指作为人类集体的历史成果的精神文化：智力结构、伦理意识、审美享受。②

稍后，在 1985 年发表的《关于主体性的补充说明》一文中，他对"主体性"概念有过更为周全明了的界说：

> "主体性"概念包括有两个双重内容和含义。第一个"双重"是：它具有外在的即工艺—社会的结构面和内在的即文化—心理的结构面。第二个"双重"是：它具有人类群体（又可区分为不同社会、时代、民族、阶级、阶层、集团，等等）的性质和个体身心的性质。这四者相互交错渗透，不可分割。而且每一方又都是某种复杂的组合体。③

对比前后两个对"主体性"的界定，可以清楚地看出，后者的界定更为全面而清晰，立论也更为持衡。就前者而言，人类主体性由物质生产与文化心理组成，这种双层结构的主体性主要是人类集体性的，个体并没有受到完全的重视。并且，这种对主体性的界定仍然停留于"社会存在决定社会意识"的隐性公式之中；就后者而言，主体性包含了两个双重内容，简言之，它囊括了外在物质与内在精神、社会群体与个体身心几乎人类文化的所有层面。显然，在这里，李泽厚做出了一层重要的推进，即自觉意

① 张旭东：《全球化时代的文化认同》，25 页，北京，北京大学出版社，2005。
② 李泽厚：《批判哲学的批判》，94 页，北京，人民出版社，1984。
③ 李泽厚：《关于主体性的补充说明》，载《中国社会科学院研究生院学报》，1985 (1)。

识到了另一具有现代意义的重要维度：群体性与个体性的纠缠。顾昕认为，李泽厚的"主体性"是一个整体主义的概念①。但是，这种抽离思想话语的生成语境，将其斥之为"整体主义"的行为，只是用一种意识形态的取向简单取代了另一种意识形态的取向，它忽略了思想史命题本身包含着的更为复杂的层面。在这一看似包罗万象的命题背后，实际上潜藏着美学家们对现代性主体规划更为复杂的想象图景与建构努力。我们需要在回到历史语境的路途中来理解这一命题，及其深层的理论意义与现实意义。

社会主体性—个体主体性

李泽厚的主体性理论所包含的第一个要点，就是社会主体性与个体主体性的问题②，即他所谓的"人类群体性质"与"个体身心性质"之间的关系。归根结底，所谓"人类群体性质"涉及的是一个有关社会的问题，而"个体身心性质"涉及的是一个有关个体的问题。在这个意义上，人类主体可以分为社会主体性与个体主体性两个层面。这两个层面，涉及我们对美学本质问题的根本认定。进而，在美学本质问题辨析的背后，又隐藏着更深层对政治哲学普遍性问题的关注。

早在 1956 年美学大讨论时期，李泽厚就曾意识到了社会主体与个体主体之间关系的重要性。针对朱光潜提出的"美是主客观的统一"命题，一方面，李泽厚指出，它与以前的"美在心与物的关系"上基本没有什么不同，"过去在于现在就仍然在于取消了美的客观性，而在主观的美感中来建立美，把客观的美等同于、从属于主观的美感，把美看作美感的结果、美感的产物"③；另一方面，李泽厚却洞察到，朱光潜对美的表述进行了改造，在主观意图上发生了一个重要变化："过去朱光潜所强调的是美和美感超功利超社会的神秘的个人直觉性质，而现在朱光潜是承认和强调了美（实际上是美感，即意识形态、情趣等）的时代、阶级、民族的社会性质。"④ 李泽厚认为，朱光潜承认了人的主观意识和美感的社会性质是一大进步。其实，这里已经涉及了一个社会主体性的问题。

但是，问题的复杂处在于，李泽厚并非简单否定了主观性美感和个体主体性。初露头角的李泽厚，此时还认为"美学科学的哲学基本问题是认识论问题"。但是，不同于以蔡仪为代表的机械唯物论者，他承认"美感

① 顾昕：《黑格尔主义的幽灵与中国知识份子——李泽厚研究》，18 页，台北，风云时代出版公司，1994。

② 虽然李泽厚的界定有两个双重层面，但是如前所述，第一个双重层面的"工艺—社会"与"文化—心理"主要与马克思的历史唯物主义相关，所以这一层面的相关讨论，我们放在下一节"回到马克思"中间去讨论，这里主要探讨回到康德所带来的影响。

③ 李泽厚：《美的客观性和社会性——评朱光潜、蔡仪的美学观》，见文艺报编辑部编：《美学问题讨论集》，第 2 集，33 页，北京，作家出版社，1957。

④ 李泽厚：《美的客观性和社会性——评朱光潜、蔡仪的美学观》，见文艺报编辑部编：《美学问题讨论集》，第 2 集，34 页，北京，作家出版社，1957。

是这一问题的中心环节"①。在承认美学研究以分析美感经验为出发点具有合理性的前提下，他指出，朱光潜美学思想之所以具有唯心主义倾向，关键不是在于"提错了问题"，而是在于"如何回答问题、如何分析解决问题"。由此，李泽厚提出了"美感的矛盾二重性"：

> 美感的矛盾二重性，简单说来，就是美感的个人心理的主观直觉性质和社会生活的客观功利性质，即主观直觉性和客观功利性。美感的这两种特性是互相对立矛盾着的，但它们又相互依存不可分割地形成为美感的统一体。前者是这个统一体的表现形式、外貌、现象，后者是这个统一体的存在实质、基础、内容。②

在此，李泽厚将美感剖析为两个层面：个人层面的主观直觉与社会层面的客观功利。他指出，以往唯心主义的美学家们多是片面地从前者出发来探究美感，导致了将美感神秘化的现象，才有了所谓"超功利""无所为而为"等说法，"美感的这种性质和特色是由康德发现和提出来的，以后许多唯心主义者就尽量抓住这一点，大做其歪曲事实的文章"③。显然，李泽厚在批判朱光潜的个体性美感论思想时，关注到了朱光潜对康德哲学理解的片面性。一方面，他确认美感的主观直觉性质："唯物主义从不闭着眼睛否认事实，而在事实上，美感的确经常是在这样一种直觉的形式中呈现出来，在这美感直觉中的确也常常并没有什么实用的、功利的、道德的种种个人的自觉的逻辑思考在内。"④另一方面，他又认为仅仅这样认识美感是不够的，朱光潜的问题在于把"名理"与"直觉"两种知识反映形式割裂开来，由此造成了对美感的片面结论。李泽厚的看法是：

> 我们知道，任何个别事物和这事物与别物的关系实际上是绝不可分的统一体，个别事物只有在其与他物的关系中，它才真正存在。我们要对某个个别事物有知识，不论是通过"名理"也好，"直觉"也好，就必须要从事物的关系中去把握它、了解它。所以，我们认识个别事物，认识事物本身，实际上也就是认识这

① 李泽厚：《论美感、美和艺术——兼论朱光潜的唯心主义美学思想》，见文艺报编辑部编：《美学问题讨论集》，第2集，204页，北京，作家出版社，1957。
② 李泽厚：《论美感、美和艺术——兼论朱光潜的唯心主义美学思想》，见文艺报编辑部编：《美学问题讨论集》，第2集，206页，北京，作家出版社，1957。
③ 李泽厚：《论美感、美和艺术——兼论朱光潜的唯心主义美学思想》，见文艺报编辑部编：《美学问题讨论集》，第2集，207页，北京，作家出版社，1957。
④ 李泽厚：《论美感、美和艺术——兼论朱光潜的唯心主义美学思想》，见文艺报编辑部编：《美学问题讨论集》，第2集，207页，北京，作家出版社，1957。

物和他物的关系。①

在此，李泽厚指出，物与物之间的关系是认识论的基础，认识个别必须在众多个别之间进行，只有在关系中才能真正把握具体事物。美学争辩在此所呈现的意旨就是对社会性的渴慕。美学研究并不否认个体性，"在我们的美感直觉中，现实世界经常是作为一种有限的具体的感性形象呈现着"，似乎真有一个"无沾无碍""独立自足"的有限的个别事物的形象。但是，根据上面的"物的关系"的认识论眼光来看，这一貌似独立自足的个别形象本身就已包含了丰富复杂的社会生活的内容，包含了人们对社会生活的认识与理解。这样，被个体性外貌虚掩的社会性就呼之欲出了。由此，李泽厚超越了同时代其他论者的"唯心／唯物"斗争的眼界，而直接触及了美学问题的核心要害：美是从个体意识出发去寻求社会意识的，或者可以说，美是个体意识与社会意识的中介，它通过自身独有的方式将个体意识勾连为社会意识。朱光潜早期美学的不足，并非在于对美感的确认，而是在于，"建筑在割裂事物和事物的关系、夸张直观知识的形式这样一种形而上学的哲学认识论的基础之上"②。可见，20世纪50年代李泽厚的主体观，是以承认美感的个体性与社会性、主观直觉与客观功利并存为前提的，但认为两者的关系是，个体性包含了社会性。

理论的思索常常源于对现实的思考与回应，这种对社会主体性的突出强调恰好在思想上呼应于同时代进行的社会主义改造。从1953年起，中国共产党在全国范围内对资本主义工商业进行了大规模的社会主义改造，到1956年止，基本完成了全国农业、手工业、资本主义工商业的社会主义改造，新中国从新民主主义国家转变为社会主义国家。因此，政治经济的急剧变迁要求思想文化在意识形态方面跟上时代的步伐。就意识形态层面而言，1956年开始的美学大讨论尽管表现为唯物主义对唯心主义的批判，但其要害却在对诸派别学理意识中所蕴含的群己意识的深刻辨析与认同区分。尽管，朱光潜通过学习而吸收了唯物反映论原理，将"美在心与物的关系"改造成为"美在主客观的统一"，但是他对问题的触及显然不及李泽厚更为切合于时代意识。"美在主客观的统一"，在李泽厚看来，这个命题尽管有着社会性主体的建构诉求，但是它对主观性的重视，仍然是一种"折中调和"的变相"唯心主义"。

20世纪50年代，李泽厚将美的本质界定为"客观性与社会性的统一"。一方面，这固然是对朱光潜的批判，它侧重于摒弃美学中孤立个体

① 李泽厚：《论美感、美和艺术——兼论朱光潜的唯心主义美学思想》，见文艺报编辑部编：《美学问题讨论集》，第2集，209页，北京，作家出版社，1957.

② 李泽厚：《论美感、美和艺术——兼论朱光潜的唯心主义美学思想》，见文艺报编辑部编：《美学问题讨论集》，第2集，211～212页，北京，作家出版社，1957.

性的倾向，倾向于社会性的团结统一；另一方面，这种美学观的出现，更是对社会主义改造所做出的文化思想的呼应，因为整个中国社会的政治经济基础已经发生了巨大的改变，政治上的新民主主义过渡为社会主义，经济上的计划经济体制的确立，深刻改变了以往"乡土中国"的共同体模式。此时，历史的诉求在于，将一个四分五裂长达百年之久的国家重新凝聚起来，不只是在地理上的行政统一，而且要在精神意志上实现文化思想的团结与凝聚。由此，以共产主义政党意识形态为指导来整合民众理想与社会想象，集体性全能主义开始成为国家政治生活的主要模式。

根据德国社会学家滕尼斯（Ferdinand Tnnies）的研究，人类群体的结合方式有两种抽象类型："共同体"与"社会"。他认为，就历史上出现的先后而言，共同体是古老的，社会是新的。所谓"共同体"，指的是"一种生机勃勃的有机体"，它所持有的是"持久的和真正的共同生活"；而所谓"社会"，指的是"一种机械的聚合和人工制品"，它所呈现的是"一种暂时的和表面的共同生活"①。共同体的组织依据于血缘、地缘、精神的共同性，典型的体现是家庭、宗族乃至师徒关系、友情关系等，它指向的是一种具有私密性的单纯生活结合，这种生活群体被视为充满了现实性与有机感的自然组织；而社会的组织依据则基于货币、商品、契约、信贷等交易关系，典型的体现是近代以来市民社会的形成，它指向的是一种具有公众性的复杂世界交往，这种生活群体被视为理念性与机械性的非自然组织。

1956年前后中国社会发生的重大变化，正是旧有乡土共同体中的传统、习俗、思维方式、生活风格被新社会的新风尚所取代。人与人之间亲密无间的血缘、亲情关系逐渐为社会性政治关系所取代，阶级身份、阶级觉悟成为人际关系联系的节点。"组织上"的政党伦理逐渐取代了"天地君亲师"的自然伦理。由此，"共同体"的消逝，"社会"的兴起，成为这一时期中国社会发生的最重大而潜在的变化。更深层次来看，李泽厚的美学观，正是相对应于这一变化所带来的现代性困境而做出的思想回应。这一困境在于：首先，社会主义革命通过农村合作化运动和工商业公私合营摧毁了乡土共同体的存在根基，社会领域从原有的公私分明转变为新型的大公无私，共同体的私密性无可置疑地被社会的公众性所取代②；其次，社会主义革命又反感于资本主义现代性所引发的社会分化（以经济上的阶级贫富分化为代表），而试图在商品契约关系之外寻找到一种新的社会整合方式，以解决脱离了乡土共同体的个体所可能面临的浮游无根境况。

---

① ［法］斐迪南·滕尼斯：《共同体与社会》，林荣远译，54页，北京，商务印书馆，1999。

② 唐小兵从当时的新编戏剧中解读出了私人空间与公共空间之间的冲突、日常生活与现代工业化之间的焦虑。唐小兵：《再解读：大众文艺与意识形态》，224～234页，北京，北京大学出版社，2007。

简言之，瓦解后的重新凝聚，成为 1956 年前后中国社会面临的最重要的问题。按照毛泽东的思考，这种在传统社会与资本主义社会之外寻求一种新的社会状态的理想，可以表述为：我们的目标，是创造一个既集中又民主，既有纪律又自由，既统一又生动活泼的政治局面。就理论而言，毛泽东的这一政治蓝图其实暗合了卢梭当年提出的"社会治理"理想。卢梭将人的存在状态分为"自然人"和"公民"。自然人是为他自己生活的，是一个孤独的、绝对的存在；公民的价值则依赖于同社会总体的关系。在卢梭看来，"好的社会制度是这样的制度：它知道如何才能最好地使人改变他的天性，如何才能剥夺他的绝对的存在，而给他以相对的存在，并且把'我'转移到共同体中去，以便使各个人不再把自己看作一个独立的人，而只看作共同体的一部分"①。因此，社会制度的创制需要这样一种立法者，他"有把握能够改变人性，能够把每个自身都是一个完整而孤立的整体的个人转化为一个更大的整体的一部分，这个个人就以一定的方式从整体里获得自己的生命与存在；能够改变人的素质，使之得到加强；能够以作为全体一部分的有道德的生命来代替我们人人得之于自然界的生理上的独立的生命"②。可见，如何使人由孤独的自然状态转化为具有道德的公民状态，正是卢梭社会治理思想的一个重要方面。对于新成立的中华人民共和国而言，卢梭所设想的"一个道德的与集体的共同体"③ 恰恰也正是共和国创始人殚精竭虑之所在。那么，究竟怎么来完成个人走向新的共同体的过程呢？执政党采用的是先拆解旧有习俗共同体，而后建设新型阶级共同体的做法。这在政治经济方面就表现为：社会主义制度和计划经济分配制度的确立。

在政治经济完成自我改造的同时，思想文化上的精神整合自然也成为题中应有之义。因而，1956 年美学大讨论只有置于社会主义共同体重建这一恢宏的思想史背景下，才能真正得到一种新的穿透性理解。一方面，它固然应和了当时的社会主义思想意识形态改造，这是其特殊性、历时性的价值；另一方面，它更是中国人应对现代性世界问题的一次积极探索，这是其普遍性、永恒性的意义。这一现代性问题是否有可能在一个利益分化严重、人性日趋私利的时代重新唤醒人民的公民意识，使人们在行动中以正义取代本能、以义务取代生理、以权利取代欲望。其目的在于塑造新的道德公民："能力得到了锻炼和发展，他的思想开阔了，他的感情高尚了，他的灵魂整个提高到这样的地步……使得他永远脱离自然状态，使他从一

① ［法］卢梭：《爱弥儿》，上卷，李平沤译，10 页，北京，商务印书馆，1978。
② ［法］卢梭：《社会契约论》，何兆武译，50～51 页，北京，商务印书馆，2003。
③ ［法］卢梭：《社会契约论》，何兆武译，21 页，北京，商务印书馆，2003。

个愚昧的、局限的动物一变而为一个有智慧的生物，一变而为一个人的那个幸福的时刻。①"在共同体的塑造过程中，注重个人体验与感性沟通的美学自然承担起了情感教育的重要作用。那么，如何用一种新的美学理想来整合群体认同，既能区别于传统的个体性美学，又能肯认主体应有的社会创造力呢？李泽厚抓住了社会性这一新的着力点。因此，在李泽厚这里，主体性首先是以社会主体性呈现出来的。在承认主观直觉性质的前提下，将根源追溯到社会生活的客观功利性质中。这里的关键，其实就不再是简单的唯物与唯心的反映论对立了，而是以历史唯物主义视角观测到的社会主体性对个体主体性的决定性作用。

尽管这种社会整合的原初愿望是十分美好的，但是新的问题在于：经过"文化大革命"十年动荡，以阶级身份确认为单一旨归的社会主体性，无限制地推向社会生活诸领域，造成了对个体主体性的遮蔽、压抑。尽管有着狂热的群众激情，但是这种政治狂欢的背后却是每一具体个体性的失落，缘由是个别领袖的意志取代了真正的公意，个体丧失了反思能力。根据美国社会学家里斯曼（David Riesman）的研究，社会人群的性格类型可以分为传统引导型、内部引导型和他人引导型三种。传统引导型对应于古代和中世纪社会，其特征是按照习惯、礼仪而行动；内部引导型对应于文艺复兴、宗教改革、工业革命以来的社会，其特征是顺应来自自我内心的道德理想而行动；他人引导型则对应于后工业社会以来的时期，其特征是物质丰富的闲暇状态促使人们更关注于消费、交际乃至别人对自己的看法②。鉴于这种人格类型的视角，我们不难看到：中国革命的成功，使得民众摆脱了旧有的传统引导。但是由于民众普遍的教育水平不高，尚待政治启蒙，因此也无法将革命动能顺利转化为内部引导资源。执政党伦理向社会生活诸领域的全盘渗入，最终造就的是一种他者引导的社会氛围。不同于资本主义后工业时代的消费他者，这种他者引导是基于共产主义信念的革命他者，即看谁比谁更革命，一切以革命是否彻底为最终衡量标准，而对革命本身并未持有任何的反思与深虑。而革命与否，则完全由个别领袖意志决定，这样不但未能完全建立起一个积极健康的社会主义共同体，而且使得个体走向了迷乱、共同体走向了崩裂。感性与理性一同失落，历史的结果是造成了一种"一切人对一切人的战争"的原始社会状态。

如何恢复这一反思能力，其关键又在于如何再认个体主体性的合法性。因此，作为新时期中国美学第一个返回寻找的精神资源，康德思想便有了它的独特价值。康德在其伦理学中提出了"人是目的"的思想："你的行动，要把你自己人身中的人性，和其他人身中的人性，在任何时候都

---

① ［法］卢梭：《社会契约论》，何兆武译，25 页，北京，商务印书馆，2003。
② ［美］里斯曼：《孤独的人群》，王崑、朱虹译，3～35 页，南京，南京大学出版社，2002。

同样看作是目的，永远不能只看作是手段。"① 李泽厚敏锐地抓住了这一点，从中看到"人的目的"也可以有两种含义：即作为整体的人类和作为个体对待的人。李泽厚认为，"康德在伦理学著作中显然指的是后者，虽然作为潜在历史观念的第一种，实际上更为重要"②。在此，李泽厚一方面注意到了康德对个体伦理的重视；另一方面也重申了自己的主张，即整体人类重于个体之人，而这一倾向出自从历史维度进行的考察。但是，李泽厚并没有单一地完全倒向社会主体性，而是通过对康德哲学的吸纳，开始有限度地承认个体主体性的地位：

> 康德的伦理学本是围绕人来旋转的，他强调提出了"人是目的"。这里又提出"人是什么"的重要问题。"人是什么"呢？康德的"人"不是自然人（卢梭），不是原始状态的个体。康德说，卢梭从人的自然状态出发，他则从文明人出发。但这个文明人并不是某种经验的集团、阶级，而是一种所谓先验的自我，这个自我实际包含有超生物性的人类种族的含义。康德认为，人先验地具有联合在一起的社会性，同时又有追求个体欲求、愿望的非社会性。③

李泽厚区分了卢梭与康德对人的认定。在他看来，卢梭笔下的人是自然的原始状态的个体，而康德的人则是"文明人"，这个文明人的理解是经由先验哲学认识论推导出来的，它不是现实经验中的集团、阶级等政治属性，而是有着物种意义上的人类普适性要求的。其实，李泽厚对卢梭的看法是有失偏颇的。尽管他意识到了卢梭对康德所产生的重大影响④，但是很遗憾并没有对作为康德思想资源的卢梭进行更深入的了解。西方思想史家施特劳斯曾言，把握康德、黑格尔的关键其实在于卢梭⑤。就卢梭本人而言，其实"返于城邦"与"返于自然状态"之间一直存在着明显的紧张关系，这种张力的持续存在正是"卢梭思想的实质之所在"⑥。卢梭的思想具有着无可非议的多重性，他既从自然视野来批判文明，也从古典城邦视野来批判现代国家。依此而言，康德的人性探讨并未超越于卢梭的反思范围。不过，毕竟康德的文明人给予了李泽厚这样一种对人的想象：既具

---

① ［德］康德：《道德形而上学基础》，邓晓芒译，48 页，上海，上海人民出版社，2005。
② 李泽厚：《批判哲学的批判》，283 页，北京，人民出版社，1979。
③ 李泽厚：《批判哲学的批判》，325 页，北京，人民出版社，1979。
④ 李泽厚：《批判哲学的批判》，39～41 页，北京，人民出版社，1979。
⑤ 甘阳：《政治哲人施特劳斯：古典保守主义政治哲学的复兴》，见［美］列奥·施特劳斯：《自然权利与历史》，彭刚译，28 页，北京，生活·读书·新知三联书店，2003。
⑥ ［美］列奥·施特劳斯：《自然权利与历史》，彭刚译，260 页，北京，生活·读书·新知三联书店，2003。

有"联合在一起的社会性",同时又具有"追求个体欲求、愿望的非社会性"。实际上,这正是卢梭思想经由康德对中国思想产生的间接影响。因此,渊源于卢梭的社会主体与个体主体间的人性张力在康德处出现了完美契合的迹象。同时,也就给李泽厚的美学思想建构带来了一丝启示,即社会主体与个体主体不必然是截然对立的,还可以是相互融合、交错渗透的。

理性主体性—感性主体性

李泽厚的主体性理论所包含的第二个要点,是理性主体性与感性主体性的问题。对这个问题的回答,主要来自李泽厚对黑格尔与康德之间思想关系的重新审理。因此,在黑格尔主义的传统之外,重新建构起一条思想史链条,既切合于时代诉求,又能敞开人们对传统哲学思想的新理解,这就成为李泽厚回到康德过程中所着力的另一方面。

1981年,李泽厚在一次讲演中明确提出"要康德,不要黑格尔":

> 我认为从康德开始,经过席勒、费尔巴哈到马克思,特点之一就是抓住了"感性",这就是为什么我要把黑格尔撇开的原因。今年国际上有个会议,议题之一就叫"要康德,还是要黑格尔?"我的回答:都要!但如果必须选择其一,那就要康德,不要黑格尔!①

李泽厚的这一姿态成为一个典型的时代象征②。但是,相对于表面姿态而言,选择康德更为重要的意义,是经由李泽厚对一条哲学美学知识谱系的梳理呈现出来的:康德—席勒—费尔巴哈—马克思。这个脉络把黑格尔抛到了一边,目的正在于要回到感性主体性。一方面,李泽厚承认自己受黑格尔的影响很大,黑格尔思想的宏伟历史感、对人类社会发展整体性、必然性的把握影响了马克思,这是他所肯定的;但是另一方面,黑格尔却对"感性的、偶然的、个性的东西"注意得不够,黑格尔的历史整体轨迹擦除了感性个体性的印痕,这又值得反省。所以,在面对"要康德,还是要黑格尔"这个问题的时候,李泽厚偏重于对康德的强调。这种偏重,既有对普遍性哲学意义的拷辨,更有对时代文化语境的回应。

1949年至1976年间,由于宏大革命理想的泛滥,历史造就了一种为革命意识形态所掌握的"理念人"。这种普遍情形的思想根源,就是受黑

---

① 李泽厚:《美感二重性与形象思维》,见《美学旧作集》,239页,天津,天津社会科学出版社,2002。

② 学者陈家琪曾回忆到:"上个世纪八十年代初期,学界曾有过一场'要康德还是要黑格尔'之争。我们这一批刚刚踏入学界大门不久的年轻人(其实也不年轻了,反正属于劳承万先生所谓的'老三届的下乡族')几乎不假思索地都选择了康德。"陈家琪:《人生之心境情调》,114页,济南,山东友谊出版社,2008。

格尔辩证哲学影响而来的阶级哲学和斗争哲学。它在强调历史理性不断前行、以理念推动历史车轮滚滚向前运动的同时，却漠视了普通人平凡日常的一面。对社会未来的乌托邦想象占据了历史主体的首要地位，个体存在的肉身性根基完全从属于革命事业与社会理想，稍有反抗，动则得咎。哲学美学更是成为意识形态斗争的重要场地，不是唯物主义，就是唯心主义，本意上的 Aesthetics（感性学）恰恰失落了。因此，李泽厚在梳理康德知识学问题的过程中，所看重的第二点就是促使感性主体性的苏醒。

就此而言，单世联对李泽厚返回康德的评价有着一定的洞察："这是自觉清理黑格尔传统的第一部正式出版物。由于这本书产生的深远影响，它实际上启动了中国知识界在学术思想层面对黑格尔主义的反省。康德立场，美学视角，主体价值，生存意义，既是批判黑格尔的依据，也是批判黑格尔的成果。"① 与之相比，顾昕则从李泽厚的康德论述中看到了"黑格尔主义幽灵"的浮现。顾昕认为，主体性存在与否，并非康德与黑格尔哲学的区分所在，虽然康德哲学的确在确立人的主体性上大大向前迈进了一步："他拒绝了一个传统的观点，即客体向主体的意识展现自己。他断言，是主体自己把其他形式强加于客体之上。"② 但是，康德仍然是个二元论者，坚持主体与客体之间的区分。自康德以后，德国唯心主义传统致力于主客体统一的哲学主题，从费希特的"绝对自我"、谢林的"同一哲学"直到黑格尔的"绝对精神"，这是一条主体性完成统一的思想谱系，最终主客体的统一完结在了黑格尔的"绝对精神"之中。顾昕指出：

> 以是否探究了主体性这个问题来区分康德和黑格尔，是不着边际的。黑格尔的《逻辑学》和《精神现象学》都不能仅仅被视为逻辑学和认识论的著作。黑格尔伦理思想和美学思想的丰富也是众所周知的。事实上，康德和黑格尔都对主体性给予了极大的关注，他们之间的差别不在于康德弘扬了主体性而黑格尔阉割了主体性，而在于两人以绝然不同的哲学进路建立了人类的主体性。康德采取了二元论，而黑格尔则是一元论。③

我们认为，顾昕论述的前提是不错的。的确，黑格尔与康德的区分并不在于"是否探究了主体性"。毫无疑问，黑格尔乃是继康德之后对主体性探索最为努力、也是影响最为深远的哲学家。尽管在过去很长时间内，中国学界经由马克思主义所间接了解的黑格尔只有"辩证法"，以及由于

---

① 单世联：《反抗现代性：从德国到中国》，418 页，广州，广东教育出版社，1998。
② 顾昕：《黑格尔主义的幽灵与中国知识份子——李泽厚研究》，37 页，台北，风云时代出版公司，1994。
③ 顾昕：《黑格尔主义的幽灵与中国知识份子——李泽厚研究》，40 页，台北，风云时代出版公司，1994。

庸俗化哲学所造成的斗争哲学印象。但是，哪怕是这种斗争哲学的背后其实也无不隐藏着主体性的婆娑身影。在西方学界，自 20 世纪 30 年代俄国哲学家亚历山大·科耶夫（Alexandre Kojèvnikov）在法国巴黎宣讲黑格尔的《精神现象学》以来，黑格尔思想更是经由科耶夫的"欲望"阐释而洞开了后现代主体探究的行进道路①。但是顾昕的问题在于，他的结论弱化了康德和黑格尔区分的意义。顾昕认为，黑格尔的主体性理论具有整体主义和目的论的特征，而李泽厚的"主体性""实践"正是包藏了这样一种整体主义和历史目的论的一元论思想，"黑格尔的幽灵"其实潜藏于这种一元论思维之中，而不是在那些有关主体性的论述中去寻找。可以看出，顾昕并不反对主体性，而是集中辨析位于康德和黑格尔的主体性论述背后的二元论与一元论差异，进而将李泽厚的主体性美学归结为黑格尔一元论的影响，以此立足于自由主义价值观对之进行批判。

固然，我们首先得承认顾昕的看法的确有着一定的洞见，但是问题在于这种所谓"一元论/多元论"的区分，是否能真正把握住那一时代的根本问题意识？这种说法使得我们想起伯林的思想来，以赛亚·伯林正是基于这种"一元论/多元论"的思路来重新阐释"启蒙运动"与"反启蒙运动"的②。无疑，这正是自由主义的一贯论调，但是，正如张旭东所批判的那样：

> 20 世纪 70 年代末的李泽厚基本上还是戴着黑格尔和马克思的有色眼镜读康德，但现在看来，这正是一种极好的读法，比国外大量专业化的"康德研究"有意思得多。在 80 年代的中国，康德的确可以起到解放思想的作用，因为在这个过渡期，康德的理性主义奇妙地和中国社会的历史想象结合在一起，形成了一种生气勃勃的思想和文化思想气氛。但 80 年代的中国思想界的这一思路由于种种原因没有能够展开。90 年代的康德就更多地打上了冷战后西方的主流意识形态的烙印，它在社会思想领域的运用往往退化为陈腐的自由主义意识形态教条。③

顾昕批判的背后所体现出的正是这样一种后"冷战"思维的新教条主义。对于这种观点，我们的疑问有两点。

其一，"一元论"就一定是十恶不赦？实际上，"多元论"给欧美社会带来的弊病已经为欧美思想家所认识到，由于"法"被"权利"取代、

---

① ［美］德鲁里：《亚历山大·科耶夫：后现代政治的根源》，赵琦译，北京，新星出版社，2007。

② "在一元论和多元论之间，永恒的价值和历史主义之间的冲突，注定迟早会成为一种关键的分歧。"见［英］伯林：《反潮流：观念史论文集》，冯克利译，129 页，南京，译林出版社，2002。

③ 张旭东：《全球化时代的文化认同》，25～26 页，北京，北京大学出版社，2005。

"自然"被"人"取代，使得社会不再团结，差异感取代了共通感。所谓"政治哲学的危机""现代性的危机""精神的封闭"，都是针对由"多元论"引发相对主义所造成的普世价值失落而言的①。反思多元论，并非要回到集权主义、绝对主义，而是着意于一个富有稳定性、建设性意义的价值作为理想标准，维系我们对社会现实的批判识度。现代自由主义所谓的"开放社会"，在某种意义上而言，不也是另一种"封闭社会"吗？按照思想史家列奥·施特劳斯的看法，任何"政治社会"都必然是一个"封闭社会"，即柏拉图意义上的"自然洞穴"。像现代自由主义那些自以为走出了"封闭"和"洞穴"的人，只不过是已经堕入了现代人自己制造的"人为洞穴"而不自知罢了②。因此，顾昕对李泽厚的一元论批判，只不过是自我封闭在了多元的表象之下而不自觉。与"一元论/多元论"之争相比，其实更重大的问题是古今之争，是人类社会的价值标准和意义判定失落的现代性危机。现代性的降临使得人们只会以"进步/倒退"的历史观念来取代古老的"好/坏"的价值评判。人们忘记了"好/坏"的价值判断应该优先于"进步/倒退"，更应该优先于"一元/多元"。如果说，1949年到1976年的历史是以一往无前的气势将"进步主义"强调到了极端程度的话，那么顾昕的整体主义批判无非将"多元主义"强调到了另外一个极端。它们的共同特征在于都忽略了价值评判的普遍性。它们的差异在于：前者是借助于阶级身份意识，后者则借助于多元身份意识。其效果是：前者将"差异"判定（过去一般所谓的"立场问题""路线问题"）优先于"好坏"判定，漠视了所谓"立场""路线"本身之于人性的好坏意义；后者只讲价值的"差异"而不讲价值的"好坏"，多元论的趋势就是走向价值相对主义和虚无主义。从根本上来看，两者在"存异"这一点上是一致的：对于差异，前者持现代性激进形态的压制立场，后者持现代性保守形态的开放立场。较之于两者，李泽厚的康德诠释则是试图重新进入现代性开端的源头去对问题的来龙去脉作一番持衡思索，进而为中国美学乃至思想重新确立一个可以共同评判的价值标杆，这就是"主体性实践"哲学美学的意义所在。尽管李泽厚的回溯在今天看来或许还是有很多问题，比如，对于现代性源头的把握是否足够准确等，但是他的问题意识显然是深入了时代命脉，足以为今天的中国美学乃至思想的前进做出表率。

其二，就思想问题本身而言，顾昕也没有真正把握住李泽厚研究康德与黑格尔的关键所在。其实，李泽厚褒贬黑格尔并非一个最要紧的问题，

① ［美］列奥·施特劳斯：《我们时代的危机》《政治哲学的危机》《现代性的三次浪潮》，载《苏格拉底问题与现代性》，彭磊等译，北京，华夏出版社，2008。［美］艾伦·布鲁姆：《走向封闭的美国精神》，缪青等译，北京，中国社会科学出版社，1994。

② 甘阳：《政治哲人施特劳斯：古典保守主义政治哲学的复兴》，见［美］列奥·施特劳斯：《自然权利与历史》，彭刚译，7页，北京，生活·读书·新知三联书店，2003。

要紧之处在于李泽厚是想从康德与黑格尔的辨析之中，寻找到一种途径：既解放个体感性、又不失方向感，既重新整合共同体，又不伤害到个体意识。顾昕的论述，无非将一元论思维等同于某一特定历史时期的政治意识，进而加以简单抹杀，却没有看到在"一元论/多元论"范畴背后深刻而又复杂的问题所在。因此，所谓"一元论/多元论"的洞见对根本性问题形成了新的遮蔽。根本性的问题，既不是黑格尔有没有探究主体性，也不是究竟采取一元或是二元的哲学方式来研究主体性，那究竟是哪种主体性？隐藏在康德与黑格尔之辨深处的，不是一个方法论的问题，而是对于一种价值判定标准的再思考，即主体性究竟是理性的，还是感性的？

1984年，修订《批判哲学的批判》时，李泽厚特意增加了一段话，着重谈到对康德与黑格尔之间关系的理解：

> 我以为，正是在这里，对康德哲学的注意具有一定的意义。如果说，黑格尔对人类发展的宏观进程的伟大历史感是他的主要特征；那么，康德对人类精神结构（认识、伦理、审美）的探索和把握，便是基本特色所在。如果说，黑格尔展示的是人类主体性的客观现实斗争（尽管是在唯心主义的虚幻框架里）；那么，康德抓住的则是人类主体性的主观心理建构（尽管同样是在唯心主义先验论的框架里）。今天要为共产主义新人的塑造提供哲学考虑，自觉地研究人类主体自身建构就成为必要条件。而这，也就是我讲的文化—心理结构问题和人性问题。①

此段话在1979年的初版中尚未出现，这一段的增添证明了李泽厚对康德哲学的真正态度随着历史局势的日益明朗而逐渐敞开。如果说，1979年的李泽厚尚要用"战斗的唯物主义"②来完成批判康德哲学的任务，那么1984年的李泽厚已经鲜明提出了"正确阐释康德哲学"的路径："既否定，又继承，只有这样的批判，才能真正安息这个过去的英魂而为未来做出贡献。"③起于批判而落于继承，从过去汲取力量为未来激活希望，这就是李泽厚的态度。康德与黑格尔的思想关系，在此呈现为对主观心理与客观现实的侧重把握不同，两者均着眼于人类主体性的关怀，但是康德切入的角度是"主观心理的建构"，而黑格尔落脚的地点则是"人类发展的宏观进程"。黑格尔的特点在于，将主体性置于绝对精神的历史进程中去考量，而康德则聚焦于主体性的内在精神结构的完善。显然，如顾昕意识到的，李泽厚同样也意识到了，黑格尔确有其主体性思想。但是，对于康德

---

① 李泽厚：《批判哲学的批判》，56～57页，北京，人民出版社，1984。
② 李泽厚：《批判哲学的批判》，55页，北京，人民出版社，1979。
③ 李泽厚：《批判哲学的批判》，57页，北京，人民出版社，1984。

与黑格尔的主体性思想，李泽厚并没有把握为"一元""多元"之别。他关注的是，如何运用康德式的主体性改造黑格尔式的历史感，即在由辩证法带来的斗争哲学之外，找到一条新的途径去重新整合人与历史、个体与共同体。片面的理性主体性带来的只是斗争哲学的理念引导，而感性主体性的恢复成为这一新途径的寻找切入点。

康德哲学这个面相的发掘，便为中国美学思想重新重视感性主体提供了一个契机。这一感性主体性的引入，主要体现为李泽厚对康德哲学中文化心理结构的整体把握。这可以分为三个层面来看。

（1）从认识论而言，康德提出了从时空感性直观到纯粹知性概念的认识形式。这一认识过程表明，人类是先验地具有一整套认识形式，而后才能把感觉材料组成知识的。对于这种唯心论的先验论，李泽厚承认它"实际上比旧唯物论从哲学上说要深刻，从科学上说要正确"①，因为它突出地体现了具有主体性特征的人类认识论方法，即认识并非被动的、静止的、镜子式的反射过程，而是一个从感觉反映开始就有主体内在图式参与的主动把握过程。

（2）从伦理学而言，康德提出了道德的"绝对命令"学说，不同于黑格尔泛逻辑认识论对伦理学的漠视，同时也超越了法国功利主义的肤浅理解。它的价值与意义在于，"这是对个体实践要求树立主体性，这是要求个体实践应担负起全人类的存在和发展的义务和责任感"②。这种看似纯形式的道德原则，实际却是"在人的情感、意志、愿欲等感性中的理性凝聚"③。

（3）从美学与目的论而言，康德认为美学判断不同于官能感受，官能感受是先有愉快而后获得美感，而审美判断则是先判断对象为美，而后获得愉快。这一个判断过程的逆转，使得人类审美判断的心理结构功能得以凸显。

有了这样一种对于康德哲学的整体把握，李泽厚重新提出了诸如想象、感知、情感、意向、愿欲等心理活动的重要性，而这些心理层面的东西却正是黑格尔哲学美学所感到陌生的：

> 康德和黑格尔在论述和研究范畴时所处理的问题和偏重的方面是不同的。黑格尔以绝对精神来产生、支配和改造一切，他着重的是逻辑范畴如何与历史相一致，并使历史从属于逻辑范畴。

---

① 李泽厚：《康德哲学与建立主体性论纲》，见《李泽厚哲学美学文选》，151页，长沙，湖南人民出版社，1985。

② 李泽厚：《康德哲学与建立主体性论纲》，见《李泽厚哲学美学文选》，157页，长沙，湖南人民出版社，1985。

③ 李泽厚：《康德哲学与建立主体性论纲》，见《李泽厚哲学美学文选》，158页，长沙，湖南人民出版社，1985。

康德所集中注意的，则是范畴作为"知性纯粹概念"如何运用于感性，如何与感性经验相联系，亦即"综合"问题。范畴实际上是康德所强调的"综合"的具体形式。他们两人的这种区别，贯串着整个认识论。一个夹杂着许多心理学和自然科学方面的问题（康德），一个则对心理学几乎不提，着重的是社会的历史发展（黑格尔）。①

黑格尔的哲学美学是用来论证其绝对精神历史演进的注脚，逻辑如何与历史相统一是黑格尔思维的特征，这种统一性的诉求为了确保绝对精神理论的完善，必然抹杀个体的、偶然的、感性的等有可能破坏历史规律的杂质；而康德的哲学美学则聚焦于认识论范畴与感性经验的关联，探究认识如何可能、道德如何可能、审美如何可能的问题，他并不着意于历史规律，而更看重人本身所能达到的境界与限度。比如，在对待康德所提出的可能性、现实性、必然性三个范畴时，李泽厚看到黑格尔发展出了深刻的辩证关系，提出"凡是现实的都是合理的，凡是合理的都是现实的""现实性在其展开过程中表明为必然性"等著名思想。但是，他更看到了："黑格尔在发展康德这三个范畴的同时，也抛弃了康德在这里的唯物主义的因素，即任何现实存在的东西都必须或直接或间接与感知经验相联系，否则就不能肯定其存在，也不能认识。"因为，黑格尔强调的是这些范畴之间的辩证逻辑联系，而康德强调的则是它们与认识的关系，是"知性范畴不能脱离感性作超经验使用这个主题"②。在此意义上而言，回到康德也就回到了人类感性心理的基本平面，回到了被忽视已久的感性个体性根基。

值得注意的是，李泽厚在重新拾起感性主体性的同时，又并未将理性主体性随意抛弃。李泽厚更深刻的地方在于，他将康德感性主体引入正是为了更有效地介入历史理性过程，使得历史理性过程不只是刻板的逻辑辩证演绎，更是依凭自我主体意识积极参与和改造的历程。

通过对康德哲学的梳理，李泽厚重新辨析了理性与感性的关系。区别于传统观点中的"感性/理性"二分法，李泽厚强调，康德对人的认识功能划分是三分法：感性、知性、理性。所谓感性，就是感觉、知觉和接受的功能，以及时空直观形式；所谓知性，就是理知、理解等功能，这其实就相当于我们传统中所理解的"理性"；而所谓理性，在德国古典哲学中却有着其独特的地位。它区别于感性和知性，指的是一种更为高级和根本的东西。这三者间的关系是：感性经验是知性的对象，知性又是理性的对象。理性与感性没有直接关联，而是与知性的活动及使用相关。如果说感

---

① 李泽厚：《批判哲学的批判》，122 页，北京，人民出版社，1979。
② 李泽厚：《批判哲学的批判》，147 页，北京，人民出版社，1979。

性的活动是感受体验，知性的活动是思维分析，那么理性则可以说是思维的思维。

李泽厚指出，理性具有两重功能：一是"划界作用"，它为知性认识划定界限，阻止知性认识越界；二是"范导作用"，知性认识对杂乱的感性认识起到统一的作用，形成为范畴，而理性则对知性认识起到统一的作用，提升来源于有限感性经验的知性认识，推动它不断地追求与认识无限制、无条件的统一整体。这两点的认识论根基是与康德对"物自体"的认识紧密相连的，因为康德的"物自体"具有基本的三层意思：感性的源泉、认识的界限、理性的理念①。因此，对理性功能的深化认识，重新激活了一个行将被 1985 年后的感性造反浪潮掀翻在地的古旧对象。以前一直惯行的唯理性主义、唯科学主义，使得人们追寻历史规律，以历史必然性的科学认识为指导来压倒对具体人情事理的感受与体味，其实在其中作梗的都是知性，而不是康德意义上的理性。缘由在于：首先，德国古典哲学中的理性恰恰是用来限制知性科学探究界域的，有的事物是可以通过知性来科学地认识的，而有些事情是知性所不能达到的；其次，德国古典哲学中的理性是有着范导作用的，即康德所谓的灵魂、自由、上帝三个理性理念所起到引导知性统一的作用。李泽厚从康德的理性理念中看到了双重作用：

> "消极"方面在于警告知性不能超经验的使用，不可越出经验范围；"积极"方面在于阐明它作为知性的统一和趋向，由现象过渡到本体，而这两个方面都可以归结为"物自体"问题。②

当然，李泽厚并未停留在康德的"物自体"，而是走向了用历史唯物论哲学的"实践"概念来诠释"物自体"的途径。这里的意义在于，对康德哲学中理性概念的重新辨析，恢复了理性本有的批判性意义与超越性意义两个维度：对知性认识脱离经验范围滥用的批判，对知性认识超越于自身局限的引导。这两个维度的获得，在理性主体重新恢复现实意义的同时，也有着对感性主体的一种防范与警惕。因为感性主体性的弘扬，如果不能配之以对自身的反思精神，就有可能受控于新的"他者引导"洪流。这个他者将不再是未来政治乌托邦的想象投射，而是当下无处不在的物质欲望、肉体狂欢和消费宣泄，因为这些体性的需求已经被压抑多年无处释放。感性主体性的恢复，必将重新肯定日常人欲的一面，民众不再以普遍的理想主义为团结的纽带，转而以普遍的物质消费呼求为交往的共识，社会主体将由高层的价值寻求尘落为低端的欲望满足。由此而言，理性主体

---

① 李泽厚：《批判哲学的批判》，231 页，北京，人民出版社，1979。

② 李泽厚：《批判哲学的批判》，229 页，北京，人民出版社，1979。

两个功能的阐发，带来的批判性与超越性维度，又能给予感性主体以别一层意义上的警醒功效。

3. 共通意识：审美性的政治底蕴

通过前述理论线索的简单追溯，我们看到在李泽厚思想内部存在两个有关主体性的辩证发展线索：其一，从着重于社会主体性到重新重视个体主体性；其二，从受理性主体性的影响到为感性主体性正名。这样，"社会/个体"与"理性/感性"就构成了贯穿李泽厚美学思想始终的两对重要因子。但是要注意，在个体主体与感性主体重新恢复名誉的过程中，李泽厚又不时强调社会主体与理性主体的重要性。这是否意味着李泽厚只不过玩了个花招，顶着康德的面具在召唤黑格尔的幽灵呢？① 正如黄克武所指出：

> 李泽厚作品的涵括面非常广，创作的时间又跨越了 50 到 90
> 年代的四十多年，其中自然表现出歧异性与矛盾性。在这样的性
> 格之下，他受到多方的抨击，甚至遭到立场截然相反的人两面夹
> 攻，似乎不是一件让人意外的事。②

基于历史的复杂性，黄克武看出李泽厚遭受夹击的事实有着必然性。他持论较为公允，就此提出一个对近现代中国思想史阐释的模式："1980年以后在中国近代史的研究上有一个从肯定'革命性的转化思想'转变到推崇'改革性的调适思想'的典范性的变迁。"③ 在他看来，李泽厚正是这一调适型思想的主要代表之一。所谓"转化类型"的思想家，指的是"主张以一套高远的理想彻底改造现实世界，以达到'拔本塞原'的目的"；而所谓"调适类型"的思想家，则指的是"不可只看理想而不顾现实，因此他们主张小规模的局部调整或阶段性的渐进革新，并反对不切实际的全面改革"④。黄克武对于李泽厚思想的调适化阐释，刚好与我们对这一代美学家"中间道路"知识立场的判断形成意义共契。

由此看来，李泽厚并非在康德与黑格尔之间玩耍着鬼花样。回到文化语境，对于刚刚脱离 20 世纪 70 年代的动荡，重新走上现代性寻求道路的中国社会而言，康德重个体、重感性的主体性思想与黑格尔重历史、重理

---

① 顾昕：《黑格尔主义的幽灵与中国知识份子——李泽厚研究》，台北，风云时代出版股份有限公司，1994。

② 黄克武：《论李泽厚思想的新动向：兼谈近年来对李泽厚思想的讨论》，载《中央研究院近代史研究所集刊》，431 页，1996（25）。

③ 黄克武：《论李泽厚思想的新动向：兼谈近年来对李泽厚思想的讨论》，载《中央研究院近代史研究所集刊》，452 页，1996（25）。

④ 黄克武：《论李泽厚思想的新动向：兼谈近年来对李泽厚思想的讨论》，载《中央研究院近代史研究所集刊》，453 页，1996（25）。

性的主体思想都有着其或鲜明或潜在的可借鉴性。

　　一方面，恢复感性和个体，是为了反驳只重唯物反映论的意识形态化哲学美学，这是柔化僵固意识形态观念的尝试。由于长久以来的政治运动，个体能量与热情都被耗竭得精疲力尽，康德思想的引入，有利于激发个体活力与创造性，也有利于重新确立哲学的批判识度；另一方面，重提理性与社会，则是为了给获得解放的感性个体划定一条界限，以免破坏刚刚恢复的正常秩序，同时也能为那些被意识形态历史运动折腾疲乏已久的人心提供新的社会理想与创造动能。

　　在复苏感性主体与个体主体的基础上，又保持批判与超越的向度，这也就是当时理论家所努力的大方向。正如黄克武指出的，从毛泽东的转化政策到邓小平"摸着石子过河"的调适取向是了解李泽厚思想变迁时所不能忽略的社会背景①。就此而言，无论是调适类型，还是中间道路，都有利于我们客观地看待李泽厚的思想努力。

　　那么，这里的问题是：李泽厚将如何来调适这些复杂的歧义性与矛盾性呢？为了解决康德哲学所面对的社会主体与个体主体、理性主体与感性主体这两对复杂矛盾，李泽厚关注到了康德美学中所潜含的解决方案：

　　　　处于卢梭与黑格尔的中间，整个康德哲学的真正核心、出发点和基础是社会性的"人"。它既区别于卢梭、斯宾诺莎和法国唯物主义的"自然"，更区别于中世纪以来的"神"，同时也区别于以后黑格尔完全淹没个体（人）的"绝对理念"。康德的"人"以社会性（尽管还是抽象的）作为"先验"本质，但又仍是感性个体的自然存在。在认识论，正因为"人"是这种存在，他只有感性直观，而没有知性直观（这种直观只有神才具有），因之才有认识的普遍必然性从何而来的根本问题。在伦理学，正因为"人"是这种存在，他具有感性情欲，而不是纯理性的"天使"，因之才有"应当"服从道德律令的根本问题。可见，围绕着"人"，康德所讲的理性与感性的关系实际乃是总体与个体、社会（普遍必然）与自然（感性个体）之间的关系。康德所谓沟通认识与伦理的截然对峙，其实是企图解决这个根本关系。前两个《批判》本身有这个问题，这两个《批判》之间又有这个问题。这使得康德终于写出第三个《批判》。而这第三个《批判》，也就把以"人"为中心这一特点展现得最为明朗和深刻。康德在晚年提出的"人是什么"，其实际的答案乃在此处。②

　　① 黄克武：《论李泽厚思想的新动向：兼谈近年来对李泽厚思想的讨论》，载《中央研究院近代史研究所集刊》，1996（25）。

　　② 李泽厚：《批判哲学的批判》，367 页，北京，人民出版社，1984。

李泽厚发现，在所谓感性与理性这对抽象矛盾背后隐藏着的是更深刻的政治哲学问题，即总体与个体、社会与自然的关系。康德美学的意义正在于，重新确立一个哲学思想的立足点，这个立足点既不是中世纪的高高在上的超验之"神"，也不是斯宾诺莎泛神论、法国旧唯物主义所言的"自然"，更不是康德之后由黑格尔发展出来的绝对精神。康德所寻找的是一个顶天立地的大写的"人"：他以社会性作为自己的先验本质，而不是孤零零的经验之物，同时他还是主体性的感性存在，而不是纯理性的神性之物。在对经验论与唯理论的双向批判中，康德提出了认识论上的"先验综合判断如何可能"、伦理学上的"服从'应当'的道德律令"的问题，这些问题所针对的现实困境，就是人所独具的社会主体与个体主体、感性主体与理性主体的缠绕纠葛。因而，在康德认识论内部和伦理学内部都有这一双重主体如何协调的问题，在康德认识论与伦理学之间同样有一个双重主体如何沟通的问题。大写的人，如何才能摆脱总体与个体、社会与自然之间关系的困扰，化困扰为动力呢？这就是康德美学所致力于解决的目标。

在康德美学中，"共通感"这一概念给予了李泽厚以启发。所谓"共通感"，康德如此解释：

> 人们必须把 sensus communis［共通感］理解为一种共同的感觉的理念，也就是一种评判能力的理念，这种评判能力在自己的反思中（先天地）考虑到每个别人在思维中的表象方式，以便把自己的判断仿佛依凭着全人类理性，并由此避开那将会从主观私人条件中对判断产生不利影响的幻觉，这些私人条件有可能会被轻易看作是客观的。做到这一点所凭借的是，我们把自己的判断依凭着别人的虽不是现实的、却毋宁只是可能的判断，并通过我们只是从那些偶然与我们自己的评判相联系的局限性中摆脱出来，而置身于每个别人的地位。①

在康德这里，共通感意味着从自身视角的局限性中暂时脱离，而站在别人的位置上去看去思考，这种换位反思的存在造就了一种全人类普遍理性可能的共通感，它是一种我与他者产生精神共契得以可能的条件。如前所述，康德的"判断力"概念，作为对一种人类特殊心理功能的阐释，起到了在自然与社会、认识与伦理、感性与理性之间的中介作用。正如李泽厚看到的，"'判断力'并不是一种独立的能力，它既不能像知性那样提供概念，也不能像理性那样提供理念。它只是在普遍与特殊之间寻求关系的

---

① ［德］康德：《判断力批判》，康德译，135～136 页，北京，人民出版社，2002。

一种心理功能"①。但是，这种审美判断所致力于解决的仅仅是"作为主客体对峙的人与自然、作为主体自身内部的人（理性）与自然（感性）的统一"② 的问题。审美判断沟通了感性主体与理性主体的问题，但是社会主体（普遍主体）与个体主体的关系则是一个难题。正如卡斯卡迪所见："《判断力批判》自身是围绕着一种没有加以解决、而且无法解决的难题撰写出来的，这个难题提出一种其存在被视为既被记住的又尚待创造的经验的'常识'或'共同基础'。"③"共通感"的提出，正是要解决这一主体在普遍性与特殊性之间分裂的困境，当每个人所做出的评判都是与别人有着共同感受的时候，这样审美体验也就促成了人际间的和谐交往。并且，值得注意的是，在康德这里，达成人际交往与沟通的手段是一种审美的判断力，而不是概念的判断力，因此共通感也是一种审美共通感，而非概念共通感④。更深一层来看，康德的审美共通感的潜在理论来源其实仍是我们曾反复提到过的卢梭。这是李泽厚所忽略了的。卢梭将对人性的探讨追溯到人的原始自然状态，他否认了霍布斯提出的说法，即原始人具有"骄傲心"和"虚荣心"。卢梭认为"自然人"在前理性阶段是不具备骄傲和虚荣感的，因为骄傲和虚荣起源于社会性，而自然人是孤独的、离群索居的。对于自然人而言，只有两种原始的情感：一种是自爱心，即"使我们热烈地关切我们的幸福和我们自己的保存"；一种是同情心，即"我们在看到任何有感觉的生物、主要是我们的同类遭受灭亡或痛苦的时侯，会感到一种天然的憎恶"⑤。卢梭曾说的很明白："我们之所以爱我们的同类，与其说是由于我们感到了他们的快乐，不如说是由于我们感到了他们的痛苦；因为在痛苦中，我们才能更好地看出我们天性的一致，看出他们对我们的爱的保证。"⑥ 卢梭认为，在情感教育中，痛苦比快乐更能激发共同体的互爱。因此，是"同情心"，是人性的善产生了社会情感。人类的联系有两种方式：一种是靠利益，原因在于人类有共同的需要，比如，吃喝住行；一种是靠感情，原因在于人类有共同的苦难，比如，战争、灾难。但是真正能激发人的道德感的只能是情感的方式。卢梭以优美的笔调这样写道：

> 一个人如果由于只想到自己，因而只爱他本人的话，他就再

① 李泽厚：《批判哲学的批判》，356 页，北京，人民出版社，1979。
② 李泽厚：《批判哲学的批判》，363 页，北京，人民出版社，1979。
③ ［美］安东尼·J. 卡斯卡迪：《启蒙的结果》，严志忠译，105 页，北京，商务印书馆，2006。
④ 康德希望祈求的社群是"感觉"的社群，而不是"概念"的社群。根据康德的观点，审美反思判断中涉及的交流必然是在"不借助概念"的条件下出现的。［美］安东尼·J. 卡斯卡迪：《启蒙的结果》，严志忠译，186 页，北京，商务印书馆，2006。
⑤ ［法］卢梭：《论人类不平等的起源和基础》，李常山译，67 页，北京，商务印书馆，1962。
⑥ ［法］卢梭：《爱弥儿》，上卷，李平沤译，303 页，北京，商务印书馆，1978。

也感觉不到什么叫快乐了，他冰冷的心再也不会被高兴的事情打动了，他的眼睛再也不会流出热情的眼泪了，他对任何东西都不喜欢了；这可怜的人既没有什么感觉，也没有什么生气，他已经是死了。

又说：

> 两千年前的某一个人是好是坏，当然是对我们没有多大的关系，然而我们对古代的历史仍然是那样地关心，好像它们都是在我们这个时代发生的一样。……我们之所以恨坏人，并不仅仅是因为他们损害了我们，而且是因为他们很坏。我们不仅希望我们自己幸福，而且也希望他人幸福；当别人的幸福无损于我们的幸福的时候，它便会增加我们的幸福。所以，一个人不管愿意不愿意都会对不幸的人表示同情；当我们看到他们的苦难的时候，我们也为之感到痛苦。①

考虑到卢梭对康德的巨大影响，这样一种同情心不正是共通感最初的理论灵感来源吗？作为感性学的美学，所研究的对象正是人的情感，情感既有关人生的快乐与否，更有关于人的存在乃至社会的存在。在卢梭看来，如果一个人丧失了同情心，就既没有感觉，也没有判断了，相当于行尸走肉。同情心能使我们感受他者、关心历史、体验社会。其实，别人的痛苦或者快乐，只要没有波及我们自身，本就与我们自身无关。但是，比快感和同情更为重要的还有"好/坏"之分：恨坏人，并非仅仅危及自身，而是因为坏人对善良美好的践踏；希望他人幸福，并非有利可图，而是因为幸福是一种美好的人生价值，值得人人追求。同情心作为一种情感现象，实际上内涵了自然的人道思想，而这一人道思想在康德笔下则消融进了审美的责任担当之中。从这个意义来看，审美共通感既是美学的，也是伦理的，更是政治的。这一点相当重要，它为李泽厚重新思考用美学整合社会主体与个体主体之间的鸿沟提供了有力的武器。李泽厚认为：

> 假设一个"人同此心，心同此理"（此"理"又是非可言说的）的所谓先验的"共通感"，作为审美判断具有普遍必然性的最后根基，显然是主观唯心主义的思想。但重要的是，康德把这种"共通感"与"人类集体的理性"即社会性联系了起来。②

李泽厚在这种审美共通感的概念里面看见了一种期待已久的东西，那就是由个体过渡到社会、由特殊升华至普遍的途径。除却康德的唯心主义

---

① ［法］卢梭：《爱弥儿》，下卷，李平沤译，412、413 页，北京，商务印书馆，1978。
② 李泽厚：《批判哲学的批判》，369 页，北京，人民出版社，1979。

立场，通过理论操作的釜底抽薪，他将共通感与社会性相联系，便有了新的启发。"显然，康德在审美现象和心理形式的根底上，发现了心理与社会、感官与伦理，亦即自然与人的交叉。这个'共通感'不是自然生理性质的，而是一种具有社会性的东西。"① 正如有论者看到："从笛卡尔经康德到胡塞尔，这种'先验哲学'自然有其崇高、有力的一面，但也有'唯我论'之嫌，因为他们讲的都是个人的认识、自己的知识、心中的道德；但真正使这种'认识''知识''道德'成为可能的，是共同体的'生活世界'。你强调在康德那里'道德高于知识'，它的下一句话其实应该是'共同体高于个人'。"② 正是如此，康德的所有个人、感性、知识、道德的言说，最终指向的还是共同生活着的个体，而并非孤零零的个体。康德意义上共同生活的开始，就不再是依靠黑格尔式历史理性的无情法则，而是经由审美共通感赋予的人性、人情、人心。

从审美共通感中发现审美的社会性，便为李泽厚20世纪50年代所提出的"美是客观性与社会性的统一"找到了一个更为深厚的哲学美学根源。因为，康德的共通感既是感性审美体验，同时又具有普遍社会适用性，这样就为社会主体与个体主体的融合找到了一个勾连点。

所以，对于康德美学，李泽厚有了如此评价："如果说，历史总体的辩证法是黑格尔所长，个体、感性被淹没在其中则是黑格尔所短。那末，重视个体、自然、感性的启蒙主义的特征，却仍为康德所保存和坚持。这种歧异在二人的美学中表现得最为突出。作为历史，总体高于个体，理性优于感性；但作为历史成果，总体、理性却必须积淀、保存在感性个体中。审美现象的深刻意义正在这里。"③ 在与黑格尔美学的对比中，康德美学不仅保存与坚持了个体、感性、自然等特征，而更是指明了一条穿越个体与总体、感性与理性、自然与人为传统二元对立的途径，即将理性积淀于感性、总体保存于个体的方式。经由这条思路的延展，再加之马克思历史唯物主义的改造，也就形成了李泽厚著名的"积淀说"④。在从主体意识通向共通意识的发现之旅中，李泽厚经由包括马克思主义在内的多种思想资源，自创出了"积淀说"，这样，既有效说明了共同意识的现实根源，同时也将主体意识带入了实践意识、人道意识、文化意识、历史意识的面相之中。

经由李泽厚回到康德思想进程的细部分析，我们看到，李泽厚所面对的是20世纪50年代美学大讨论所遗留的社会主体性与个体主体性、理性主体性与感性主体性之间复杂而纠缠的关系。这一关系的实质，在于如何

① 李泽厚：《批判哲学的批判》，369页，北京，人民出版社，1979。
② 陈家琪：《人生之心境情调》，116页，济南，山东友谊出版社，2008。
③ 李泽厚：《批判哲学的批判》，397页，北京，人民出版社，1979。
④ 关于"积淀说"，因涉及传统文化心理结构的问题，详见第五章的论述。

唤醒个体意识，同时又能保证个体意识安全地重新融合为新的共同体意识。出于这一宝贵意识，新时期初期的中国美学高屋建瓴地给时代提出了一个重大问题。李泽厚紧紧抓住了它，通过对康德思想的深入发掘，重新恢复了个体主体、感性主体应有的地位，同时也安顿了久被意识形态扭曲利用的社会主体、理性主体。进而，他在对康德美学思想的梳理过程中，经由审美共通感的领悟，在唤醒个体美感体验的同时，也在继续摸索寻找重塑共同体的有效途径。走向"积淀说"，熔实践意识与心理文化结构为一炉，成为李泽厚的必然途径。只有这样，社会主体与个体主体、感性主体与理性主体之间的悖境，才能使理性往感性的沉落、社会往个体的积淀得以解决。美感的重新发掘与阐释是个体感性的再认，而积淀的逐步提出则是社会理性的重新出场。回到康德，其实质是开启了兼容主体意识与共通意识的审美过程。李泽厚对康德的诠释开启了新时期美学重新思考主体性问题的大门。

第四章　回到马克思：美学复苏的人性论

回到马克思，所标识的是中国美学复苏的人性论问题。1979 年，李泽厚掀起"回到康德"的思想运动，这对中国当代美学的贡献主要是，重新唤醒了美学对人的主体意识的关注，以及由此而生的共通意识的自觉。但是，康德式先验主体性如何才能真切适用于 20 世纪 80 年代的中国美学语境呢？尽管有着社会与个体、理性与感性的交融，但无论主体意识还是共通意识，它要扎根人心还需由先验高空沉落到经验大地。毕竟，人不只是理想高空中飞翔的，更是现实大地上行走的。美学对人的重新思考与探究，关键在于如何处理这一高空与实地之间的斡旋与张力难题。这样，从主体性层面进入更基本和坚实的人性层面，成为美学复苏的一条重要推进路向。由此，在回到康德的同时，中国美学也在返回马克思的思想深处，试图寻找一条道路，既能保存来之不易的主体意识，又能脚踏实地向前建设人性的现实国度。《批判哲学的批判》与《1844 年经济学哲学手稿》一道掀起了关于马克思思想的讨论，共同塑造了回到马克思的思想进路，凸显出了实践意识与人道意识。美学在将生活扎根于劳动实践这一厚实大地的同时，也保留了生命尊严与自由理想的超越愿景。

一、重描马克思：现实与理想的上下求索

在当代中国美学中，马克思是无论如何都绕不开的一个话题。因为，它直接构成了 1949 年后中国美学讨论，乃至 1978 年后中国美学复苏的理论根基。直接的历史尴尬在于，20 世纪 70 年代的历史造成了社会主义信念的危机和共产主义理想在后革命年代的失落。中国思想与中国美学究竟如何面对这一困境，又应该采取怎样的方式走出这一困境？时代呼求学者们返回到马克思的思想根基，去寻找历史悲剧发生的缘由，也试图从中摸索出一条新的进路来。

重描马克思，便是中国美学所采用的重要策略。所谓重描，指的是中国当代美学在返回马克思的过程中，寻觅到了位于阶级斗争之外的马克思思想的其他诸般维度。马克思到底有几重维度？这是我们从理论上首先需要梳理的一个重要问题，它涉及人们应该如何看待当代中国美学发展中的线索与进路。我们认为，正是由于马克思主义自身内在就包含了多重维度，因此，美学复苏才能依凭对它的深入开采来呼应时代呼求，从而不但在重描维度中推进了中国美学思想的建设，同时也深化了对马克思主义本

身的认识。

以往，传统观点总是将马克思主义当作一个同质化（homogeneous）的思想整体。这是受到了苏联教科书的影响："20 世纪 30 年代之际，随着马克思主义及其哲学最终在苏联确立为国家意识形态，为了向广大人民及共产党员宣传并普及马克思主义及其哲学，当时的苏联共产党（布尔什维克党）中央有关部门制定出了一套马克思主义哲学体系，即'辩证唯物主义和历史唯物主义'体系。自此之后，它成为流传了数十年之久的苏联官方'钦定'的马克思主义哲学教科书体系。这一教科书体系主要表现在由斯大林亲自主持并审定的《联共（布）党史简明教程》第四章第二节之中。"① 如其所述，《联共（布）党史简明教程》第四章第二节正是由斯大林亲自写就的，其标题是"论辩证唯物主义和历史唯物主义"。它将"辩证唯物主义"界定为"马克思列宁主义党的世界观"，所谓"辩证唯物主义"，是指"它对自然界现象的看法、研究自然界现象的方法、它认识这些现象的方法是辩证的，而它对自然界现象的解释、它对自然界现象的了解、它的理论是唯物主义的"。至于"历史唯物主义"，则是指把辩证唯物主义的原理推广去研究社会生活与历史现象②。这种将马克思思想简化为"辩证唯物主义"与"历史唯物主义"的方式，固然为马克思主义在民众中的普及与传播提供了一个简明易懂的认识框架，但问题在于对马克思主义作了简化的处理，使它被简单等同于"辩证唯物主义"，就连"历史唯物主义"也是从属于这一"辩证唯物主义"。

20 世纪三四十年代，马克思主义开始了中国化的过程，这种苏联教科书通过被指定为"干部必读"系列书目的方式进入中国。一方面，马克思主义催生了像毛泽东思想这样中国化的马克思主义；另一方面，也有不少专业理论工作者如艾思奇、李达等使得马克思主义哲学进一步通俗化、大众化了。随着 1949 年新中国的建立，马克思主义哲学成为国家意识形态。为了适应高等学校建制需要，通过苏联教科书的教育普及，马克思主义进一步被塑造成为"讲堂哲学"，从而被程式化、教义化、简单化。这其中最为根本的问题，就是"教条化的哲学教科书体系，是与苏联和中国的计划经济体制相适应的哲学，它的根本缺陷是自然本体论的思维方式"③。这种自然本体论的思维方式，将哲学仅仅看成对自然规律探讨的经验总结。既然在自然界"旧东西灭亡与新东西生长是发展的规律"，那么在社会领

---

① 唐少杰：《哲学教科书及其体系问题》，见《实践的哲学与哲学的实践》，49 页，保定，河北大学出版社，2003。

② ［苏联］联共（布）特设中央委员会编：《联共（布）党史简明教程》，115～116 页，北京，人民出版社，1975。

③ 高瑞泉等著：《转折时期的精神转折："新时期以来中国社会思潮及其走向"》，64 页，上海，上海古籍出版社，2008。

域也就没有什么"不可动摇的"社会秩序，阶级斗争成为推动历史进步的根本因素。进而，这种由简化的辩证唯物主义推论出来的历史规律（阶级斗争）便成为看待一切人类社会现象的唯一视角。1949—1976 年，它在文艺界与学术界占据了绝对的支配地位。

不可否认，将阶级论与人性论相对立，否定普遍的人性论，强调斗争的阶级论，在特殊时代是有着特定意义的。但是，一旦将这种阶级意识固化为马克思主义学说的核心，就必然造就出了一个铁面无私、革命无情的马克思形象，发展到最后就成为"斗争哲学"。这里存在的一个深层问题是：阶级斗争的马克思主义难道是完全错误的吗？是错误的理论导致了失败的实践吗？恐怕问题并非如此简单。其实，问题并不在于理论的错误，而在于理论的片面。简言之，阶级斗争确为马克思主义所提倡，但是这仅仅是马克思整体思想中的一块，在这之外还有若干块，如果人们不能全面地把握马克思思想，那么就有可能会以片面的理论来替代复杂的马克思思想，从而造成严重的实践后果。

问题还是需要回到马克思思想本身来看，才能逐渐明了。事实上，马克思主义并非一个完全同质化（homogeneous）的思想整体，而是一个充满了异质性（heterogeneous）的思想集合。马克思去世 30 年后，列宁曾对马克思主义的来源与组成部分有一个颇为清晰的描述："马克思的全部天才正是在于他回答了人类先进思想已经提出的种种问题。他的学说的产生正是哲学、政治经济学和社会主义极伟大的代表人物的学说的直接继续。""马克思学说是人类在 19 世纪所创造的优秀成果——德国的哲学、英国的政治经济学和法国的社会主义的当然继承者。"① 列宁将马克思主义的来源作了简明扼要的概括，他指出，马克思主义从唯物主义与黑格尔辩证法的结合中发展出了辩证唯物主义和历史唯物主义，从英国政治经济学的劳动价值论中发展出了剩余价值学说，从空想社会主义学说中发展出了阶级斗争学说。但需要指出的是，在列宁的概括中有一个核心主旨，即马克思主义是一种批判性、斗争性的学说："马克思学说具有无限力量，就是因为它正确。它完备而严密，它给人们提供了决不同任何迷信、任何反动势力、任何为资产阶级压迫所作的辩护相妥协的完整的世界观。"② 马克思主义，在列宁看来，就是彻底的革命学说，三个组成部分的实质就是政治革命、经济革命、文化革命，韦伯意义上的"祛魅"（disenchantment）正是列宁眼中马克思主义的核心质素：

① ［苏联］列宁：《马克思主义的三个来源和三个组成部分》，见《列宁全集》，第 23 卷，41、42 页，北京，人民出版社，1990。

② ［苏联］列宁：《马克思主义的三个来源和三个组成部分》，见《列宁全集》，第 23 卷，41 页，北京，人民出版社，1990。

只要人们还没有学会透过任何有关道德、宗教、政治和社会的言论、声明、诺言，揭示出这些或那些阶级的利益，那他们始终是而且会永远是政治上受人欺骗和自己欺骗自己的愚蠢的牺牲品。只要那些主张改良和改善的人还不懂得，任何一个旧设施，不管它怎样荒谬和腐败，都由某些统治阶级的势力在支撑着，那他们总是会受旧事物拥护者的愚弄。要粉碎这些阶级的反抗，只有一个办法，就是必须在我们所处的社会中找出一种力量，教育它和组织它去进行斗争，这种力量可以（而且按它的社会地位来说应当）成为能够除旧立新的力量。①

经由列宁，马克思主义被塑造为一种"除旧立新"的力量，而其要旨又在于无产阶级反抗资产阶级的政治压迫、经济压迫和精神压迫。为了摆脱旧事物的谎言和欺骗，政治启蒙成为马克思主义最重要的意义所在。但是，这里的问题是：其一，马克思主要被归结为一种批判性的革命学说，马克思主义所可能包含的建设性因子被轻易忽略了；其二，这种对批判性的偏向最后落脚在无产阶级对抗资产阶级的阶级对立结构中，似乎马克思对所有问题的思考都只是为了最终解决阶级对立问题。现在来看，这样的概括确实有着一定的历史局限性。那么，产生这一问题的根源何在呢？钱永祥指出，尽管列宁的这篇文章有着相当的启发性，但同时也有着严重的形式主义弊病：一方面，马克思的确利用了三种传统，在哲学、经济和政治三个方面发展出了一套完整的世界观；另一方面，一些更深入的问题却尚未被讨论：这三个来源在欧洲思想史中处于什么样的位置？在何种意义上它们呈现了当时人的问题与向往？唯物主义哲学、资本主义经济批判、阶级斗争的政治，诚然是马克思从这三个传统得到的建设性材料，但这些材料是为了什么样的目的而预备的？② 因此，列宁仅仅笼统归纳了三种传统，而更深入细致的思想史清理工作被除旧立新的现实革命斗争需要忽略掉了。

针对恩格斯、列宁对马克思主义来源的梳理，英国思想史学者伯尔基（R. N. Berki）认为："回到马克思主义的这三个现代'源头'。当它们毋庸置疑地在那里，毋庸置疑地'内在'于马克思主义学说当中，并为马克思的人类解放三维理论提供了内容和语言时，我们仍然不能就此停下脚步，而仅仅尝试在这些层面上说明马克思主义的起源。"③ 伯尔基强调，更重要

---

① ［苏联］列宁：《马克思主义的三个来源和三个组成部分》（1913），见《列宁全集》，第23卷，48页，北京，人民出版社，1990。

② 钱永祥：《纵欲与虚无之上》，80～81页，北京，生活·读书·新知三联书店，2002。

③ ［英］伯尔基：《马克思主义的起源》，伍庆等译，9页，上海，华东师范大学出版社，2007。

的问题是"探究使这三条进路本身得以产生并合法化的现代性特定立场本质"①。由此，伯尔基对马克思主义的起源进行了一种更为复杂的描述，以激活人们对马克思主义的理解，促使对它产生新的认识可能性。

首先，他认为马克思主义是一种关于人类解放的学说，这种"解放"发生在三个层次上：人与自然的关系，人类社会的关系，人自身的精神。而长期以来，"马克思的学生"往往只注重第二个层次的解放，而"似乎有忽略另外两个维度的危险"②。其次，他认为在这三层解放关系的背后隐藏的是两大视角的融合："马克思思想在被断定为政治经济学、社会主义理论和人本主义哲学这三种现代学说的综合之前，它可以被看作超越性和理解性两大基本视角的'综合'。"③ 这两大视角源于欧洲思想传统，一方面，欧洲传统的政治与社会理论包含了一种理想的、说教的并且是"软心肠的"观点，这很大程度上是古典唯心主义哲学与宗教的遗产；另一方面，欧洲文化还包含了一种主要来自唯物主义及现实主义的冷静的、科学的观点。前者的存在，造成了马克思主义中的理想因素，即暗含着价值设定与终极目标，比如，自由、幸福、美好社会、共产主义等；后者的存在，则带来了马克思主义中的认知因素，即关于现实世界的知识与理解，比如，历史、经济、阶级、国家、革命等，这二者的核心表达就是自由与理性两个命题。

显然，这样一种梳理，就将马克思主义的思想内涵复杂化了。它既展现了马克思主义中对人类解放事业始终不渝的追求，同时又将这种追求的视野加以扩展，不拘泥于传统阶级斗争的社会关系之内，而是关注到"解放"在人与自然关系、人自身内在的精神追求等诸多层次上的意义。另外，它也区分了马克思主义内在构成中的现实性与理想性质素。因此，它昭示着人们应以更为开阔的眼光来看待马克思主义，中国当代美学正是在这样一种更为浑厚的意义之中进入对马克思思想多重维度的重描。

根本上来说，马克思思想之所以呈现出多重维度，是因为现代性有着多幅面孔④。马克思的问题意识就是处于现代性进程中的问题意识，他所阐发的无论是阶级斗争的革命学说，还是劳动商品的价值学说，抑或是人化自然的自由学说，都是围绕现代性这一巨大的历史社会处境而展开思考

---

① ［英］伯尔基：《马克思主义的起源》，伍庆等译，11页，上海，华东师范大学出版社，2007。
② ［英］伯尔基：《马克思主义的起源》，伍庆等译，7页，上海，华东师范大学出版社，2007。
③ ［英］伯尔基：《马克思主义的起源》，伍庆等译，39页，上海，华东师范大学出版社，2007。
④ 所谓"面孔"，源自美国学者卡琳内斯库（M. Calinescu）的研究，他依据审美现代性的具体表现形态，将在审美表现上的现代性分为五幅面孔（Five Faces）：现代主义、先锋主义、颓废、媚俗和后现代主义。［美］马泰·卡琳内斯库：《现代性的五副面孔》，顾爱彬、李瑞华译，9~17页，北京，商务印书馆，2002。

的。新时期初的中国美学，正处于一个现代性重新开启的端点，它面对的情形更为复杂。中国美学没有因为实践的失败而简单抛弃马克思主义，而是在左与右之间展开了自己对马克思主义重新理解的艰难探索。对于马克思主义而言，除开批判性，还有建设性；除开现实性，还有理想性；除开阶级斗争意识，还有生产实践意识与人道主义意识。这些，正是1978年后的新时期中国美学思想所着力弘扬与阐发的。

这种左右之间的艰难探索分为两个面向。

（1）现实性的探知。这一点指的是中国当代美学对马克思主义现实性精神的承续。这表现为美学对时代现实各个方面的批判性反思与祛魅，这一点也正体现了马克思主义对承续启蒙运动内在精神的一种传达。所谓启蒙，就是号召人要自觉自醒，靠自己的力量来认清外部的现实，对之予以主体的把握。启蒙的内在核心要义，就在于对外在幻象的祛魅，依靠主体内心燃亮的"灯"来照亮外部由习俗、迷信所包裹着的世界。康德所言的"Sapere aude"（敢于知道）正是这样一种呼吁，"启蒙就是人类脱离自我招致的不成熟"，而"不成熟的原因不在于缺乏理智，而在于不经别人引导就缺乏运用自己理智的决心和勇气"，所以启蒙的座右铭就是"要有勇气运用你自己的理智"①。启蒙运动的这种对理智的呼号，回响在马克思主义思想的深处，马克思对资本主义政治、经济和文化诸领域的强烈批判，正是这一理智精神的流露。以赛亚·伯林如此指出：

> 和他的时代的大部分民主主义者不同，马克思相信，价值不能脱离事实来观察，而必须取决于观察事实的方式。对历史进程的本质和规律的真正洞察力，将以其本身而无须依靠独立的已知道德标准的帮助，使一个有理性的人明白他应该采取什么样的合适步骤，也就是，什么样的道路最适合他所属于的阶层所提出的要求。因此，马克思并没有把新的伦理道德或社会理想置于人类身上，也没有为改变心灵辩护。仅仅改变心灵只不过是以一种幻想代替另一种幻想。他和他这一代的其他伟大思想家不同：他所诉诸的，至少按他自己的观点，是理性，是实践精神，斥责精神上的缺陷或盲目；他坚持认为，人们为了知道如何把自己从他们深陷于其中的紊乱状态中拯救出来，他们所需要的乃是努力去理解他们的确实状况；他相信，正确估计在人们所属的社会中各种力量的精确平衡，这本身就将表达

---

① ［德］康德：《对这个问题的一个回答：什么是启蒙?》，见［美］詹姆斯·施密特编：《启蒙运动与现代性》，徐向东等译，61页，上海，上海人民出版社，2005。

出可以合理追求的生活方式。①

　　启蒙主体的背后矗立的就是历史理性的精神，它要求人们从事实本身来观察历史的演变，得以真切地理解自身的处境，只有这样才能找到与历史阶段及阶级使命相一致的正确步骤。去除一切不必要的幻想，唯心主义不过是"以一种幻想代替另一种幻想"，所以要彻底地坚持唯物主义，就不能只是在自然史观上坚持唯物主义，还要在社会历史中坚持唯物主义。在此，承袭启蒙运动而来的是对现实处境的直面认知。只有对自然与社会规律的认识与把握才能真正祛除人类心中的幻象，而使民众得到启蒙，从而成为真正自觉的人。新时期初的中国美学，面对的是"两个凡是"一类的教条主义，以及十几年的"以阶级斗争为纲"的唯阶级论、唯意志论哲学，而它所要走出的第一步，就是将被唯意志论所歪曲、自然本体论所抹杀的主体意识恢复起来，这一步由回到康德的思想运动做出了铺垫，人性普遍结构逐渐浮现于人们眼前，而接下来要做的就是为这一尚处于先验理想结构之中的主体性奠定一块更为巩固的基石。这块基石，就是历史唯物主义，对于中国美学而言，就是美学实践意识的重生。实践意识，既形成了对以往"以阶级斗争为纲"的批判性反思，同时也开启了对未来"以经济建设为中心"的建构性展望。对人类社会以使用、制造工具的劳动为核心的强调，使得新时期初中国美学所唤醒的主体意识牢牢实实地站在了稳固的大地之上，不再一门心思为了幻想的阶级斗争而失去现实的生产生活根基。

　　（2）理想性的追求。这一点指的是中国当代美学对马克思主义浪漫性气质的接引。马克思对社会主义乃至共产主义未来怀有美好的企盼，准确说来，这一点是承续德国浪漫派运动内在精神的一种表现。所谓德国浪漫派，人们过去往往赋予它以某种贬义的意味，似乎浪漫派就是宣扬唯心主义，也就是作为唯物主义的马克思主义的对立面。但是，问题可能比这要复杂得多。美国学者维塞尔（L. P. Wssell）指出，"马克思不仅是费希特和黑格尔的继承人，而且是浪漫主义的继承人"②，并且强调"马克思的'哲学、经济学和政治学'之关键就是浪漫派的命令，即使人成为宇宙诗人，即创造者"③。在维塞尔看来，马克思早期的诗歌及文学创作，从文学价值上来看或许意义不大，但是作为思想史材料却显示出马克思与浪漫派

_____

　　① ［英］以赛亚·伯林：《马克思传》，赵干城等译，19 页，台北，时报文化出版企业有限公司，1990。

　　② ［美］维塞尔：《马克思与浪漫派的反讽》，陈开华译，125 页，上海，华东师范大学出版社，2008。

　　③ ［美］维塞尔：《马克思与浪漫派的反讽》，陈开华译，126 页，上海，华东师范大学出版社，2008。

有着极为深厚的思想渊源①。比如，诺瓦利斯的"存在决定意识"②命题影响了马克思，使他从中窥见对唯心主义克服的可能，从而提出"社会存在决定社会意识"；施莱格尔的"反讽哲学"（其三个基本特征是超越、实践与批判）③影响了马克思关于"解释世界"到"改造世界"的哲学思考进路的开启等。因此，有学者认为，"浪漫主义和唯物主义都有对立于唯心主义的品格。在马克思哲学思想发展的逻辑进程中，德国浪漫派的浪漫主义构成了马克思告别德国唯心主义的过渡环节"④。这是非常有道理的。其实，在与浪漫派发生思想关联之外，马克思主义还与犹太教弥赛亚主义、先知主义、诺斯替主义等有着隐秘的思想渊源，这些思想脐带向马克思主义暗自输入了诸般理想性的观念，乃至反启蒙的观念⑤。以往的思想史研究过于简单地将马克思思想的发展归纳为从唯心主义到唯物主义，这是有失妥当的，这样的视角遮蔽了马克思主义内核中一直隐匿着的浪漫精神。那种对人类美好社会的向往、追求与期盼，那种对自由人性的高扬，那种对异化社会的批判，那种对共产主义制度下每个人都成为自由艺术家的渴望，不仅出现于青年马克思的《1844年经济学哲学手稿》之中，也并不仅出现于马克思早期的诗歌小说文本之中，更一直贯穿到《资本论》的撰写当中，成为马克思毕其一生在对资产阶级社会祛魅的同时，隐秘揣藏

---

① 一个事实是，马克思曾先后就读于波恩大学和柏林大学。波恩大学的经历使马克思最早受到了浪漫派思想的濡染。"波恩大学（1836）颁发给马克思的学籍表表明，马克思选修的十门课程中，有四门直接与美学相关：（1）罗马和希腊神话；（2）荷马；（3）现代艺术史；（4）普洛佩提乌斯的挽歌。的确，施莱格尔（A. W. Schlegel）可能是浪漫派理论最完美的代言人，他是马克思其中两门课程的老师。在这两门课程中，施莱格尔评价马克思是'勤奋和专心'的学生。"［美］维塞尔：《马克思与浪漫派的反讽》，陈开华译，15页，上海，华东师范大学出版社，2008。"马克思选学的课程有一半是艺术课；当时波恩知识分子们在谢林和施莱格尔的统治下，弥漫着浪漫主义的气氛。在马克思选学的6门课之中，也包括谢林和施莱格尔关于荷马和普罗珀修斯的讲座。"［英］麦克莱伦：《马克思主义以前的马克思》，李兴国等译，42页，北京，社会科学文献出版社，1992。

② "意识也可以把自己当作未知因素显露的效应来理解。虽然意识能感觉到它的影响，但却不能使它呈现出来。诺瓦利斯把这一因素称为'存在'。每一种自我熟知都以一个存在的开启为前提，这种存在的开启被更多的模糊包围而不易变得清晰明了。"以诺瓦利斯为代表的早期德国浪漫派认为，以理性为核心质素的德国唯心主义的自我意识（如费希特）是不能全部涵盖存在的，诸如情感、记忆等是只属于存在而不能被理性意识到的，因此"不受任何支配的同一性作为把自我意识统一的联系物集合起来的东西，总是先于任何意识形式"。［德］曼弗雷德·弗兰克：《德国早期浪漫主义美学导论》，聂军译，233、231页，长春，吉林人民出版社，2006。

③ ［美］维塞尔：《马克思与浪漫派的反讽》，陈开华译，165～173页，上海，华东师范大学出版社，2008。

④ 刘森林：《追寻主体》，136页，北京，社会科学文献出版社，2008。

⑤ 关于马克思与犹太教弥赛亚主义、先知主义的思想关联，见［德］卡尔·洛维特：《世界历史与救赎历史》，李秋零、田薇译，52～53页，北京，生活·读书·新知三联书店，2002。关于马克思与灵知主义（诺斯替）的思想关联，见［德］托匹茨：《马克思主义与灵知》，100～102页；见［美］约纳斯等著：《灵知主义与现代性》，张新樟等译，上海，华东师范大学出版社，2005。

着的浪漫情怀。用法国理论家加洛蒂的话来说就是：

> 马克思的根本论题始终如一——从他最初的著作到他最后的
> 斗争都始终如一。马克思哲学、经济学、政治学的关键是：必须使
> 每一个人都成为人，也就是说，必须使每一个人成为创造者。……
> 创造是异化的对立面……深奥的人道主义……赋予每一个人都有
> 成为人、成为创造者、成为诗人的可能性，用最确切的话来说，
> 以高尔基那句有充分含义的话说："美学是未来的伦理学。"①

新时期初的中国美学正是在对人道主义的阐扬上承续了马克思主义的浪漫气质。曾经的乌托邦实践宣告失败，妄图完全消灭社会裂缝的阶级斗争也造成了社会裂缝扩张的反讽悲剧。主流思想回复到了"实践是检验真理的唯一标准"上来，主体意识随之逐渐沉落回了生产实践的大地。更为可贵的是，中国美学在夯实脚底现实性土地的同时，并未完全抛弃对理想性星空的渴望。实践意识如果沦为彻底的工具性追求，则有可能造成的是政治异化之外的另一种异化：科学技术意识形态的异化。"毛泽东之后的中国马克思主义的理论队伍已经历不断更新、分化的过程，色调不一，呈现了一种与 20 世纪 50 年代体系逐渐拉开距离的光谱式的连续体。"② 从康德的先验性普遍主体到生产劳动的实践主体，这是一种对人的想象从漂浮到站立的过程，但是站立起来的人若只会一味埋头干活，无论是淘金还是掘地，最终也只是还原现代性制度框架中的一个零部件，而要真正通过现代性生产意识的引入达致穿越现代性牢笼的目的，必须还要持守一种人道意识，一种对人的自由、美好、健全的希望与呼唤。在此意义上，中国美学的人道意识带来的理想性弥补了实践意识现实性所可能存在的盲点。

二、实践意识：马克思的现实性维度

1. 实践意识：重新浮出历史地表

对于马克思思想中的实践意识这一维度，李泽厚在 1984 年修订其康德论述时，有着自觉而突出的认识：

> 马克思主义哲学即实践论，亦即历史唯物主义。它一方面要
> 研究人类物质文明的发生发展，从生产方式的客观历史进程，到
> 展望人类未来的个体远景，其中当然包括对革命、社会主义等问
> 题的探讨。但如果认为，马克思主义或马克思主义哲学就仅仅到

---

① ［法］加洛蒂：*Karl Marx：The Evolution of His Thought*，转引自［美］维塞尔：《马克思与浪漫派的反讽》，陈开华译，125 页，上海，华东师范大学出版社，2008。
② 林同奇：《人文寻求录》，359 页，北京，新星出版社，2006。

此止步，甚至认为它的任务就仅仅在于研究或推动革命，马克思主义仅仅是革命的哲学、批判的哲学，那实际上便极大地局限和束缚了马克思当年所提出的课题和理想。除了革命，还有革命后的建设，除了物质文明的建设，还有精神文化的建设。这才可能有人的全面发展。而作为个体的人的多样、丰富、全面地发展，则正是作为目标的共产主义之特征所在。因之，马克思主义哲学不仅要研究革命：民主主义革命和社会主义、共产主义革命；而且也要研究建设：社会主义、共产主义的物质建设和精神建设。当然这二者（革命与建设）在现实生活中经常（特别是在最初阶段）是彼此联系和渗透着的。例如，不彻底与旧事物、旧传统相决裂，就不能建立新观念、新思想，但在决裂中却有继承，在否定中又有肯定。在精神文明中，这种既否定又肯定、既继承又决裂的情况更是极其复杂的。如何来注意研究这个方面的问题，提出建设两个文明（物质文明与精神文明），正是今天真正发展马克思主义的一个重要方向和课题。①

显然，李泽厚在这里提出了一个有关重新认识马克思主义的重大问题。众所周知，作为马克思主义中国化的典型，毛泽东思想是毫无疑问的主要代表，而毛泽东思想在哲学方面的经典著作就是《实践论》（1937）与《矛盾论》（1937）。两部著作中，虽然谈不上有所偏重，但是《矛盾论》显然在篇幅上较之《实践论》更为宏大。从两者关系上来看，《矛盾论》更为根本，它的话题范围包含了两种宇宙观、矛盾的普遍性、矛盾的特殊性、主要的矛盾和主要的矛盾方面、矛盾诸方面的同一性和斗争性、对抗在矛盾中的地位；而《实践论》着重讨论的是认识和实践的关系（知与行的关系）。在革命战争年代，强调矛盾斗争的确有着现实的积极意义，但是当历史进展到社会主义阶段时，恐怕就更为谨慎了。"文化大革命"时期的斗争哲学，便是将矛盾斗争无限制地推向一切领域，而且以阶级斗争为"纲"，更不提矛盾的其他形式（如科学实验、落后的生产力与先进的生产关系之间的矛盾等），政治矛盾压倒、遮蔽了其他矛盾的存在。

从这一语境来看，李泽厚的号召，就有了鲜明的现实意义。李泽厚将马克思主义哲学主要定位于实践论，这个实践论不再是辩证唯物主义的附属，而是历史唯物主义的核心。在辩证唯物主义与历史唯物主义之间，李泽厚敏锐地把捉到了历史唯物主义的意义。如果说，辩证唯物主义主要是从"物"的规律来看待世界历史，强调的是斗争、革命、以旧代新的话，那么历史唯物主义则是侧重从"人"的规律来看待社会生活，指向的是既要革命、还要建设的社会理想。辩证唯物主义概括的只是马克思思想中批

---

① 李泽厚：《批判哲学的批判》，56 页，北京，人民出版社，1984。

判性、革命性的一面，而历史唯物主义由于有了人类历史发展的"人"的视角介入，更看到了批判性革命之后所需要面对的另一面，那就是建设性、完善性的一面。通过对历史唯物主义的重视，李泽厚拿出革命与建设这一对重要关系来讨论。他认为，马克思主义哲学不仅要研究革命，也要研究建设，所谓阶级斗争仅仅是革命的手段，而绝非革命的目的，革命斗争最终还是为了和平建设，人的批判最终是为了人的发展。由此，包含了物质建设与精神建设两方面的实践意识，从历史唯物主义的重新阐扬中得以凸显出来。

其实，实践意识在中国当代美学史中出现，并非第一次，早在1956年美学大讨论时，在朱光潜、李泽厚的论辩中，马克思主义实践意识就已开始获得关注。

2. 朱光潜实践美学观：艺术中心与精神生产

有论者曾对朱光潜接受马克思主义的经历有一个清晰的描述：朱光潜美学思想受马克思主义的影响可以分为三个阶段：第一阶段主要是马克思主义的唯物论和反映论，其出发点是清理批判自己的克罗齐式的主观唯心主义；第二阶段主要是马克思主义的社会意识形态理论，此间朱光潜从对自己主观唯心主义的批判转向了对机械唯物主义的批判；第三阶段主要是马克思主义的实践观点，朱光潜把注意力从理论的批判转向了理论的深入探讨与综合。① 应该说，这个概括是十分准确的。如其所述，经过新中国成立初期的自我思想批判，朱光潜接受了马克思主义思想，并逐渐深入马克思主义理论的核心问题，在批判性自我检讨的基础上，同时展开了对马克思主义美学的建设性推进。这一推进的思考成果最终结晶为他对"实践"命题的论证。

1949年后，朱光潜对于自己克罗齐式的唯心主义美学做出了深刻的反思，他检讨了自己曾经阐发的"艺术即直觉""美在心与物的关系"等主观唯心论命题，认为自己的文艺思想"是从根本上错起的"，"因为它完全建筑在主观唯心论的基础上"，而主观唯心论"根本否认物质世界，把物质世界说成意识和思想活动的产品，夸大'自我'，并且维护宗教的神权信仰"，所以是"反现实主义""反社会，反人民"的②。其实，朱光潜早期美学的根本问题并不完全是主观唯心论的倾向性错误，更深层次的根由在于，其超越社会、超越政治、超越现实的美学观无力真正承担起对大众

① 阎国忠：《朱光潜美学思想研究》，8～9页，沈阳，辽宁人民出版社，1987。
② 朱光潜：《我的文艺思想的反动性》，见《朱光潜全集》，第5卷，12页，合肥，安徽教育出版社，1989。

的启蒙乃至民族国家的救亡任务。① 因为主观唯心论把美视为主观的感觉，这就意味着对美的认定缘于主观心理的作用，哪怕现实是黑暗、丑恶、混乱的，只要改变了自己的心境也就可以"出淤泥而不染"，照样以超脱姿态来进行审美。朱光潜早期美学观中的超越性意识，从美学体验本身而言，并不见得有大错。但是，他的唯心论倾向与大众理性启蒙、国族危机救亡的现实任务实在距离太远，"人生艺术化"的思想固然有着对纯粹审美自律的阐扬，可这种审美自律并不是美学的全部。说到底，美学在启蒙大众感性的同时，还需要承担起开启大众认识、团结大众意志的作用。由此而言，朱光潜早期美学观在启蒙的现实性意识上的确是有所缺憾的。②

1949 年后，在批判唯心主义的基础上，朱光潜树立起"立与破是要同时进行"的思想，认为"不立固然不破，不破也就不能立"③。那么，既然已经破了旧的美学观念，如何建立新的美学观念呢？这是摆在朱光潜面前的一个问题。

首先，在针对蔡仪批判而做出的反批判过程中，朱光潜提出了"物甲物乙说"。他立足于唯物反映论，认为不仅"存在决定意识"，而且"意识也可以影响存在"，由此提出要"足够地估计世界观、阶级意识等对于审美与艺术创作的作用"，"美感和艺术不仅是自然现象，还有它的社会性，所以它的活动不同于自然科学的活动"④。朱光潜区分了"物"（物甲）和"物的形象"（物乙），认为美感的对象是"物的形象"而非"物"。"物的形象"是"物"反映于人的意识的结果，且这种反映过程是在一定主观条件的影响下进行的，这些主观条件包括意识形态、情趣等。因此，美感的

---

① 牛宏宝将 1949 年以前中国美学的结构性倾向之一概括为"把美学置于'借思想文化以解决问题'的总体倾向中"，他认为中国传统的道德心智一元论是这种总体倾向的根源，"这种心智一元论把道德心性置于人类生活的决定性的地位。既然道德心性是决定性的，那么所有问题的解决和肯定性东西的确立，都有赖于道德心性的牢固建立"。进而，他指出朱光潜以"完整的人""完整的有机体"替代中国传统道德心智一元论所界定的"道德的人"，使得文艺与审美既与人的完整心智有关（包括与道德相关），又将文艺与美感植根于心智的情感性上（而非道德性），使得文艺与审美获得了相对独立性。因此，朱光潜否定了"道德决定论"而趋向"精神决定论"。见牛宏宝等著：《汉语语境中的西方美学》，85～104 页，合肥，安徽教育出版社，2001。这种看法仍然是基于将美学当作一门自律的学科来思考的，如果我们将美学置于中国社会的现代性整体进程中去思考，就不会只限于讨论美学究竟是基于传统道德心性、还是基于现代情感心理这样一个学科内在性的层面，而是要透过学科的内在性层面去看学科与外在整体社会理想图景之间的互动关系。

② 与朱光潜"美是形象的直觉"的这种启蒙美学的超越性维度相比，鲁迅的"论睁了眼看"则提供了一种启蒙美学的现实性维度，前者侧重理想的追寻，而后者重视现实的复杂，只有在二者相结合的意义上，美学才能真正承担起完整的大众启蒙。鲁迅：《论睁了眼看》，见《鲁迅全集》，第 1 卷，251～255 页，北京，人民文学出版社，2005。

③ 朱光潜：《我的文艺思想的反动性》，见《朱光潜全集》，第 5 卷，11 页，合肥，安徽教育出版社，1989。

④ 朱光潜：《美学怎样才能既是唯物的又是辩证的》，见《朱光潜全集》，第 5 卷，43 页，合肥，安徽教育出版社，1989。

对象不是自然物而是作为"物的形象"的具有社会性的物。这里，朱光潜由简单反映论走向了意识形态论①；

其次，朱光潜鲜明地提出了美既是主观性与客观性的统一，也是社会性与自然性的统一。他依借马克思《1844年经济学哲学手稿》中所谈的"人的对象化"和"人化的自然"观点，阐释了"客观现实变成人的本质力量的现实"的双层意义：一方面，主体客体化，人借对象显示出本质力量；另一方面，客体主体化，对象对人具有更多的意义，是由于人显示出他的本质力量，使它具有社会意义②。这样也就证明了主客观统一、自然社会统一的过程。

更重要的是，朱光潜的理论探索始终是一个"破""立"结合的过程。他在树立自己新的美学观点的同时，还在思考"对马克思主义的曲解"所形成的障碍。他指出有三大曲解。

其一，简单套用列宁《唯物主义与经验批判主义》中的反映论原理，丧失了对文艺美感独特性的把握。他主张区分科学反映与艺术审美反映，传统的反映论主要依据列宁的反映论而建构，朱光潜认为马克思关于意识形态的思想应该成为传统反映论的一个有力补充，这样才能区分美感反映的两阶段论：一般感觉阶段和正式美感阶段。

其二，主流美学只从反映论的角度理解文艺，文艺只是一种认识过程。朱光潜提出还要从生产劳动的视角去重思文艺，文艺更是一种实践过程。他援引马克思对"艺术生产""精神生产"的论述，认为文艺既是一种意识形态也是一种生产劳动过程。

其三，曲解了主观与客观的关系，唯心主义将主观绝对化，机械唯物主义将客观绝对化。他指出，马克思所谓"人的对象化"和"自然的人化"主张主客观统一。

伴随"边破边立"的展开，朱光潜得出自己的结论：一是感觉反映客观现实；二是艺术是一种生产劳动；三是艺术是一种意识形态；四是主观与客观的对立统一。

由此可知，到1957年朱光潜基本已经完成了对自己唯心主义美学思想的改造，而形成了自己对马克思主义美学的独特理解。正如他自己意识到的："我接受了艺术为社会意识形态和艺术为生产劳动这两个马克思列

---

① 值得注意的是，朱光潜在这篇文章中第一次引用了马克思的《1844年经济学哲学手稿》："最美的音乐对于不能欣赏的耳朵就没有意义，就不是对象。"参见朱光潜：《美学怎样才能既是唯物的又是辩证的》，见《朱光潜全集》，第5卷，48页，合肥，安徽教育出版社，1989。朱光潜以"欣赏音乐的耳朵"论证受社会历史发展影响的美感与美的关系。可见，《1844年经济学哲学手稿》在朱光潜接受马克思主义的一开始就进入了其理论视野，并贯穿于他几番探索的进路之中。

② 朱光潜：《论美是客观与主观的统一》，见《朱光潜全集》，第5卷，58～59页，合肥，安徽教育出版社，1989。

宁主义关于文艺的基本原则，这就从根本上推翻了我过去的艺术形象孤立绝缘，不关道德政治实用等那种颓废主义的美学思想体系。"① 通过对马克思主义意识形态理论与生产劳动观点的深入理解，朱光潜否定了唯心论的美学超越性维度，而逐步转向了美学现实性维度的探询。人，不再是超脱的审美者，而是现实的生产者。

进一步来看，以前朱光潜对实践观点的把握，主要是深入辨析研讨马克思主义的结果。马克思主义对于朱光潜实践美学思想的影响分为以下几个方面。

第一，马克思对旧唯物主义的批判。马克思认为旧唯物主义把事物只从客观方面或直观方面去理解，而不是将它把握为人的感性的活动，缺乏从实践的方面加以理解的部分，因此丧失了对事物能动性的掌握。朱光潜抓住这一点，认为美学和一般哲学有两种相对立的观点：实践观点与直观观点②。不同于以往简单划分"唯心/唯物"的二元思路，朱光潜在这里指出，无论是机械唯物主义还是唯心主义，都是只把现实世界看作单纯认识对象的直观观点，而实践观点强调的是"在实践中人与物互相因依、互相改变的全面发展过程"。因此，实践观点的把握，为跳出狭隘的"唯心/唯物"之辩提供了一个契机，开辟了一种更具现实性的思路。朱光潜肯定"实践观点是马克思主义以前所没有的，是马克思主义所特有的"③。

第二，马克思"用艺术方式掌握世界"的命题给予了朱光潜以启发。朱光潜认为艺术的实践精神的掌握方式和科学的理论性的掌握方式是不同的：前者的要义首先在于，它所对待的是现实世界中具体事物的整体；其次更重要的是，它本身体现了艺术掌握方式与实践精神掌握方式的内在联系。

第三，根据《1844年经济学哲学手稿》中的思想，朱光潜进一步指出艺术审美活动起源于劳动或生产实践活动。劳动改造自然，使人产生了自我意识和社会意识，这就在人的生产与动物生产之间产生了差别：其一，动物受自身生活活动限制，人却通过生产劳动摆脱肉体直接需要的限制，有了广泛物质生产乃至精神生产的可能性；其二，动物只能按照自己所属种类的标准生产，人可以按照不同种族标准生产，这是一种"普遍地生产"；其三，人的生产是"按照美的规律"制造事物，是有目的性的自觉的活动；其四，对美学特别有意义的是，人"在自己的所创造的世界里观

---

① 朱光潜：《论美是客观与主观的统一》，见《朱光潜全集》，第5卷，97页，合肥，安徽教育出版社，1989。

② 朱光潜：《生产劳动与人对世界的艺术掌握——马克思主义美学的实践观点》，见《朱光潜全集》，第10卷，188页，合肥，安徽教育出版社，1993。

③ 朱光潜：《生产劳动与人对世界的艺术掌握——马克思主义美学的实践观点》，见《朱光潜全集》，第10卷，189页，合肥，安徽教育出版社，1993。

照自己"。所以，美感是"起于人从自己的产品中看出自己的本质力量的那种喜悦"。归纳起来，朱光潜认为：

> 劳动生产是人对世界的实践精神的掌握，同时也就是人对世界的艺术的掌握。在劳动生产中人对世界建立了实践的关系，同时也就建立了人对世界的审美的关系。一切创造性的劳动（包括物质生产与艺术创造）都可以使人起美感。人对世界的艺术掌握是从生产劳动开始的。①

总起来看，朱光潜实践美学的意义在于使美学从超越性的个体回归到现实性的群体。他的思想进路呈现为：首先，将主观唯心论的审美（孤立绝缘的形相）改造为社会意识形态的审美（艺术是一种社会意识形态），这是向社会性的回归；其次，在"艺术是对现实的反映"之外补充进"艺术是人对现实的一种掌握方式"，这是向现实性的沉落。但是，有一个细节特别值得注意，在1978年之前，朱光潜进行实践观点诠释时，主要是将自己的实践美学定位在"唯物辩证观点"或"辩证唯物主义"的范围之内②。因此，尽管1978年之前朱光潜意识到了实践的重要性，但是一直没有能从历史唯物主义的意义上来理解"实践"，而是在艺术创造的意义上来理解"实践"的。他将美视为一种生产的过程，一种主体与客体、自然与社会交融互动的过程。

1978年以后，朱光潜对于实践的认识开始悄悄发生了一些改变。

1963年，朱光潜为自己编写的高校文科教材《西方美学史》撰写"初版序论"，探讨美学史的对象、意义和研究方法。其中，他曾谈及美学史研究具有认识与实践的双重意义。此时，他所意识到的"实践意义"是："我们学习美学史，并不是为知识而知识，为理论而理论，而是要借理论知识的帮助，来解决我们自己的文艺实践和审美教育实践方面的问题。"③显然，此时朱光潜对于实践的理解还是在文艺创作、欣赏（即艺术生产）以及审美教育方面。

到了1978年，朱光潜修订该教材时，重写了"序论"，在回溯美学与文艺理论、哲学认识论、自然科学历史关系的基础上，提出"美学已由文

---

① 朱光潜：《生产劳动与人对世界的艺术掌握——马克思主义美学的实践观点》，见《朱光潜全集》，第10卷，197页，合肥，安徽教育出版社，1993。

② 比如，"我所站的立场就比目前一般美学家们前进了一步，不是站在机械唯物主义的基础上，而是站在辩证唯物主义的基础上了"。朱光潜：《论美是客观与主观的统一》，见《朱光潜全集》，第5卷，96页，合肥，安徽教育出版社，1989。"实践观点就是唯物辩证观点。"朱光潜：《生产劳动与人对世界的艺术掌握——马克思主义美学的实践观点》，见《朱光潜全集》，第10卷，213页，合肥，安徽教育出版社，1993。

③ 朱光潜：《初版序论：美学史的对象，意义和研究方法》，见《朱光潜全集》，第6卷，9页，合肥，安徽教育出版社，1990。

艺批评、哲学和自然科学的附庸一跃而成为一门重要的社会科学了。它的任务已不仅在认识世界和解释世界，而更重要的是在改造人和改造世界，从此它的重要性空前提高了"①。结合近现代西方学术的实际发展历程来看，朱光潜的这个判断并不准确，与其说这是对世界美学现状的客观认识，不如说这是朱光潜对时处中国语境下美学责任的自我期待。

进入 20 世纪，西方人文学术的主流无论是现象学、阐释学还是存在主义、结构主义乃至诸般后现代主义，甚至是西方马克思主义，都已经不再是一种实践性的革命理论了。它们更多的是回到了一种"认识世界和解释世界"的理论话语，就算后现代主义、西方马克思主义潮流中的个别思想家还保存有左翼革命思想的痕迹，那也是呈现为一种话语性的革命理论。朱光潜的这个认识，显然来自马克思《关于费尔巴哈的提纲》的启发，这一"改造人和改造世界"的论述则完全是针对中国情境而言的。

一方面，1949 年之后，法学、社会学、政治学等学科被视为资产阶级社会科学的代表，经过 1952 年的高等学校院系调整和专业设置工作，统统被取缔。以社会学为主要代表的这些学科长时间内成为不能碰的"禁区"②。此外，文学学科也因 1949 年以来的历次批判运动（武训案、批判胡适、批判俞平伯、批判文学人性论等）而噤若寒蝉。美学成为唯一能够进行一定限度内自由论争的学术领域，同时也借由马克思主义理论话语而潜在地保存了学术的批判性维度。另一方面，更复杂的在于，1949 年以来的历次运动都是以"改造人和改造世界"为主旨的，但是理论脱离实践，导致了众多历史的悲剧，"改造"也成为一个不甚光彩的名词。这样，在新时期初期，落到美学身上的人文重担就是如何重新介入大众启蒙：既要恢复批判思考，同时还要重新激发人们对理想社会的追求，不至跌入由历史悲剧带来的不信任，防范造成民众的虚无主义倾向。因此，"改造人和世界"的实践话语，成为朱光潜重新拾起的重要武器。

首先，1978 年，朱光潜在修订《西方美学史》时，就已经在思考如何用实践观点来阐释美学中的历史与现实问题③。由于 1977 年年底毛泽东《给陈毅同志谈诗的一封信》的发表，全国掀起了对"形象思维"的热烈讨论。为了应对现实的讨论，朱光潜从实践角度进行了深入而富于新意的思考。他自陈："我对美学的见解近来有些转变，写过一篇长文，题为《形象思维：从认识和实践的角度来看》，以补拙著《西方美学史》的总结

---

① 朱光潜：《再版序论》，见《朱光潜全集》，第 6 卷，22 页，合肥，安徽教育出版社，1990。

② 郑杭生：《中国共产党与中国社会学》，载《社会学研究》，2001 (5)。

③ 这期间，朱光潜在给友人的信中数次提到对《西方美学史》的修订增加了"形象思维：从认识和实践的角度来看"一部分，参见朱光潜：《致蒋路》（1978 年 8 月 9 日）、《致阮延龄》（1978 年 9 月 16 日）、《致阮延龄》（1979 年 1 月 15 日），见《朱光潜全集》，444、445、452 页，第 10 卷，合肥，安徽教育出版社，1993。显然，朱光潜十分在意这一方面探索的意义。

章，年底或在科学院哲学所新办的《美学丛刊》里先发表。"①

这里所谓的"转变"究竟何指呢？在对"形象思维"做了认识论解释之后，朱光潜基于马克思有关生产劳动实践的观点，对形象思维作了实践论层面的意义提升："更值得注意的是形象思维不只是一种认识活动而是一种既改造客观世界从而也改造主体自己的实践活动，意识之外还涉及意志，涉及作者对自己自由运用身体的和精神的力量这种活动的欣赏。也就是在这个意义上，劳动（包括文艺创作）会成为人生第一必需。"② 朱光潜将生产劳动中作为"蓝图"的观念与艺术创作及欣赏过程中的"形象思维"勾连等同起来，从实践的角度看到了形象思维所可能具有的主观能动性及其对主客体双方所起到的改造作用。由此，朱光潜大大扩展了形象思维作为一个近代美学命题所可能涵盖的理论范围。形象思维不仅仅是艺术认识论的要素，更是劳动过程中的一种实践活动，它暗含着朱光潜所追求的"改造人和改造世界"的重要性潜能。

其次，他在 1979 年出版的《谈美书简》中着重谈及马克思主义实践观点的意义。他提醒人们注意《关于费尔巴哈的提纲》（简称"《提纲》"）的意义："这份《提纲》是马克思主义哲学的核心。"③《提纲》促使朱光潜认识到人在改造客观世界中既体现了自己，也改造了自己。劳动生产实践带来的是一个物中有人、人中有物的结果。此时，朱光潜所认识到的"实践"是：

> 实践是具有社会性的人凭借着他的"本质力量"或功能对改造自然和社会所采取的行动，主要见于劳动生产和社会革命斗争。应用到美学里来说，文艺也是一种劳动生产，既是一种精神劳动，也并不脱离体力劳动；既能动地反映自然和社会，也对自然和社会起改造和推进作用。作为一种意识形态，文艺归根到底要受经济基础的决定作用，反过来又对经济基础和政法的上层建筑发生反作用。人与自然（包括社会）决不是两个互不相干的对立面，而是不断地互相斗争又互相推进的。因此，人之中有自然的影响，自然也体现着人的本质力量，这就是"人化的自然"和"人的对象化"，也就是主客观统一的基本观点。④

① 朱光潜：《致阮延龄》（1978 年 9 月 16 日），见《朱光潜全集》，第 10 卷，445 页，合肥，安徽教育出版社，1993。此处所提《美学丛刊》，即李泽厚主编，由上海文艺出版社出版的《美学》刊物，俗称"大《美学》"。朱光潜该文发表于《美学》第 1 期，1～11 页，上海，上海文艺出版社，1979。

② 朱光潜：《西方美学史》，见《朱光潜全集》，第 7 卷，357 页，合肥，安徽教育出版社，1991。

③ 朱光潜：《谈美书简》，见《朱光潜全集》，第 5 卷，249 页，合肥，安徽教育出版社，1989。

④ 朱光潜：《谈美书简》，见《朱光潜全集》，第 5 卷，257 页，合肥，安徽教育出版社，1989。

可以看出，朱光潜的实践美学已经涵括了精神生产、意识形态、哲学认识论三大块的主要观点：作为精神生产，文艺与美学也是一种劳动生产；作为意识形态，文艺与美学也对经济基础与上层建筑起反作用；作为哲学认识论，文艺与美学体现为人与自然（社会）之间的相互作用。在此，朱光潜利用实践概念将自己 1949 年以后的美学思想进行了整合。

最后，朱光潜并未停留在复述自己 1949 年以来美学思想的基础上，而是更进一步，在马克思有关实践观点的论述中，返回对自己前期美学思想的重新认识。比如，马克思在《1844 年经济学哲学手稿》中说过"人是用全面的方式，因而是作为整体的人，来掌握他的全面本质"。朱光潜利用这一点，重新提及"'人的整体'观点也是文艺方面的一条基本规律"，并注意到马克思对"全面本质"的界定不但包括了"视、听、嗅、味、触"的"五官"，还包括了"情感、意志"，因此作为"掌握全面本质的"劳动，不光是肉体上的生产劳动，同时也还有精神上的艺术和审美活动①。这样，他就将实践观点与"人的整体"关联起来，而"人的整体"则与他早期思想中的"人生有机体"② 思想形成呼应。又比如，他由"文艺起源于劳动"想起从前的"文艺起源于游戏"，通过对马克思主义的新的思考，不仅认识到"必然要透过偶然而起作用"，因此"偶然机缘在文艺中突出地表现于游戏"，更认识到"劳动与游戏的对立是资本主义社会中劳动异化的结果，消除了劳动异化，进入共产主义时代，一切人的本质活动都会变成自由的、无拘无碍的，劳动与游戏的对立就不复存在"③。这里，朱光潜借由马克思关于劳动实践与"异化/自由"的关系，重新肯定了"游戏说"的合理性。

"生产实践"在朱光潜晚期思想中熔铸成为一个基于历史唯物主义意识，却又富于理想意味的中心概念，这种兼顾现实性与理想性的双重特征鲜明体现为他对"艺术生产"的执着坚守。正如伯尔基所指出：

> 其中一个能观测到这种紧密汇合和互相渗透的特别领域是"生产"。在马克思主义学说当中，人类生产或劳动几乎被看作是"神圣的"行为，即人类尊贵的标志，它是把人从动物中区别出来的关键特性，是一种"创造"行动。同时，生产也展现为世俗的"自然"活动，即人类生活必需的、平常的一面，个人完全投

---

① 朱光潜：《谈美书简》，见《朱光潜全集》，第 5 卷，265～266 页，合肥，安徽教育出版社，1989。

② 关于朱光潜的"人生有机体"思想，参见朱光潜：《文艺心理学》，见《朱光潜全集》，第 1 卷，315、360～361 页，合肥，安徽教育出版社，1987。

③ 朱光潜：《谈美书简》，见《朱光潜全集》，第 5 卷，344 页，合肥，安徽教育出版社，1989。

身其中，由此才能够现实地获得并消费他们所必需的、所想要的东西，从而获得幸福。①

由此而言，1978 年后的朱光潜重提实践观点，在整合散点思考的同时，有了新的推进：以"改造人和改造世界"为核心，以"艺术生产"为重点，既强调了美学对社会的承担意识与参与意识，也隐现了恢复美学批判意识与理想维度的努力。

3. 李泽厚实践美学观：工具中心与物质生产

与朱光潜相比，李泽厚的实践观点有着相当不同的指向。1956 年美学大讨论，李泽厚针对朱光潜前期美学中的"孤立绝缘的形相""形象的直觉"，指出美感兼具个人心理的主观直觉性质和社会生活的客观功利性质。在对美感的社会性质作探讨时，李泽厚首次援引了马克思《1844 年经济学哲学手稿》的论述："五官的感觉的形成乃是整个世界历史的产物。作为粗糙的实际的要求的俘虏的感觉，只是有着一种被局限了的意义……"②

李泽厚注意到，人与动物对感觉的区分建立在生活实践的基础之上。一方面，人的感官固然有着生物性的功能，但这引起的只是简单的快感。"作为粗糙的实际的要求的俘虏的感觉"，所带来的仅仅是一种非常有限的意义。而另一方面，人的感官却有着社会性的意义，它所引起的则是美感："最美的音乐。"在李泽厚看来，人是生物性与社会性的统一，人的五官也是如此，而究其缘由，人类五官感觉是在社会生活的实践进程中逐渐发展起来的，实践造就了"生理器官"向"文化器官"的进化。③ 同样，在对美的客观性进行论述时，李泽厚再次援引了《1844 年经济学哲学手稿》的一段论述：

> 在社会中，对于人来说，既然对象的现实处处都是人的本质力量的现实，都是人的现实，也就是说，都是人自己的本质力量的现实，那么对于人来说，一切对象都是他本身的对象化，都是确定和实现他的个性的对象，也就是他的对象，也就是他本身的对象。④

李泽厚要说明的是，美是作为一种人类社会生活的产物而存在的，而不是作为一种自然现象或属性存在的。首先，他强调，这里的"人"不是

---

①　[英] 伯尔基：《马克思主义的起源》，伍庆等译，31 页，上海，华东师范大学出版社，2007。

②　李泽厚：《论美感、美和艺术——兼论朱光潜的唯心主义美学思想》，见文艺报编辑部编：《美学问题讨论集》，第 2 集，217 页，北京，作家出版社，1957。

③　李泽厚：《论美感、美和艺术——兼论朱光潜的唯心主义美学思想》，见文艺报编辑部编：《美学问题讨论集》，第 2 集，217 页，北京，作家出版社，1957。

④　李泽厚：《论美感、美和艺术——兼论朱光潜的唯心主义美学思想》，见文艺报编辑部编：《美学问题讨论集》，第 2 集，232 页，北京，作家出版社，1957。

指"一种任意的主观情感"，而是指"有着一定历史规定性的客观的人类实践"。其次，他提出用"人化的自然"这一命题来解释自然美，自然对象只有成为"人化的自然"、只有"客观地揭开了人的本质的丰富性"之时，才能成为美的。"自然本身并不是美，美的自然是社会化的结果，也就是人的本质力量对象化的结果。"进而，他区分了美的社会性与美感的社会性，美的社会性是客观存在的，属于社会存在的范畴，美感的社会性则属于社会意识的范畴，美感的社会性以美的社会性为现实基础。值得注意的是，李泽厚在 1980 年整理旧作时，特意强调这是"就美感与美的归根结底的关系来立论的"，他认为："说美感反映美，决不是说镜子照人式的直接映像，而是从整个人类历史角度来说，不是从个人心理角度来说的，否则就是机械唯物论了。"① 可见实践美学从一开始就承担了一种历史哲学的使命，而非仅仅是在认识论哲学或者艺术哲学范围中来进行思考的。

在对美的本质下定义的时候，李泽厚针对车尔尼雪夫斯基的"美是生活"的命题，指出这个命题基本上仍是一个抽象、空洞、非社会历史的概念，而他要用历史唯物主义理论灌注其中，使其具体化、科学化。早期的李泽厚一贯认为，所谓的社会生活，依据马克思主义理解，是指"生产斗争和阶级斗争的社会实践"②，这是他最初明确地界定自己对社会生活的理解。更值得注意的是，在 1980 年为收录这篇文章的文集作校订的时候，在此处他作了一个补注："还有科学实验。正如阶级斗争的社会实践比生产斗争出现要晚得多一样，科学实验作为社会实践是近现代的事情，不过它的前途却极为远大。"③ 如果说，1956 年李泽厚对实践的理解还局限于经济建设与政治斗争的话，那么 1978 年后他更加关注科学探索的作用，这其实也就是从一种着意批判的实践观点转向一种偏重建设的实践观点。显然，李泽厚将实践的外延按照历时重点排了个顺序：生产斗争——阶级斗争——科学实验。这个排列只是侧重于历时顺序来看，固然每一时代都会有这三个方面的实践活动，但是在李泽厚的论述中，这三个方面出现的先后显然与过去、现在和未来的指向大致匹配。实践的这个历时阐释模式，背后隐含的是李泽厚对由科学实验代表的先进生产方式推动人类生活的巨大期望，同时也是对过往以阶级斗争为纲的教条主义的一种潜在摒弃。从实践概念的外延扩展中，我们看到了美学家对历史认同进行的呼应

---

① 李泽厚：《美学论集》，82 页之［补注］，上海，上海文艺出版社，1980。

② 李泽厚：《论美感、美和艺术——兼论朱光潜的唯心主义美学思想》，《美的客观性和社会性——评朱光潜、蔡仪的美学观》，《〈新美学〉的根本问题在哪里？》，见《美学论集》，30、59、124 页，上海，上海文艺出版社，1980。他的另外一种表述是"它是包括生产斗争和阶级斗争在内的人类蓬蓬勃勃不断发展的革命实践"。

③ 李泽厚：《美学论集》，30 页之［补注］，上海，上海文艺出版社，1980。

时代的重塑。

如果说这些还只是从社会性角度来论述实践观点的萌芽的话，那么李泽厚的"实践"论述的成形则是在与朱光潜、高尔泰及蔡仪多方面的论争中逐渐达致的。

在以自然美为对象说明美的社会性的过程中，李泽厚提出了"人化的自然"："通过人类实践来改造自然，使自然在客观上人化、社会化，从而具有美的性质。"① 这就凸显出了李泽厚与朱光潜乃至高尔泰对同一命题的不同理解。在朱光潜那里，"人化的自然"也是作为实践观点而出现的，但是他所认为的实践，是一种主客观的统一："自然'人化'了……是由于人显示了他的'本质力量'"，"……这个'本质力量'……代表了人在一定历史阶段的文化水平。"李泽厚认为，这里的"自然的人化"，实际上说的还是具有"一定文化水平"的人去"看"自然的结果，朱光潜的意思还较为隐晦，而高尔泰则要明朗得多："人一面认识自然，一面评价自然，在这评价中创造了美的观念。所以美的本质就是人化的自然。"② 朱光潜将这一命题落实为"美是主客观统一"的实践观，而高尔泰则将它诠释为"美是评价"。李泽厚的"人化的自然"，则与二者迥然不同，他落实于人类实践，这实践不是指的主客观统一的认识论范畴，而是指人改造自然、改造社会的活动。这里，李泽厚从实践活动出发的美学观与从认识论模式出发的美学观得以区分。

而在对蔡仪的《新美学》的批评中，李泽厚的实践观则与机械唯物主义的观点区分开来。他认为蔡仪美学的根本缺陷，"是缺乏人类社会生活实践内容的静观的对象"。李泽厚主张马克思主义认识论的基本出发点应该是"生活—实践"。蔡仪和朱光潜一样，都只把人当作鉴赏者、认识者而存在，只不过朱光潜的美依存于人的意识、主观鉴赏一方，而蔡仪的美则依存于客观对象一方。李泽厚则主张："一切的美（包括自然美）都必需依赖于作为实践者的'人'亦即社会生活实践才能存在。"③ 在此，李泽厚由美学社会性的论述明显过渡到了美学实践性的表述。他援引马克思《关于费尔巴哈的提纲》，指出朱光潜美学是发展了人的能动意识的唯心主义，而蔡仪美学则是不能理解感性活动、实践和主观意义所在的旧唯物主义。无论是旧唯物主义，还是唯心主义，都是一种反映论的认识论，基于此，李泽厚则以实践论与两种反映论的认识论相区分。

到 1962 年，李泽厚明确提出了对实践活动的界定："人类的实践活

---

① 李泽厚：《关于当前美学问题的争论——试再论美的客观性和社会性》，见《美学论集》，93页，上海，上海文艺出版社，1980。

② 朱、高二人引文，转引自李泽厚：《美学论集》，93页，上海，上海文艺出版社，1980。

③ 李泽厚：《〈新美学〉的根本问题在哪里？》，见《美学论集》，122页，上海，上海文艺出版社，1980。此文收入该文集前未曾公开发表过。

动，主要的和基本的是指人类的生产实践。"以此为基点，他区分了艺术实践与生产实践。李泽厚认为，表面上来看，艺术实践和生产实践都在进行感性创造活动，似乎没有区别，但是关键问题在于：

> 从整个社会来说，……生产实践才真正起着改造客观世界的能动作用，艺术实践却只是通过它所创造的作品能动地作用于人的主观世界（思想、意识）。而这，对整个社会来说，只是解决认识的问题，它在本质上只是一种反映，与审美观赏这种意识活动在本质上是共同的，应同属于社会意识范畴。它的最终目的仍在反作用于生产实践，推动这种基本实践的发展，所以，正如实践是认识（意识）的前提，又是认识（意识）的归宿一样，就整个社会来说，生产实践是艺术实践的前提，又是艺术实践的归宿。①

李泽厚将实践活动明确界定为生产实践，而将艺术实践划归为社会意识的范畴，这样就与朱光潜的艺术实践论美学区别开来。李泽厚的用意在于凸显"人类历史"的维度，他强调在人类历史中物质生产实践所起的根本性作用。相较而言，艺术实践活动仅仅是人类整体物质生产实践过程里的一个组成部分。作为孤立部分来看，它的确只是"反映""观赏"，但是将它置入整个人类历史活动中来看，无论是"认识反映"还是"审美观赏"，均呈现出与生产实践更为紧密的意义来。因为艺术实践既来源于生产实践，又反作用于生产实践：一方面，艺术实践从自身过程来看，固然"本质上只是一种反映"；但是另一方面，艺术实践从与生产实践的关系而言，又仅仅只是被生产实践最终决定的，生产实践既是其前提、又是其归宿。因此，在人类整体历史的视野下，李泽厚将美学研究中的艺术实践与生产实践细分开来，确认了生产实践的最终意义，而不再是陷于局部视野中简单认识论的主客体反映论圈套。由此，美学意识才切切实实从艺术实践中凸现出生产实践、从精神运动落实到物质大地之上。

1976 年后，随着对康德思想的重新重视，一方面，李泽厚回到康德思想中去重新唤醒民众的主体意识与共通意识；但另一方面，他在思索如何为这一具有普遍性的先验主体意识找到一个更为坚实的经验基础。仅仅是主体性哲学的弘扬，不能满足李泽厚具有历史承担意识的美学研究，因为如果只是回到先验主体性，那么哲学唤醒的只是精神世界，而深怀历史哲学感觉的中国当代美学，"不只是要解释世界，更重要的是改造世界"。这一改造的诉求，在朱光潜那里体现为精神生产、意识形态与哲学认识论的整合，而在李泽厚这里则体现为对实践意识更深入的强调。

---

① 李泽厚：《美学三题议》，见《美学论集》，158～159 页，上海，上海文艺出版社，1980。

针对康德的批判哲学，李泽厚提出，只有理解实践的普遍性才能正确理解"先天综合判断"（即理性的普遍性），也只有实践的普遍性才能为感性的普遍性奠基。无论是感性普遍性，还是理性普遍性，只有经由实践的视角，才能成为"历史具体的现实的普遍性"①。按照李泽厚的看法，世界上没有绝对的普遍必然，那些所谓的"普遍必然"，在根本上是由一定历史时期内达到了一定水平的人类社会实践所决定的。而所谓的社会实践，"首先和基本的便是以使用工具和制造工具为核心和标志的社会生产劳动"②。进一步而言，这种对社会实践的界定，是与李泽厚对人的本质界定密切相关的：

> 人的存在不只是自然生物的感性存在，也不是费尔巴哈那种"人与人的交往"式的抽象的感性关系。人的本质是历史具体的一定社会实践的产物，它首先是使用工具、制造工具的劳动活动的产物。这是人不同于物（动物自然存在）、人的实践不同于动物的活动的关键所在。③

不难看出，李泽厚对实践的界定基于对人的界定，而他对人的界定又基于人与动物的区分。人是自然感性的存在，人更是使用与制造工具的劳动的存在。实践内在地包含了工具、劳动两个要素。在初版中，李泽厚反对旧唯物主义和唯心主义将感觉经验当作研究人的起点，认为"人的感觉知觉的形成发展是社会实践的历史产物"，"不应从感觉（心理学）而应从实践（人类学）出发来研究人的认识，心理学应建立在人类学的基础上"④。到了修订版中，李泽厚增加了辨析的范围，在旧唯物主义和主观唯心主义之外，他看到了 20 世纪以来西方分析哲学提出的挑战，即从语言出发来理解人的思路。李泽厚仍然坚持实践观点的首要性，认为"人类的最终实在、本体、事实是人类物质生产的社会实践活动。在这基石上才生长起符号生产"⑤。因而，无论是语言学，还是心理学，它们都必须建立在人类学（社会实践的历史总体）的基础之上。语言的动物，感觉的动物，最终都是劳动实践的动物。至此，李泽厚在肯定了康德先验论对人类普遍性所起强调作用的前提下，将这种普遍性主体从形而上学层面回置到社会实践之中，这就构成了他的"主体性实践哲学"，也称"人类学本体论"：

> 本书所讲的"人类的""人类学""人类学本体论"，就完全

---

① 李泽厚：《批判哲学的批判》，73 页，北京，人民出版社，1979。
② 李泽厚：《批判哲学的批判》，75 页，北京，人民出版社，1979。
③ 李泽厚：《批判哲学的批判》，73 页，北京，人民出版社，1979。
④ 李泽厚：《批判哲学的批判》，73 页，北京，人民出版社，1979。
⑤ 李泽厚：《批判哲学的批判》，76 页，北京，人民出版社，1984。

不是西方的哲学人类学之类的那种离开具体的历史社会的或生物学的含义，恰恰相反，这里强调的正是作为社会实践的历史总体的人类发展的具体行程。它是超生物族类的社会存在。所谓"主体性"，也是这个意思。人类主体性既展现为物质现实的社会实践活动（物质生产活动是核心），这是主体性的客观方面即工艺—社会结构亦即社会存在方面，基础的方面。同时主体性也包括社会意识亦即文化心理结构的主观方面。从而这里讲的主体性心理结构也主要不是个体主观的意识、情感、欲望等，而恰恰首先是指作为人类集体的历史成果的精神文化：智力结构、伦理意识、审美享受。研究康德哲学正是应该把康德说成是先验形式的认识范畴、纯粹直观、绝对命令、审美共通感等还它们以本来面目，即给予它们以社会历史的具体根源及其具体发展的科学过程，这就正是研究人类学本体论和主体性问题的一个（也只是一个）重要方面。①

如果说，1966 年前李泽厚强调作为社会生活的实践活动，还有着车尔尼雪夫斯基"美是生活"观念的些许痕迹，那么，相比之下，1978 年后李泽厚的人类学本体论思路则已自觉地从人类发展史的角度来思考实践观点了。其实，在 1964 年，李泽厚就关注到了人类学，他曾以使用工具活动为核心阐述过人类的起源：

　　　　总之，偶发的、个别的、短期的使用工具，不可能诞生自由的双手；偶然的、自发的、个体的制造工具，也不可能诞生真正的人。制造工具需要有使用天然工具的活动作为客观方面的基础和萌芽形态的原始语言和目的意识作为主观方面的前提。它经历了一个由物质（使用工具的本能性的劳动实践）到精神（原始语言、意识）再到物质（制造工具）的过程。②

使用工具是形成原始语言与目的意识的物质基础，而原始语言与目的意识的形成又促成了工具制造的出现。工具的使用与制造同语言、意识的形成之间具有一种互动的作用。这一观点恰恰构成了将人类主体性划分为工艺社会结构与文化心理结构的人类学来源。同样，从人类学视角所看到偶发的、个体的工具使用与制造"不可能诞生真正的人"，也就为"作为人类集体的历史成果的精神文化"的主体性心理定位做好了理论铺垫。工具的普遍使用与制造，铸就了人类文化心理的形成与发展："人类的心理

　　① 李泽厚：《批判哲学的批判》，94 页，北京，人民出版社，1984。
　　② 李泽厚：《试论人类起源（提纲）》，见《李泽厚哲学美学文选》，184 页，长沙，湖南人民出版社，1985。

特征的原始根源在于使用工具、制造工具的劳动活动，并且是通过一系列极为复杂和重要的巫术、礼仪等社会意识形态的活动，在群体中固定、巩固起来，最终才转化为心理—逻辑的形式、功能和特点的。"①

针对人类心理—逻辑的独有特征，李泽厚在对康德认识论诸如时间、空间、范畴等的讨论均做出了实践论的批判。这些批判都是对作为主体的人的再认过程。如果说，回到康德，带来的是社会主体性与个体主体性、理性主体性与感性主体性的重新融合，那么，回到马克思则促使这一主体意识的回归得以从先验高空向现实大地进行软着陆。中国当代美学思想的这一双重返回的运动，实际上是重走了一遍德国古典哲学的主体探寻之路。

正如李泽厚所认识到的，德国古典哲学唯心主义将人等同于神，康德和黑格尔将自我意识分别视为认识世界或改造世界的原始动力，极大地弘扬了人的价值和地位。但是，这样一种弘扬只是一种抽象的弘扬，因为在康德和黑格尔那里，人只是一种先验主体或是绝对精神的承载者，而非历史具体的现实的人②。显然，这样一种对人的先验界定或辩证界定，只是维护了一种空洞的普遍内在性。李泽厚首先看重的就是康德思想中的这种普遍性意义，而回到马克思，以及借由实践观点的目的，就是将这种普遍性主体意识回置到一个更为扎实的经验基础中来，这就是人类的劳动生产实践。一方面，要恢复"人同此心、心同此理"的普遍主体意识与共通意识；另一方面，这种意识不能是虚无飘渺地悬浮于不可捉摸的先验结构上空，而是要从现实大地中来探索它得以持续生存发展下去的切实根源。这样，李泽厚就找到了以使用、制造工具为核心的人类生产劳动，而这也正是马克思对德国唯心主义以及费尔巴哈式唯物主义进行双重批判所采用的武器。并且，也只有依靠生产工具武装起来的人类主体才能真正地完成改造人和改造世界的任务。

值得注意的是，到了1984年《批判哲学的批判》修订版中，李泽厚将他的实践概念进一步与其他一些西方哲学流派的实践命题区别开来。

(1) 与西方马克思主义相区别。李泽厚认为，"西方马克思主义"强调总体性，强调对现代资本社会的全面批判和否定，但是"他们大都喜用praxis（实践）一词，以包罗人们的一切活动，从而就与历史唯物主义对立起来"。③ 李泽厚坚持以使用和制造工具来界定实践的基本含义，以统一实践哲学和历史唯物主义。这里他所看重的是社会历史结构中经济基础对上层建筑、意识形态的决定作用，如果脱离了物质生产实践，历史唯物主

① 李泽厚：《批判哲学的批判》，170～171页，北京，人民出版社，1979。

② 李泽厚：《批判哲学的批判》，189～190页，北京，人民出版社，1979。

③ 李泽厚：《批判哲学的批判》，362页，北京，人民出版社，1984。

义就会沦为主观意志论。中国的"大跃进"和"文化大革命"正是这种错误的结果。因此，他指出，西方马克思主义及其实践学派的所谓"总体"概念"实际是一种主观、个人、文化、心理性质的东西，抹杀了'总体'的客观进程含义"①。所以，"是 practice 而不是 Praxis，才是马克思主义哲学的基本范畴，而实践哲学与历史唯物主义的统一，也正是建立在这个 practice 之上"②。

（2）与实用主义相区别。李泽厚认为，虽然实用主义大讲工具、实践、操作，主张认识是主体与境遇的相互关系，但是问题在于，实用主义的实践并非历史具体的人类社会实践，而是适应于环境的生物性活动。并且，实用主义的工具并非指用于物质性劳动操作的工具，而是包罗万象，甚至把理知、思维都包括在内。它把物质工具与思维工具、实践活动与符号活动混为一谈，没有真正认识到人类使用和创造物质工具的历史性意义，也没有真正把握人的现实感性活动的本质所在③。

值得注意的是，对于李泽厚的"实践"范畴，朱立元提出了不同的看法。朱立元认为，李泽厚把实践等同于物质生产，把这种实践范畴又等同于马克思主义，这样做过于简单化了④。朱立元重新细致考察梳理了西方传统思想中的实践观，为人们更全面、更完整地理解马克思主义的实践理论渊源做出了很大的贡献。朱立元指出，马克思的实践概念包括非常广泛的内涵和多样的表现形态："它不单指物质生产劳动，也指变革社会、政治、道德制度的革命实践，还指感性个体的生存活动，即广大的人生实践。"⑤ 他认为，必须超越于物质生产劳动的狭隘实践观念，在"物质生产、革命实践和个体生存实践的总体关联中"去重新奠定审美活动的根基。其实，如本书前文所述，李泽厚的"实践"范畴其实本身就经过了一个历史的发展过程，从 1956 年对"生产斗争"和"阶级斗争"的关注，到 1978 年增加的"科学实验"关注，无不表明李泽厚并没有将"实践"范畴局限于物质生产领域。他之所以在 1978 年后特别强调"物质生产"及"工具中心"，并不是否认实践的多样性，而恰恰是为了赋予"实践"以历史哲学（所谓"改造社会"）的动能。李泽厚的问题意识并不仅仅拘泥于美学范围之内，而是从美学出发走向一种历史哲学的自觉承担。朱立元对"实践"的看法本身的确有益于我们更清晰地认识实践美学的可能性与多样性，但是要准确理解李泽厚本人的思想，或许还应该回到他的文本和思想的历史中去更为妥帖。无论是李泽厚，还是朱光潜，他们的美学需

---

① 李泽厚：《批判哲学的批判》，237 页，北京，人民出版社，1984。
② 李泽厚：《批判哲学的批判》，363 页，北京，人民出版社，1984。
③ 李泽厚：《批判哲学的批判》，91～92 页，北京，人民出版社，1984。
④ 朱立元：《走向实践存在论美学》，104 页，苏州，苏州大学出版社，2008。
⑤ 朱立元：《走向实践存在论美学》，124 页，苏州，苏州大学出版社，2008。

要回置到思想史的基本视野中来重新认识。他们讲述的或许并不是关于美学的某种绝对真理，因为他们致力的是更广义范围内的中国文化主体性的思考。

　　总而言之，李泽厚的实践哲学美学是建立在马克思历史唯物主义基础之上的，如他强调："我以为，马克思的实践哲学也就是历史唯物主义。因之，应当明确在形态极为繁多的人类实践活动中，何者是属于基础的即具有根本意义的方面，我以为这就是历史唯物主义强调的经济基础，而其中又是以生产力为根本的。生产力——这不就正是人们使用工具制造工具以进行物质生产的实践活动么？正是由于这种活动，才有人类的发生和发展。这是第一性的、根本的方面。"①

三、人道意识：马克思的理想性维度

1. 人道与人文：主潮隐现的双重旨趣

　　通过实践意识的开掘，新时期初的中国美学将马克思主义的现实性精神灌注为主体性的立身根基，但是中国美学意识并没有仅仅停留在这一现实性经验向度的努力中，而是试图将超验的理想性精神呼唤回来，给予立地之人以顶天之志。不过这一志向不再是阶级志向，而成了人性人道的旨趣。这一向度任务的展开，就呈现为新时期初中国美学对人性人道意识的辩护与阐扬。

　　新时期初中国美学人道意识的恢复，确实来之不易。自 1957 年始，理论界展开了对资产阶级人道主义的批判，到 1960 年和 1963 年左右达到高潮。1957 年，巴人的《论人情》，王淑明的《论人情与人性》，钱谷融的《论"文学是人学"》三篇文章发表，成为文艺领域批判人道主义、人性论的导火索。1963 年到 1965 年间，商务印书馆编辑部整理出版了《人道主义、人性论研究资料》，作为内部读物的这套资料共五册，搜罗了古今西方各个流派或阵营对人道主义与人性论的著述，目的在于展开"同资产阶级和现代修正主义意识形态的斗争"②。与此同时，中国科学院哲学社会科学部学术资料研究室也编辑了一批世界各国关于人道主义言论的资料③。1966—1976 年间，这一类资料汇编中最有代表性的两本，一本是周辅成编的《从文艺复兴到十九世纪资产阶级哲学家政治思想家有关人道主义人性

---

　　① 李泽厚：《批判哲学的批判》，199～200 页，北京，人民出版社，1984。

　　② 《〈人道主义、人性论研究资料〉出版说明》，见《人道主义、人性论研究资料》第四辑，i 页，北京，商务印书馆，1964。

　　③ 它们包括《德意志民主共和国哲学界有关人道主义的言论》《波兰哲学界有关人道主义的言论》《关于国际人道主义和伦理学联合会的资料》《南斯拉夫现代修正主义有关人道主义的言论》《社会党关于人道主义的言论》《法共有关人道主义的言论》等数种。

论言论先辑》（商务印书馆，1966 年），还有一本是挂名北京大学西语系资料（实际由朱光潜编选）组编的《从文艺复兴到十九世纪资产阶级文学家艺术家有关人道主义人性论言论选辑》（商务印书馆，1971）。按照激进思潮的看法，马克思主义中不存在人道主义，只有资产阶级才讲人道主义，人道主义等同于历史唯心主义，人道主义与阶级斗争的观点针锋相对、不可调和，宣扬人道主义就是宣扬阶级调和论与阶级投降论。

从历史上来看，1978 年以前对人性论、人道主义的批判，其缘由主要在于：1956 年苏共十二大清算斯大林问题，部分共产主义阵营的学者开始利用"异化"等范畴来分析社会主义内部存在的问题，批判教条主义造成对人的漠视与压抑，而西方一些学者更是针对 1932 年才得以公开发表的《1844 年经济学哲学手稿》，宣称发现了"真正的马克思主义"，即人道主义的马克思主义。本来，新材料的发现带来对自身问题的反思极为自然，但是在"冷战"格局的僵化时期，加上 1960 年以后中苏关系的交恶，中国逐渐走上了既反对美国帝国主义、又反对苏联修正主义的道路，国际形势使得中国的意识形态政策逐渐封闭而趋于极端。因此，且不说西方资本主义国家对青年马克思《1844 年经济学哲学手稿》的诠释被视为险恶阴谋，就是社会主义阵营中对"异化"、人道主义等问题的讨论，也都一概斥之为修正主义的阶级调和论。因此，只有清理完人道主义、人性论，才能保证阶级论一枝独秀。更甚者是，"在无产阶级专政下继续革命"的意识形态理论基础才能得以奠定。这样来看，理解人性论、人道主义遭受数十年批判的根本，本质上就不是一个文艺问题、也不是一个学术问题，而是一个政治问题：人性人道有碍于阶级意识的形成，从而导致革命意志的丧失，这才是问题所在。

1979 年，朱光潜率先喊出了"解放思想、冲破禁区"的口号，呼吁冲破 20 世纪六七十年代意识形态所设置的人性论、人道主义、人情味、共同美乃至"三突出"等文艺禁区[①]，新时期初学术界对人性、人道主义的讨论得以轰轰烈烈展开。美学家们如朱光潜、李泽厚、高尔泰等分别都以各自的视角与关怀切入这个人道人性的问题，做出了自己的思考与回答。我们的问题是，新时期初对人道意识的回归，固然借助于马克思主义的东风，呈现出的是马克思主义理想性的一面，但是这个理想性内在的根本问题意识是什么呢？难道仅仅是对僵化教条主义的批判？难道只是用一种时来运转的意识形态代替了另一种时过境迁的意识形态？难道只是简单地将历史评价翻烙饼？恐怕问题要复杂的多，因为新时期对人性、人道讨论的本身就有着许多说不清道不明的纠葛，如果仅仅只从一种解放思想的笼统指向上来理解它，可能会对诸多微妙的理论差异及其现实关怀丧失把握。

---

① 朱光潜：《关于人性、人道主义、人情味和共同美问题》，载《文艺研究》，1979（3）。

依此，在进入对这段思想史的分析之前，我们需要对人道主义这个命题本身先进行一个简单的梳理与辨析，对它的内在复杂性有一个清晰的认识。

所谓的人性论、人道主义，并非同一个意思。按照西方马克思主义理论家雷蒙德·威廉斯的研究，Humanity 这个词含有人性、人道、人情多重含义。

（1）Humanity 首先出现在 14 世纪末，在中世纪时，它的意义等于"彬彬有礼"（courtesy、politeness）。15 世纪末以来，它有一种重要的用法，即区分 Humanity（人性）与 divinity（神性）的不同。这源于中世纪，那时人们将有限的人性（humanity）与绝对的神性（divinity）形成对比，用以取代之前较古老的另一种对比：人类与动物或野蛮人。

（2）18 世纪后，humanity 开始指涉"人的一般特点或属性，取其最抽象的意涵"，这也就是我们现在通常意义上所谓的"人性"。

（3）同时，以往的彬彬有礼、亲切仁慈的含意仍然保留，还衍生出一种新的含意，即指涉"一种特殊的学问"，后来在学术用法中，它逐渐等同于我们现在所谓的古典著作（classics）。而这一含意的直接反映，就成为了 humanism（人文主义）。16 世纪以来，humanism（人文主义）就有着双重含义，它同时指涉古典学问和有学问的人，另外，它更广义的用法是解释人类的自我发展（self-development）与自我完善（self-perfection）。这种广义的用法，"将 humanism 视为一种特别的知识学问——可以让我们联想到有关文化、人的发展或人的完美等特别观念"。

（4）Humanitarian（基督凡人论的；人道主义的），最早出现在 19 世纪初有关宗教的论争中，用以描述耶稣基督是人而不是神的身份。它到 19 世纪中叶起词义就变得明确了：对于人类"幸福、福祉"的充分考量与具体实践。[①]

很明显，在威廉斯的梳理中，humanity、humanism、humanitarian 分别指称了人性、人文主义、人道主义。无论从历史来看，还是从现实来看，三者的含义具有微妙的差异。就现代社会中的使用而言，humanity 具有普遍抽象的一般人性的意义，humanism 主要指注重文化修养、完善自我的人文主义，而 humanitarian 则更多地指对人类普世性价值和幸福进行关怀的人道主义。三者均立足于人，却又指向不同的目的。这其中，一个最为重要却又往往为人们所忽视的理论要点，就是人道主义与人文主义的分殊。在此，雷蒙德的历史语义学已经给人们初步提出了这一问题，而美国新人文主义者白璧德的详细阐述则给予了我们以更为清晰的把握。

对于"什么是人文主义"这个问题，白璧德首先认为对概念的界定是

---

① ［英］雷蒙德·威廉斯：《关键词：文化与社会的词汇》，刘建基译，208～213 页，北京，生活·读书·新知三联书店，2005。

最重要的事，"如果我们想讨论人文主义（humanism），却对人文主义这个词不加解释，那就会引起无穷无尽的误解"①。因此，"我们不仅需要对人文主义进行有效的定义，也需要对与人文主义一词相关或容易混同的词语——人文的（humane）、人文主义的（humanistic）、人道主义的（humanitarian）和人道主义（humanitarianism）——进行定义"②。对于二者，白璧德做出了如下界定：

> 一个人如果对全人类富有同情心、对全世界未来的进步充满信心，也亟欲为未来的进步这一伟大事业贡献力量，那么他就不应被称作人文主义者，而应被称作人道主义者，同时他所信奉的即是人道主义。
>
> 相对于人道主义者而言，人文主义者感兴趣的是个体的完善，而不是全人类都得到提高那种伟大蓝图；虽然人文主义者在很大程度上考虑到了同情，但他坚持同情必须用判断来加以制约和调节。③

白璧德的界定突出了人道主义和人文主义分别对"同情"与"完善"两个观念的侧重。人道主义重视人类群体的同情心，这也就是威廉斯所说的对人类的幸福和福祉的关注，而人文主义则偏重于个体自身的选择、提升与完善，这也就是威廉斯所说的自我发展（self-development）与自我完善（self-perfection）。换言之，人道主义注重的是群体的自我保存，而人文主义注重的是个体的自我表现。依此，在对人性（humanity）这一抽象普遍的概念肯定的前提下，其实存在着两种不同的意义与价值倾向：一种是人道主义（humanitarian），一种是人文主义（humanism）。结合前述历史语义学考证，其实这两种指向有着颇为不同的来源。

人道主义根源于基督教义，最开始是将基督耶稣描述成凡人，而后转变成为全人类谋福祉。这里面实际上就包含了多重意义：1. 区分人道与神道，抬高人在宗教结构中的地位；2. 由"上帝面前人人平等"到"在法律面前人人平等"的现代民主平等理念，内有一条隐蔽的思想线索相连；3. 基督教的末世救赎论乃至犹太教的无条件正义精神，沉潜于现代的为全人类谋福祉的人道精神深处④。

---

① ［美］白璧德：《文学与美国的大学》，张沛、张源译，4 页，北京，北京大学出版社，2004。
② ［美］白璧德：《文学与美国的大学》，张沛、张源译，5 页，北京，北京大学出版社，2004。
③ ［美］白璧德：《文学与美国的大学》，张沛、张源译，7 页，北京，北京大学出版社，2004。
④ 思想史家卡尔·洛维特认为，古老的犹太弥赛亚主义和先知主义，以及犹太人对无条件正义的坚持，都说明了历史唯物主义的理想主义基础，而犹太教—基督教对历史解释的普遍图式，也同样影响了《共产党宣言》所描述的历史程序，即历史是一个朝着有意义的终极目标的、由天意规定的救赎历史。见［美］卡尔·洛维特：《世界历史与救赎历史》，李秋零、田薇译，52～53 页，北京，生活·读书·新知三联书店，2002。

人文主义则根源于古希腊罗马传统，希腊人对教育（paideia）观念的重视，将系统的人类知识加以传授，塑造人的个性发展，以培养在公共事务中能言善辩和领袖群伦的秀异之才。这一点影响到文艺复兴时期人文主义的诞生，它的旨趣是："人文主义的中心主题是人的潜在能力和创造能力。但是这种能力，包括塑造自己的能力，是潜伏的，需要唤醒，需要让它们表现出来，加以发展，而要达到这个目的的手段就是教育。人文主义者认为教育是把人从自然的状态中脱离出来发现他自己的 humanitas（人性）的过程。"① 这里面也包含了几个特征：1. 对人文教育的重视，发掘人的潜能；2. 对古代经典与历史、语言的重视，帮助人进入古人经验与思想殿堂；3. 以个人的完善发展为终极目的。

综上所述，人道主义偏重于现代平等的价值理念，而人文主义则更倾向于现代自由的价值理念。当然，这两者并非相互隔绝的，而是在倾向性不同的同时，各个历史时段中又有着价值观上的交织与互渗，这才形成人们今天所看见的平等、自由等一系列的现代价值观。这里所做的一番简要辨析，是为了区分人性一词在存在取向上的微妙差异。回到新时期初的中国思想界，由人道主义引起的讨论显然贯穿了新时期前期整个时段，"新时期文学发展的过程，是社会主义人道主义的观念不断取代'以阶级斗争为纲'的观念的过程"② 但是问题在于，以往的研究过多以"人道主义"来概括，而忽视了在新时期中国美学思想的发展中所呈现出来的与政治论争、文学潮流中的人道主义意识颇为不同的一些方面，这些方面正是人道主义论争所掩盖住的人文主义指向。

2. 人道旨趣：神性与兽性间的复位

毫无疑问，新时期初中国美学的发端之一就是对人道主义的呼喊。1979 年第 3 期《文艺研究》发表了朱光潜《关于人性、人道主义、人情味和共同美问题》一文，该文引起巨大反响，此后文章收入《美学拾穗集》（1980 年），几近同时出版的《谈美书简》第六节《冲破文艺创作和美学中的一些禁区》也收录该文，文字略有出入。

关于人性，朱光潜认为就是"人类自然本性"。他援引古希腊格言"艺术摹仿自然""文艺作品的价值高低取决于它摹仿（表现、反应）自然是否真实"，指出这里的"自然"就是"人性"。他的意思很明白，就是想把以往镜子式反映论的对象从所谓的"客观社会规律"（在当时而言就是残酷的阶级斗争）拉回人性、人情、人道之中。进而，他根据马克思

---

　　① ［美］阿伦·布洛克：《西方人文主义传统》，董乐山译，45 页，北京，生活·读书·新知三联书店，1997。

　　② 刘再复：《论新时期文学主潮——在"中国新时期文学十年学术讨论会"上的发言》，载《文学评论》，1986（6）。

《1844 年经济学哲学手稿》的论述，指出马克思所谓的"人的肉体和精神两方面的本质力量"就是"人性"，这样就通过回到马克思为人性论找到了一个合法性的证明："马克思正是从人性论出发来论证无产阶级革命的必要性和必然性，论证要使人的本质力量得到充分发展，就必须消灭私有制。因此，人性论和阶级观点并不矛盾，它的最终目的还是为无产阶级服务。"① 朱光潜将人性与阶级性定位成共性与特殊性的关系，认为人性是永恒的，而阶级性到共产主义时代则会消失，因此文艺是必须要反映人性的。

关于人道主义，朱光潜认为"人道主义事实上是存在的"，人道主义是作为文艺复兴时期反封建反教会的口号而出现的，它的基本思想是"以人道代替神道"。到了法国大革命时期，人道主义有了具体的政治内容，即"自由、平等、博爱"。虽然不同时代有不同内含，但是人道主义有一个总的核心思想：

> 尊重人的尊严，把人放在高于一切的地位，因为人虽是一种动物，却具有一般动物所没有的自觉性和精神生活。人道主义可以说是人的"本位主义"，这就是古希腊人所说的"人是衡量一切事物的标准"，我们中国人所常说的"人为万物之灵"。人的这种"本位主义"显然有它的积极社会功用，人自觉到自己的尊严地位，就要在言行上争取配得上这种尊严地位。一切伟大的文艺作品无不体现出人的伟大和尊严。②

尽管人道主义在历史中的确源于资产阶级思想文化革命，但是朱光潜利用马克思在《1844 年经济学哲学手稿》中对人道主义的肯定，指出人道主义与自然主义的统一是真正共产主义的体现。值得注意的是，在《谈美书简》中，朱光潜做出的修改，体现了他对人道主义进一步的理解。他认为，"真正的马克思主义者，既要看到人道主义的时代局限和阶级局限，又要看到它在历史上的进步作用，不能因为人道主义的发明权是资产阶级的，便连革命人道主义也不讲了"③。朱光潜对人道主义的阐扬，是为了突破教条主义的思维模式，即"凡是资产阶级反对的，我们都要坚持；凡是资产阶级支持的，我们都要反对"这样一种思路，"革命的人道主义"概念的提出正是这样一种批判教条主义的体现，对此他自己倒是有着很明确的认识：

> 人们也许责骂我的这种想法是要求文艺"自由化"，也就是

---

① 朱光潜：《关于人性、人道主义、人情味和共同美问题》，载《文艺研究》，1979（3）。
② 朱光潜：《关于人性、人道主义、人情味和共同美问题》，载《文艺研究》，1979（3）。
③ 朱光潜：《谈美书简》，见《朱光潜全集》，第 5 卷，275 页，合肥，安徽教育出版社，1989。

说，要社会主义文艺向资本主义国家的文艺投降。但是文艺究竟能不能“交流”和“借鉴”而不至于“投降”呢？如果把冲破“四人帮”极左思想的桎梏理解为“自由化”，我就不瞒你说，我要求的正是“自由化”！①

由此可见，新时期初的“人道主义”的主要针对对象，就是1966—1976年“极左”势力的倒行逆施与造就的种种人间悲剧。这一点，无论是美学家、文学家，还是理论家，基本上都是一致的。对于人道主义，王若水说：“它意味着坚决抛弃十年内乱期间的‘全面专政’和残酷斗争；抛弃把一个人神化而把人民贬低的个人崇拜；坚持在真理和法律面前人人平等，公民的人身自由和人格尊严不受侵犯。”② 巴金说：“我知道在‘文革’时期什么事都得跟资产阶级‘对着干’。资产阶级曾经用‘人道主义’反对宗教、封建的统治，用‘人权’反对神权和王权，那么是不是我们也要反其道而行之，用兽道主义来反对人道主义呢？……产生大量非人道的残酷行为的是什么？就是披着‘左’的外衣的宗教狂热。那么人兽转化的道路也就是披上‘革命’外衣的封建主义的道路了。”③

经由回到马克思思想的深处，理论家王若水认为过去的哲学读物，并没有准确完整地概括马克思主义哲学问题，因为在谈到人的因素时，往往只强调人的主观能动性作用（甚至被夸张到唯心论的地步），而忽视了人的价值、人的异化、人的解放等问题。恰恰是马克思《1844年经济学哲学手稿》重新启示人们要重视人的问题，“人的问题应该在马克思主义哲学体系中占有一个重要地位”④。他认为人道主义所反对的有两个东西：

> 一个是神道主义，一个是兽道主义。神道主义抬高神而贬低人，用虚幻的天堂幸福来否定人间生活的价值。兽道主义则把人降低到动物，把人当动物一样来对待。⑤

可以说，这种认识在新时期初而言，有着相当普遍的代表性。这种把人道主义介于神道主义与兽道主义之间的认识，一方面，承继了文艺复兴以来人道主义反抗封建教会的思想传统；另一方面，又有着相当鲜明的现实指向，那就是既反对将个人神化的偶像崇拜，又反对将集体兽化的人性扭曲。这样，人道主义的意义就在一种多维批判中生成了，对领袖个人崇拜的反思，对“极左”势力及其所利用的造反派残酷暴行的批判，对遭歪

① 朱光潜：《谈美书简》，见《朱光潜全集》，第5卷，276页，合肥，安徽教育出版社，1989。
② 王若水：《为人道主义辩护》，233页，北京，生活·读书·新知三联书店，1986。
③ 巴金：《随想录》，591、593页，北京，人民文学出版社，2000。
④ 王若水：《为人道主义辩护》，203页，北京，生活·读书·新知三联书店，1986。
⑤ 王若水：《为人道主义辩护》，200页，北京，生活·读书·新知三联书店，1986。

曲诬蔑的"文化大革命"受难者们（所谓"牛鬼蛇神"）的同情与正名。一边是极个别政治领袖的神化，另一边是绝大多数民众的兽性化与受难者们的被丑化。人失于道，便不得人位，无论是趋于神，抑或是趋于兽，均造成非人道或反人道，人道主义就是要将人拉回人所应该待着的位置，既不可妄自菲薄，更不可虚骄自傲。多年以前，周作人在现代中国第一次喊出"人的文学"时，他所指认的"人"恰是"从动物进化的人类"。一方面，他承认人是从动物进化的，反对违反人性自然的习惯制度；另一方面，区别于纯然动物性的是，人有着"内面生活"，"逐渐向上，有能改造生活的力量"，"达到高上和平的境地"。周作人指出，"人的正当生活"就是灵肉一致，"兽性与神性，合起来便只是人性"①。就此而言，20世纪80年代美学思想"回到马克思"的人道维度，实际上也是对五四启蒙美学理想的一种遥远呼应。经历近70年的风雨，以美学为先遣的中国思想又回到了人道主义的基本面上。这里的人道主义通于学者所说的"中庸之道"："中庸所确立的是'天地之间'这样一个生活境域，它教导人们如何在天地之间堂堂正正、'顶天立地'地做人。人生天地之间，也就意味着人的存在的可能性，就位于天、地、人的贯通的可能性之中。"② 正是这个"之间"的结构性位置，赋予了人以人的尊严、人的意义、人的可能性。只有明晰了人道的意义，才会不妄图僭越天道、地道（自然规律与社会规律）地盲目施行人的主观能动性，造成自然界或人类社会的人为灾难，也才不会随意贬损个体的人格，使之成为乌合之众的群氓或者是遭受罹难而"被侮辱的与被损害"的人。

在证明人道意识的过程中，马克思早年的几句话常常被引用，以证明人道意识的合法性："所谓彻底，就是抓住事物的根本，但是，人的根本就是人自身。"③ "这种共产主义作为完善化的自然主义，就等于人道主义；作为完善化的人道主义也就等于自然主义。共产主义就是人与自然之间和人与人之间的对立冲突的真正解决。"④ 由此可知，反对1966—1976年间意识形态，反对滥用阶级性立场，重新确立人的尊严与地位，正是借助马克思主义的人道意识所致力于解决的问题，而马克思早期思想则成为这一论证的宝贵资源。正如高尔泰所自觉意识到的："用马克思主义的立场、

① 周作人：《人的文学》，见胡适编选：《中国新文学大系·建设理论集》，194页，上海，上海文艺出版社，2003。
② 陈赟：《中庸的思想》，13页，北京，生活·读书·新知三联书店，2007。
③ ［德］马克思：《〈黑格尔法哲学批判〉导言》，见《马克思恩格斯选集》，第1卷，9页，北京，人民出版社，1995。
④ ［德］马克思：《1844年经济学哲学手稿》，转引自朱光潜：《谈美书简》，《朱光潜全集》，第5卷，262页，合肥，安徽教育出版社，1989。引文中"人道主义"一词，中文刘丕坤1979年译本为"人本主义"，朱光潜自称依据德文本作了改译，但估计也有考虑到应对现实论争的需要。

观点和方法，来论证改革的正确性和必要性，是当前理论工作的一项重要而又迫切的任务。关于人道主义问题的讨论，是这项任务的必要的准备。"①

回到马克思，首先就回到了这样一个倾向于平等诉求的人道主义意识层面，它追求的是对神性的祛魅、对兽性的反思、对人性的召唤。人要重新获得人所应有的尊严和地位，不屈于任何神学理念或者阶级理念，始终把"人"作为"马克思主义的出发点"来理解马克思。阶级斗争也好，社会规律也好，都只是对一种历史事实的描述，如果偏执于这种历史事实，而丧失了以人为价值目的的理想标杆，就会造成历史理性对人道主义的倾轧，造成理念对人道的戕害。人道主义的追求，就是为了恢复人之应有位置的一种话语实践与历史努力。

3. 人文旨趣：重拾经典与语言策略

传统学术思想史的研究，一般都能注意到新时期初的人道主义热潮。但是，在这个潮流之内存在的一种略显微妙差异的现象，长期以来没有得到人们应有的重视，这就是人文主义的回归。其实，回到马克思，并不只是回到马克思所言说过的诸如"人道主义""自然主义"一类的只言片语，也不只是重新弘扬起人的本有尊严和地位、不再将人抬高成神或者贬低为兽，更是激发起了人对人应有的潜能与完善性的追求，而这就是隐含于新时期初中国美学演进理路中的人文主义关怀。

回到文化语境来看，这一时期的中国美学的人文主义关怀主要体现为美学教育中的两种表现形式：重拾经典与重视语言。在人道主义热潮主导思想的年代中，这两种介入形式恰恰构成了美学家不同于文学家、政治家们的独特情怀。正是由于这两种形式的存在使得中国美学并没有简单停留于意识形态及人道主义的反思层面，而是推进到当时尚无人注意的文化历史传统的深沉思索深度。

（一）重拾经典，指的是重启对中外古今经典名著理论的翻译与研究。李泽厚《批判哲学的批判》正是对现代哲学奠基人康德思想进行引介与评论的一部佳作，他采用"述—评"的模式，且不论其评论部分的观点所引起的争论与辩驳，就其梳理介绍的部分，确实是为刚刚经过"文化大革命"的人们引入了一股思想的活水。正如当时有人评论："建国以后，通俗的哲学书编写得很多，而有内容的阐明马克思主义哲学书籍是很少的。通俗的书籍可以启蒙，使读者接触到一些哲学概念，但无助于弄清马克思主义哲学中许多需要研究的问题。"② 这里指的正是风行了几十年的教条主

---

①　高尔泰：《人道主义与艺术形式》，见《美是自由的象征》，229 页，北京，人民文学出版社，1986。

②　赵冬垠：《评李泽厚著〈批判哲学的批判——康德述评〉》，载《社会科学战线》，1981（4）。

义灌输模式，无论是马克思主义，还是其他西方哲学，都被简化为条条框框灌注进民众头脑，而远离了经典著作本身。李泽厚的"述评"正是通过对康德三大批判的介绍而将一部西方近代哲学史讲活了，也把马克思主义的价值讲活了，使得哲学摆脱了教条主义框架，而灌注了现实感，经典回归的意义于中得以凸显。

至于朱光潜，更是对翻译与阐释经典做出了巨大贡献。自 1949 年以来，他先后翻译的著作有：路易·哈拉普《艺术的社会根源》（1949），柏拉图《文艺对话集》（1954），爱默生的《论艺术》（1957），《苏联大百科全书·德国》中"语言学、文学、造型艺术与建筑"部分（1957），考德威尔的《论美——对资产阶级的美学研究》（1958），伊瓦肖娃的《十九世纪外国文学史》第一卷中的"德国文学"部分（1958），普洛丁的《九部书》第六卷、圣·托马斯·阿奎那的《神学大全》美学部分、但丁的《论俗语》《给斯卡拉大公的献词》、达芬奇的《笔记》、钦提奥的《论传奇体叙事诗》，等等（以上载《世界文学》1961 年 8、9 月号），莱辛的《拉奥孔》（1979），爱克曼的《歌德谈话录》（1978），黑格尔的《美学》第 1 卷（1958）和第 2、3 卷（1979—1981），维柯的《新科学》（1986），《西方美学家论美和美感》与《西方美学史·资料附编》中的大部分①。针对美学的学习与研究，他还认为，"多读第二手的资料（即原著的转述或发挥）往往不但浪费时间，而且容易造成思想的混乱"。因此，他提倡读"最重要的经典性的原著"，并且"只偶尔涉及转述性或阐明性的书籍"②。

1978 年后，他更是对一部分马恩原著进行了研究性的翻译，主要有：《对〈关于费尔巴哈的提纲〉译文的商榷》（载《社会科学战线》1980 年第 3 期），《1844 年经济学哲学手稿》有关美学部分的新译（载《美学》1980 第 2 期），《〈政治经济学批判〉导言》中的"政治经济学方法"的部分（载《复旦学报》1989 年第 4 期），以及与研究马恩文论相关的德国切西利亚·弗里德里希《敏·考茨基和她的创作》（载《新人与旧人》，文化艺术出版社，1986），等等。

显而易见，新时期以来，朱光潜的翻译重心分为古典美学与马克思恩格斯原著。古典方面，主要是黑格尔、莱辛与维柯三人的体系性著作，马克思恩格斯原著方面，则是对马克思早期著作的部分校改与重译。黑格尔、莱辛、维柯，自不必言，均为中古至近代欧洲的思想大家，朱光潜毕生研究最终以翻译维柯《新科学》而告终，此研究之意义后面章节会有详述，暂且不谈。

---

① 钱念孙：《朱光潜：出世的精神与入世的事业》，243～244 页，北京，文津出版社，2005。
② 朱光潜：《怎样学美学——答青年同志们的来信》，见《朱光潜全集》，第 10 卷，339～340 页，合肥，安徽教育出版社，1993。

值得一提的是，在朱光潜和李泽厚等人诸多自述文字中，不断暗示，研习美学必须对中西经典重视。朱光潜说："近几十年我碰见过不少的不学文学、艺术、心理学、历史和哲学，也没有认真搞过美学的文艺理论'专家'，这些'专家'的'理论'既没有文艺创作和欣赏的基础，又没有心理学、历史和哲学的基础，那就难免要套公式，玩弄抽象概念，你抄我的，我抄你的，以讹传讹。"① 李泽厚也说："现在许多爱好美学的青年人耗费了大量的精力和时间苦思冥想，创造庞大的体系，可是连基本的美学知识也没有。"②

　　针对这种普遍存在的"空中楼阁"式研究，美学家们通过不断叙述自身的学习经历与体会，以期使人们感悟到阅读经典对于学习美学的重要性。李泽厚认为，学习不应依靠教科书与课堂，而应直接接触原著："我在大学占便宜的是学习了马列的原著，不是读别人转述的材料。所以还是读第一手材料，读原著好。"③ 又说："经常有年轻人问我，如何学习或如何学好美学？我总以为应该好好念哲学，特别是德国哲学。我仍然认为，从康德开端经由黑格尔到马克思以及海德格尔的德国哲学传统的这根线索，尽管有现代极为发达的实证科学的淹没冲击，它没有也永远不会失去其潜在活力和深厚价值。因为，正是这条线索深刻地把以人为中心的哲学真正建立了起来。而离开人，我以为是没法谈哲学，也没法谈真善美的。离开人，哲学最多只是方法论，它不是哲学的全部，更不会是美学。"④ 而朱光潜则反复引用自己在《文艺心理学》中的一段"自白"⑤，用以说明研究美学需要有文学、艺术、心理学、历史和哲学的知识。进而，他还提到自己欧洲留学期间选修过欧洲古代史的经历：

　　　　现在回想起来，这门不及格的欧洲古代史对我向往美学毕竟起了不小的作用。当时我还是一个穷学生，但是省吃俭用，还一个人跑到意大利罗马地下墓道里考察过歌特大教寺和壁画的起源，参观过梵蒂冈所藏的一些著名雕刻和文艺复兴时代散在意大利各城市的建筑、绘画和雕刻，体会到"耳闻不如目见"这句话

　　① 朱光潜：《谈美书简》，见《朱光潜全集》，第 5 卷，235 页，合肥，安徽教育出版社，1989。
　　② 李泽厚：《走我自己的路》，112 页，北京，生活·读书·新知三联书店，1986。
　　③ 李泽厚：《走我自己的路》，9 页，北京，生活·读书·新知三联书店，1986。
　　④ 李泽厚：《美学的对象与范围》，见《李泽厚哲学美学文选》，194～195 页，长沙，湖南人民出版社，1985。
　　⑤ "我原来的兴趣中心第一是文学，其次是心理学，第三是哲学。因为喜欢文学，我被逼到研究批评的标准，艺术与人生，艺术与自然，内容与形式，语文与思想等问题；因为喜欢心理学，我被逼到研究想象与情感的关系，创造和欣赏的心理活动，以及文艺趣味上的个别差异；因为喜欢哲学，我被逼到研究康德、黑格尔和克罗齐诸人的美学著作。这样一来，美学便成为我所喜欢的几种学问的联络线索了。"参见朱光潜：《谈美书简》，见《朱光潜全集》，第 5 卷，235 页，合肥，安徽教育出版社，1989；《美学拾穗集》，见《朱光潜全集》，第 5 卷，349～350 页，合肥，安徽教育出版社，1989。

的意义。①

这里所展露的正是文艺复兴经典对于中国美学家心灵濡染的一个过程。更为重要的是，朱光潜从马克思身上找到了回到经典的合理性证明："马克思对古代艺术，从古代希腊的神话、史诗、悲剧，到中世纪的但丁，一直到 19 世纪的巴尔扎克，他对这些人都有非常重要的看法。"② 如前文所述，马克思师从浪漫派修习过古希腊神话、荷马史诗，而后也热爱阅读莎士比亚、巴尔扎克等近现代作家，其人文意识极其强烈。美学家们正是在回到马克思的过程中，敏锐地把捉到了这一点。重拾经典，开辟了人文意识复苏的进路。

当然，重拾经典的人文意识，除开朱光潜与李泽厚的努力，还包括王元化对文心雕龙的重读、高尔泰对中国艺术的梳理、李泽厚对中国古代思想家的再评价等，正是这群思想家的集体努力共同推动了一个重拾经典美学哲学思想的过程，构筑起了新时期中国美学人文意识的第一道堤坝。

（二）重视语言。文艺复兴时期人文主义起源于对古典语言希腊语的重新学习，兴盛于对俗语意大利语的运用，而中国新时期初对语言的重新重视也同样源于美学家们的热心倡导与模范运用。李泽厚说："研究中国文史，也该懂外语，学科学，明了世界大势，'中国书都读不过来，哪有工夫念外语'之类的论调，我以为是不妥的。"③ 自不必言，李泽厚本人对康德的研究就是基于对英文本"人人丛书"的直接阅读。此外，他更是亲自主持了浩大的"美学译文丛书"的编选工作，他认为对于改善美学研究的状况而言，"有价值的翻译工作比缺乏学术价值的文章用处大得多"④。而这种"有价值的翻译工作"最为杰出的代表，就是朱光潜。早在 1962年，朱光潜就曾给予过美学研究与学习的建议："对有志在美学方面深造的人来说，学习一两种西方语言，能达到自由阅读的程度，是非常必要的。多学会一种外国文，就等于多长了一副眼睛，有多占领一块土地的可能。"⑤ 晚年朱光潜研究的重头戏之一，即校译马恩经典著作，以重新诠释马克思主义美学思想。其工作主要分为几个方面。

---

① 朱光潜：《美学拾穗集》，见《朱光潜全集》，第 5 卷，350 页，合肥，安徽教育出版社，1989。

② 朱光潜：《怎样学美学——1980 年 10 月 11 日在全国高校美学教师进修班上的讲话》，见《朱光潜全集》，第 10 卷，510 页，合肥，安徽教育出版社，1993。

③ 李泽厚：《新春话知识》，见《走我自己的路》，26 页，北京，生活·读书·新知三联书店，1986。

④ 李泽厚：《美学译文丛书序》，见《走我自己的路》，112 页，北京，生活·读书·新知三联书店，1986。

⑤ 朱光潜：《怎样学美学——答青年同志们的来信》，见《朱光潜全集》，第 10 卷，341 页，合肥，安徽教育出版社，1993。

第一，主张建立全国性机构，解决学术名词译名统一的问题。他认为，统一译名能使"译文会比较正确一些，读起来也会顺畅些"，而且也会"免去许多不必要的争论"①，而建立起一个全国性的常设编译机构，有利于翻译工作的改进。但同时，他也强调这是一种"适当的统一"，即"统一不是绝对的，要有一个适当的限度"②。这又防止了以"统一"为名对学术自由论争的强行干涉，体现出了老一代美学家既治学严谨又崇尚自由的思想风范。

第二，反对断章取义，割裂马克思主义思想的整体。他认为，由于受到过去东德、苏联以及英、法、美等国的马恩选本影响，对于马恩原著的编译存在着一个共同的毛病："就是划了一个专题的鸽子笼（纲和目），把马恩论著整章整段地割裂开来，把上下文的次第也颠倒过来，而后东拣一鳞，西拾一爪，放进那些专题鸽子笼里去。由于搞得支离破碎，读者就见不到原著的整体和前后的内在联系。"③ 这针对的是教条主义，它将马克思主义公式化为几句语录口号来闹革命，造成无数的历史悲剧与闹剧，而朱光潜的这番苦心就是要恢复被弄得面目全非的马克思主义的原貌。比如，在《马克思恩格斯论文学和艺术》的编选意见中，他主张将《关于费尔巴哈的提纲》《1844年经济学哲学手稿》中论人道主义与自然主义相结合等于共产主义的一段选入，主张将论"异化"问题的片断选入，还主张将《〈政治经济学批判〉导言》中"政治经济学的方法"一节选入，对这些段落的重视都有着其重新理解整体意义的价值。

第三，坚持翻译与研究相结合，具有强烈的现实针对性。承袭前一点，他认为只有坚持从整体来理解马克思主义，才能辨析清楚一系列现实的理论问题，如辩证唯物主义与历史唯物主义、人性论与阶级论、政治标准与艺术标准等。他以自己后期的实践观点为例说明，只有从整体出发才能理解马克思主义的实践观："马克思主义创始人不仅在早期著作《1844年经济学哲学手稿》《关于费尔巴哈的提纲》和《德意志意识形态》里，就在后来的《政治经济学批判》《资本论》（论劳动过程）以及《劳动在从猿到人转变过程中的作用》里都不断地阐明过美学上主客观统一的观点也就是植根于实践的观点。"④

---

① 朱光潜：《建议成立全国性机构，解决学术名词译名统一问题》，见《朱光潜全集》，第10卷，448页，合肥，安徽教育出版社，1993。
② 朱光潜：《建议成立全国性机构，解决学术名词译名统一问题》，见《朱光潜全集》，第10卷，451页，合肥，安徽教育出版社，1993。
③ 朱光潜：《对〈马克思恩格斯论文学和艺术〉编译的意见》，见《朱光潜全集》，第10卷，498页，合肥，安徽教育出版社，1993。
④ 朱光潜：《对〈马克思恩格斯论文学和艺术〉编译的意见》，见《朱光潜全集》，第10卷，500页，合肥，安徽教育出版社，1993。

第四，从细节上提出了不少具有创见的翻译问题兼理论问题。

1. 针对列宁的《国家与革命》，他认为"国家"一词译为"政权"或"国家政权"较妥。因"国家"一词除"政权"之外，还包括疆土和人口的意思，而列宁所指主要为政权，且结合马克思所说的"国家消亡论"而言，消亡的应该是"政权"，而非一定的地理区域与人民。这里体现出的深层意义，仍然涉及朱光潜对人性与阶级性的理解，代表阶级性的"政权"是历史性的，而代表人性（朱光潜所谓"人的自然性"）的疆土、人口（生存空间）则是普世性的。

2. 针对《路德维希·费尔巴哈和德国古典哲学的终结》，他认为"终结"一词的德文原文是 ausgang，该词有两个意思："出路""结果"，或者是"终结""终点"。英译本取第二义，中译本照同。通过考证，并结合对马克思思想脉络的理解，他认为译为"终结"不妥，因为"马克思的辩证唯物法和唯物史观正是在批判继承黑格尔和费尔巴哈的基础上建立起来的，而恩格斯的全文最后一句话是很明确的：'德国的工人运动是德国古典哲学的继承者'，怎么能说德国古典哲学到马克思时代便已'终结'了呢？"① 要把握朱光潜反复强调不是"终结"而是"结果"的缘由，就需要从语言层跨越到思想层来看，翻译讨论的背后是一个思想解放的问题，即马克思主义不只是对过往哲学的批判，而更是对古典哲学的继承与发展，"终结"会造成对古典哲学评价中的过分贬抑，而"结果"或"出路"，暗示的是费尔巴哈开启了马克思主义的思想进路，有着强烈的学术传承感。

3. 针对《关于费尔巴哈的提纲》，他提出了一系列关于准确译名或译法的问题，涉及十一条论纲。如对"对象""事物""客体""理论""认识""感性""具体""能动""活动""人类""社会形态""社会形式""问题""关键"等一系列细节翻译问题的辨析，这既涉及原文的准确翻译，更指向现实的思想论争。如提纲最后一条，原中译为"问题在于改变世界"，朱光潜将其改译为"关键在于改革世界"。可以推测，这里有两层考虑。首先，将"问题"改译为"关键"，这是对前半句中"解释世界"的一种承认，并不否定过去哲学家们所进行的解释世界的工作。按朱光潜自己的理解，"因为解释世界也还是问题，但改变世界是最重要的事"②。其次，将"改变"译为"改革"，这样也就与当时的主流意识形态形成某种

① 朱光潜：《建议成立全国性机构，解决学术名词译名统一问题》，见《朱光潜全集》，第10卷，451页，合肥，安徽教育出版社，1993。此外，他还数次提到过这一"终结"的问题，参见朱光潜：《黑格尔的〈美学〉译后记》《对〈关于费尔巴哈的提纲〉译文的商榷》，见《朱光潜全集》，第5卷，389～390、401页，合肥，安徽教育出版社，1989；《怎样学美学——1980年10月11日在全国高校美学教师进修班上的讲话》，见《朱光潜全集》，第10卷，506页，合肥，安徽教育出版社，1993。
② 朱光潜：《对〈关于费尔巴哈的提纲〉译文的商榷》，见《朱光潜全集》，第5卷，411页，合肥，安徽教育出版社，1989。

一致性，同时也淡化了作为革命理论的马克思主义曾给中国带来过深入骨髓的革命改造记忆。

在学术性研讨之外，朱光潜更是以自己学习外语的经验来引导美学爱好者走上一条正确的治学道路：

> 要看外国文学资料，关键在于外文的掌握。现在多数人没有过关。诸位要认真学一门科学，包括美学，至少要搞一门外文。搞一门外文也就够了，但要搞好一点，要搞通。这也不是想象的那么难。我是解放后才学俄文的，办法是听广播，请一位俄国老太太教发音，搞了一个多月。用两年时间读了几本书：《联共党史》，托尔斯泰短篇小说，屠格涅夫的《父与子》，契诃夫的《樱桃园》《三姊妹》，高尔基的《母亲》。每本书看四遍，第一遍粗读，看个大意，第二遍死啃，一字一句都尽可能弄懂，最花时间，第三遍从文学角度看，如人物、典型环境、典型性格等等，过些时候再看第四遍。两年后，我就抱着词典开始翻译。林彪、江青横行十年，我的俄文几乎忘得差不多了，现在看俄文确实有困难，但勉强还可以看。所以，既要认识到学外文的重要，又不要把学外文的困难夸张得太厉害。我快六十岁才学俄文，诸位都是四十多岁的人，为什么不能学？学中文的特别要学一种外文，而且要学好一点，这会大有好处。要看外国小说、戏剧，还是看原文比较妥当。①

正是这样一种对语言学习的执着，使得美学家们能顺利地回归经典，不论是古代美学、近代哲学、还是马恩原著，都能在字句辨析中闪现出前所未有的新意来。需要指出，这种语言意识的复苏也是伴随着回到马克思而逐渐兴起的，尤其是对《1844 年经济学哲学手稿》《关于费尔巴哈的提纲》等一系列原著产生的不同理解，促使美学家们返回原著的语言中去探寻思想的真相。

美国学者布林顿曾说："我们毋宁接受人文主义为一概括的名词，其下兼容所有其世界观既非以神学为主、亦非以唯理主义为主的人士。"② 就文艺复兴时代的人文主义者来说，他们一般都是两面作战的知识者，一方面，排斥中世纪的心智习惯与经院哲学；另一方面，也并不接受唯理主义者对世界的机械般认定与精确式理解。布林顿认为，"文艺复兴"与"中世纪"相比最明显的区别，就是"学术（Scholarship）"的出现，"人文主

---

① 朱光潜：《怎样学美学——1980 年 10 月 11 日在全国高校美学教师进修班上的讲话》，见《朱光潜全集》，第 10 卷，514～515 页，合肥，安徽教育出版社，1993。
② ［美］布林顿：《西方近代思想史》，王德昭译，8 页，上海，华东师范大学出版社，2005。

义者本身，就此名词的狭义的历史意义而言，事实上皆属学者"①。同样，新时期初中国美学的复苏，其思想史意义正在于有这么一批知识分子自觉重塑了自我的"学者"身份意识②，他们重新开启对经典与语言的研讨，回到马克思主义原典中汲取力量，如此得以展开多方面的批判维度。

首先，反对"阶级斗争"，阐扬实践生产意识，回到历史唯物主义的"社会存在决定社会意识""经济基础决定上层建筑与意识形态"的基本平面。这与改革主流意识形态（"实践是检验真理的唯一标准"）形成合力，共同推进使"实践"成为新时期思想文化的第一关注点，使被"回到康德"所呼唤出来的主体意识落实为有行为力量与历史动能的实实在在的主体性，即实践主体性。

其次，回到马克思，又并没有沦为简单的经济决定论或者是"唯生产力"论。这里的关键就在于，它所回到的马克思是一种更完整、更浑融地考虑人性主体的思想理念：一方面，从主张阶级斗争的意识形态者转变为主张生产建设的历史唯物主义者；另一方面，有着超越性的人道与人文理想，既号召恢复人所应有的地位与尊严，又深入文化经典与语言的脉络中去确证自己的理想与追求。

波兰学者柯拉科夫斯基（Leszek Kolakowski）在其巨著《马克思主义主流》中曾总结道，马克思主义其实包含了三项母题：浪漫主义、普罗米修斯式的人文主义、启蒙运动的思想。浪漫主义用一个美好的过去作对比，抨击近代工业社会及文明的异化、疏离趋势；普罗米修斯式的人文主义推崇人性的无限能力和完美可能，敦促人凭一己之力在此世建设完美天国；启蒙思想则独尊理性主义原则，认为人类社会和历史必定遵循不可矫变的铁律演化、进步，终于实现一个摆脱一切非理性因素的明智王国③。

这种概括从根部揭示了马克思主义为之奋斗的理想图景，也呈现了马克思主义更为复杂的思想史处境。但是，更值得我们深思的是，这些母体之间同样也存在着相互的牵制与张力，正是这种张力维系了马克思主义不断自我更新的理论质素。因此，尽管马克思主义在历史中也走入过歧途，暴露过自身不少的理论缺陷，但是它对现实性状况的批判与理想性社会的追寻始终为自身发展提供了一种价值理念，这使得它终究能在曲折实践后达成自我调整与更新。正是基于深切的现实关怀与理想探寻，中国美学家们意识到，"吃饱肚子和生活享受并非共产主义。共产主义如马克思早就指出，是不同于史前期必然王国的自由王国。它不只是把人从贫困中、而且从一切异己状态中解放出来，包括把人（个体）从阶级的符号、生产的

---

① ［美］布林顿：《西方近代思想史》，王德昭译，9 页，上海，华东师范大学出版社，2005。
② 当朱光潜逝世的消息传出，著名作家冰心脱口道："他是一个真正的学者。"蒯大申：《朱光潜后期美学思想述论》，245 页，上海，上海社会科学院出版社，2001。
③ 钱永祥：《纵欲与虚无之上》，81 页，北京，生活·读书·新知三联书店，2002。

工具、技术的附庸或供买卖的劳动力中解放出来"①。其实，阶级斗争也好，生产实践也好，在一定意义上都是不错的，关键就在于是否符合客观历史进程与社会实际处境，无论主张哪一个目的都能使人类的生活更美好，使人活得更有尊严、更有价值、更成其为人。人不仅可以成为政治的异化牺牲品，也可以成为经济的异化牺牲品。因此，人道意识与人文意识的弘扬，正是中国思想在回到实践意识的同时所致力的另一目标。只有它们才能警醒人不只是"政治的动物"，也不只是"劳动的动物"，只有它们才能警醒人就是人。正如一些论者所说："马克思主义的生死其实意义不大。令人焦虑的，毋宁是谁能再次奋起，接受启蒙运动、浪漫主义与普罗米修斯人文精神的感召，在这片被神放弃的土地上，重新建立起人的希望。"② 新时期之初，政治神话隐退，实用精神渐起，如何既推动社会生产进步，又不失人性理想追求，成为以美学为志业的中国思想家们所致力深思的时代问题。正是在这个意义上，回到马克思，朝向马克思主义深处的现实性与理想性双重意识，构成了新时期初中国美学复苏的又一重要精神支柱。

①　李泽厚：《批判哲学的批判》，405 页，北京，人民出版社，1979。
②　钱永祥：《纵欲与虚无之上》，85 页，北京，生活·读书·新知三联书店，2002。

第五章　回到维柯：美学复苏的传统论

　　回到维柯，所标识的是中国美学复苏的传统论问题。如果说，"回到康德"重启了中国美学的主体意识，那么"回到马克思"则将浸染着浓厚形而上学色彩的主体意识从玄远思辨的高空牵引到沉重厚实的大地，先验主体心理逐渐成形为一种作为类本质的人之形象，既扎根于社会生产实践（物质生产与精神生产）的土壤之中，又高扬起尊贵的头颅仰望天边璀璨的群星，不失人之为人的价值性理想。尽管有着如此这般的努力，但这一切仍然稍嫌虚浮，无论是先验主体的理性与感性的统一、个体与社会的辩证，还是作为类存在物的人的生产实践与人性追寻，都处于一种普遍性概念的统辖之中。面对"文化大革命"造成的虚无主义思想氛围，它还需沉入更为具体而特殊的历史文化意识之中，才能奠定自己立足的根基。只有进入文化与历史的深层，采撷来自民族生命根茎的养分，才能重新形成新的凝聚力与团结感。当意识形态有效性丧失之后，民族历史文化成为思想家为丢失根性的主体融入共同体所能找到的最佳途径。这一努力，就体现为"先验主体—人类主体—历史—文化主体"这样一条演进的逻辑进程。当然，这个过程的历史展开并不是严格按照时间进程运作的，三个维度的递进呈现出一种交叠共进的演变脉络。

　　我们这里提出的"回到维柯"，并不是局限于中国美学仅仅回到维柯本身的思想上去，而是借朱光潜对维柯的译介活动来标示新时期中国美学对文化主体性探索深度展开的一种路向，即"历史—文化"路向①。新时期之初，这一进路的思想铺陈以朱光潜为先导，李泽厚为主线，将中国美学的目光逐渐从当代关注牵引至传统重温，被压抑已久的美学传统性品格在这一进路之中复归而至，它凸显出了久违的历史意识与文化意识。美学在追溯渊源悠久的历史本根的同时，也重新寻回了华夏民族古老的文化特性。

---

　　①　一般，研究者会把 1981 年宗白华《美学散步》的结集出版视为新时期美学回到传统性的一个标志性事件。但是，在我们看来，《美学散步》毕竟是一种旧文的总结，而不是新思的推介，宗白华先生并没有特意站出来过。至于朱光潜对维柯思想的译介，以往多半局限于他对形象思维等具体范畴的现实讨论之中，而忽视了它之于思想史演进乃至 1985 年后"文化热"源头之一的重要意义。基于这种考虑，我们认为，作为 1978—1985 年间出现的学术思想，朱光潜和李泽厚才成为导引美学研究、文化研究回到传统历史文化的代表人物。当然，这并不否认宗白华《美学散步》对后来出现的古代艺术、美学、文论研究兴盛的重要历史价值，但是毕竟理论的摇旗呐喊更多属于朱、李二位，思想史探究的意义正在于此。

一、传统复归的知识契机：返身维柯视界

走向"历史—文化主体"的意识，在朱光潜的学思理路中，表现为返回到维柯关于人类历史文化的思想中去寻求有效资源。在对马克思主义展开深入探讨的同时，朱光潜晚年所从事的另一项重要工作就是译介维柯。

新时期伊始，朱光潜相继出版了《拉奥孔》《歌德谈话录》《美学》等古典美学名著的译本，但是这些译本的翻译工作基本上完成于 20 世纪 50 年代到 70 年代①。因此，维柯《新科学》的翻译可算是朱光潜在新时期译介工作中最为重要而突出的一项。朱光潜认为"研究美学就不能不知道维柯"②，但是长期以来，无论在中西方，维柯思想都没有受到应有的重视。美国学者莱蒙（M. C. Lemon）指出，20 世纪以前的时代中，维柯被严重地忽略了。《新科学》的英文版直到 20 世纪 60 年代才出现，而其早期重要著作《普遍法权》的英文版迟至 2000 年才发行。尽管几十年来"维柯热"一直在升温，但是在维柯之后的时代中，维柯对思想史的影响却微乎其微③。朱光潜翻译《新科学》所用底本正是由贝根（T. G. Bergen）和费希（M. H. Fisch）于 1968 年与 1975 年出版的英译本④，因此不难看出，朱光潜对维柯的译介基本上是与英美学术界同步展开的。

那么，新时期伊始，朱光潜为什么选择了翻译维柯呢？无论在距离上

---

① 《歌德谈话录》翻译日期估计是在 1971 年至 1978 年间，朱光潜曾自陈："1971 年恢复工作后我首先把黑格尔的《美学》译完，接着译歌德的《谈话录》，以后又把《西方美学史》看了一遍，改了些，特别是绪论、结论部分改得很多，就是现在的这个本子。"参见《朱光潜教授谈美学》，见《朱光潜全集》，第 10 卷，532 页，合肥，安徽教育出版社，1993。因此可知《谈话录》的翻译应在《美学》初译之后、《西方美学史》修订之前，译本初版于 1978 年 8 月由人民出版社出版；《拉奥孔》译本于 1956 年译出，1979 年 8 月由人民文学出版社出版；《美学》翻译始自 1958 年，1959 年由人民文学出版社出版第 1 卷，此后搁置十年，1970 年冬又再次开始续译，1975 年全部译出，1978 年又校改一遍，1979 年至 1981 年间由商务印书馆全部出齐。

② 朱光潜：《略谈维柯对美学界的影响》，见《朱光潜全集》，第 10 卷，666 页，合肥，安徽教育出版社，1993。

③ ［美］莱蒙：《历史哲学：思辨、分析及其当代走向》，毕芙蓉译，241 页，北京，北京师范大学出版社，2009。另见［美］韦勒克：《近代文学批评史》，第 1 卷，杨岂深等译，178～179 页，上海，上海译文出版社，1987；［意］克罗齐：《维柯的哲学》，陶秀璈、王立志译，163～164 页，郑州，大象出版社，2009。

④ 关于朱光潜所用译本，其自述颇为不一致，在《新科学》的扉页中，注明"据康奈尔大学出版社（伊萨卡和伦敦）贝根与费希合作的 1968 年英译本译出"；而在其他几篇介绍文章中则说是同一译者 1975 年的英译本译出。参见《朱光潜全集》，第 18 卷，"扉页"，合肥，安徽教育出版社，1992；《朱光潜全集》，第 10 卷，580 页、682 页，合肥，安徽教育出版社，1993。揣测其缘由，英译本《新科学》于 1968 年出版，到 1975 年又分别发行了一次《新科学》与《自传》的单行本，朱光潜初译《新科学》始于 1980 年春，其时所采用为 1968 年版的译本，1981 年下半年译出初稿，而后又花一年多时间校改，同时翻译《自传》，这时便采用了 1975 年的英译单行本进行校对与翻译。可参见《朱光潜全集》，第 19 卷，209 页，合肥，安徽教育出版社，1992。

还是在思想上，作为距离中国时空如此遥远的意大利中古思想家，维柯究竟有着怎样的重要性呢？既然维柯在西方学术史中都一直默默无闻，朱光潜翻译维柯究竟缘何而起，又有着怎样的隐微意图呢？相较于康德和马克思，维柯在汉语学界实在显得更为陌生。我们不妨先回到维柯本身，看看这个被埋没了长达数个世纪的思想家究竟有着怎样的思想史意义，然后再返回来揭示朱光潜译介维柯的良苦用心。

1. 维柯研究的西方视野：唯心·多元·反现代

维柯（G·Giambattista Vico），1668 年 6 月 23 日出生于意大利小城那不勒斯。父亲是一个书商，生活很穷困。维柯当过私塾教师，上过罗马公学。他的专长是法学。1699 年任那不勒斯大学的修辞学教授。1735 年他得西班牙皇帝查理三世的恩惠，被任命为那不勒斯城邦王室的历史编纂。1744 年 1 月 23 日逝世。他一生著述的主要代表作有《开学典礼演讲集》《论我们时代的研究方法》《论从拉丁语挖掘而来的意大利人最古老的智慧》《第一和第二答复》《普遍法权概要》《论普遍法权的唯一原则与唯一目的》《论法学家的恒定一致》《新科学》（第一版、第二版）《维柯自传》《论英雄心灵》等。关于维柯思想的研究，西方学界起步颇晚，自 19 世纪末到 20 世纪末，逐渐形成了三条最有影响力的研究路径。

第一条路径，是由意大利哲学家、历史学家克罗齐开创的。克罗齐出版了《维柯著作集》的权威版本，并搜集整理出了《维柯文献索引》，写出了《维柯的哲学》一书。克罗齐认为，维柯的《新科学》是黑格尔哲学中"活着的东西"的先驱，但却没有那些已经"死亡的"尴尬特征（如黑格尔的科学观点与历史目的论）[1]。克罗齐指出，尽管维柯在他那个时代被人们当作怪人看待并且过着隐士般的生活，后世思想几乎没有受到过他的直接影响，但是，维柯学说对人类心灵最深层次需要的诸般思考，在后世思想中却有着普遍的相似性。比如，维柯对笛卡尔主义知识论的批评、"真理即创造"的命题、哲学与语文学相统一的学说等，都再次出现在了康德、黑格尔的批判哲学和历史哲学之中。克罗齐将维柯思想的这种影响称之为"维柯主义"[2]，并且宣称"几乎所有的 19 世纪的唯心主义学说都可以被认为是维柯学说的重演"[3]。就此，克罗齐将维柯诠释成了 19 世纪唯心主义的思想先驱。

第二条路径，是由英国思想史家伯林启动的。伯林撰写了《维柯与赫尔德》《反潮流》《扭曲的人性之材》等数部著作，均涉及对维柯思想的介

---

① ［美］马克·里拉：《维柯：反现代的创生》，张小勇译，291～292 页，北京，新星出版社，2008。

② ［意］克罗齐：《维柯的哲学》，陶秀璈、王立志译，164 页，郑州，大象出版社，2009。

③ ［意］克罗齐：《维柯的哲学》，陶秀璈、王立志译，166 页，郑州，大象出版社，2009。

绍与评价。承继克罗齐的知识论视角，伯林立足于 18 世纪科学与人文两大学科的分离背景指出，相对于将科学原则应用于人类社会生活方面的启蒙运动，其最早也是最有力的反对者就是名不见经传的维柯。伯林认为维柯是个"在天性上有着丰富历史想象力的宗教人文主义者"，"他的思想不是分析的或科学的，而是文学的和直觉的"①。维柯对人文主义教育的捍卫，对想象力、神话、语言、仪式等的探究，都充分证明了维柯是一个反启蒙运动的先行者。其中，一元论与多元论之间的冲突成为贯穿维柯思想的核心问题，其贡献在于重视文化的进步，从目的论而非实证主义角度区分出不同类别的文化，重点研究了文化差异性的产生，教导人们理解异己的文化，这也就成为现代思想中多元论产生的根源之一。② 被伯林描述的维柯超越了自己的时代，走到了思想潮流的最前沿，俨然成为自由多元主义的代言人。

第三条路径，是以美国学者马克·里拉为代表的政治哲学家们所推展的③。1994 年，马克·里拉出版《维柯：反现代的创生》一书，通过对维柯著作中常常被忽视的早期形而上学与法学著作的贯穿性研究，揭示了维柯对现代观点所持的保留态度，并说明其历史哲学是如何从这些怀疑与抵抗中逐渐生成的。马克·里拉的研究建基于对现代性思想发端背景的重描：笛卡尔开创了现代哲学传统，并引发多种政治怀疑主义（反神意主义、唯物主义、个人主义、否认自然正义）。维柯思想始终贯穿的三个核心要素是神学、政治和罗马，这正是为了抵制现代哲学所引发的怀疑主义而找到的重要思想武器。当现代理性主义带来对传统的怀疑而引发渎神行为之时，维柯并没有简单地回到中世纪的神学独断论，而是采用现代语言和方法，进行了一种反现代的批判，为前理性的人和传统社会做出辩护，以引导人类恢复更早时代所具有的审慎与节制的美德。在维柯思想中，现代科学与反现代的政治学结合到了一起，共同对付着理性至上的启蒙运动。由此，马克·里拉笔下的维柯是"披着现代社会科学的外衣，却提出了一种根本反现代的政治理论的第一位欧洲思想家"④。

当然，在此之外，还有唯物主义、神学与形而上学、政治与法律、科

---

① ［英］伯林：《反潮流：观念史论文集》，冯克利译，113 页，南京，译林出版社，2002。

② 参见 ［英］伯林：《科学与人文学科的分离》《维柯的知识观》《维柯和启蒙运动的理想》，三篇文章均见《反潮流：观念史论文集》，冯克利译，南京，译林出版社，2002。

③ 马克·里拉任芝加哥大学社会思想委员会教授，属于当今世界重要政治哲学流派施特劳斯派的新一代成员，其维柯研究可以视为施派政治哲学研究的一个典型成功个案，其余施派学者对于维柯的研究，见刘小枫主编：《维柯与古今之争》，2~137 页，北京，华夏出版社，2008。该专辑收录有《维柯的"天神意旨"观与人类知识、自由及意志的限度》《维柯、塔西佗与国家理性》《维柯与马基雅维里》《维柯与格劳秀斯》《斯宾诺莎、维柯与宗教想象》《维柯的历史理论与法国革命传统》《维柯与古今之争》七篇文章，较全面地介绍了维柯与其前西方思想家们的思想因缘。

④ ［美］马克·里拉：《维柯：反现代的创生》，张小勇译，12 页，北京，新星出版社，2008。

学与语言等诸多专题研究。但是，以上三种路径确实构成了维柯研究中最为重要也最具代表性的学理探究。它们塑造出了十分复杂的维柯形象，既有浪漫主义唯心论的维柯，也有反启蒙运动多元论的维柯，更有反现代政治传统论的维柯。颇为吊诡之处在于，三种思路之间存在着一定的牴牾因素。如伯林认为，克罗齐的维柯只是利用维柯的观点为自己的观点服务而已，克罗齐与柯林伍德对维柯的解读是不准确的①；马克·里拉则认为，虽然维柯的确培育了反启蒙运动的思想种子，但是他却很难说是一个多元论者，而他根本上是一个反现代的思想者，他对权威与秩序的诉求贯穿于其前后期的著作之中，只不过其撰述形式与方法由神学形而上学语言转变为了现代科学语言②。西方思想界内部的维柯诠释充满了复杂的声调：其共同点在于，都将维柯定位为关注历史与文化传统的思想者；其差异点在于，克罗齐与伯林是站在现代思想内部来理解维柯的。在这一视界中，作为浪漫主义者或反启蒙运动者的维柯，走在了自己时代的最前沿乃至超越了自己的时代。马克·里拉则是站在现代思想与前现代思想对抗的情境中来把握维柯的。在这一视界中，作为反现代者的维柯，包裹着现代方法论的外衣，走向的却是传统的权威、秩序乃至天神意旨。

2. 维柯译介的中国问题：历史自觉与文化追寻

① 走向"文化—历史"的主体

了解到西方维柯研究的基本成就后，我们再来看朱光潜译介维柯的意义。正如伯林所言："历史的目的不只是对过去事情的好奇，或出于复活历史的欲望；不只是因为我们对祖先是什么样子很感兴趣，或因为我们想以某种方式与过去连接以便追溯我们的渊源。这些都不是启蒙主义者的主要兴趣。他们最主要的目的在于搜集那些使普遍的观点得以建立的数据，告诉人们应该做什么，如何生活，成为什么样的人。"③ 的确，人文学术思想的最终意义在于为人的生活提供一种价值的准则，这种准则能引导人们始终朝向一种更好的、更完善的人类和社会境界去努力。朱光潜的维柯研究正是中国美学更深刻地意识到自身"价值立法"意义所在而付诸行动的重要标志。我们应该注意到，朱光潜的维柯研究既回应了中国思想的特殊问题，同时也照应了现代性文化发展的普遍问题。这个既特殊又普遍的问题，就是历史意识与文化意识朝向主体的敞开。

对于新时期初的中国思想而言，由于对康德思想的重新重视，李泽厚将康德先验批判论中的主体意识极大地抖落出来。"人是目的"的思想深入人心，并且这一重新被发现的主体，就康德思想内部而言也已经包含了

---

① ［伊朗］拉明·贾汉贝格鲁：《伯林谈话录》，杨祯钦译，73 页，南京，译林出版社，2002。
② ［美］马克·里拉：《维柯：反现代的创生》，张小勇译，8 页，北京，新星出版社，2008。
③ ［英］伯林：《浪漫主义的根源》，吕梁等译，35～36 页，南京，译林出版社，2008。

社会性的因素，即所谓共通意识的存在。因此，"人是目的"，并不仅仅指的是作为个体对待的人，它更指涉作为整体对待的人类。康德撰述《判断力批判》，并非为了提出一种具有独立意义的学科问题，而是为了沟通认识与伦理，以联系自然与人。美学的出现，审美成为问题，从根本上来说，是为了将自然导向自由而生成。如李泽厚所见，一方面，"审美判断力以自然形式的合目的性与人的主观的审美愉快相联系"；另一方面，"目的论则以自然具有客观目的与道德的人相联系"①。康德美学最终从审美判断力向目的论判断力引渡，正是为了促使自然的人生成为自由的人，而这一引渡的中介正是康德哲学中所潜藏的文化意识：

> 在一个有理性的存在者里面，产生一种达到任何自行抉择的目的的能力，从而也就是产生一种使一个存在者自由地抉择其目的之能力的就是文化。因之我们关于人类有理由来以之归于自然的最终目的只能是文化。②

确切地说，李泽厚是自觉到了这一点的。他将之概括为"自然向人生成"这一命题，并指出其最终目的就是"文化—道德的人"。由此，主体意识凸显为文化意识，是美学意识往前推进的必然方向。虽然，在李泽厚看来，所谓"文化的人"，指的是人摆脱了自然的欲望束缚，独立于它，但同时又能按照自己的自由意志去利用自然，以实现自己的目的，因而是有文化的③。但是，在"自然""道德"等言辞的背后，实际上涉及了更深一层的意义：即由康德先验论批判思想中显现出来的主体意识，虽然塑造了独立自律的人之形象，但是这一独立的个体还需要再次融入一个人类整体的共同体之中。对于这种融入过程的开展来说，最需要的中介恰恰就是文化。因为，如果主体仅仅只是独立自律的人，如同人们通常所指望的那样将"自由"等同于"独立自律"，或许返回的并非一种极然美好的境况，很可能只是霍布斯意义上的"一切人对一切人的战争"之处境。哪怕有了马克思的实践意识与人道意识的灌注，也只能形成某种普遍话语中的人之境况，实际处境下的人只可能会成为自私自利的资产者。对于 20 世纪 80年代的中国来说，将人从严重的政治束缚中解放出来，唤醒主体意识固然是必不可少的，也的确有着巨大而积极的历史意义。但是仅仅这一方面的解放是非常不够的，正如卢梭所说，"人是生而自由的，但却无往不在枷

---

① 李泽厚：《批判哲学的批判》，389～390 页，北京，人民出版社，1979。
② ［德］康德：《判断力批判》，下卷，韦卓民译，95 页，北京，商务印书馆，1964。
③ 李泽厚：《批判哲学的批判》，392 页，北京，人民出版社，1979。

锁之中。自以为是其他一切的主人的人，反而比其他一切更是奴隶"①。从一种束缚中获得的解放，很可能会成为另一种沦落的发端。在国家全能主义逐渐解体的年代，伴随自由而来的，不仅是解放的喜悦，还可能有人心涣散的无奈与前途想象的迷惘②。稍有不慎，独立自律的主体意识，就会沦落为狂妄自大或者心无所系的颓废与迷惘。重新构筑起一个精神的共同体，恰是此时中国思想所面临的重大任务。

虽然革命共同体的政治乌托邦已经从实践上被证明是不可行的，但是实践领域的不可行，并不能否认共同体理想本身的无意义无价值。革命，就其本身而言，是一个先进政党的先锋队行动。它的确有着不可抹杀的历史意义，如树立起公平、公正的社会意识等。但是，一旦它被无限制地推向平民大众，则可能造成共同体的破裂，而不是共同体的完成。在这个意义上而言，20世纪六七十年代造成的是一种癫狂的革命共同体、真实的政治社会——这里的政治是在施密特式"划分敌友"的意义上而言的：在国家内部，一切人成为一切人的敌人；在国家之间，反帝防修，备战第三次世界大战。敌人范围的最大化正是非常状态下的政治型社会。伴随20世纪70年代的结束，这种政治社会状态逐渐衰退。随着返回到康德的思想，独立自律意识复归于主体；随着返回马克思思想，实践人道意识也复归于主体。但是，人毕竟还只是处于孤独的个体状况中。这可能是一个自觉到理性与感性、社会与个体双重意识的主体，这也就是卢梭意义上而言的自然状态下的人，他孤独而远离社会。因此，从根本上而言，从孤独的个人重新走近靠拢，构筑起一个新的共同体，在共同体内又保持自我意志去自由地从事自己的活动，就这样一个目的而言，这才是康德所说的"文化—道德的人"之本意。

这样来看，中国的特定时代问题，也就映射出了世界现代性文化的普遍问题，即如何使人从自然状态不受伤害地走向自由状态，如何将人作为孤独者与道德公民的双重形象妥善处理，如何在保持个人心情畅快的同时，还能保持集体的共同理想。这个问题，才是蕴藏在美学自身演进逻辑

---

① ［法］卢梭：《社会契约论》，何兆武译，4页，北京，商务印书馆，2003。有意思的是，20世纪80年代的许多著作在援引卢梭这句话的时候，多半都只引前一半，甚至篡改，把卢梭打造成为一个纯粹的自由主义者。如："卢梭宣布：'人，生而自由却无往不在枷锁之中，砸碎这枷锁的时刻到了。'他的《忏悔录》就是一个自由勇士突破枷锁的生命历程。"这里明显的是把卢梭思想的一种倾向极端化了，而且更为吊诡的是，马克思式的阶级斗争化了，将卢梭的"枷锁"过渡到了马克思的"枷锁"，内里透露出一种自由主义倾向与造反思维的混合情绪。

② 1980年5月，一封署名"潘晓"的读者来信《人生的路呵，怎么越走越窄……》发表在《中国青年》杂志上。这封信用沉重、诚挚的笔触书写了人生痛苦和创伤，甫一发表，即引发一场全国范围内关于人生观的大讨论。从某种意义上来看，这可视为从集体型社会中初始脱离出来的孤独个体，失去了精神的依托，而产生价值观的迷惘。这是那一时代问题的一个征兆。参见《中国青年》编辑部编：《潘晓讨论：一代中国青年的思想初恋》，天津，南开大学出版社，2000。

中秘不可宣却又引领主潮的关键所在。德国思想家卡西尔提醒人们："当我们竭力于学院哲学概念的探讨时，当我们沉醉在它的玄妙中并纠缠于它的那些精巧的问题时，我们时常忘却掉哲学与世界的真正联系。"①正因此，我们不能把新时期初的"回到康德"与"回到马克思"，仅仅看作思想观念的演化，它们并不简单地是一个将认识论更新为实践论的哲学问题，而更是一个关于从政治社会中挣脱的个体如何重新融为一种精神共同体的现实应对历程。个体如何重新进入共同体，才是位于那一时代思想家们笔下常见的"自由"话语背后的实质所在。正如卡西尔所说，"文化不能以必然性的方式去界定和说明，它必须以自由的方式去界定"②。自由与文化形成相互界定，要走向真正的"自由"，主体意识必然要走向文化与历史的深处，才能生成"文化—道德的人"，才能重新奠定一个共同体的在世根基。

②三重动因与维柯的出场

尽管康德先验唯心论哲学已经隐现出了文化哲学的意识，但是，康德毕竟是在一个形而上学的知识框架中来展开论述的。总体来看，康德只是从哲学层面提出了这一个问题，但并没有很好地从历史经验层面解决这一问题。卡西尔认为：

> 所有文化形式的根本目标即在于着手去建立一个思维和情感的共同世界，即一个充满清醒理智的而不是个人梦幻和妄想的人性世界。在建构这一文化宇宙的时候，任何文化形式都不可能遵循某种预先决定好的形式，即那种在根本上可以以一种先验的思维方式描述的形式。我们所作所为只能遵循在各种形式的历史中表现出来的渐进发展，并标下这条发展道路的各个里程碑。③

新时期初的美学思想在走向主体意识、共通意识、实践意识、人道意识的同时，也迈向了"各种形式的历史"的"里程碑"，开拓出了历史意识与文化意识。朱光潜的维柯译介正是这一思想演进逻辑链条上的关键环节。

具体来看，朱光潜译介维柯的动因，大致可以从三方面来看。

首先，出于资料整理的翻译考虑。朱光潜认为，无论搞何种学问，缺少资料都是不行的，一定要弄清楚"人家在搞些什么，走过什么路，哪些路走错了，哪些还有可取的地方"④。而维柯作为西方思想史上的大家，极

---

① ［德］卡西尔：《符号·神话·文化》，李小兵译，13页，北京，东方出版社，1988。
② 同上书，35页。
③ 同上书，24～25页。
④ 朱光潜：《朱光潜教授谈美学》，见《朱光潜全集》，第10卷，533页，合肥，安徽教育出版社，1993。

为符合朱光潜一直以来对经典文本的译介范围，能完善中国学界对西方思想的认识，这是最表层的原因。

其次，出于学术脉络的溯源追寻。朱光潜最开始是通过克罗齐哲学接触到维柯的："我的美学入门老师是意大利人克罗齐，而克罗齐是维柯的学生。克罗齐早已说过，美学的真正奠基人不是鲍姆嘉通，而是维柯。"① 经由克罗齐哲学认识维柯，实际上就进入了前述西方三种研究路径中的第一条。在此，朱光潜将维柯视为唯心主义哲学美学的先驱："在较小的程度上维柯所做的正是后来黑格尔所做的。他的成就比不上黑格尔，因为他是一个开荒辟路的人，但是他的意义并不因此而减小。"② 但是，他同时更看到了维柯之不同于克罗齐的意义：克罗齐只是在一个极为狭窄的意义上吸收了维柯对于抽象思维与形象思维的对立区分，却并没有看到维柯对想象来源于感官印象、感官印象依存于客观存在的论断，而是断章取义地发展出所谓"直觉"理论，取消了感觉经验及其客观存在的依据，从而形成了所谓的直觉美学。另外，朱光潜还洞察到了克罗齐对维柯历史发展观点的回避，克罗齐把自己的直觉说及语言学与美学的统一说简单看作对维柯衣钵的继承，这里表现为一种歪曲中的推崇、推崇中的歪曲。这样，朱光潜又显出与伯林式研究路径的暗合，特别强调维柯思想中想象（即形象思维）、同情（即移情作用）等概念的美学意义。可以说，朱光潜在由克罗齐指引进入维柯思想的过程中又深刻穿透了克罗齐的视野。但是问题在于，他还必须为理解维柯找到一个更为有效而且切合语境的理论视界，由此，他同时展开的重新理解马克思主义的学术活动便为此提供了一种新的可能性。朱光潜发现，马克思在其著作中不仅直接谈及过维柯③，而且其历史唯物主义的重要源头之一就是维柯的《新科学》。这样，在历史唯物主义的视野支持下，维柯译介便获得了更为贴合中国语境的话语方式，同时也能达成其更为有力的思想功效。由历史唯心主义引入，由历史唯物主义引出，构成了朱光潜对维柯学术溯源的两歧性特征。

最后，出于现实论争的理论需要。如前所述，1978 年中国美学的复苏

---

① 朱光潜：《略谈维柯对美学界的影响》（1984），见《朱光潜全集》，第 10 卷，666 页，合肥，安徽教育出版社，1993。

② 朱光潜：《西方美学史》，见《朱光潜全集》，第 6 卷，362 页，合肥，安徽教育出版社，1990。

③ 朱光潜注意到马克思在两处都曾提及维柯：一处是在给拉萨尔的一封信中说，你好像没有读过维柯，维柯对你的问题不一定有多么大的帮助，但维柯看问题的思想方法，对你会有帮助的。另一处是在《资本论》里面很长的一段脚注中间："……因为像维柯所说的，人类历史和自然界历史之间的差别要点在于人类历史是由人类自己创造的，而自然界历史却不是，是否人类技术史比起自然界技术史就较易写出呢？凭指示出人对自然的交往，即凭人用来支持生命的各种生产活动、技术就揭示出人的社会关系及发源于这些社会关系的心头思想。"参见朱光潜：《略谈维柯对美学界的影响》，见《朱光潜全集》，第 10 卷，671、673 页，合肥，安徽教育出版社，1993。

缘起于两场论争，即"共同美"与"形象思维"的论争。维柯思想的被发掘，恰好在"共同人性"与"形象思维"双层意义上，都构成一个极为难得的理论资源。

一方面，早在1979年出版的《西方美学史》中，朱光潜就高度评价了维柯对于形象思维所做的研究。朱光潜将维柯的基本美学观点概括为四个要点，即（一）形象思维的原始性与普遍性；（二）形象思维与抽象思维的对立；（三）形象思维是如何进行：以己度物的隐喻；（四）形象思维怎样变成类概念或典型人物。这样就为形象思维辩护找到了一条理论化的学术史资源，而不是凭空立论。

另一方面，朱光潜也指出，维柯的《新科学》全名是《关于各民族的共同性质的新科学的原则》，它是针对人类社会文化起源和发展进行的一种全新探讨。其基本出发点就是共同人性论，各民族历史的发展体现为共同人性的发展，尽管各民族的起源和处境各不相同，但在历史发展上却表现出一种基本的一致性。维柯将这种历史一致性概括为人类社会演化的三阶段论：神的时代、英雄的时代、人的时代。尽管每个民族的三阶段各有其相应的心理、性格、宗教、语言、政治和法律，展现为具有本民族特色的文化表征，如希腊的荷马史诗、罗马的十二铜表法等。但是，在这种文化表征之下隐藏的却是一种历史演进的类同结构，即各民族都毫无例外经过这三个阶段论。由此，维柯穿过具有特殊性的民族文化现象，上升到普遍性的历史哲学高度。虽然按照神学理论，人类从天国堕落至尘世并分裂为诸多民族部落，但经维柯结合语言学的阐释，人类历史文化的演进绝不是起源于某一种单一的最初源头，而是各民族各自行走过了一条属于本民族的历史文化轨迹①，同时这不同的历史文化轨迹又有着基本相似的阶段特征。因此，维柯从共同人性出发找到了一把"万能钥匙"②，这就是《新科学》所揭示的控制民族历史的普遍规律，即他所谓的"理想的永恒历史""民族的共同本性""人类法则"等。

因此，维柯著作中这种对形象思维与共同人性的交叠关注，正好满足了朱光潜对于现实论争理论支援的需要，构成了译介维柯更为现实的直接动因。

③美学与历史哲学之辨

朱光潜对维柯的译介，始于《西方美学史》的编撰，终于《新科学》

---

① 可参见维柯《新科学》的"时历表"，维柯说："根据埃及人的三个时代，埃及人说，在他们以前，全世界各民族都已经历过三个时代：神的时代，英雄的时代和人的时代。"依此，维柯开列了一幅由希伯来人、迦勒底人、斯库提亚人、腓尼基人、埃及人、希腊人、罗马人平行构成的时历发展表。参见［意］维柯：《新科学》，见《朱光潜全集》，第18卷，85～91页，合肥，安徽教育出版社，1992。

② ［美］莱蒙：《历史哲学：思辨、分析及其当代走向》，毕芙蓉译，182页，北京，北京师范大学出版社，2009。

的翻译。在《西方美学史》中，朱光潜大胆将维柯单独列为一章来介绍。表面上看，这种推崇受到了克罗齐的影响①，但是从中流露的实际精神旨趣却有着诸多的歧异。

其一，克罗齐把维柯树立为美学的发现者。他强调，在鲍姆嘉通的美学著作诞生之前，维柯早就发表了《新科学》，以一种新的方法来理解幻想，把握了诗与艺术的真正本性。在这个意义上而言，维柯成为美学学科的发现者。但是朱光潜却认为，关于"美学奠基人"的这种争执是无聊的，他指出美学是由许多工作者日积月累的贡献才得以发展起来的，没有哪一个确定的人可以成为所谓"美学的奠基人"，无论是鲍姆加通还是维柯都够不上这个资格，克罗齐的评价过高了。同时，他还认为衡量一位科学家的价值，只能看他对一门科学的发展有没有做出新的贡献，因此也不宜将维柯地位摆得过低。这种对维柯历史地位的评价，看似一种名分之争，但实际上却彰显了一种不偏不倚的态度与独立思考的精神。朱光潜既没有因为多数美学史家的忽视，而看低维柯的地位，也没有因为老师克罗齐的重视，而夸大维柯的意义。他坚持了从学术史的发展脉络来认真对待维柯，肯定了他有价值的思想意义。

其二，克罗齐所重视的维柯，主要集中于维柯所提出的诗与哲学、历史之间的划分，以此来肯定幻想与知性的对立关系，而将维柯的历史哲学简单归于"理念的科学""精神哲学"，但认为维柯的历史哲学论述有别于对诗的论述部分，因为后者才是他著作中的"基本的、真正的哲学部分"。由此，他主张"维柯的真正的新科学就是美学，至少是给予了美学精神的哲学以特殊发展的精神哲学"②。由此可见，与其说克罗齐是在阐释维柯，不如说伯林所言的"克罗齐利用了维柯"更有道理，将维柯的思想简单等同于黑格尔式观念论精神哲学的一个前驱。但问题在于，维柯的《新科学》首先并非一部诗学美学著作，而是一部历史哲学或者说社会科学的巨著，同时维柯也并非19世纪浪漫主义唯心主义的先锋，而是一位有着浓厚欧洲中古色彩的那不勒斯思想家③。

---

① 就西方学术界极具重大影响与代表性的几本美学史而言，鲍桑葵的《美学史》与比尔兹利的《西方美学简史》，均未涉及维柯的美学思想，而吉尔伯特和库恩合著的《美学史》涉及了维柯，仅限于点到为止，介绍了维柯有关想象的思想。只有克罗齐的《美学史》单列一章专门介绍维柯，可见其重视程度。参见［英］鲍桑葵：《美学史》，张今译，北京，商务印书馆，1985；［美］比尔兹利：《西方美学简史》，高建平译，北京，北京大学出版社，2006；［美］吉尔伯特、库恩：《美学史》，夏乾丰译，上海，上海文艺出版社，1989；［意］克罗齐：《作为表现的科学和一般语言学的美学的历史》，王天清译，北京，中国社会科学出版社，1984。

② ［意］克罗齐：《作为表现的科学和一般语言学的美学的历史》，王天清译，75页，北京，中国社会科学出版社，1984。

③ 黄文斐：《维柯〈新科学〉之中古性》，113～124页，台北，国立台湾大学出版委员会，2000。

对此师承影响的差异，朱光潜却是有着自觉意识的。整体上来看，克罗齐指认"维柯意指的和相信的任何东西都是柏拉图的而不是培根的"①，即更倾向于唯心论哲学而非经验主义。他所关注的重心还是维柯的唯心认识论倾向的表现上。朱光潜则经由回到思想语境分析维柯思想的产生与意义，从而扭转了老师克罗齐的论断。

首先，他从 18 世纪意大利历史背景和文化概况入手，指出 18 世纪意大利的经济衰退、外族统治和天主教会势力的猖獗构成学术文化研究极其黑暗的环境，维柯正是在这种语境中开展思考和进行研究的。其次，他指出维柯主要研究的对象是法学，而所针对的对手是笛卡尔理性主义哲学。笛卡尔哲学宣扬的"我思故我在"，是维柯所反感的，维柯提出了真理（verum）与事实（factum）的统一，作为知识的标准或根据，亦即"真理是作为的结果"。由此可见，维柯的思想充满了矛盾性，既有唯物主义的一面（承认观念反映客观事物），也有唯心主义的一面（将神意或天意视为世界秩序的最终建立者）。显然，这里朱光潜所关注的重点并不仅仅是知识论的判断，更隐藏了一种历史哲学立场的眼光。维柯与笛卡尔的知识论矛盾背后其实是更复杂的历史哲学立场的裂隙。但更为微妙而有价值的是，朱光潜还进一步指出了维柯著作中所呈现的一些颇为吊诡的症候：（1）作为一个虔诚的天主教徒，维柯却反复证明神和宗教都是由人凭想象创造出来的，用以维持原始社会秩序的；（2）同时，他又仅仅把这一原则运用到希伯来民族之外的异教世界，而不运用于基督教本身。因而，朱光潜猜疑维柯"在设法回避天主教会的忌讳"②。

实际上，这里朱光潜所潜隐的说辞，提醒人们注意到思想史研究中对"迫害与写作"这样一种关系的注意，这也正是本书中曾涉及过的话题。考虑到《西方美学史》写作与修订的特殊处境，朱光潜其实是在以一种以己度人的思维在研究维柯。由此来看，朱光潜所命名这一章的标题也颇富意味，"意大利历史哲学派：维柯"，并且指出维柯对想象活动（即诗性理论）是与其他诸种文化活动紧密相连的，并非如克罗齐所理解的那样是独立出来的论述，因而强调："他的美学观点是他的历史哲学中的一个重要组成部分。"③ 这就反驳了克罗齐将《新科学》界定为美学的论断。

④维柯与马克思

依此推断，朱光潜实际上是以一种潜隐的历史哲学探讨为问题意识，以美学研究为话题引子来返回维柯的理论历程的。这恰恰与克罗齐对维柯

① ［意］克罗齐：《维柯的哲学》，陶秀璈、王立志译，23 页，郑州，大象出版社，2009。

② 朱光潜：《西方美学史》，见《朱光潜全集》，第 6 卷，357 页，合肥，安徽教育出版社，1990。

③ 朱光潜：《西方美学史》，见《朱光潜全集》，第 6 卷，362 页，合肥，安徽教育出版社，1990。

的关注形成了一个截然相对的逆序诠释。克罗齐认为维柯之所以被忽略，正是因为传统的"历史哲学"标签掩盖了人们对他在知识论、伦理学、美学、法学乃至宗教等丰富领域内活动的认识①。在克罗齐眼中，显然维柯思想的历史哲学意义不及他的其他领域的论述重要。而朱光潜则正相反，以美学研究译介推出维柯，但是实际上却将目光逐渐聚焦到历史哲学。他这样做的理由是什么？除前所述，还有两点。

第一，1956 年以后，中国大陆的学科建制大面积取消了法学、社会学等诸多社会学科，直到 1976 年后才逐渐恢复。社会科学多年以来丧失了合法性地位，以致面临断种绝代的境况，这是教条主义意识形态极端化的结果，在这种处境中公开介绍社会科学已经是不可能的了，因为辩证唯物主义与历史唯物主义的原则已经包办了一切社会领域的分析范式。而美学是少有被保留的一门文科类学科，并且又处于人文学科中较为边缘的地位，因此，借助于对美学史的梳理，能够有限度地介绍一些相关社会科学的经典之作，这可能是一种较为隐蔽的途径。

第二，基于当时处于主导意识形态地位的教条主义的强硬之势，无论是"无产阶级领导下的继续革命"，还是"两个凡是"，都无法直接对马克思主义进行重新阐述，更无法引入西方社会科学的研究，而回到维柯则为之提供了一种间接的可能。朱光潜曾反复再三强调维柯是以马克思为重要代表的历史学派的先驱：

> 马克思树立了社会科学中的历史发展观点，叫作历史学派。历史学派在欧洲从意大利人维柯的《新科学》开始，他是社会学的开山祖，历史学派的开山祖。……我的用意，是在帮助我们了解马克思主义，了解辩证唯物主义、历史唯物主义，了解马克思主义的基本观点——实践观点。②

> 从维柯起，经过德国的赫尔德，歌德，费尔巴哈，黑格尔以及美国的摩尔根直至马克思和恩格斯都就这些问题进行了探讨，作出了各自的结论，学术界把这一脉相承的社会科学家们称之为历史学派。维柯之所以重要，不仅在他创建了社会科学，而且在他创建了社会科学方面的历史发展观点。③

> 他在十九世纪欧洲的影响并不很显著，我们不敢说德国的赫尔德、歌德和黑格尔，美国的《古代社会》的作者摩尔根乃至马克思

① ［意］克罗齐：《维柯的哲学》，陶秀璈、王立志译，197 页，郑州，大象出版社，2009。
② 朱光潜：《怎样学美学》，见《朱光潜全集》，第 10 卷，512～513 页，合肥，安徽教育出版社，1993。
③ 朱光潜：《维柯的〈新科学〉简介》，见《朱光潜全集》，第 10 卷，581 页，合肥，安徽教育出版社，1993。

和恩格斯都直接受到过维柯的影响。但是现在世界已公认，这些大师都沿着维柯所开创的社会科学中历史学派的路线而前进。①

不难看出，当维柯与马克思牵扯到一块时，意义并不在于所谓的美学观点，而是在于：首先，由马克思与历史学派的关系来确立维柯研究的合法性地位；其次，隐现出历史学派只是社会科学中的一支的观点，尽管仍是最为正确的一支，但这样也就将马克思历史主义的思想还原为社会科学流派之一，而不再是从意识形态意义上而言的可以一统方法论领域的唯一理论。除开历史主义先驱的意义，朱光潜还不断引证，认为是维柯最先提出了阶级斗争的社会史观点②。这些都可以说是朱光潜出于一种寻求合法性外衣庇护的考虑而做出的学术策略。朱光潜借维柯美学的外衣进行了对社会科学、历史哲学他者资源的引入。这里值得一提的是，朱光潜在返回维柯的途中，还注意到了德国思想家赫尔德（J. G. Herder），并称他"在历史发展这个基本观点方面也是一个开山祖"③。因与马克思思想隐微联系的存在，这些被埋没已久的资源得以获取一定介绍的合法性，于是通过这种思想资源的引介，朱光潜推动了新时期中国美学乃至中国学术返回历史意识的进程。

⑤历史意识与文化意识

《西方美学史》之后，在朱光潜对维柯介绍与研究的若干文章中④，最为重要的应是《维柯的〈新科学〉及其对中西美学的影响》一文。1983年3月10日至31日间，朱光潜应香港中文大学新亚书院金耀基院长之邀，赴香港主持新亚书院主办的第五届"钱宾四先生学术文化讲座"，该文即

①　朱光潜：《维柯》，见《朱光潜全集》，第10卷，627页，合肥，安徽教育出版社，1993。
②　朱光潜：《维柯的〈新科学〉简介》《维柯》《略谈维柯对美学界的影响》《维柯的〈新科学〉及其对中西美学的影响》，见《朱光潜全集》，第10卷，584、624、668、685页，合肥，安徽教育出版社，1993。
③　晚年朱光潜认为，"孤立地专就马克思恩格斯而求弄懂马克思主义，这就不可能真正懂得历史发展这一基本观点"，在返回维柯的同时，也关注并开始重视赫尔德的思想："假如我还能多活几年，我一定要补这一课。关于德国古典哲学方面还有一个重要的人我没有注意，好像您也没有注意，那就是赫尔德（herder），他在历史发展这个基本观点方面也是一个开山祖。我已把这一点向北京大学西语系德语专业的领导同志谈过，建议要分配一两名研究生去研究赫尔德。我想中国社会科学院哲学研究所也应考虑分配一定名额的研究生去专门研究应特别注意的一些哲学家们，便中向望汝信同志谈一谈。"朱光潜：《致郑涌》，见《朱光潜全集》，第10卷，637页，合肥，安徽教育出版社，1993。
④　这些文章包括：《维柯的〈新科学〉简介》（1981）、为《中国大百科全书·外国文学》所写的"维柯"条目（1982）、《略谈维柯对美学界的影响》（1984）、《维柯的〈新科学〉及其对中西美学的影响》（1984）、为《中国大百科全书·哲学》所写的"新科学"条目（1987）。上述诸文均收入《朱光潜全集》，第10卷。

为演讲题目结稿而成①。但是，值得注意的是，这个演讲主题确立的过程及其内容有着复杂的意蕴。

"钱宾四先生学术文化讲座"创办于1977年，讲座以促进中西文化交流、推动中国文化发展为宗旨，是一个很有影响的国际学术活动。在朱光潜主持第五届之先的前四届，分别由钱穆、李约瑟（Joseph Needham）、小川环树、狄百瑞（Wm. Theodore de Bary）主持。② 很明显，这个讲座有着广泛的国际参与性，囊括了海内外几乎最重要的中国文化研究学者。如果说，前四届还主要是中西文化的交流性质的话，那么朱光潜的到来则别具一番微妙的意味，那就是沟通大陆与香港、台湾两岸三地的学术文化。因此，朱光潜选择了维柯来作为讲题是有着极为深刻的考虑的。他最开始拟定的题目是"从维柯《新科学》看我国古代社会文化"③，但是在金耀基的要求下改为现在的题目。朱光潜曾就此自述："拙译原意重点在社会科学，尊意重点在美学，就听众的希望和本人的素养来说，重点均当放在美学方面，尊见极是。"④ 可见，朱光潜对于维柯思想非常重视，所谓"原意重点在社会科学"，其实已经大大突破了美学学科的框定，随着思想解放运动的展开而更为关注它的"社会科学"（其实也就是历史哲学与文化科学）的意义。

这个关于维柯的演讲分为17个方面，全面介绍了维柯的哲学思想和美学思想，只是相对于《西方美学史》的介绍，减少了关于其诗学与美学观点的介绍，而主要从历史观点与文化观点方面来介绍维柯思想，显示出了朱光潜推介维柯所包含的历史意识与文化意识的强烈意图。他的主要观点有如下几个部分。

第一，历史意识

从研究内容上而言，"新科学"的名称最早源于伽利略的《新科学的对话录》，不过伽利略仅仅是在自然科学的意义上来界定的，而朱光潜认为维柯的《新科学》却是包含着范围更为广阔的一门崭新的研究，而且主要是历史科学或社会科学的一门学问。从研究方法上而言，维柯抛弃了经院派的演绎法，那种演绎法对客观事实与感性经验充满蔑视，而主要凭教条主义来下结论。维柯改用了培根提倡的以搜集感性经验与客观事实为材

① 该文实际写作于1982年夏，1983年校改，演讲后由香港中文大学出版社1984年以《维柯的〈新科学〉及其对中西美学的影响》书名出版单行本，并附维柯《新科学》节译。后收《朱光潜全集》，第10卷。另据朱光潜：《维柯的〈新科学〉及其对中西美学的影响》，贵阳，贵州人民出版社，2009。

② 蒯大申：《朱光潜后期美学思想述论》，223页，上海，上海社会科学院出版社，2001。相关讲座后来结集成书，可参见贵州人民出版社2009年出版的"钱宾四先生学术文化讲座"系列。

③ 朱光潜：《致金耀基》（1982年2月6日），见《朱光潜全集》，第10卷，643页，合肥，安徽教育出版社，1993。

④ 朱光潜：《致金耀基》（1982年），见《朱光潜全集》，第10卷，645页，合肥，安徽教育出版社，1993。

料基础的分析综合推导结论的批判法。

从这两个方面来看，朱光潜指出维柯的历史位置恰好处于十七八世纪西方启蒙哲学运动两大思潮的对立之间，一边是以培根为代表的英国经验主义，一边是以笛卡尔为代表的大陆理性主义。但可贵的是，维柯并没有单独站到任何一方的阵营，而是在这两条路线的斗争中摸索出了一条自己的道路。

首先，维柯的方法论的确受到了培根的启发。维柯的《新科学》之"新"，就在于"穷本求源"的坚定精神，这也就是历史发展的观点，即不应把一个整体的历史发展过程拦腰截断、单从其中截出一个横截面来看，那样就看不出来龙去脉，根本违反了历史发展的观点。在《新科学》中，维柯的罗马法研究正是遵循这样一种历史精神的典型范例。维柯认为主流的罗马法学家们的研究，并非从人类始祖亚当开始，而是从已经开化的近代人开始。这样就遮蔽了人类法律起源的历史源头，而犯下了双重谬误，这也就是维柯重点强调的"虚骄讹见"。维柯所说的"虚骄讹见"有两种：一种是"民族虚骄讹见"，即每个民族都自信在世界上是最古老的，另一种是"学者的虚骄讹见"，即学者们都自以为他们所知道的一定是从世界刚开始时就已被人们懂得很清楚了。这两种"虚骄讹见"阻碍了人们去认识真实历史的本来面目，因此维柯认为为了摸清真相，就必须假定世界上根本就没有过书籍。朱光潜指出，这种态度比起孟子的"尽信书则不如无书"还要彻底①。显而易见，在对维柯历史主义方法论的评价中，朱光潜流露出独立思考、不盲从前人观点的立场，同时暗自借维柯思想抨击僵化教条主义。

其次，朱光潜指出，维柯《新科学》的主题是"部落自然法"（the natural law of the gentes），它的研究路径是由自然科学上升到社会科学，而在朱光潜的理解中，社会科学就等同于历史科学、也等同于广义的"人学"。所谓"部落自然法"，本身就是一种历史意识的突现。过去的学者大多认为，法律制度是由某些先知先觉的立法者凭个人的认识和意志强加于社会的，朱光潜认为这相当于"英雄造时势"的观点②。而维柯认为法的根源在于共同的人性（common nature）。共同的人性产生了共同的习俗，共同的习俗经过文化就成为共同的法律。以原始部落为例，尽管原始社会分裂为诸多小部落或小民族，彼此间还较少往来或相互敌视，但是他们的法律制度却往往有着一致性或规律性。"部落自然法"建基于"共同人性"，这种探寻所蕴含的思想作用是：第一，为共同人性论找到了更有力

① 朱光潜：《维柯的〈新科学〉及其对中西美学的影响》，见《朱光潜全集》，第10卷，685页，合肥，安徽教育出版社，1993。

② 朱光潜：《维柯的〈新科学〉及其对中西美学的影响》，见《朱光潜全集》，第10卷，686页，合肥，安徽教育出版社，1993。

的理论支撑；第二，由共同人性推导出共同习俗乃至共同法律，这也就重新肯定了具有普世性人类意义的共同意识的存在。

克罗齐曾说："维柯的哲学是人性的哲学。"① 确如其言，从分离的民族文化现象探寻出共同的人类意识，在维柯阐释的背后，实际隐含着对过去的残酷阶级斗争所造成社会分裂的反思。正如马克·里拉所指："个体的动力和诸民族的理想永恒城邦之间的纽带就是维柯的'共同意识'理论。共同意识是神圣动力的社会表达，始于与他人分享经验的内驱力。人一旦社会化，共同意识就开始作为一套习俗起作用，将社会团结在一起，推动它沿着天神既定的演进道路前进。那些习俗就是宗教、婚姻和财产。"② 朱光潜对维柯的历史哲学的阐释在深入其学理逻辑深处之时，便从历史哲学进展到了文化哲学的层面，这就是所谓"法的'土生土长性'"，亦即文化的民族性特征，所谓"习俗"就是在这个意义上呈现出来的。

第二，文化意识

历史意识的推进，引发了民族文化意识的萌生，这倒是更为值得注意的一个思想要点。正如有学者评价："其实，朱光潜之发现维柯，一如维柯之发现荷马，是为了寻找各民族文化自身原有的'诗性智慧'（poetic wisdom），亦即返回到自身文化传统的根源。"③

首先，在《新科学》中，维柯对于历史的返本求源，所处理的对象恰恰是各异教民族文化历史。维柯指出，按照古埃及人三个时代的划分，人类各个民族都经过了神的时代、英雄时代与人的时代，人类社会起源正是基于宗教、婚姻、葬礼这三项典章制度的确立。维柯的这种说法，是避开基督教的神学理论，而借助历史主义原则发现的。朱光潜在对维柯诠释时，特意借用中国古代文化事例加以说明：当涉及维柯讲到的世界历史初始的大洪水时，朱光潜说："全世界都发生过大洪水，如希伯来人的《圣经·创世纪》和我们的《禹贡》里都提到过。"当涉及维柯讲到的三大起源时，朱光潜说："这三大起源（相当于我国《周礼》中的祭礼、婚礼、葬礼）是后来一切文物和典章制度的种子，从此产生了政权、财权、法律、政治乃至语言文字、艺术和哲学科学等。"当涉及维柯说到的罗马十二天神各司专职时，朱光潜说："这正如中国古代有巢氏标志着穴居野处的时代，神农氏标志着垦殖耕种的开始，燧人氏标志着钻木取火来烹调的开始。"④ 进而，朱光潜更是肯定宗教对于文化起源的重要作用，认为：

① ［意］克罗齐：《维柯的哲学》，陶秀璈、王立志译，13 页，郑州，大象出版社，2009。
② ［美］马克·里拉：《维柯：反现代的创生》，张小勇译，189 页，北京，新星出版社，2008。
③ 蔡瑞霖：《诗性的启蒙——维柯、朱光潜与当代中国美学的新视野》，见文洁华主编：《朱光潜与当代中国美学》，98 页，香港，中华书局（香港），1998。
④ 朱光潜：《维柯的〈新科学〉及其对中西美学的影响》，见《朱光潜全集》，第 10 卷，689～690 页，合肥，安徽教育出版社，1993。

宗教是一切典章制度的起源，这是推翻不了的客观历史事实。西方如此，中国和印度乃至一切其他民族也都是如此。至今还有不少的少数民族仍然如此。人类总得要有某种信仰作为在社会中生活和行动的指南。①

20 世纪 70 年代后，重新肯定宗教作为人类文化的起源，有着重大的思想意义。宗教也好，婚姻、葬礼也好，都是人类习俗的代表，社会生活如果只有纯粹的革命理念，那么，那些怀疑一切、打倒一切的主观意志理念只会摧毁生活世界的共同根基，而根本无法建立起奠基于大地之上的真正美好社会。从维柯的历史哲学向文化哲学的迈进，朱光潜逐渐深入维柯的学理逻辑内部，借此也回应了中国思想的现实问题，那就是对于"民族—文化"意识的重新呼唤，"文化指的是象征形式的领域，它试图以想象的方式去开挖并表达人类生存的意义，文化渗透了宗教"②。现代性的政治怀疑主义走到极端，当它对文化习俗共同体完成全面攻击之后，朱光潜借助维柯展开了修补历史文化的尝试与努力。

其次，《新科学》处理对象所采用的方法是语言学与哲学相结合的方法。维柯探究古代文化制度的第一个方法是语言学。他将拉丁语言与罗马法结合研究得出了许多新的发现，朱光潜认为，这就是汉语中原有的"名实相符"的要求。语言涉及"名"，思想涉及"实"，语言文字和思想道理是一样的，都有着地区的差异和历史的发展，因此，从一个人或事物名称的变化，就能看出人的地位、职责、事物的功能乃至一切文化典章制度的发展变化。维柯认为人类三个时代中的语言是各不相同的，神的时代是哑口无声的语言，英雄时代是象征比喻的语言，乃至徽章、盾牌、旗帜和钱币等也都可以视为英雄时代的语言形式之一，人的时代才出现各地区各民族的土俗语言。朱光潜依此逐一注意到了华夏民族自古以来的《易经》爻象、殷墟甲骨、青铜箴铭、象形汉字、兵马俑、莫高窟壁画乃至"白话"。他指出，维柯不仅开创了比较文学，而且还开创了比较文字学。而这些历史语言学的阐释，无疑洞开了返回民族古典文化意识的大门③。

维柯探究古代文化制度所采用的第二个方法是诗性智慧。所谓诗性，按照希腊文 poesis（诗）这个词的原意，就是"创造"，因而诗性智慧的本义就是创造的智慧或构造的智慧。相对于具有反思推理性质的玄学智慧

---

① 朱光潜：《维柯的〈新科学〉及其对中西美学的影响》，见《朱光潜全集》，第 10 卷，691 页，合肥，安徽教育出版社，1993。

② 陈赟：《现时代的精神生活》，34 页，北京，新星出版社，2008。

③ 朱光潜曾说："西方从意大利维柯到克罗齐一派美学史家都认为语言文字本身就是艺术产品，所以美学和语言文字学分不开。这种看法从中国汉语文字的产生和演变可以获得充分的例证。"朱光潜：《中国古代美学简介》，见《朱光潜全集》，第 10 卷，554 页，合肥，安徽教育出版社，1993。

（哲学理性智慧），维柯认为，原始人类文化是由具有创造功能的诗性智慧创造出来的。许多民族的神话故事都是他们的远古历史反映，不过采取了一种诗性的表达方式，因为"最初的哲人都是神学诗人"。从诗性智慧出发，就有了原始民族的诗性玄学、诗性逻辑、诗性伦理、诗性经济、诗性政治、诗性物理等方方面面的创造，诗性智慧创造出来一个最初的属人世界。

在阐释中，朱光潜巧妙地将诗性智慧转化为形象思维，将玄学智慧转化为抽象思维，这就为重新引出美学与文艺理论的审美特征提供了理论支援。通过这种理论引渡，他将形象思维的基本规律概括为：一是抽象思维必须有形象思维做基础，在发展顺序上晚于形象思维；二是形象思维是一种以己度物的隐喻；三是形象思维创造了想象性的类概念。这三条规律的意义在于，第一条有力支撑了对文学艺术以想象为核心审美特征的辩护，反对以抽象思维来规定文艺创作的理念先行论；第二条由想象中最富于特征的"隐喻"原则，即"人把自己看成衡量一切的尺度"，反转证明了朱光潜早期美学宣扬的"移情说"的合理性，也牵引出了对中国古代诗论中"比兴"的思考；第三条则为典型理论找到了一个源头。

但是，从总体上来说，朱光潜已经不再把关注重心放在形象思维这种诗学和美学问题上了，而是致力于对诗性智慧带来的历史意识与文化意识根基的重新肯认。这里关键就在于，"诗"的意思不限于美学或文学，也不限于作为审美特征的一个表述，而是返回到它的古希腊源头，经由历史与语言双重视角重新开启本原的"创造"意味。这层意味既是古老的，也是新颖的。古老是因为它溯源至古希腊词源，新颖是因为我们对此一直毫无所知。诗性智慧所对应的就是维柯所说的"认识真理凭创造"这个基本原则。维柯反对笛卡尔的"我思故我在"，认为真理并非凭人的理性空想出来，不是能够凭空推断出来的。所谓"认识真理凭创造"，朱光潜将之阐释为：

> 用简单的话来说，就是认识到一种真理，其实就是凭人智慧的活动，而诗这个词在西文里是 poetry，其原义正是"创作"或"构成"。人在认识到一种事物，就是在创造出或构造出该种事物，……用现在流行的话来说，认识不仅是来源于实践，认识本身就是创造或构成这种实践活动了。这样，认识并不是让外界事物反映到人心里来，人心本身对认识还起更重要的创造作用，这对流行的"反映论"是一个致命的打击。从认识即实践这个基本原则出发，维柯达到了"人类世界是由人类自己创造出来的"那条基本原则。这也正是马克思后来在《路易·波拿马的雾月十八日》第二段第一句里所说的"人们自己创造自己的历史"，不过马克思补充了一层意思，"是在……既定的，从过去继承下来条

件下创造"。这层意思也正是维柯在《新科学》里反复证明的。①

从"诗"到"创造"，再到"实践"，朱光潜最终穿过维柯思想回到了主体性实践哲学的理论中来。不过这一次的回到，不是在一种普遍性概念笼罩下的充满了思辨哲学意味的"认识/实践"之辨，也不再是单就精神生产与意识形态过程而言的艺术实践，而是经由维柯重新认识到的"既定的，从过去继承下来的条件"，也就是实践所存身其中的历史文化意识地基。卡西尔曾说："维柯憧憬的是一门文明的哲学——即一种能洞察和解释那些制约着人类文化的历史和发展之普遍历程的基本规律。"② 就此而言，朱光潜返回维柯的意义正在于，向主体意识敞开了历史与文化之维。

二、民族文化的心灵谱系：走向中国智慧

返回维柯的思想旅行，昭示着历史意识与文化意识的开启，而这一开启在维柯思想中的最重要特征便是对起源问题的执着探寻：有宗教、婚姻、葬礼作为人类典章制度的起源，有平民与贵族斡旋作为阶级斗争的起源，有以己度物的隐喻作为人类语言的起源，有诗作为历史的起源。"维柯所宣称的独创性，主要取决于他对起源问题富有创造性的思考，这使他从笛卡尔主义中摆脱了出来，并结合了哲学和'语言学'。"③ 因为现代理性主义哲学对传统、权威均持一种怀疑主义的否定态度，这种怀疑不相信任何传统与权威，仅仅凭自我意识得以确证自我存在（"我思故我在"的口号便彻底摒弃了传统历史与文化之于主体的意义），这种理性主义哲学走到极端便成为虚无主义。审慎的哲人致力于起源问题的追索，正是抗拒现代虚无主义的一种思想方式，也是促使孤独个体回到道德共同体的一种努力。朱光潜对此是有着清醒认识的，他在译介维柯的同时已经开始了对中国古代社会文化的关注④。只是可惜时不待人，由于年老体衰，他的主要精力为了译介维柯，已经不可能去全面梳理中华民族历史与文化诸问

---

① 朱光潜：《维柯的〈新科学〉及其对中西美学的影响》，见《朱光潜全集》，第 10 卷，708～709 页，合肥，安徽教育出版社，1993。

② ［德］卡西尔：《符号·神话·文化》，李小兵译，51 页，北京，东方出版社，1988。

③ ［美］普鲁斯：《斯宾诺莎、维柯与宗教想象》，见刘小枫主编：《维柯与古今之争》，82 页，华夏出版社，2008。

④ 朱光潜曾因了解古代社会专门请教于沈从文："我近几年因译维柯的《新科学》，在研究古代原始社会。过去这方面知识太差，处处都感到'捉襟见肘'，就向他提出一些关于古代社会的问题。他不但引证他自己在研究文物中所得的收获和启发，作了令人信服的解答，而且还指导我去看我国最近社会科学工作者在这方面的新论著，取得的不同的崭新成就，我从此认识到研究文学和美学已不宜画地为牢，闭关自守，考古和研究古代社会，也还是分内事。"另外，他在给朋友的信件中几次提到受维柯影响准备研究古代社会文物流变。参见朱光潜：《〈凤凰〉序》(1982)、《致金耀基》(1982)、《致陈望衡》(1983 年夏历元旦)，见《朱光潜全集》，第 10 卷，614、643、646 页，合肥，安徽教育出版社，1993。

题。正如尤西林所洞见到的："朱氏人道主义美学与历史哲学的意义远超出了狭义美学学科建树，它作为当代最早全面深入阐释马克思人文主义的启蒙者，成为消解传统极'左'权威意识形态的思想解放运动的先驱，同时成为重建当代中国人文主义精神的重要环节。""这属于中国大陆当代美学共同的历史意义，参见李泽厚、高尔泰同一方向的工作。"① 值得注意的是，以李泽厚为最主要代表的同时代其他诸多美学家均开始介入对民族历史与文化的追问，从而在一定意义上恰好接续了朱光潜的历史文化意识。

1. 哲学研究人的命运

1978 年，于光远曾向李泽厚提出过一个问题："哲学研究什么？"李泽厚回答："哲学研究命运。""命运也就是人（人类和个体）的'立命'问题，应是哲学的核心。"② 在李泽厚的思路中，对人之命运的探求，呈现出一种双向互阐的格局：经由返回康德的阅读，萌生出主体意识的建构诉求；经由返回马克思的经典理论，把捉到了实践意识的核心要义。通过康德与马克思的互阐，李泽厚建构起一套"主体性实践哲学"，亦名之为"人类学历史本体论"。如果说，"回到康德"所引发的主体意识"基本上还停留在人性结构的抽象分析和描绘上"③ 的话，那么，"回到马克思"所催醒的实践意识，已经使得人从形而上学高空走向了人类学历史的地面。至此，尽管从前者到后者的演进，已经做出了历史化的努力，但是这里仍然存在一个重要的问题："人在肯定了自我的独立存在、价值与潜力并力图描绘这种存在、价值和潜力的形式与结构之后，如何充实这个结构，如何赋予形式以内容，如何把经由哲学、美学、心理学、人类学勾画出来的，只有骨架子的人，化为有血有肉、有自己的思想、情感、有意志的人？"④

因此，由形而上学进而伦理学、人类学，最终落脚到历史哲学与文化哲学之内，这正是李泽厚思想的进路，也是他转战于美学、哲学、思想史诸研究领域的最终旨归。同样，由普遍主体到实践主体再到历史文化主体，也成为这一思想变迁的内在建构诉求。在实践主体沉落为历史文化主体的过程中，由积淀说奠基、"美的历程"与"古代思想史"探路、以"乐感文化"收尾，便构成李泽厚建构民族文化主体的一条理论线索。

2. "起源"理论奠基：凝冻·沉淀·积淀

夏中义认为，新时期艺术—文化学的始作俑者，非李泽厚莫属。最重

---

① 尤西林：《朱光潜：作为历史哲学的人道主义美学》，见《心体与时间：二十世纪中国美学与现代性》，175 页，北京，人民出版社，2009。

② 李泽厚：《李泽厚近年答问录》，4、52 页，天津，天津社会科学院出版社，2006。

③ 林同奇：《人文寻求录》，377 页，北京，新星出版社，2006。

④ 林同奇：《人文寻求录》，378 页，北京，新星出版社，2006。

要的原因在于，他推出了"艺术—文化学核心范畴'积淀'"，"成为学界引用甚广、涵义甚丰的新术语，同时也是激荡这一学科新潮的漩涡中心"①。确如其言，如果说朱光潜的维柯研究只是初步唤醒了历史民族文化意识的话，那么李泽厚则真正呼应了这一思想接力，并开启了具有个人风格的独创性研究。这一研究的理论基点正是"积淀说"。

　　任何有价值的理论都并非横空出世。准确来说，"积淀说"萌芽于李泽厚 20 世纪 50 年代的美学大讨论，显露于 60 年代的美学思考，成型于 70 年代末到 80 年代的美学热期间。由最早的"凝冻说"，到中期的"沉淀说"，再到新时期的"积淀说"，构成了李泽厚文化思想内在发展的一条独立脉络。

　　首先，早在 1956 年的美学辩论文章中，李泽厚就用过"凝冻"一词：

　　　艺术（美感）和科学（理知）在这里（形式上）的不同仅在于：后者是通过抽象概念的推演来展开和反映这种关系；而前者是把这种关系凝冻在一个具体有限的形象里，通过这个凝冻的形象来反映关系。后者是一种间接知识，而前者却采取了一种直观知识（或直接知识）的形式。但直观知识归根结底仍是间接知识的结果。②

　　此段话中的"这种关系"指的是，在日常生活和文化教养的熏陶下，人们对事物在整个生活中关系和联系的了解，即隐藏在事物中的社会生活内容。李泽厚将艺术与科学、美感与理智区分开的依据在于，科学的方法是抽象的演绎与反映，艺术的方式则由凝冻的形象展现。"凝冻"的使用意味着，美感直觉并非简单的生理学或心理学概念，而是"人类文化发展历史和个人文化修养的精神标志"，"人类独有的审美感是长期社会生活的历史产物，对个人来说，它是长期环境感染和文化教养的结果"。"凝冻"，在此而言就是一种"潜移默化地形成和浸进"过程③，它显示出了"积淀说"最初思想火花的闪现④。

---

　　① 夏中义：《新潮学案》，97 页，上海，上海三联书店，1996。
　　② 李泽厚：《论美感、美和艺术——简论朱光潜的唯心主义美学思想》，见文艺报编辑部编：《美学问题讨论集》，第 2 集，210～211 页，北京，作家出版社，1957。
　　③ 李泽厚：《论美感、美和艺术——简论朱光潜的唯心主义美学思想》，见文艺报编辑部编：《美学问题讨论集》，第 2 集，213、214 页，北京，作家出版社，1957。
　　④ 其实，李泽厚在新时期还曾多次用到过"凝冻"，如"为什么人们愿意去欣赏断墙残垣的历史遗迹？因为它记录了实践的艰辛，凝冻了过去的生活痕迹，能使你得到一种深沉的历史感受。""运动着的时空景象都似乎只是为了呈现那不朽者——凝冻着的永恒。那不朽，那永恒似乎就在这自然风景之中，然而似乎又在这座自然风景之外。它既凝冻在这变动不居的外在景象中，又超越了这外在景物……"参见《艺术杂谈》《禅意盎然》，见《走我自己的路》，316、394～395 页，北京，生活·读书·新知三联书店，1986。这里的"凝冻"，处于过去与现在、运动与永恒之间，更明显地凸显出了历史时间的内涵。另外，《美的历程》第一章"龙飞凤舞"中，"凝冻"也曾大量出现。参见《美的历程》，北京，文物出版社，1981。

其次，在 1963 年的两篇文章中，李泽厚开始使用"沉淀"的说法：

> 对现实的审美感受沉淀着社会的伦理观念和道德要求。这就使其审美理想在突出伦理观念方面显得十分明晰和确定，现实生活的本质必然的方面以比较纯净的、规范了的伦理理智形式在艺术里被呈现出来。①

> 审美意识中的情与理的辩证法在这里展开为：在审美感受，理解（知性）沉淀为知觉，成为感性的方面；在审美理想中，情感沉淀为理想，成为理性的方面。一方面，只有理解沉淀在感性中，才可能构成不同于一般感觉的审美感受；另一方面，只有情感沉淀在理性的思维中，才可能构成不同于一般概念的审美理想。②

这里的"沉淀"，是从审美意识角度来说的。无论是审美感受，还是审美理想，情感与理念、感性与理性在其中相互渗透，完成为情中带理、理中见情的这样一种双向运动过程。"沉淀"不是赤裸裸的凌驾、控制、霸占，不是某一方对另一方的挑战与反抗，而是以一种细雨润无声的方式，在审美感受中，将社会的道德理想濡染到情感结构之中，在审美理想中，将真挚的情感体验灌注进理性思考之内，社会与个体在"沉淀"这种中介过程里得以有效融合。这就超越了传统对理性与感性、社会与个体的二元对立看法，使得文学艺术区别于政治宣教，而以独有的审美方式显露出积极的功效。这种功效在于，既能塑造完善健全的人性心智，又能用审美的方式将个人与社会协调融合。1976 年后，李泽厚重提"沉淀"，认为不能把美感的直觉性看作生理本能和神秘感觉，而要看到"正是社会的理智的因素沉淀在感觉中才可能有美感"③。同样涉及美感直觉的形成，这里的"沉淀"恰好是"凝冻"的变体。不过，"沉淀"已经较"凝冻"更富历史化的意味了。

最后，20 世纪 70 年代后期，从《批判哲学的批判》的写作开始，李泽厚有意识使用"积淀"来代替"沉淀"。据不完全统计，在《批判哲学的批判》一书的初版中，"积淀"一词出现多处，具体见下表：

---

① 李泽厚：《典型初探》，见《美学论集》，316 页，上海，上海文艺出版社，1980。
② 李泽厚：《审美意识与创作方法》，见《美学论集》，362 页，上海，上海文艺出版社，1980。
③ 李泽厚：《形象思维续谈》，见《美学论集》，274 页，上海，上海文艺出版社，1980。

《批判哲学的批判》1979 年版中出现"积淀"一词的情况

原文	页码
诚然，人类五官（感觉器官）都是历史的成果，它们本身都已积淀了社会的性质和功能；人类是在改造世界（实践）中去认识世界，五官本身受着这种实践的制约和影响。	P. 106
时、空表象或观念丝毫没有先验或先天的性质，它们是客观物质的存在形式，通过一定的社会实践，向我们主观意识中积淀和移入，即反映。这里，社会（非个体）实践（非感官知觉）是关键性的中介环节。	P. 109
不仅认识具体客观对象，而且也认识客观世界的存在形式和普遍规律，并逐渐把它们反映，移入、积淀为包括时、空观念在内的人们一整套认识形式和心理——逻辑结构。	P. 112
其实作为所谓"先验构架"的时间，实质上乃是由于人类实践活动将客观世界规律的反映、积淀为人们认识形式的"网上的纽结点"（范畴），这一过程必须通过漫长的时间才实现。……本来是人类的社会实践将客观世界的规律，通过漫长的时间，反映、积淀为范畴。	P. 160
具有普遍性的高级逻辑思维形式（如辩证范畴和形式逻辑），也是由具有普遍性形式的实践本性所积淀和提供。	P. 195
小我的见证最初只能表现在积淀为具有各种独特性、多样性和丰富性的心理—艺术结构中，它在社会各领域的充分展开，则有待于人类史前期的结束。	P. 201
人所独有的感性（时、空观念）和理性能力（形式逻辑、数学、辩证范畴），其根源完全不是什么"先验的"或"不可知"的东西，而是通由实践，在漫长历史时期中，客体（外部世界）产生、构成、反映、积淀为主体的认识结构。	P. 248
自然与人的对立统一的关系，历史地积淀在审美心理现象中。	P. 395
作为历史，总体高于个体，理性优于感性；但作为历史成果，总体、理性却必须积淀、保存在感性个体中。审美现象的深刻意义正在这里。	P. 397
认识领域和伦理领域的超生物性质是表现为外在的，而在审美领域，则已积淀为内在心理结构了。	P. 401
理性才能积淀在感性中，内容才能积淀在形式中，自然的形式才能成为自由的形式，这也就是美。……审美是这个统一的主观心理上的反映，它的社会结构是社会历史的积淀，表现为心理诸功能（知觉、理解、想象与情感）的综合，其各因素间的不同组织和配合便形成种种不同特色的审美感受和艺术风格，其结构形式将来应可用某种数学方程式来作出精确的表述。	P. 403

很明显，"积淀"已经成为历史化运动过程的代名词，它渗透进了认识论、伦理学乃至美学与目的论几大领域。毫无疑问，"积淀"的发现，是马克思主义实践论改造康德先验论的成果，它使得康德意义上的诸般"二律背反"（现象与本体、认识与伦理、自然与自由、感性与理性、形式与内容等）经由"实践"得以缝合。由此，认识论中的时空构架并非先验而不可知的，它是人类实践活动在主观意识中的反映和积淀；审美更是经由人类实践所引发的积淀过程，是从"自然的形式"完成为"自由的形式"。李泽厚认为：

> 我所经常注意的一个基本思想就是：理性的东西怎么表现在感性的中间；社会的东西怎么表现在个体的中间；历史的东西怎么表现在心理中间。我用"积淀"这样一个词来表示这个意思。即社会、历史、理性积淀在感性、个体、直观中，这就是人的感性的特点，也是我所采取的解释美感的基本途径。①

"积淀说"的意义，正在于对康德与马克思的双重克服。一方面重视个体；另一方面不离弃社会共同体，康德的"先验心理学"与马克思的唯物史观，在李泽厚的理论互阐过程中，形成为"积淀说"这一独创性阐释模式，其所针对的正是个体的文化心理结构与社会的历史文化发展的融合谐调。日后，李泽厚将之归结为"经验变先验""历史建理性""心理成本体"三个方面。②

相对而言，李泽厚将美感的社会历史根源用"积淀"加以呈现，这也就与朱光潜的维柯译介形成了思想共鸣，即对"起源问题"的倾力探寻。但是，仅凭这种思辨性历史演绎过程无从确立真实而独特的民族文化意识。因此，这一具体化的任务便促使美学家进入更为纷繁复杂的文化历史脉络中求证历史意识的文化之根。

3. 《美的历程》："有意味的形式"

1981 年 3 月，《美的历程》初版由文物出版社出版，被誉为新时期美学热的标志性事件。但是，这一著作的写成，却是一个漫长而又迅速的过程。漫长在于其思考的时间跨度大，横亘近二十年的间隔，从 20 世纪 50 年代到 70 年代，而迅速在于其写作的时间速度快，仅用了几个月的时间。多年后的采访中，李泽厚回忆到：

> 这本书我是在 1979 年交稿的。写作的过程很快，大概只有

---

① 李泽厚：《美感二重性与形象思维》，见《李泽厚哲学美学文选》，357 页，长沙，湖南人民出版社，1985。

② 李泽厚：《实用理性与乐感文化》，34 页，北京，生活·读书·新知三联书店，2008。

几个月。可思考的时间长。如"伤感文学到红楼梦"50年代就已经有了。盛唐的思考是60年代，那时我下放到湖北干校，在农田劳动，忽然间张若虚的《春江花月夜》浮现脑际。当时对《春江花月夜》是严厉批判的，认为是颓废文学，可是我觉得它是成熟期的青少年对人生、宇宙最初觉醒的"自我意识"，是通向"盛唐之音"的走道。"青铜饕餮"是七十年代写的。①

确如其言，李泽厚对中国美学及艺术整体变迁的阐释，最初见于1963年的《审美意识与创作方法》一文。文章中，他就现实主义与浪漫主义两种创作方法与艺术流派在中西方的历史进行了梳理，楚汉浪漫主义、两种盛唐、市民文艺、感伤主义等一系列后来《美的历程》中耀眼夺目的命题已经在这数页篇幅的论文中初现了思想的萌芽，尽管这一切都还位于一个"现实主义/浪漫主义"的框架中，但是，李泽厚对艺术史中所包含"时代精神"的探求已然朦胧初现。区别于一般看法，李泽厚将现实主义和浪漫主义梳理出了两个层面的意义：其一是"人们对待世界的两种基本态度（精神）"，其二是"两种想象形式（手法）"②。需要看到，这种区分的意义在于，现实主义与浪漫主义，不再仅仅是死的流派、僵化的方法，而是从一种独特的视野出发被重新灌注一道"为有源头"的活水，这就是"精神"的视角。在李泽厚看来，问题并不在于现实主义与浪漫主义孰高孰低，而在于"手法"与"精神"的高低：手法的关键在于艺术性，而精神的关键在于思想性。言下之意，就是艺术创作的高低应该以艺术性与思想性的结合来评价，而不只是给贴上某种主义的标签，任何一种主义在具体的时代社会历史语境中都是复杂的，它们是由背后的特定时代与社会条件规定的，不能用反历史主义的态度去以今伐古、以今贬古。在由时代主导的同一话语范式的使用中，李泽厚加入"手法/精神"二分法，起到了抵制历史虚无主义的功效，也为在二元对立式阶级视角之外寻求中国艺术历程的真貌开启了思路。

新时期伊始，当返回康德的思潮还方兴未艾之时，李泽厚又迅速将自己对中华民族历史文化的思考凝结为了《美的历程》。1978年，李泽厚率先发表《神的世间风貌》一文（《文物》1978年第12期），该文即《美的历程》第六章"佛陀世容"的内容。1980年，李泽厚又陆续发表《盛唐之音——关于中国古典文艺的札记之一》（《文艺理论研究》1980年第1期）、《韵外之致——关于中国古典文艺的札记之二》（《文艺理论研究》1980年第2期）、《宋元山水画的三种意境》（《学术月刊》1980年第2期），这几篇文章分别为《美的历程》一书中的第七、八、九章的内容。同年，在李

---

① 马国川采访：《李泽厚：我和八十年代》，载《经济观察报》，2008-06-09。
② 李泽厚：《审美意识与创作方法》，见《美学论集》，364页，上海，上海文艺出版社，1980。

泽厚主编的《美学》第二辑上，还发表了他的《关于中国古代艺术的札记（三则）》，三则札记实际就是"龙飞凤舞""青铜饕餮""先秦理性精神"这前三章的内容。因此，在《美的历程》作为专著问世之前，李泽厚的思考实际上已经大部分成文问世，只不过限于专业研究领域的学术刊物内部，而当《美的历程》统摄起诸般话题的时候，他的意图才真正显明。这个意图，就是为民族历史文化寻觅回自身的传统，用中华民族灿烂夺目的历史文化填充由"积淀说"构建起来的主体文化心理结构，使得主体意识在获得精神解放、恢复物质生产的同时，能更深一层自觉到自我民族文化传统的根性所在。

在《美的历程》中，李泽厚将中国美学艺术的发展分为十个阶段来谈，每一阶段又都有自己时代的相应精神特征：远古图腾"龙飞凤舞"背后的原始巫术仪式，"青铜饕餮"背后的宗教神秘观念，先秦诸子背后的理性精神，楚汉图绘背后的浪漫主义，如此，等等。但是，如果只沉溺在李泽厚的具体描述与分析之中，很可能会忽略李泽厚的主要意图。跨越二十载，求索五千年，李泽厚的艺术巡礼并不仅仅是为了撰写一本艺术鉴赏专著。就此，夏中义认为："与其说旨在勾勒历史轮廓，不如说是借这'历史巡礼'来气韵生动地演绎'积淀说'。"① 确实，李泽厚经由艺术史的阐释而强调美和审美在对象和主体两方面的共同特点就是"积淀"：

> 内容积淀为形式，想象、观念积淀为感受。这个由动物形象而符号化演变为抽象几何纹的积淀过程，对艺术史和审美意识史是一个非常关键的问题。②

透过积淀的视角，李泽厚独到地将美总结为"有意味的形式"：

> 美之所以不是一般的形式，而是所谓"有意味的形式"，正在于它是积淀了社会内容的自然形式。所以美在形式而不即是形式。离开形式（自然形体）固然没有美，而只有形式（自然形体）也不成其为美。③

"有意味的形式"（Significant Form），是李泽厚受到克莱夫·贝尔（Clive Bell）观点影响而提出的。贝尔反对艺术再现论，而强调纯形式的作用，认为"有意味的形式"决定于是否能引起"审美感情"，而"审美感情"又来源于"有意味的形式"。这是一种形式主义的循环论证。同时，李泽厚也注意到了心理学家荣格（Carl G. Jung）的"原型"说，即以人类的集体无意识来对"审美感情"的来源做一种神秘论的解说。这样，实际

---

① 夏中义：《新潮学案》，126 页，上海，上海三联书店，1996。
② 李泽厚：《美的历程》，18 页，北京，文物出版社，1981。
③ 李泽厚：《美的历程》，25 页，北京，文物出版社，1981。

上就接近了康德思想中用先验唯心论来解决主观时空感知结构的问题。正如应对康德所采取的方式一样，李泽厚将这种神秘的"审美感情"置于社会实践进程中，指出"审美感情"是"这种积淀、溶化在形式、感受中的特定的社会内容和社会感情"。形式美来源于社会生活与劳动实践，"线的形式中充满了大量的社会历史的原始内容和丰富含义"①。由此，源于积淀说，而在面对美学艺术史的阐释中生成的"有意味的形式"成为"美的历程"中的导航针，对各类不同文化艺术形式背后"意味"的搜寻，反过来也成就了李泽厚的"积淀说"。更进一层来看，李泽厚本人的雄心壮志，也只有穿透"形式"的表层，才能看出种种命题背后的那个共同的"有意味"来。这个"有意味"，就是对经由康德与马克思互阐而构建出来的积淀说的确证，以及对中国民族历史文化的心理结构形成的过程、特征、走向的探索。

其实，"美的历程"实质就是"人的历程"，而这个"人"又是作为民族文化传统而历史存在着的，所以更是"文化的历程"。"美""人""文化"三者在此形成一种三位一体的结构，暗示出思想家的深层意图。在"美的历程"结束之处，李泽厚问道："一个更大的问题是，如此久远、早成陈迹的古典文艺，为什么仍能感染着、激动着今天和后世呢？即将进入21世纪的人们为什么要一再去回顾和欣赏这些古迹斑斑的印痕呢？"② 这是一个典型的马克思式的问题。李泽厚称这一问题为"审美心理学"的问题，而"积淀说"正是解答这一问题的关键所在。积淀在各个时代艺术作品之中的情理结构，与当下中国人的心理结构有着呼应的同构关系，人类的心理结构正是这样一种历史积淀的产物。因此，艺术品拥有永恒价值的秘密，就在于人类共同心理结构的恒定性，二者相辅相成。一方面，心理结构提供了艺术的内在价值；另一方面，艺术的内在价值也塑造、传承了人类的社会性心理结构。这样，"有意味的形式"才能得以生成，并得到合理的解释。

"有意味的形式"，最终所指认的不仅是各个历史时代艺术品的韵味所在，更是确证了穿越千年历史时空、尽管遍染风霜却面目可辨的民族心灵的存在。古与今交汇、南与北共鸣，民族文化心理结构的主题音始终回响在"美的历程"的最深处。

4．"乐为中心"：秩序协和·听觉立场

那么，由"美的历程"开发出来的这一中华民族之文化心理结构究竟有着怎样的特征呢？这一主题音的旋律、节奏是怎样组成的呢？1981年，在第二期全国高等院校美学教师进修班的讲演中，李泽厚将自己对中国美

---

① 李泽厚：《美的历程》，28页，北京，文物出版社，1981。

② 李泽厚：《美的历程》，212页，北京，文物出版社，1981。

学与文化的思考再次往前推进了一层，概括出中国美学四个方面的特征：乐为中心、线的艺术、情理交融、天人合一。①

四者之中，最为重要的就是"乐为中心"。所谓"乐为中心"，这还与李泽厚对"美"的起源看法相关。究竟"美"的汉语字源本意是什么？学术界有两种看法：其一是"羊大为美"，即美来源于食物的可口、美味；其二是"羊人为美"，即指一种原始图腾舞蹈，人戴着羊头跳舞，这是一种原始巫术仪式。李泽厚认同于后者观点，他认为"美"起源于作为巫术仪式的原始歌舞。他的理由，正在于对"乐"的思考。在他看来，就中国古代文化中的"乐"而言，有两个方面值得注意。

首先，对于乐的艺术本质的认识。乐不只是一种认识，而且更是与感性有关的一种愉快。而这种愉快又包括了两层意义：一是感官愉悦，一是感情愉快。作为与感性相关的"乐"，不仅仅满足于发泄人的感官欲望，更重要的在于它能引导人的情感表达、交流。

其次，儒家的"乐"文化，更有一种文艺政治学的功效，即教育作用。这种教育作用并不是过去那种赤裸裸的政治宣教，不是那种理念先行、图解政策的模式化创作，而是"寓教于乐""审乐以知政""乐与政通""其感人也深，其移风易俗易"。传统中关于文艺的认识作用、教育作用、审美作用是平行的看法，是不贴切的。教育作用只有通过审美作用表现出来才是高明的。

不难看出，李泽厚对"乐"的看法，其实是诉诸古代美学的研究，而隐含了对当下政治文化弊病的谏言。"乐"具有区分人兽之别的作用："羊人为美"不同于"羊大为美"，歌舞仪式超越于吃喝行为。吃喝只有动物性欲望的满足，歌舞则超越于感官欲望，有着提升认识、交流情感的社会性意义。当离开蛮荒时代，进入文明时代，中华文化以儒家为代表，就更进一步区分出了"礼"和"乐"。礼，指的是管理、维系社会存在的规章制度；乐，则是指以音乐为主要代表的古代文化形式。礼规范着社会的外在等级秩序，而乐则协调着人们内在情感的融合与交流。李泽厚指出，礼是每个民族都有的，而用乐来补充礼则是中国文化的特点。乐的意义，不仅在于个体的感性欣赏，更关键是其社会意义：

> "乐"之所以能在中国古代受重视，也正因为在长期的原始社会中，人们一贯注重乐的作用，并通过相当的和谐愉快来维系群体生活，而通过以"乐"为中心的艺术活动把氏族团结起来。把人的情感关系处理得比较和谐、比较协调一致。只有从社会基本特点上才好理解为什么"乐"在中国古代那么重要。当然乐还

---

① 李泽厚：《关于中国美学史的几个问题》，见《李泽厚哲学美学文选》，419～430 页，长沙，湖南人民出版社，1985。

有团结一致对外战斗的激发情感的作用。①

由此可见，乐的意义，并非一个单纯的艺术问题，它根本上是一个社会的政治问题。如同李泽厚看到的，"美学不能等同于艺术论，它远远不只是艺术哲学。生活中的实物造型可算作实用艺术，但美学也远远不只是这个方面。人的生活怎么安排都与美学有很大关系，社会的和个人的生活节奏、色彩如何？感性的节奏是生活秩序的一部分。一个社会或群体必须建立一种感性的秩序"②。乐，正是在此意义上成为中国传统文化的核心的，它所关切的正是人的生活的安排乃至政治秩序的安排。如果只有外在规范的"礼"，那么在一个严格规程的社会结构中，个体的自由意志必然受到压抑。譬如，20 世纪六七十年代的中国社会，一切以阶级属性划线，人与人的对立与隔阂达到了父子反目、夫妻离散的境况。其实，这是一种变相的"礼"的滥用，革命阶级论形成了一套新的社会规则，要求人们严加防范阶级界限的逾越，无论是"血统论""出身论"，还是"划清界限"说，都是将阶级意识泛化而造成的"观念的灾害"③。

"乐"的发掘，则使人们看到了一种新的可能，社会可以在"乐"的感召下，形成一个既有秩序又不失协调的共同体。在人与人的分别之中包含了沟通的可能，在沟通之中又有稳定的秩序，这也就是"礼乐文化"再发现所带来的崭新视野。并且，乐的作用，不只是对个体与群体之间的关系进行规范、协调，这是立足于一个共同体之内来看的。此外，就不同的共同体之间的关系来看，或者说国与国之间的关系来看，它还能起到团结一致对外战斗的功效。协调与团结，是"乐为中心"的真正所指，也是李泽厚经由"美的历程"探索传统精神所要达致的真正意图。

当然，"乐"不仅是"乐"（yuè），而且是"乐"（lè）。在沟通协调的社会功效之外，乐更有"快乐"的心理含义。如果说，"乐"（yuè）的意义在世界范围内还普遍存在着的话（诸如李泽厚提到非洲黑人的打鼓跳舞、西方社会的宗教音乐等，都起到了一种诉诸情感作用的社会性交流团结的作用），那么，"乐"（lè）的心理含义，就显示它在华夏民族特定文化心理结构中的独特性格。

李泽厚认为，"乐"（lè），就是对人生采取一种积极的、入世的态度。这种以"乐"为核心表现的人生态度，区别于西方文化中的禁欲主义与纵欲主义。禁欲主义，否定感官和感情，以神性来压抑人性；纵欲主义，则

---

① 李泽厚：《关于中国美学史的几个问题》，见《李泽厚哲学美学文选》，422 页，长沙，湖南人民出版社，1985。

② 李泽厚：《美感的二重性与形象思维》，见《李泽厚哲学美学文选》，364 页，长沙，湖南人民出版社，1985。

③ "观念的灾害"，系牟宗三先生的一篇演讲词的题目。见牟宗三：《时代与感受》，台北，鹅湖出版社，1984。

一味追求感官享受，以动物性代替人性。以儒家为重要代表的中国传统文化讲究的"乐"，是一种高级的快乐，不局限于纯粹感官的享乐，而是包含了社会的道德理想。这也就是所谓的"中和之美""中庸之道"。在这种文化传统中，"乐"的心理含义是快乐、愉悦，外在形式则是整个中国艺术传统，诗歌、绘画、音乐、散文、骈文等，都展现出了这种超越于神性与兽性对立认识之外的东方式人性观。李泽厚指出，"需要建立共同的情感语言。乐实际上就是要建立这种社会性的情感形式"①。这种"乐为中心"的情感形式，一方面是几千年来民族文化心理向艺术形式积淀而成的，另一方面它又型塑出了具有民族特色的各类艺术样式。

"乐"的寻觅，正是新时期初美学家们返回传统、重塑民众文化意识和历史意识的努力所得。在"乐为中心"之外，线的艺术、情理交融、天人合一等其他特征，都是作为"乐为中心"的延伸而展开的。李泽厚认为，中国艺术是线的艺术，线实际上是对音乐的一种造型，使它表现为一种可视的东西，这个意义上来看，线就是音乐。情理交融，则讲的是中国艺术具有"抽象具象之间""再现表现之间"的特点，其实质在于中国艺术重视"想象的真实"超过"感觉的真实"，讲究"神似"超过"形似"，李泽厚认为这是由中华民族的实践理性的心理特征决定的。至于"天人合一"，李泽厚认为这是中国哲学的基本精神，而马克思讲的"人化的自然"，是可以重新激活对"天人合一"的理解的。

更深一层来看，在"乐为中心"的命题背后，实际上隐含了一种知识论立场的转换，即由视觉立场转向听觉立场②。

视觉立场，指的是一种以视觉感官为主导来把握、理解世界的方法论立场。1978年以前，尤其是以1956年美学大讨论为主要代表的认识论哲学美学暗含了这一立场。无论是主观派，还是客观派，或者是主客观统一派，均立足于一种主客相互对待的形而上学立场来思考美学的本质问题。在这里，视觉立场决定了形而上学的本质。无论是美在客观，还是美在主观，抑或美在主客观统一，都是在同样的视觉之维中来展开讨论的，美是能被直接从客体看见或者直接投射到客体的。因而，"唯心/唯物"之争的实质，不过是一种视觉立场下的有无之辩。美要么生成于"有"，即客体

---

① 李泽厚：《关于中国美学史的几个问题》，见《李泽厚哲学美学文选》，425页，长沙，湖南人民出版社，1985。

② "视—听"立场转换的思路，受到了学者陈赟的启发，他在研究王船山思想的论著中，将船山哲学对宋明理学的反拨，视为朝向原始儒学精神的回归。他认为，原始儒学强调的是"隐显"范式，随着原始儒学的衰变，到宋明理学形成了"有无"范式，这种"有无之辩"是把存在之思导向寻求世界最终根据的形而上学态度，而"隐显"范式的复归则解构了形而上学的思维，把思想引向世界本身和知行活动过程。"有无之辩"的认识论根据就是"视觉视野"。参见陈赟：《回归真实的存在》，18～72页，上海，复旦大学出版社，2007。

的客观属性，如"花是红的"其中的"红"；美要么生成于"无"，即主体的心理感受，如"花是美的"其中的"美"；美要么生成于"无中生有"，即心理状态迎向客体的过程。但无论是哪种，都处于一种"有无之辩"的范式之中。有无之辩的根本要害在于，从视觉立场出发，片面强调了视觉，从而忽视了其他感觉形式的存在，在这样一种认识论框架中，世界（美）成为一种图像化（或心像化）的存在，其他一切经验形式被视觉立场无情屏蔽掉了，世界之美便成为或在物或在心的一种静止、沉寂的图像。难怪当年李泽厚在批判朱光潜的同时，也抨击蔡仪为"客观唯心主义"。三派之外，由李泽厚提出的"社会性与客观性的统一"，正是为了跳脱于这种视觉立场而做出的努力，他企图在视觉立场统摄下的有无之辩之外，开辟出一种新的理解范式，即隐显之辩。

　　如果说，有无之辩展现的是一种对存在的兴趣，存在（美）在这里被实体化、僵固化了的话；那么，隐显之辩则展现的是一种对存在方式的兴趣，存在（美）有隐显之别，在可见之中有不可见，不可见又能展现为可见，这也就是客观性与社会性的感官立场之所在。有无之辩，只承认能被看见的美，由此去搜索或心或物的根源；隐显之辩，则认为美在于"可见者"（客观性）自身所蕴藏的"不可见"（社会性），"不可见"并非不存在，而是未开启之美（真实）的幽暗性一面。对于"不可见"的寻觅，就使得方法立场超出了视觉感官，最终发现了听觉感官的存在。

　　由于视觉立场"对于世界的把握，往往沦为一种不参与的旁观、静观，它所观察到的场景与观察主体自身的存在毫无关联，主体没有丝毫的态度、情感参与这种旁观"。这样造成的结果就是，"人类的经验成了没有主体的经验，主体的情境、情感、欲求等因素都被从经验中抽离了"①。就此而言，回过头来看，无论是蔡仪的"美在典型"，还是朱光潜的"美在心与物的统一"，其实都是一种与世界整体相隔绝的图像式视觉把握。20世纪80年代初，李泽厚关于"乐为中心"命题的提出，从内在学术理路上来说，其实是与其20世纪50年代的美学观点一脉相承的，只不过话语形态上有所变化，不是仅从抽象思辨的话语来推理演绎这一命题，而是借鉴了来自传统文化的话语形态，这其中也包括受到宗白华美学思想（如节奏论）的影响②，从而得以在视觉立场之外找到一条别致的途径来表达隐

---

　　①　陈赟：《回归真实的存在》，35 页，上海，复旦大学出版社，2007。

　　②　李泽厚认为，宗白华的文章"相当准确地把握住了那属于艺术本质的东西，特别是有关中国艺术的特征"，这其中就有"关于音乐、书法是中国艺术的灵魂"，"一个充满音乐情趣的宇宙（时空合一体）是中国画家、诗人的艺术境界"等。参见李泽厚：《宗白华〈美学散步〉序》，载《读书》，1981（3）。

显之间的美学思路①。

"乐为中心"，首先就是"乐"（yuè），其次才是"乐"（lè）。"乐"（yuè）所开启的正是区别于"视"的"听"之感官把握方式。其实，这种从听觉立场来考察中国美学乃至中国文化特征的方式，并非始自李泽厚。宗白华、朱光潜、朱谦之等人在 1949 年之前就已经开始有过不同的关注和思考。宗白华认为，"书境同于画境，并且通于音的境界"②，"音乐的节奏是它们的本体"，"这生生的节奏是中国艺术境界的最后源泉"，"一切艺术趋向音乐的状态"③。朱光潜认为，节奏是诗、乐、舞的共同命脉，因此，作为时间艺术的诗与乐，"与图画、雕刻只借空间见形象者不同"④。朱谦之更是直指感官方式，"听觉是音乐与文学的根本，我们在听觉中才经验着那模糊无尽的美境，如醉如痴地像沉湎于'真情之流'当中，这就是文学的理想境界，这就是以自然（感觉）跃进于超自然（超感觉）所获得的世界"，又说："在我们生命的每一刹那间品尝音乐泉流的意味。因为我们真情生命是音乐的而不是绘画的，所以我们真情的表现，也是除却以音乐的分子传达听官而外，简直找不到旁的方法。"⑤

由此可见，李泽厚的"乐为中心"，表面上是向中国古典传统文化的复归，深层中也是对中国现代文艺美学传统的呼应。这样一种朝向听觉立场的双层复归，所拯救的就是 1949 年后一直沦入认识论范式陷阱所无法自拔的美学探讨方式。后者基于视觉立场，以一种准西化的方式（苏联化也是西化的一种表现）讨论美学问题，不仅是在内容上（即美的本质是什么），同时也在形式上（即主客观认识范式），基本屏蔽掉了中国历史文化传统的生存境域。听觉立场的复归，"乐为中心"的发现，一方面引领美学研究重新回到了民族历史文化的根本处境；另一方面也引领美学朝向"可见者"之外更多更幽深的"不可见"之感觉体验。

这样就造成两个重大变化：其一，文化世界与感觉经验得到了双重的开放，文化世界朝向美的感觉开放，美的感觉朝向视觉立场之外的听觉立

---

① 张法认为，西方文化的特点在于：实体有意义，虚空无意义；而中国、印度、伊斯兰文化的特点则是：实体有意义，虚空也有意义。"有与无之间不是意义和非意义、生命和非生命的关系，而是互生互存互动关系：有无相成，虚空相生，色空互化。更为重要的是，在实体与虚空的结构中，虚、无、空具有根本性的意义。"张法：《美学的中国话语》，10 页，北京，北京师范大学出版社，2008。

② 宗白华：《中西画法所表现的空间意识》，见《宗白华全集》，第 2 卷，145 页，合肥，安徽教育出版社，1994。

③ 宗白华：《中国艺术意境之诞生》，见《宗白华全集》，第 2 卷，332、333 页，合肥，安徽教育出版社，1994。

④ 朱光潜：《诗论》，见《朱光潜全集》，第 3 卷，122 页，合肥，安徽教育出版社，1987。朱光潜极为重视诗歌的声律特征，《诗论》十二章即有六章有关诗歌与节奏、声韵、律的讨论，另还有一章辨析诗与画的区别。

⑤ 朱谦之：《中国音乐文学史》，26 页，上海，上海人民出版社，2006。

场开放；其二，有无之辩转向了隐显之辩，正如学者所指，"有无"所蕴含的是一种非时间性的立场，"它有意识地中断世界与文明的连续性，把现存世界从整体上的根本毁灭视为新的世界之诞生的前提条件"。因此，有无的智慧往往支持革命话语，以及借助未来"乌托邦"的名义，进行一切从无到有的改造。① 相反，"隐显"蕴含的则是一种时间性的立场，它开启了由隐及显、由显及隐的相互敞开，它维护了文化传统的连续性，就"乐"来说，它是不可见而又的确存在着的，它是沟通可见（感性）与不可见（在孔子那里是德性，在李泽厚那里是社会性与传统文化精神）的中介。回到更为具体而微的感性经验，接续断裂已久的文化命脉，这就是"乐为中心"的意义所在。

如果说，"美的历程"所探求的"有意味的形式"，相当于维柯指认"天神意旨"在各民族部落史中作为最终操纵因的话，那么，以"乐为中心"兼顾"线的艺术、情理交融、天人合一"等特征，则相当于维柯将"天神意旨"落实为希腊的荷马史诗、罗马的十二表法，这是对具体民族历史文化的追寻。从普遍性回落到特殊性的路途中，属于华夏民族文化自身的"有意味的形式"愈渐清晰起来。

5. "实用理性"与"乐感文化"

① "中国智慧"视野中的"仁学结构"

多年以后，李泽厚自陈道："八十年代我在出版美学书，但同时也在继续进行五十年代开始的中国近当代思想史的研究，并且由近当代扩展到古代。因为告别革命之后更需要从积极方面去研究和认识中国的传统，这个传统在以前是被革命所轻视或否定或摧毁的。"② 如果说，要勾画出一套寻觅传统的完整脚步的话，那么无疑李泽厚的美学研究是他的左脚，而思想史研究就构成他的右脚，两路研究几乎前后同时展开③。

1980 年，李泽厚在《中国社会科学》第 2 期发表了《孔子再评价》一文，标志着他向中国古代思想史脉络深入的返回。随后，他相继发表了《宋明理学片论》（《中国社会科学》1982 年第 1 期）、《秦汉思想简议》（《中国社会科学》1984 年第 2 期）、《孙、老、韩合说》（《哲学研究》1984 年第 4 期）、《墨子论稿》（《中国社会科学院研究生院学报》1984 年第 5

---

① 陈赟：《回归真实的存在》，59～60 页，上海，复旦大学出版社，2007。
② 李泽厚：《课虚无以责有》，载《读书》，2003（7）。
③ 按著作出版来看，1976 年到 1989 年，李泽厚美学研究的线索是：《美学论集》（1980）—《美的历程》（1981）—《中国美学史·第一卷》（主编，1984）—《中国美学史·第二卷》（主编，1987）—《华夏美学》（1988）—《美学四讲》（1989）；李泽厚的思想史研究线索是：《中国近代思想史论》（1979）—《中国古代思想史论》（1985）—《中国现代思想史论》（1987）。我们限于新时期初（1978—1985）的时段意识，主要侧重于讨论《美的历程》与《中国古代思想史论》两书，《美学论集》和《中国近代思想史论》主要成文于 1966 年前，故不为主要对象。

期)、《漫述庄禅》(《中国社会科学》1985年第1期)、《荀易庸记要》(《文史哲》1985年第1期)、《中国思想史杂谈》(《复旦学报》1985年第2期),同时经过修订整理,于1985年3月由人民出版社出版专著《中国古代思想史论》①。

李泽厚认为,所谓"思想史","须联结具体时空环境来阐释思想的当时意义和后世影响"②。那么,李泽厚从事思想史的目的何在呢?他通过区分哲学史和思想史以表心迹:

> 我写的这些文章不敢自称哲学史,但哲学史既应是"自我意识的反思史",那么对展现在文化思想中的本民族的心理结构的自我意识,也就可以成为哲学和哲学史的题目之一。我所注意的课题,是想通过对中国古代思想的粗线条的宏观鸟瞰,来探讨一下中国民族的文化心理结构问题。③

显然,在思想史的研究中,李泽厚继续着他在美学艺术史中的一贯探寻,即民族的文化心理结构问题:

> 思想史研究所应注意的是,去深入探究沉积在人们心理结构中的文化传统,去探究古代思想对形成、塑造、影响本民族诸性格特征(国民性、民族性)亦即心理结构和思维模式的关系。④

在古代思想与民族心灵的相互映照之中,李泽厚把捉到了"它的物态化和结晶体",这就是"中国的智慧"。李泽厚特意强调了对"智慧"一词的界定,它不只是指某种思维能力、知性模式,不只是Wisdom, intellect;它是指"包括它们在内的整体心理结构和精神力量,其中也包括伦理学和美学的方面,例如道德自觉、人生态度、直观才能等"⑤。因此,"智慧"实际上成为东方式文化心理结构的代名词。正是出于这种对文化心理结构探寻的问题意识,故而李泽厚的思想史撰述有了许多自己的特色,其中值得注意的是,他离开了传统的唯心唯物之争的结构,也离开了以孔孟程朱或孔孟陆王为正宗的谱系,更没有从阶级性角度来分析文化问题,而是"从思想到思想",做了一次"思想史自身的研究"。因为只有如此,才能解决他的问题所在,即民族文化心理结构的探求。

那么,李泽厚探索出来的中国民族文化心理结构究竟是什么呢?在最

---

① 《中国古代思想史论》一书基本由十篇文章组成,即上述九篇文章,另外增加了一篇《经世观念随笔》和"附论孟子"。

② 李泽厚:《李泽厚近年答问录》,125页,天津,天津社会科学院出版社,2006。

③ 李泽厚:《中国古代思想史论》,296页,北京,人民出版社,1985。

④ 李泽厚:《中国古代思想史论》,297页,北京,人民出版社,1985。

⑤ 李泽厚:《中国古代思想史论》,297页,北京,人民出版社,1985。

早的文章《孔子再评价》（1980）中，李泽厚将之归结为"仁学结构"，它由四个因素组成：血缘基础、心理原则、人道主义、个体人格，外加一个作为整体性特征的"实践理性"。中间又经过了对中国美学史主要特征的思考（即前述：乐为中心、线的艺术、情理交融、天人合一）。到1985年，李泽厚在《试谈中国的智慧》一文中，将其古代思想史与美学艺术史的研究成果进行了整合，提出了民族文化心理结构的四个方面：血缘根基、实用理性、乐感文化、天人合一。

在这个结构中，血缘根基属于民族文化心理结构的物质生活根源。按照李泽厚的说法，"中国古代思想传统最值得注意的重要社会根基，我以为，是氏族宗法血亲传统遗风的强固力量和长期延续。它在很大程度上影响和决定了中国社会及其意识形态所具有的特征"。① 回到当时的时代语境来看，这种说法的确开启了崭新的视野。自1949年以来，社会存在决定社会意识的历史唯物主义原理逐渐泛化，在对待一切社会规律的解释中，要么是经济决定论，要么是阶级决定论，成为主导的阐释法则。"唯心/唯物"的思想对立的最终根源都可以归结为阶级在经济、政治上的斗争。文化并没有自己独立的思想地位。李泽厚将血缘根基排列在民族心理结构的第一位的原因，在于为失落已久的民族历史文化传统重新奠定一个扎实的根基，这一根基既是稳固的：它位于血脉传承之间，非个体意志所能更改；又是文化性的：它并非传统经济、政治视角下的地主阶级，而是作为古老氏族传统的遗风余俗、观念习惯得以保存、积累下来，形成的文化结构和心理力量。文化视角替代了经济视角，儒道墨的思想史分析取代了长期简化的"唯心/唯物"区分，因此，血缘根基的提出，意义就在于"对民族传统"进行"真正的自我意识的反思"②。

同样，这种反思也在一种"中间道路"中展开。它既不是保守派的维护孔孟之道、抵抗时代挑战，也不是激进派的打倒孔家店、彻底否定儒家文化，而是深入民族传统的血脉根基中客观分析其特征、优点、弊端乃至可能性的前途。李泽厚提到的长幼尊卑有序、敬老尊长、"泛爱众""君为轻"等一系列观念，其意图就是从这些已经成为礼仪形式的现象出发，重新唤醒人们对传统文化与心理情感的认识。一方面，他固然看到了传统血缘根基带来的一些弊端；但是另一方面，他却着力于挖掘其中的积极因素，以重塑当代中国的精神文化共同体："在今天以至未来的社会生活中，它可以起某种稠密人际关系的良好作用，应该肯定它，保存它。"③

如果说"血缘根基"侧重于对过去文化的总结，那么"天人合一"则

---

① 李泽厚：《中国古代思想史论》，299页，北京，人民出版社，1985。
② 李泽厚：《中国古代思想史论》，299页，北京，人民出版社，1985。
③ 李泽厚：《中国古代思想史论》，302页，北京，人民出版社，1985。

明显是从传统汲取力量而指向于未来。"天人合一"是中国自古即有的古老观念。原始氏族体系下形成的"天人合一"观念有着两层意义,其一是命定、主宰义,其二是自然义。前者强调人对主宰、命定的被动顺从与崇拜,后者则包含了人对自然规律能动地适应、遵循。李泽厚对"天人合一"观念在华夏思想史中的变迁作了一个简单梳理:原始社会的"天人合一"来自生产生活实践,既有适应、遵循自然的一面,也有神秘崇拜的一面;先秦的"天人合一"则突出了其自然含义的方面,吸取了天人认同感,去掉了神秘、迷狂、非理性的一面;汉代的"天人合一"则建构了一套天人相通而"感应"的有机整体宇宙图式;宋儒则将"天"视为"理",将汉代的自然本体论扭转为道德形而上学。在这一梳理中,命题在历史流变中的种种具体内涵不一而足,但是值得特别注意的是,作为研究者的阐释内在却有一个根本的关怀,那就是从变迁的命题中捕捉到不变的宗旨:人与自然的适应、合拍、协调、统一。不同于对人格神的绝对主宰的臣服,也不同于对自然物的居高临下的征服,因此"天人合一"具有了区别于西方文化古代与现代的独有特征。它或许能给予华夏现代文明建设以一线契机,既使人不屈从于任何神学旨意式的决定论,以自己的力量来创造历史,又使人不沦入人类中心主义的陷阱,而避免西方近代发展中对自然家园的破坏。李泽厚以马克思的"自然的人化"灌注其中,将西方近代以来的主客观对立的哲学认识论扭转到主客观统一的实践论的立场,因此,"天人合一"就显露出了强烈的现实意义来:

> 在控制、征服自然的同时和稍后,有一个人与自然相渗透、相转化、相依存的巨大课题,即外在自然(自然界)与内在自然(人作为生物体的自然存在和它的心理感受、需要、能力等)在历史长河中人类化(社会化)的问题,亦即主体与客体、理性与感性、人群与个人、"天理"(社会性)与"人欲"(自然性)……在多种层次上相互交融合一的问题。这个问题也就是历史沉入心理的积淀问题。①

在这一新型关系中,"天人合一"获得了马克思主义实践论的哲学基础,从而显现出古老命题的现代意义。这一要义改造的根本之处,就在于对理想之人的重新塑造:与外在自然的和谐相处,与内在自然的渗透积淀。从而,马克思主义与传统文化的碰撞,就造成"新的世界、新的人和新的'美'"。

显然,"血缘根基"和"天人合一"均侧重于从历时性范导意义上对华夏民族文化心理结构的积淀过程进行探讨,或指向过去,或着意未来。

---

① 李泽厚:《中国古代思想史论》,321 页,北京,人民出版社,1985。

那么，"实用理性"与"乐感文化"便是从共时性规定意义上对华夏民族文化心理结构的规范特点进行把握。

　　② "实用理性"：理性精神—实用态度—情感根基—历史视野

　　所谓"实用理性"，李泽厚最初亦称为"实践理性"。在《美的历程》中，李泽厚将它界定为："所谓'实践理性'，是说把理性引导和贯彻在日常现实世间生活、伦常感情和政治观念中，而不作抽象的玄思。""这条路线的基本特征是：怀疑论或无神论的世界观和对现实生活积极进取的人生观。它以心理学和伦理学的结合统一为核心和基础。"① 在此，李泽厚对"实践理性"的阐释包括两个方面：一是世界观的怀疑论与无神论，指向神秘化原始文化的世俗祛魅；二是人生观的积极进取，指向祛魅后现实生活的应对态度。前者对象是过去的历史，后者对象是未来的路途。知道了历史是怎样的，还要知道人如何继续活。儒家理性主义被解读为面对历史与未来的一种态度，既不迷信于神性，又不堕落于虚无。

　　在《孔子再评价》一文中，李泽厚将孔子的"仁学结构"的整体特征归结为"'实践理性'或'实用理性'的倾向或态度"②，认为它构成了儒学乃至华夏民族整个文化心理的重要民族特征。这就开始将先前仅作为所谓"儒家理性主义"的精神内核提升到民族文化心理结构的高度，并且"实践理性"也第一次开始有了"实用理性"的用法，这意味着从康德思想中直接挪用的这个命题，在李泽厚的思考中逐渐中国化，理论内涵的逐渐明晰导致了概念命题表述的调整。这里的"实践（用）理性"继续展开了一种双层性内涵。

　　其一，它指的是一种理性精神和态度。即以孔子为代表的华夏文化心理对待宗教鬼神，不是用神秘的狂热，而是以冷静的现实态度来解说。因此，"不是禁欲或纵欲式地扼杀或放任情感欲望，而是用理知来引导、满足、节制情欲；不是对人对己的虚无主义或利己主义，而是在人道和人格大追求中取得某种平衡"③。这种平衡也就是"中庸"的态度，既不盲从外在非理性的神秘权威，也不自暴自弃堕入虚无利己的深渊，而是以一种清醒的理性精神来承担责任去拯救世界与完善自我。

　　其二，它指的是一种极端重视现实实用的特点。即华夏文化心理不重视在理论上探求哲学难题，很少进行抽象思辨，而把关注点放在现实生活问题的处理上。"实践理性"的"知"，不同于抽象思辨的"知"，这种"知"的表现是"行"重于"言"。因此，"实践理性"才能使得包含了不同取向的"仁学结构"四要素（血缘、心理、人道、人格）在一个以现实

　　① 李泽厚：《美的历程》，50 页，北京，文物出版社，1981。
　　② 李泽厚：《中国古代思想史论》，29 页，北京，人民出版社，1985。
　　③ 李泽厚：《中国古代思想史论》，29 页，北京，人民出版社，1985。

为指针的思维模式中得以平衡。

　　显然，作为康德思想中伦理学代名词的"实践理性"，在李泽厚的思想操练中已经获得具有民族文化意识的新内涵。李泽厚认识到，在康德那里，理性与认识、现象与本体是截然分离的，"实践理性"只是一种绝对命令和义务，它与任何现象世界的情感、观念都不相干，具有超经验的本体地位；而中国的"实践理性"，则从不割断本体与现象的联系，而是从现象中求本体，即世间而超世间。康德式的"实践理性"是一种形式主义伦理学，而中国式"实践理性"则是与感性存在、心理情感息息相通，不是纯形式的，而是有着民族文化心理的依据与根基的。不同于康德，中国式的伦常秩序、道德法则都有一个充满感性血肉的心理情感基础。这里值得注意的是，作为形式主义的"实践理性"原则获得了民族文化心理的内涵，一方面肯定了人性和人情味，另一方面更是为先验主体和实践主体找到了立身的土壤。

　　但是，李泽厚对"实践理性"的思考，并没有仅仅止步于伦理学与文化意识的沟通，而是进一步走向了历史意识的宏观把握。到 1985 年，他干脆将"实践理性"换成"实用理性"，自觉区分于"着重指示伦理道德特别是有自觉意识的道德行为"① 的狭义含义。在此，他提出：

　　　　就整体来说，中国实用理性有其唯物论的某些基本倾向，其中我以为最重要的是它特别执着于历史。历史意识的发达是中国实用理性的重要内容和特征。所以，它重视从长远的、系统的角度来客观地考察思索和估量事事物物，而不重眼下的短暂的得失胜负成败利害，这使它区别于其它各种实用主义。②

　　不难看出，实用理性已经从一种文化哲学走向了历史哲学，它不只是华夏民族文化心理结构的特征，更是引导中国人把握先机、洞察世情、考量历史的依凭。李泽厚将历史观、认识论、伦理学在这个命题中铸为一体，使得伦理原则在获得情感性的文化规定性之后，更获得了历史视界的意义。这样，因为有了情感的铺垫，理性才不会失之于空泛虚无，有了历史的洞察，情感才不会逾越界限失之于丧失节制。

　　在此，理性精神、实用态度、情感根基、历史视野融为一体，构成一种完整的实用理性阐释。"实用理性"的提出，其意义在于，它击中了1976 年后人们内心苦闷而焦躁的情绪，那是由历史的困惑、现实的不堪、未来的迷惘所构成的认同焦虑，李泽厚通过挖掘传统资源而发现了这种文化心理的解决模式。抵制神魅而积极进取的生活态度，具体表现为"以亲

---

① 李泽厚：《中国古代思想史论》，304 页，北京，人民出版社，1985。
② 李泽厚：《中国古代思想史论》，305 页，北京，人民出版社，1985。

子血缘为基础的人的世间关系和现实生活"①。只有回到"生活世界"的平面，情感才不会被异化为对神学偶像的崇拜，也不会因为无所依托而趋于虚无主义的颓境。李泽厚强调日常生活关系作为文化心理结构的基础，并将"实践理性"改造成为一种具有中国人情味的心理解释，也可看出他对康德与孔子的理论"搓揉"②：以亲子血缘为基础的人的世间关系和现实生活，具有隐含地重新阐释马克思的意图。马克思认为"人是社会关系的总和"，这个"社会关系"在 1978 年之前基本被解释为阶级关系与阶级斗争，因此，人被片面化为"阶级关系的总和"。李泽厚的巧妙之处在于，用作为民族文化资源的儒家思想渗入马克思命题，用"情"主导的社会关系软化、濡染"理"主导的社会关系，从而确立起一种新的知识立场来重新界定人际关系。正是这种东方式的日常心理—伦理观念搭建起来的平台，有效支撑与引导文化革命后倾颓渐危的民众心理。

③"乐感文化"：实践论的历史文化哲学

所谓"乐感文化"，源于李泽厚对中国美学艺术历程的探索，当他将中国美学史的特点用"乐为中心"贯穿起来的时候，就已经开始进入中西文化心理的比较思考之中了。其实，"实用理性"与"乐感文化"是默契融合、相互推进的，它们共同形构了李泽厚所谓"哲学精神或性格"③。一方面，"实用理性"与德国传统的抽象思辨、英美传统的知性清晰、俄国传统的深沉超越形成了鲜明的对比；另一方面，"乐感文化"又从整体上

①　李泽厚：《美的历程》，51 页，北京，文物出版社，1981。

②　社会学家叶启政面对现代社会中"全球化"与"本土性"的遭遇，提出过一个问题："某一个特定地区的人们到底自过去的世代绵延继承下来了怎样的感知模式和身心状态？基本上，这个问题是属于历史的，也饶富哲学蕴涵。它指向的是，整个社会中一般人的感知模式（尤其是知识体系）背后所仰赖之哲学人类学的基本存有预设命题。因此，严格来说，对这样的基本存有预设命题，特别是西方现代知识体系赖以形塑的部分，进行反思性的'回转'工夫，才是进行学术研究'本土化'时最具历史深层蕴涵的根本任务。"这番话的意旨在于提醒人们，应对"全球化"并不仅仅是一个纯然知识层面的现代化问题，应对主体的身心状态受到冲击乃至重新型塑必须考虑在内，因而"从十七八世纪之重视外在社会制度体制的改造，转至以强调个体身体为基础的心灵修炼"成为世界的焦点，相应可取的做法是："与'西式现代化'所架构出来之'全球化'的基本理路轴线相互对照辉映，进行着具搓揉性质的'回转'工夫。这也就是说，它们彼此之间的互动，绝不是'非此即彼'或'你死我活'之对立取代性的斗争，而是一种'你中有我、我中有你'的交融混和状态。"参见叶启政：《社会理论的本体建构》，80、82、85 页，北京，北京大学出版社，2006。

③　多年以后，李泽厚概括说："什么是这种'哲学精神或性格'？我提出了两条：一是'实用理性'。以前我阐述康德时，我讲过'客观社会性'，现在我明确它即是经验合理性，实用理性正是这种'经验合理性'的哲学概括。中国哲学和文化特征之一，是不承认先验理性，不把理性摆在最高位置。理性只是工具，'实用理性'以服务人类生存为最终目的，它不但没有超越性，而且不脱离经验和历史。它认为没有与'人道'分离的'天道'，'天道'与'人道'一致，而且是'人道'的提升（不是由天而人，而是由人而天）。'实用理性'。……另一概括是'乐感文化'，即中国文化心理不以另一个超验世界为旨归，它肯定人生为本体，以身心幸福地生活在这个世界为理想、为目的。"李泽厚：《课虚无以责有》，载《读书》，2003（7）。

将中国文化心理置于中西文化对比的框架下思考，进一步突出了华夏民族的心理特征。

李泽厚指出，一般思想史称西方文化为"罪感文化"，源于对"原罪"的自我意识，即个体总是为了赎罪而奋勇斗争，经由征服自然、改造自我而重新获得神眷，再次回到上帝怀抱。西方的这种"罪感文化"呈现出几个特征。

其一，分裂模式。人与上帝的分离、灵与肉的分离、此岸与彼岸的分离，形成了"罪感文化"的心理前提，即人生永远都处在克服与超越冲突、斗争的过程中，但是这种分裂的结构又是永恒的，所以注定了心灵与肉体紧张、痛苦的不可避免性。其二，痛苦过程。既然人要克服宗教意识引起的"原罪"，就必然自觉承担肉体与心灵的痛苦改造，此世间的个体身心只有经受极度折磨和苦痛才能获得超越性意义，如钉在十字架上的耶稣，如陀思妥耶夫斯基笔下的"灵魂拷问"，如马克斯·韦伯笔下的新教伦理，如海德格尔的哲学思考，无不是一种"向死而生"的过程。其三，超越意义。付出了痛苦、折磨的代价，人便达致了一种非常崇高的精神境界，似乎灵魂被净化与洗涤了，如西方古典诗学即亚里士多德的"净化说"。"罪感文化"所追求的是精神的超越性意义，在它那里精神世界与日常生活是分离的，尽管日常生活凡俗不堪，但是精神依然圣洁向上。

相较于这种西方"罪感文化"而言，华夏民族的文化心理却呈现出相反的特征，这就是被李泽厚命名的"乐感文化"。

首先，乐感文化讲究的是"天人合一""体用不二""道在伦常日用中"。本体与现象浑然一体而不可区分，既没有超越的上帝，也没有超越的本体，现象与本体为一，伦常日用的人际经验与生活也就是对本体、道、无限、超越的体味。

其次，乐感文化讲究的是"生的肯定"、和谐完融。无论是儒、墨、道、禅，都以各自不同的方式呈现出对生命、生活、人生的肯定，这种肯定立足于感性世界，在实际的生命、生活过程中维系人与自身、人与他人、人与自然之间的和谐平衡。既反对放纵欲望，也反对消灭欲望，乐感文化在世俗生活中寻求精神的安宁与幸福。

最后，乐感文化讲究的是乐观人格、包容气度。不同于西方文化的悲观主义，华夏民族因其"天人合一"的文化心理基础，以身心与宇宙自然合一为旨归，养成一种乐观的人格态度。这种乐观态度，既不是浅薄的进化论、决定论，也不是动物式的自然产物，而是文化教养的结晶。以儒家文化为代表的传统教养，一方面着意于内在人格的完成与圆满，另一方面也肯定外在人生世事的意义。这样，就形成"养吾浩然之气"与"博施济众"内外两方面的个体主体性。除此个体境界的乐，更有整体文化心态的乐观包容。以儒家为核心的中国文化善于吸取融合各家外来学说，逐渐形成稳定的心灵生活系统，间接促成了及时调整而达致现实秩序的稳定。

乐感文化的意义在于，美学家在为中国文化现代发展寻找到一条传统之根的同时，也试图打开一条实践论历史文化哲学的思路。李泽厚对中国传统思想发展做了一个独到的概括：

> 大体来看，中国传统思想的哲学方面经历了五个阶段。在先秦，主要是政治论的社会哲学，无论是儒、墨、道、法，都主要是为了解答当时急剧变动中的社会基本问题，救治社会弊病。在秦汉，它变化为宇宙论哲学。到魏晋，则是本体论哲学。宋明是心性论哲学。直到近代，才有谭嗣同、章太炎、孙中山的认识论哲学。而在这所有几个阶段中，尽管各有偏重，"内圣外王""儒道互补"的实用理性的基本精神都始终未被舍弃。孙中山提出"知难行易"学说，开始在认识论上有突破中国实用理性的经验论、真正重视知性的近代趋向，但显然没能得到充分发展。①

由先秦到近代，中国哲学的发展被梳理为：政治论哲学（先秦）—宇宙论哲学（秦汉）—本体论哲学（魏晋）—心性论哲学（宋明）—认识论哲学（近代）。李泽厚认识到，随着马克思主义的引入，中国传统思想才开始发生巨大改变，有了新的突破。除了现代救亡图存的时代任务，马克思主义与"中国传统的民族性格、文化精神和实用理性"的契合，是极其重要的原因：它"既有乐观的远大理想和具体的改造方案，又有踏实的战斗精神和严格的组织原则"②。在这些方面，"实用理性"与"乐感文化"正好形成与传统思维的对应。李泽厚的独到之处在于，并没有重复地从以往被强调泛滥的阶级斗争、民族救亡、思想启蒙等方面去理解马克思主义的中国化，而是独辟蹊径从文化哲学的视野来透视马克思主义中国化的可能性与必然性：可能性在于"实用理性"与"乐感文化"重视实践行动，不好空谈玄理，将言理论辩与行动践履糅合为一，并且乐观进取，这些均与马克思主义内在的现实性精神与浪漫性精神形成呼应③；必然性在于中国哲学发展到近代的认识论，如孙中山的"知难行易"说，虽然开始出现突破传统经验论、转向近代知性的趋势，但是时代危机已经没有时间来进行一场由认识论开始的哲学革命了，马克思主义的引入直接推动了"改造世界"而非"认识世界"的实践论哲学转折，并切切实实改变了中国"三千年未有之大变局"的面貌。

因此，"乐感文化"的终极指向，不只是凝然回眸于千载，却更是深

---

① 李泽厚：《中国古代思想史论》，304 页，北京，人民出版社，1985。
② 李泽厚：《中国古代思想史论》，315 页，北京，人民出版社，1985。
③ 关于马克思主义内在的现实性与浪漫性精神，请参见本书第四章。

情投目于未来：

> 即使从中国思想历史的传统看，也似乎不必过分担心随着现代化的来临，许多外来思潮如存在主义等将席卷走中国的一切；相反，我们应该充满民族自信去迎接未来，应该更有胆量、更有气魄和智慧去勇敢地吸取外来文化和溶化它们。①

"实用理性"加上"乐感文化"，实际上成为一种内含实践论转向的中国形态的历史文化哲学。

如果说，"主体性实践哲学"的生成体现了康德与马克思的互阐，那么"实用理性"与"乐感文化"则实现了将康德的先验主体与马克思的实践主体同时植入华夏民族文化心理结构的使命，完成为李泽厚所说的"人类学历史本体论"。抽象而言，"人类学历史本体论"命题是普遍性的历史文化哲学，它应该适用于对世界各个民族区域文化的阐释，具体来看，在中国文明中它化身为"实用理性"与"乐感文化"而得以呈现。正如李泽厚自己所认识到的：

> 历史本体论本来自 Marx、Kant 和中国传统，又不同于它们。不同于 Marx 仅着重人的社会存在，而忽略了个体心灵。不同于 Kant 将心理形式归于超人类的理性，忽略了它的历史生活根源。不同于中国传统过分偏重实用，忽略了抽象思辨的极端重要性。另一方面，它又融合了三者。总起来说，历史本体论通过"实用理性"和"乐感文化"所提出的是，在现代生活中全面实现个性潜能的心理建设问题。②

经过返回康德、返回马克思、返回维柯，到 1985 年，新时期初期的中国美学主体意识终于走到了历史与文化的根茎深处，由普遍性的高空逐次下沉，回落到坚实的大地，一边仍然扬头仰望头顶灿烂的星空，一边从不停息地爬梳自己的生命之源、身份之根。如果说，朱光潜的返回维柯，从理论上为民政世界和部落自然法的确证提供了借鉴的话，那么，李泽厚的"美的历程"和"思想史历程"则将这一理论意图付诸切实的历史文化探险，最终收获了以"实用理性"与"乐感文化"为核心的中国式智慧，同时也凝聚为"历史本体论"的思想成果，既回复了普遍性的文化问题，也照应了特殊性的中国处境。

---

① 李泽厚：《中国古代思想史论》，316 页，北京，人民出版社，1985。
② 李泽厚：《实用理性与乐感文化》，106～107 页，北京，生活·读书·新知三联书店，2008。

结　语

面对中国现代美学三次浪潮所带来的历史困境，新时期伊始阶段的美学研究有着强烈的使命感与厚重的承担感。一方面，它要着手于拨乱反正的当务之急，将"去人性化""去主观化""去传统化"等脉络重新拾起，进行认真清理、仔细辨析，同时也采取适当的方式将"文化大革命""十七年"乃至"五四"以来整个现代美学中那些被压抑、淡忘、忽视了的美学观点、看法、主张重新接引进来，以再塑一个力量持衡的美学思想格局；另一方面，它并不限于美学这一孤立学科领域，而是利用现代学科建制百废待兴的有利契机，依托于哲学美学的经典思想资源，在恢复美学问题正常探讨的同时，更将思辨的触角延展到对中国文化主体性的全盘探究、辨析、形构之中。

这样看来，1978 年至 1985 年间的中国美学复苏，既是对过去美学自身长久困惑的重新解答，更是对未来整体文化建设的执着追问。美学复苏与文化主体性开启，其实是这一时段"美学热"现象中同一根本问题的两个致力方面。

就美学复苏而言，以评判康德为标识，引发了对美学主体论问题的重新思考；以重描马克思为标识，引发了对美学人性论问题的辩证探究；以译介维柯为标识，引发了对美学传统性问题的再次关注。朝向主体、朝向人性、朝向传统的逐次开启，在解决美学问题本身所遭遇到的历史困局的同时，也促使美学家们有意识地进入对文化主体性的关注视域。

就文化主体性而言，在 20 世纪 70 年代激进意识形态淡出之后，教条主义的遗韵犹存与虚无主义的弥漫盛行，是 70 年代后期中国社会所面临的最大危机。一定意义上来看，中国现代美学三次浪潮所指明的不仅仅是美学危机的步步加深，更是中国现代文化整体发展的极端偏执。如果说，"现代性的危机"是现代人"再也不知道想要什么——再也不相信自己能够知道什么是好的，什么是坏的；什么是对的，什么是错的"①，那么，70 年代末中国社会同样面临着这一严峻问题。在观念层面，阶级意识遭到摒弃，但是如果只有简单的否定，那么就会造成新的虚无。时代问题的关键还是要重新激发人们的政治团结与生产创造，这就必须再次提炼出一种具备新的有效性的思想观念。正如卢梭曾论述过的那样，在一般形式的法律

---

① ［美］列奥·施特劳斯：《现代性的三次浪潮》，丁耘译，见《苏格拉底问题与现代性》，32页，北京，华夏出版社，2008。

之外，还有"一切之中最重要的一种"法律：

> 这种法律既不是铭刻在大理石上，也不是铭刻在铜表上，而
> 是铭刻在公民们的内心里；它形成了国家的真正宪法；它每天都
> 在获得新的力量；当其他的法律衰老或消亡的时候，它可以复活
> 那些法律或代替那些法律，它可以保持一个民族的创制精神，而
> 且可以不知不觉地以习惯的力量取代权威的力量。①

这种独特的法律其实就是"风尚"和"习俗"。卢梭认为，一个国家
的创制，其一切成功的根本全在于这一因素上面。"风尚"和"习俗"是
"伟大的立法家秘密地在专心致力着的方面"，"尽管他好像把自己局限于
制定个别的规章，其实这些规章都只不过是弯隆顶上的拱梁，而唯有慢慢
诞生的风尚才最后构成那个弯隆顶上的不可动摇的拱心石"②。由此看来，
中国美学在社会倾危之际所自觉承担起的历史重担，正是一种心灵律法的
重新创制。它以美学的面貌在彷徨迷惘的土壤上，唤醒了中国文化的主体
性精神，从不同的思想资源中汲取思考的力量，并且引导它渐次前行。在
主体性、共同人性、传统性逐层深入的背后，是现实与理想、自由与平
等、个体与群体、权利与责任、普世问题与民族境域等一系列复杂政治哲
学问题的辩证展开。从根本上而言，新时期中国美学所承担的正是为中国
文化重新立法的历史任务。其结果是，作为阶级主体性的替代，文化主体
性随着美学复苏而勃兴。以文化主体弥补阶级主体缺失后造成的价值空
位，便成为美学复苏的最深层意义所在。

具体而言，中国美学的复苏与文化主体性的萌生，是在一个回转的过
程中展开的。正如多年前宗白华曾提醒的那样："历史上向前一步的进展，
往往是伴随着向后一步的穷本探源。"③ 在这一历程之中，我们看到的是，
新时期初的中国美学复苏主潮展开了一个多层次的回心与转意的思想
运动。

就美学现象而言，所谓"回心"，指的是美学思想从僵化的阶级性、
客观性、现代性的单一诉求，寻回了活络的共同人性、主体性、传统性的
复杂指向，"心"的哲学重新成为那一时代不约而同的美学主题。所谓
"转意"，指的是美学在向内回到人的心理、心性、心灵探索的同时，开始
向外在更为广阔复杂的方向展开、延伸、推进，意境、意蕴、意义成为美
学复苏以后日益获得广泛使用的关键词。

穿透美学现象，进入文化主体性层面来看，所谓"回心转意"指的

---

① 〔法〕卢梭：《社会契约论》，何兆武译，70 页，北京，商务印书馆，2003。
② 〔法〕卢梭：《社会契约论》，何兆武译，70 页，北京，商务印书馆，2003。
③ 宗白华：《中国艺术意境之诞生》，见《美学散步》，68 页，上海，上海人民出版社，1981。

是：一方面，思想文化回到经典中，伟大而深刻的心灵汲取思辨的灵感，它依次呈现为回到康德、回到马克思、回到维柯；另一方面，思想文化转向对现实与理论双重持衡的审慎推演，它依次展露为：从主体意识的再认到共通意识的初悟，从实践意识的勃兴到人道意识的高扬，从历史意识的重辨到文化意识的寻根。

"回心与转意"这一进程的意义，只有从美学与文化双重关照的思想史视野中才能得以开启。"美学热"与美学复苏纷繁复杂的现象背后，既是现代美学困局的解脱，更是中国文化主体的诞生。

这里有必要再次强调的是，中国美学复苏的思想演绎进路蕴含着重要的研究方法论意义，即普遍性与特殊性双重交织意识的问题立场。它不仅内含于那一时代美学家学理探究的逻辑深处，更为我们当下美学研究的进路做出了宝贵的表率。这种双重交织意识的自觉，其意义在于向美学研究引入了现实感，也树立了方向感。同样，这一点也鲜明地体现为本书的方法论运用。

首先，本书并不是对当代中国美学史所做的一种纯然"历史考据"式研究。自 20 世纪 90 年代以来，历史考据式的研究蔚为壮观。不能否认，它在某种程度上的确为中国学术的规范建设做出了不可抹杀的贡献，推动了中国学术在对具体问题把握、实证材料发掘等方面的研究深入。但是，正如有学者指出，学问的阐释可以划分为三个层次：知识、意义、价值。作为知识层面的阐释，具有客观性的要求，无须创造发挥，阐释等于发现；作为意义层面的阐释，在对象客观规定性的基础上，主体的知识结构与趣味涉足其中，阐释等于理解；作为价值层面的阐释，则涉及阐释主体与阐释对象的双重生存处境，阐释等于对话①。历史考据式的研究固然重要，梳理材料、考索概念、辨析词义，这些都能为更高一层的阐释活动提供基本条件。但是，就当代中国美学史研究领域来看，这种历史考据式的研究几乎成为主要的知识活动。尽管这种考据能够发掘出美学家、美学著作、美学活动等不同对象细致入微的历史细节，但是，如果没有价值层面的阐释作为更高层级的引导，那么这样的阐释所达成的作用就是：一边将对象从历史记忆的深处努力刨出，一边又过于随意地将对象封闭在了烦琐考证乃至重复描述的故纸堆中。这里的问题是，这种封闭性的研究无法将历史的材料有效转换成思想的资源，当下为我们提供对中国美学重新进入时代关注的思想动力。

其次，本书也不是对当代中国美学史所作的一种纯然"比较美学"式研究。尽管本书内在脉络涉及西方经典思想与中国美学家对之进行的接

---

① 李春青：《在文本与历史之间：中国古代诗学意义生成模式探微》，5～7 页，北京，北京大学出版社，2005。

受、阐释、改造，但是，本书的问题意识并不拘于一种狭隘的比较研究或者影响研究之中。时下流行的比较美学，多半框定在一种比较文学或者比较文论的研究范式之中，要么是"对比派"，简单对比中西美学理论的观念、命题；要么是"考据派"，从知识词汇索源中国现代美学理论的词汇是如何经由日本中介从西方传入。这样一些研究理路的基本立场，其实质是一种本质主义思维模式。就前者来说，它将中西思想抽象固化，似乎西方思想有一种不变的内核，而中国思想同样有一种不变的内核，前者是外向的、动的、科学的、逻辑的等，后者是内倾的、静的、人文的、直觉的等。其结论在于再次证明中西文化孰优孰劣，价值判断在于个人主观立场。就后者来说，它认定西方的思想有一固定不变的真义，而中国现代思想在引入西方思想的过程中要么是"正确"地接受了这种原意，要么是"误读"了这种原意，其结论无非在于中国学界对于西方思想的"接受"正确与否。问题在于这两者都仍然只是一种封闭性的研究，它们无法激活我们对真正思想问题的理解，也无法激活中国美学内含的普世意义。

由此，我认为，当代中国美学史研究的最大障碍，即在于双重意识的断裂之中，这种双重意识就是：历史意识与当代意识，西方意识与中国意识。尽管上述研究在表面上的确是中国人在研究西学东渐，现代人在探索历史复原，但是，这样的研究却搁浅了最为根本的问题意识：美学研究的现实感与方向感。我们写了许多的著作，我们复原许多的历史，却不知道对当下有什么真正的意义？不知道美学究竟还有何存在的价值？现实的美学研究早已沦为大学学术分工体制内的一门专业技术，与别的技术不同的地方在于，它研究的是有关各类"美"的技术。上述两种研究倾向，历史考据和比较美学最后所达致的效果只是：历史属于历史，西方属于西方。由此而言，相对于当下的中国现代思想史研究来说，作为曾经在意识形态和思想文化领域起到过巨大作用的美学，却一直未能获得有效的关注与研究。相比历史学、文学、政治学乃至科学等其他领域，美学思想史所受到的关注远远不能与它的历史意义相符合，原因就在于这种现实感与方向感的隐退。

在我看来，美学史的研究亟须现实感与方向感的引入，而这种引入其实已经有了一定的基础，需得承认，这基础便是前面所述两种研究范式奠定的，即历史材料的获得与他者视域的开启。但是，目前迫切需要进行的是，更新自身的方法论立场。这里所说的方法论立场，不是指具体的结构主义、解构主义、精神分析、性别理论、东方主义等时髦方法，而是指一种对于历史与当下、西方与中国关系问题的重新理解，亦即本书中所提及的普遍性与特殊性的关系问题。这种普遍性与特殊性交织的问题立场的引入，其实质是作为一种文化政治的根本视域而敞开，如同詹姆逊所说的，"它不把政治视角当作某种补充方法，不将其作为当下流行的其他阐释方

法——精神分析或神话批评、文体的、伦理的、结构的方法——的选择性
辅助，而是作为一切阅读和一切阐释的绝对视域"①。

正是这一文化政治阅读的视野敞开，促使我相信，要进一步拓展中国
美学的研究空间，就必须将问题意识和思考境界上升到一种阐释学的高
度：普遍即特殊，特殊含普遍。中国美学的问题并不仅仅是中国美学自身
的特殊问题，它内在也包含了世界美学诞生以来所蕴含的普遍性问题；美
学历史的问题也并不只是某个特定历史时代的美学问题，它实际上孕育着
激活现实思考的潜在能量。比如，对"美的本质"问题的探讨，这是中国
在 20 世纪 50 年代以来兴起的美学问题，但是，以往的学术史多流于急匆
匆地把它指斥为"伪命题"或者已经历史化没有现实意义的命题。但是，
在普遍性与特殊性交织的文化政治视域下，我们就不应当仅仅局限于历史
上的中国语境来看待这一问题，而要进一步看到，在这个历史性的中国式
特殊问题中，深层潜藏着对普世性永恒价值问题的思索，即在美的"心物
之辨"背后隐匿的是自卢梭、康德以来的现代性思想对个人与共同体关系
的深切关怀。尽管人们今天已不再使用那样的学术语言，但是这种问题意
识应该始终属于包括美学在内的人文学科，特定的语言更替现象背后却是
永恒的价值探索话题。今天的美学研究，表面上虽然繁花似锦，口号不
断，从身体美学到空间美学，从旅游美学到景观美学，乃至种种审美文化
研究，大多却只是实现了理论武器的更新换代，至于问题意识却与文化关
怀、时代焦虑有着深深的隔膜。

其实，问题解决的根本并不在于具体方法论的先进与否，而是在于研
究主体究竟有没有独立的价值立场与深切的问题关怀。只有当研究主体对
于一门学科的理论与时代的实践之间的断裂产生深切的切肤之痛时，才能
明白为什么 20 世纪 80 年代的美学曾经那样灿烂而辉煌，也才能明白研究
方法之于文化理想实在是微不足道。经典之所以为经典，不在于"方法"
而在于"道理"。20 世纪 80 年代中国美学对于康德、马克思、维柯的理
解，不是方法论意义上的，而是价值论意义上的。它们所触及的是在一个
大时代中如何重新确立个体与共同体的生活意义，主体、人性、传统所标
识的不仅仅是美学意义，更为 20 世纪 70 年代整个思想文化框定了问题论
域，即个体生命、社会发展与文化传承的多重指向。不难看出，后来的
"文化热""国学热"，乃至经济学、社会学的重建都是在这个问题论域内
的不同方向上的延伸、展开、推进②。"道理"所致思的根本是现代中国人
如何"安身立命"的问题。就此意义而言，经典性思想以它们对普世性

① ［美］詹姆逊：《政治无意识》，王逢振、陈永国译，8 页，北京，中国社会科学出版社，
1999。

② 丁耘：《启蒙主体性与三十年思想史——以李泽厚为中心》，载《读书》，2008（11）。

"道理"的穿透力而保存着永恒的魅力与反复阅读的可能。

这种"道理"的根本特征就在于对整全知识的关注与追求。现代社会的日益分化带来了知识领域的分裂区隔,尽管"道术将为天下裂"是历史中的一种客观趋势,但我们却不能拿硬性的历史事实来随意地抹杀理想的价值。美学虽然是现代性规划中的一门独立学科,但是它的真正意义却在于试图超越这种既成的学科规划,去缝合感性与理性、个体与群体、社会与国家、历史与现实、自然与自由等遍布精神或实体诸领域的一系列裂隙。由此而言,康德、马克思、维柯,其共同的特点就在于对这种理想性整全状态的不懈追求。隐藏在他们的哲学、伦理学、社会学、人类学、历史学乃至政治经济学背后的是共同的价值性取向,即试图去克服源于现代性而生的片面性困境,无论是思想的还是社会的,因此才有了批判哲学、民政神学乃至阶级斗争。当后人丧失了这种整全知识的根本视域,就只会将康德视为哲学家,将马克思视为革命家,将维柯视为神学家,但是他们何尝是某一"家"所能牢笼的呢?"三大批判"、《巴黎手稿》《新科学》正是基于追寻整全知识的自觉意识,而从精神根基上激发了 20 世纪 80 年代中国学术思想的重新敞开。不难发现,李泽厚、朱光潜的思想从未局限于现在规范化学科体制所划定的美学、文学、艺术学领域,很多时候,他们的确是由美学、文学、艺术学出发,但是他们最终的思想旨趣却是落实到文化政治之中。这种曲折的推演恰好彰显出了李泽厚、朱光潜超越于美学家身份而实为关怀整全问题的思想家面容。因此,只有进入"道理"的层面,我们才能深刻理解李泽厚、朱光潜与康德、马克思、维柯的根本思想因缘所在。

同样,也只有深入时代的脉搏,去积极回应时代给我们提出的问题和疑惑,美学才可能为中国思想做出新的有益贡献,以往的美学历史也才能在这样一种现实的问题意识中获得新的敞开。在对历史境况的阐释之中,我们看出了当代问题的根源与困境;在对西方问题的阐释中,我们看到了中国问题的产生与解决。这般阐释,才使得历史研究焕发出现实意义,才能使得西方研究焕发出中国意义。在这方面,其实我们的前人比我们要自觉得多。李泽厚从康德思想读出了中国问题,朱光潜从维柯思想暗悟了现实解惑。尽管他们所持有的理论武器,在受过后现代诸般风尚熏陶的我们来说,显得过于落后,但是他们并非"不知",而是"不为"。略举一例,李泽厚在其《批判哲学的批判》中,所涉及的西方理论其实已经概括了自笛卡尔以来直到 20 世纪的诸般思潮,海德格尔、德里达、福柯、"西马"、逻辑哲学、结构主义、解构主义等。思想家之所以成其为思想家,不是学院墙内划分地盘的专业技术工作者,而是他们有着对时代问题的真诚关怀与深切把握。无论是传统文化、还是异域思想,对于他们来说,并非仅仅对某一个或某几个新名词的耍弄与译介,更重要的是,这些时空距离之外的他者对于"现代的""中国的"思想来说有着"他山之石"的疗效。在对康德、马克思、维柯思想的发现中进行理解，在理解中进行对话，回到伟大的历史文化心灵，开拓前进的现实方向意识，在解惑特殊性困境的同时回应普遍性问题的挑战，这才是成就 20 世纪 80 年代"美学热"的根本缘由。

正如张旭东指出："所谓回到传统，不是回到那个文本，那个规范，而是重建自身历史的连续性，同时重建讨论自身历史的知识和价值框架的连续性。回到传统不是往后走，而是往前走，是确立本民族的当代意义上的文化政治意识的努力。只有这样，中国现代性历史经验的正面的、积极的、建设性和创造性价值才可能被我们当代人发挥出来。"① 就这一意义而言，本书对 20 世纪 80 年代中国美学复苏的探讨同样是一个具有回转意味的建设性探究过程。在回到以朱光潜、李泽厚为主线的中国美学复苏思想演进的过程中，我们重新辨认了昔日美学的历史使命与文化承担，进而，对于未来中国美学的继续前行，这段历史也赋予了我们以方法、激发了我们的信心。

从这种普遍与特殊的辩证法视野出发，来看新时期初期中国美学的问题，我们才能抓住 1978 年至 1985 年中国美学复苏的思想史意义的根本所在：一方面，它是对新时期美学极端化状态的一种反驳；另一方面它也开启了新时期后期美学乃至整体文化的进展路向。

从前一方面说，前新时期美学存在的"去人性化""去主观化""去传统化"的激进政治倾向，它最终导致了阶级性、客观性、现代性对于真、善、美等美好价值的异化与扭曲，本来属于美好生活追寻的实践反过来成为压制人性生活的暴政。新时期初期的美学在自觉恢复前现代哲人应有的审慎、节制的美德的同时，将美学逐渐从阶级性中剥离出共同人性、从客观性中剥离出主观性（主体性）、从现代性中剥离出传统性，实现了对整个中国现代美学三次浪潮的一次全面反思。但值得注意的是，这一次的反思并不是简单地"把被颠倒的历史再颠倒过来"，而是持守着一种审慎的态度来对待以上种种张力因素的存在。这一历史脉络便呈现为"回心"与"转意"这一思想探寻历程，这一历程同样呈现为三个层次：（1）回到康德，既激活了主体意识，又不忘共通关怀，这是感己通人；（2）回到马克思，既夯实了实践意识，又不失人道理想，这是感天通地；（3）回到维柯，既确证了历史意识，又再认文化特性，这是感古通今。作为"感通学"的美学意义，经历了"漫长的革命"后，在 20 世纪 80 年代终于获得了新的敞开。中国美学在解脱自我束缚的同时，也在精神深处回应着美学

---

① 张旭东：《代序·我们今天怎样做中国人?》，见《全球化时代的文化认同》，4 页，北京，北京大学出版社，2005。

作为一门学科在现代世界建立之初所自我期许的良善夙愿：坚持不懈地追寻着人性的完善与社会的健全。

　　从后一方面说，新时期后期的美学在由前辈美学家们探索的历史文化路径上愈渐深入，终于铺衍成了 20 世纪 80 年代后期的"文化热"。当然，那又将是另外一个值得反复品味的故事，但已经超出了本书的讨论范围。

参考文献

一、中国美学著作

李泽厚著作

1. 李泽厚. 门外集. 武汉：长江文艺出版社，1957
2. 李泽厚. 批判哲学的批判：康德述评. 北京：人民出版社，1979
3. 李泽厚. 中国近代思想史论. 北京：人民出版社，1979
4. 李泽厚. 美学论集. 北京：上海文艺出版社，1980
5. 李泽厚. 美的历程. 北京：文物出版社，1981
6. 李泽厚. 批判哲学的批判：康德述评. 北京：人民出版社，1984
7. 李泽厚. 中国古代思想史论. 北京：人民出版社，1985
8. 李泽厚. 李泽厚哲学美学文选. 长沙：湖南人民出版社，1985
9. 李泽厚. 走我自己的路. 北京：生活·读书·新知三联书店，1986
10. 李泽厚. 中国现代思想史论. 北京：东方出版社，1987
11. 李泽厚. 华夏美学. 北京：中外文化出版公司，1989
12. 李泽厚. 美学四讲. 北京：生活·读书·新知三联书店，1989
13. 李泽厚、刘再复. 告别革命：回望二十世纪中国. 香港：天地图书公司，1995
14. 李泽厚. 世纪新梦. 合肥：安徽文艺出版社，1998
15. 李泽厚. 美学三书. 合肥：安徽文艺出版社，1999
16. 李泽厚. 李泽厚哲学文存. 合肥：安徽文艺出版社，1999
17. 李泽厚. 美学旧作集. 天津：天津社会科学出版社，2002
18. 李泽厚. 浮生论学：李泽厚、陈明 2001 年对谈录. 北京：华夏出版社，2002
19. 李泽厚. 走我自己的路：杂著集. 北京：中国盲文出版社，2002
20. 李泽厚. 走我自己的路：对谈集. 北京：中国盲文出版社，2002
21. 李泽厚. 李泽厚近年答问录. 天津：天津社会科学院出版社，2006
22. 李泽厚. 批判哲学的批判：康德述评. 北京：生活·读书·新知三联书店，2007
23. 李泽厚. 华夏美学·美学四讲（增订本）. 北京：生活·读书·新知三联书店，2008
24. 李泽厚. 历史本体论·己卯五说. 北京：生活·读书·新知三联书店，2008

217

25. 李泽厚. 实用理性与乐感文化. 北京：生活·读书·新知三联书店，2008

朱光潜著作

1. 朱光潜. 西方美学史. 北京：人民文学出版社，1979

2. 朱光潜. 谈美书简. 上海：上海文艺出版社，1980

3. 朱光潜. 美学拾穗集. 天津：百花文艺出版社，1980

4. 朱光潜. 朱光潜全集（1、2、3）. 合肥：安徽教育出版社，1987

5. 朱光潜. 朱光潜全集（4）. 合肥：安徽教育出版社，1988

6. 朱光潜. 朱光潜全集（5）. 合肥：安徽教育出版社，1989

7. 朱光潜. 朱光潜全集（6）. 合肥：安徽教育出版社，1990

8. 朱光潜. 朱光潜全集（7）. 合肥：安徽教育出版社，1991

9. 朱光潜. 朱光潜全集（18、19）. 合肥：安徽教育出版社，1992

10. 朱光潜. 朱光潜全集（8、9、10）. 合肥：安徽教育出版社，1993

其他美学家著作

1. 蔡仪. 新美学. 上海：群益出版社，1947

2. 蔡仪. 美学论著初编. 上海：上海文艺出版社，1982

3. 蔡仪. 新美学（改写本）. 北京：中国社会科学出版社，1995

4. 王元化. 文心雕龙创作论. 上海：上海古籍出版社，1979

5. 王元化. 读黑格尔. 北京：新星出版社，2006

6. 蒋孔阳. 德国古典美学. 北京：商务印书馆，1980

7. 蒋孔阳. 美学新论. 北京：人民文学出版社，2007

8. 王朝闻. 美学概论. 北京：人民出版社，1981

9. 宗白华. 美学散步. 上海：上海人民出版社，1981

10. 宗白华. 宗白华全集. 合肥：安徽教育出版社，1994

11. 高尔泰. 论美. 兰州：甘肃人民出版社，1982

12. 高尔泰. 美是自由的象征. 北京：人民文学出版社，1986

13. 高尔泰. 寻找家园. 广州：花城出版社，2004

14. 吕荧. 吕荧文艺与美学论集. 上海：上海文艺出版社，1984

15. 童庆炳. 文学审美特征论. 武汉：华中师范大学出版社，2000

16. 童庆炳. 文学活动的审美维度. 北京：高等教育出版社，2001

17. 黄药眠. 黄药眠美学文艺学论集. 北京：北京师范大学出版社，2002

1985 年后重要美学著作

1. 刘小枫. 诗化哲学. 济南：山东文艺出版社，1986

2. 刘小枫. 这一代人的怕和爱. 北京：生活·读书·新知三联书店，1996

3. 刘小枫. 现代性社会理论绪论. 上海：上海三联书店，1998

4. 刘小枫. 拯救与逍遥（修订本）. 上海：上海三联书店，2001

5. 刘小枫. 沉重的肉身. 北京：华夏出版社，2004

6. 王一川. 意义的瞬间生成. 济南：山东文艺出版社，1988

7. 王一川. 审美体验论. 天津：百花文艺出版社，1992

8. 王一川. 修辞论美学. 长春：东北师范大学出版社，1997

9. 张法. 美学导论. 北京：中国人民大学出版社，1999

10. 张法. 中国美学史. 成都：四川人民出版社，2006

11. 张法. 美学的中国话语. 北京：北京师范大学出版社，2008

美学论文汇编

1. 文艺报编辑部. 美学问题讨论集（1、2）. 北京：作家出版社，1957

2. 文艺报编辑部. 美学问题讨论集（3、4）. 北京：作家出版社，1959

3. 文艺报编辑部. 美学问题讨论集（5）. 北京：作家出版社，1962

4. 文艺报编辑部. 美学问题讨论集（6）. 北京：作家出版社，1964

5. 中国社会科学院哲学研究所美学室、上海文艺出版社文艺理论编辑室. 美学（1-7）. 上海：上海文艺出版社，1979—1985

6. 全国高等院校美学研究会、北京师范大学哲学系. 美学讲演录. 北京：北京师范大学出版社，1981

7. 四川省社会科学院文学研究所. 中国当代美学论文选（1-4）. 重庆：重庆出版社，1984—1988

8. 胡经之. 中国现代美学丛编. 北京：北京大学出版社，1987

二、中国美学学术史研究著作

1. 文艺美学丛书编辑委员会. 美学向导. 北京：北京大学出版社，1982

2. 胡乔木. 朱光潜纪念集. 北京：安徽教育出版社，1987

3. 丁枫. 高尔泰美学思想研究. 沈阳：辽宁人民出版社，1987

4. 高楠. 蒋孔阳美学思想研究. 沈阳：辽宁人民出版社，1987

5. 李兴武. 蔡仪美学思想研究. 沈阳：辽宁人民出版社，1987

6. 林同华. 宗白华美学思想研究. 沈阳：辽宁人民出版社，1987

7. 王生平. 李泽厚美学思想研究. 沈阳：辽宁人民出版社，1987

8. 阎国忠. 朱光潜美学思想研究. 沈阳：辽宁人民出版社，1987

9. 张本楠. 王朝闻美学思想研究. 沈阳：辽宁人民出版社，1987

10. 赵士林. 当代中国美学研究概述. 天津：天津教育出版社，1988

11. 邓晓芒、易中天. 走出美学的迷惘. 石家庄：花山文艺出版社，1989

12. 朱立元. 当代中国美学新学派. 上海：复旦大学出版社，1992

13. 陈伟. 中国现代美学思想史纲. 上海：上海人民出版社，1993

14. 夏中义. 新潮学案. 上海：上海三联书店，1996

15. 阎国忠. 走出古典：中国当代美学论争述评. 合肥：安徽教育出

版社，1996

16. 封孝伦．二十世纪中国美学．长春：东北师范大学出版社，1997

17. 杜卫．走出审美城．北京：东方出版社，1998

18. 祝东力．精神之旅．北京：中国广播电视出版社，1998

19. 文洁华．朱光潜与当代中国美学．香港：中华书局，1998

20. 张辉．审美现代性批判．北京：北京大学出版社，1999

21. 叶朗．美学的双峰：朱光潜宗白华与中国现代美学．合肥：安徽教育出版社，1999

22. 汝信．美学的历史：20 世纪中国美学学术进程．合肥：安徽教育出版社，2000

23. 朱存明．情感与启蒙．北京：西苑出版社，2000

24. 王德胜．宗白华评传．北京：商务印书馆，2001

25. 王德胜．当代处境中的美学问题．北京：中国社会科学出版社，2008

26. 王德胜．20 世纪中国美学：问题与个案．北京：北京大学出版社，2009

27. 王德胜．问题与转型：多维视野中的当代中国美学．济南：山东美术出版社，2009

28. 牛宏宝等．汉语语境中的西方美学．合肥：安徽教育出版社，2001

29. 邢建昌、姜文振．文艺美学的现代性建构．合肥：安徽教育出版社，2001

30. 阎国忠等．美学建构中的尝试与问题．合肥：安徽教育出版社，2001．

31. 陈望衡．20 世纪中国美学本体论问题．长沙：湖南教育出版社，2001

32. 蒯大申．朱光潜后期美学思想述论．上海：上海社会科学院出版社，2001

33. 聂振斌等．思辨的想象．昆明：云南大学出版社，2003

34. 邹华．20 世纪中国美学研究．上海：复旦大学出版社，2003

35. 钱念孙．朱光潜：出世的精神与入世的事业．北京：文津出版社，2005

36. 胡继华．宗白华：文化幽怀与审美象征．北京：文津出版社，2005

37. 霍绪德．静观热潮．北京：文化艺术出版社，2005

38. 彭锋．引进与变异：西方美学在中国．北京：首都师范大学出版社，2006

39. 戴阿宝，李世涛．问题与立场：20 世纪中国美学论争辩．北京：首都师范大学出版社，2006

40. 薛富兴．分化与突围：中国美学 1949—2000．北京：首都师范大

学出版社，2006

41. 马驰. 艰难的革命：马克思主义美学在中国. 北京：首都师范大学出版社，2006

42. 袁济喜. 承续与超越：20 世纪中国美学与传统. 北京：首都师范大学出版社，2006

43. 谭好哲、刘彦顺. 美育的意义：中国现代美育思想发展史论. 北京：首都师范大学出版社，2006

44. 章辉. 实践美学：历史谱系与理论终结. 北京：北京大学出版社，2006

45. 王斑. 历史的崇高形象：二十世纪中国的美学与政治. 上海：上海三联书店，2008

46. 尤西林. 心体与时间：二十世纪中国美学与现代性. 北京：人民出版社，2009

47. Liu Kan. *Aesthetics and Marxism*：*Chinese Aesthetic Marxisits and Their Western Contemporaries*. Durham：Duke University Press，2000

三、理论研究著作

中文部分：

1. 傅伟勋. "文化中国"与中国文化. 台北：东大图书公司，1988

2. 甘阳等. 中国当代文化意识. 香港：三联书店，1989

3. 甘阳. 古今中西之争. 北京：生活·读书·新知三联书店，2005

4. 甘阳. 通三统. 北京：生活·读书·新知三联书店，2007

5. 熊自健. 当代中国思潮述评. 台北：文津出版社，1992

6. 顾昕. 中国启蒙的历史图景：五四反思与当代中国的意识形态之争. 香港：牛津大学出版社，1992

7. 顾昕. 黑格尔主义的幽灵与中国知识份子：李泽厚研究. 台北：风云时代出版公司，1994

8. 顾昕. 中国反传统主义的贫困：刘晓波与偶像破坏的乌托邦. 台北：风云时代出版公司，1993

9. 温儒敏. 中国现代文学批评史. 北京：北京大学出版社，1993

10. 邹谠. 二十世纪中国政治. 香港：牛津大学出版社，1994

11. 邹谠. 中国革命再阐释. 香港：牛津大学出版社，2002

12. 范进. 康德文化哲学. 北京：社会科学文献出版社，1996

13. 蒙培元. 中国哲学主体思维. 北京：人民出版社，1997

14. 单世联. 反抗现代性：从德国到中国. 广州：广东教育出版社，1998

15. 洪子诚. 1956：百花时代. 济南：山东教育出版社，1998

16. 洪子诚. 文学与历史叙述. 开封：河南大学出版社，2005

17. 陈顺馨. 1962：夹缝中的生存. 济南：山东教育出版社，1998

18. 杨鼎川. 1967：狂乱的文学年代. 济南：山东教育出版社，1998

19. 孟繁华. 1978：激情岁月. 济南：山东教育出版社，1998

20. 尹昌龙. 1985：延伸与转折. 济南：山东教育出版社，1998

21. 季广茂. 思想的激流：20 世纪社会思潮概论. 济南：泰山出版社，1999

22. 季广茂. 情感的天空：20 世纪文学艺术概说. 济南：泰山出版社，1999

23. 陶东风. 社会转型与当代知识分子. 上海：上海三联书店，1999

24. 陶东风. 文学理论的公共性：重建政治批评. 福州：福建教育出版社，2008

25. 汪晖. 死火重温. 北京：人民文学出版社，2000

26. 汪晖. 去政治化的政治：短 20 世纪的终结与 90 年代. 北京：生活·读书·新知三联书店，2008

27. 黄文斐. 维柯《新科学》之中古性. 台北：国立台湾大学出版委员会，2000

28. 庄锡华. 二十世纪的中国文艺理论. 上海：上海三联书店，2000

29. 骆玉明. 近二十年文化热点人物述评. 上海：复旦大学出版社，2000

30. 韩毓海等. 20 世纪的中国：学术与社会（文学卷）. 济南：山东人民出版社，2001

31. 赵毅衡. 礼教下延之后：中国文化批判诸问题. 上海：上海文艺出版社，2001

32. 刘士林. 先验批判：20 世纪中国学术批评导论. 上海：上海三联书店，2001

33. 曹卫东. 交往理性与诗学话语. 天津：天津社会科学院出版社，2001

34. 易中天. 书生意气. 昆明：云南人民出版社，2001

35. 朱立元、王文英. 真的感悟. 上海：上海文艺出版社，2001

36. 朱立元. 走向实践存在论美学. 苏州：苏州大学出版社，2008

37. 黄力之. 中国话语：当代审美文化史论. 北京：中央编译出版社，2001

38. 黄力之. 马克思主义文化哲学与现代性. 上海：上海三联书店，2006

39. 杜书瀛等. 中国 20 世纪文艺学学术史. 上海：上海文艺出版社，2001

40. 杜书瀛. 说文解艺. 北京：文化艺术出版社，2005

41. 钱永祥. 纵欲与虚无之上. 北京：生活·读书·新知三联书店，

2002

42. 唐少杰. 实践的哲学与哲学的实践. 保定：河北大学出版社，2003

43. 吴炫. 否定主义美学. 北京：北京大学出版社，2004

44. 靳希平、吴增定. 十九世纪德国非主流哲学. 北京：北京大学出版社，2004

45. 张旭东. 全球化时代的文化认同. 北京：北京大学出版社，2005

46. 周宪. 审美现代性批判. 北京：商务印书馆，2005

47. 赵汀阳. 天下体系：世界制度哲学导论. 南京：江苏教育出版社，2005

48. 余英时. 论戴震与章学诚. 北京：生活·读书·新知三联书店，2005

49. 童庆炳等. 中国现代文学理论价值观的演变. 北京：北京大学出版社，2005

50. 崔之元等. 中国与全球化：华盛顿共识还是北京共识. 北京：社会科学文献出版社，2005

51. 古远清. 中国当代文学理论批评史. 济南：山东文艺出版社，2005

52. 李春青. 诗与意识形态. 北京：北京大学出版社，2005

53. 李春青. 在文本与历史之间. 北京：北京大学出版社，2005

54. 李春青. 在审美与意识形态之间. 北京：北京大学出版社，2006

55. 赵勇. 整合与颠覆：大众文化的辩证法. 北京：北京大学出版社，2005

56. 程正民、程凯. 中国现代文学理论知识体系的建构. 北京：北京大学出版社，2005

57. 尤西林. 人文精神与现代性. 西安：陕西人民出版社，2006

58. 陈来. 传统与现代：人文主义的视界. 北京：北京大学出版社，2006

59. 查建英. 八十年代访谈录. 北京：生活·读书·新知三联书店，2006

60. 刘康. 文化·传媒·全球化. 南京：南京大学出版社，2006

61. 黎德化. 新时期人与文化的反思. 南昌：百花洲文艺出版社，2006

62. 叶启政. 社会理论的本体建构. 北京：北京大学出版社，2006

63. 林同奇. 人文寻求录：当代中美著名学者思想辨析. 北京：新星出版社，2006

64. 朱谦之. 中国音乐文学史. 上海：上海人民出版社，2006

65. 黄平、姚洋、韩毓海. 我们的时代——现实中国从哪里来，往哪里去?. 北京：中央编译出版社，2006

66. 唐小兵等. 再解读：大众文艺与意识形态. 北京：北京大学出版社，2007

67. 龚鹏程. 近代思潮与人物. 北京：中华书局，2007

68. 陈赟. 中庸的思想. 北京：生活·读书·新知三联书店，2007

69. 陈赟. 回归真实的存在——王船山哲学的阐释. 上海：复旦大学出版社，2007

70. 陈赟. 天下或天地之间：中国思想的古典视域. 上海：上海书店出版社，2007

71. 陈赟. 现时代的精神生活. 北京：新星出版社，2008

72. 李彬、李漫. 马克思主义新闻观拓展读本. 北京：清华大学出版社，2008

73. 陈家琪. 人生之心境情调. 济南：山东友谊出版社，2008

74. 高友工. 美典. 北京：生活·读书·新知三联书店，2008

75. 高瑞泉等. 转折时期的精神转折："新时期以来中国社会思潮及其走向". 上海：上海古籍出版社，2008

76. 刘森林. 追寻主体. 北京：社会科学文献出版社，2008

77. 何浩. 价值的中间物：论鲁迅生存叙事的政治修辞. 北京：北京大学出版社，2009

译文部分：

1. ［法］卢梭. 论人类不平等的起源和基础. 李常山译. 北京：商务印书馆，1962

2. ［法］卢梭. 爱弥儿. 李平沤译. 北京：商务印书馆，1978

3. ［法］卢梭. 社会契约论. 何兆武译. 北京：商务印书馆，2003

4. ［德］康德. 判断力批判. 宗白华、韦卓民译. 北京：商务印书馆，1964

5. ［德］康德. 判断力批判. 邓晓芒译. 北京：人民出版社，2002

6. ［德］马克思. 1844 年经济学哲学手稿. 刘丕坤译. 北京：人民出版社，1979

7. ［德］马克思. 马克思恩格斯选集. 北京：人民出版社，1995

8. ［意］克罗齐. 作为表现的科学和一般语言学的美学的历史. 王天清译. 北京：中国社会科学出版社，1984

9. ［意］克罗齐. 维柯的哲学. 陶秀璈、王立志译. 郑州：大象出版社，2009

10. ［德］席勒. 审美教育书简. 冯至、范大灿译. 北京：北京大学出版社，1985

11. ［英］鲍桑葵. 美学史. 张今译. 北京：商务印书馆，1985

12. ［美］吉尔德. 现代政治思想. 杨淮生译. 北京：商务印书馆，1985

13. ［德］卡西尔. 人论. 甘阳译. 上海：上海译文出版社，1985

14. ［德］卡西尔. 启蒙哲学. 顾伟铭、杨光仲译. 济南：山东人民出版社，1988

15. ［德］卡西尔. 符号·神话·文化. 李小兵译. 北京：东方出版社，1988

16. ［德］卡西尔. 卢梭、康德、歌德. 刘东译. 北京：生活·读书·新知三联书店，2002

17. ［德］卡西尔. 卢梭问题. 王春华译. 南京：译林出版社，2009

18. ［德］鲍姆伽登. 美学. 简明、王旭晓译，北京：文化艺术出版社，1987 年版

19. ［英］伊格尔顿. 二十世纪西方文学理论. 伍晓明译. 西安：陕西人民出版社，1987

20. ［美］韦勒克. 近代文学批评史（1）. 杨岂深等译. 上海：上海译文出版社，1987

21. ［美］林毓生. 中国意识的危机. 穆善培译. 贵阳：贵州人民出版社，1988

22. ［英］伯林. 马克思传. 赵干城等译. 台北：时报文化出版企业有限公司，1990

23. ［英］伯林. 反潮流：观念史论文集. 冯克利译. 南京：译林出版社，2002

24. ［英］柏林. 浪漫主义的根源. 吕梁等译. 南京：译林出版社，2008

25. ［美］爱德华·希尔斯. 论传统. 傅铿、吕乐译. 上海：上海人民出版社，1991

26. ［英］麦克莱伦. 马克思主义以前的马克思. 李兴国等译. 北京：社会科学文献出版社，1992

27. ［美］艾伦·布鲁姆. 走向封闭的美国精神. 缪青等译. 北京：中国社会科学出版社，1994

28. ［英］阿伦·布洛克. 西方人文主义传统. 董乐山译. 北京：生活·读书·新知三联书店，1997

29. ［法］布罗代尔. 资本主义论丛. 顾良、张慧君译. 北京：中央编译出版社，1997

30. ［德］滕尼斯. 共同体与社会. 林荣远译. 北京：商务印书馆，1999

31. ［美］詹姆逊. 政治无意识. 王逢振、陈永国译. 北京：中国社

会科学出版社，1999

32．〔美〕阿里夫·德里克．后革命氛围．王宁译．北京：中国社会科学出版社，1999

33．〔加〕查尔斯·泰勒．现代性之隐忧．程炼译．北京：中央编译出版社，2001

34．〔加〕查尔斯·泰勒．现代性中的社会想象．李尚远译．台北：商周出版社，2008

35．〔美〕维塞尔．活的形象美学：席勒与近代哲学．毛萍等译．上海：学林出版社，2000

36．〔美〕维塞尔．启蒙运动的内在问题．贺志刚译．北京：华夏出版社，2007

37．〔美〕维塞尔．马克思与浪漫派的反讽．陈开华译．上海：华东师范大学出版社，2008

38．〔德〕卡尔·曼海姆．意识形态与乌托邦．黎鸣译．北京：商务印书馆，2000

39．〔德〕卡尔·曼海姆．卡尔·曼海姆精粹．徐彬译．南京：南京大学出版社，2005

40．〔德〕汉娜·阿伦特．人的条件．竺乾威等译．上海：上海人民出版社，2001．

41．〔德〕卡尔·洛维特．世界历史与救赎历史．李秋零、田薇译．北京：生活·读书·新知三联书店，2002

42．〔伊朗〕拉明·贾汉贝格鲁．伯林谈话录．杨祯钦译．南京：译林出版社，2002

43．〔俄〕列夫·托尔斯泰．艺术论．张昕畅译．北京：中国人民大学出版社，2002

44．〔美〕卡琳内斯库．现代性的五副面孔．顾爱彬、李瑞华译．北京：商务印书馆，2002

45．〔美〕里斯曼．孤独的人群．王崑、朱虹译．南京：南京大学出版社，2002

46．〔美〕洛夫乔伊．存在巨链．张传有、高秉江译．南昌：江西教育出版社，2002

47．〔美〕洛夫乔伊．观念史论文集．吴相译．南京：江苏教育出版社，2005

48．〔德〕克劳斯·黑尔德．世界现象学．孙周兴、倪梁康译．北京：生活·读书·新知三联书店，2003

49．〔德〕威廉·狄尔泰．体验与诗．胡其鼎译．北京：生活·读书·新知三联书店，2003

50. ［德］卡尔·施密特. 政治的概念. 刘宗坤译. 上海：上海人民出版社，2003

51. ［德］列奥·施特劳斯. 自然权利与历史. 彭刚译. 北京：生活·读书·新知三联书店，2003

52. ［德］列奥·施特劳斯. 苏格拉底问题与现代性. 彭磊等译. 北京：华夏出版社，2008

53. ［美］白璧德. 文学与美国的大学. 张沛、张源译. 北京：北京大学出版社，2004

54. ［英］雷蒙德·威廉斯. 关键词. 刘建基译. 北京：生活·读书·新知三联书店，2005

55. ［美］布林顿. 西方近代思想史. 王德昭译. 上海：华东师范大学出版社，2005

56. ［美］詹姆斯·施密特. 启蒙运动与现代性. 徐向东等译. 上海：上海人民出版社，2005

57. ［日］竹内好. 近代的超克. 孙歌译. 北京：生活·读书·新知三联书店，2005

58. ［美］特里林. 诚与真. 刘佳林译. 南京：江苏教育出版社，2006

59. ［美］比尔兹利. 西方美学简史. 高建平译. 北京：北京大学出版社，2006

60. ［美］安东尼·J. 卡斯卡迪. 启蒙的结果. 严忠志译. 北京：商务印书馆，2006

61. ［美］理查德·罗蒂. 筑就我们的国家. 黄宗英译. 北京：生活·读书·新知三联书店，2006

62. ［法］路易·阿尔都塞. 保卫马克思. 顾良译. 北京：商务印书馆，2006

63. ［德］弗兰克. 德国早期浪漫主义美学导论. 聂军译. 长春：吉林人民出版社，2006

64. ［德］伽达默尔. 诠释学Ⅰ－Ⅱ：真理与方法. 洪汉鼎译. 北京：商务印书馆，2007

65. ［英］伯尔基. 马克思主义的起源. 伍庆等译. 上海：华东师范大学出版社，2007

66. ［美］德鲁里：亚历山大·科耶夫：后现代政治的根源. 赵琦译. 北京：新星出版社，2007

67. ［德］本雅明. 启迪：本雅明文选. 张旭东、王斑译. 北京：生活·读书·新知三联书店，2008

68. ［美］马克·里拉. 维柯：反现代的创生. 张小勇译. 北京：新星出版社，2008

69. ［美］莱蒙. 历史哲学：思辨、分析及其当代走向. 毕芙蓉译. 北京：北京师范大学出版社，2009

译文汇编

1. 王岳川、尚水. 后现代主义文化与美学. 北京：北京大学出版社，1992

2. 贺照田. 西方现代性的曲折与展开. 长春：吉林人民出版社，2002

3. 刘小枫. 德语美学文选. 上海：华东师范大学出版社，2006

4. 刘小枫、陈少明. 维柯与古今之争. 北京：华夏出版社，2008

四、历史背景文献

政治类

1. ［苏联］联共（布）特设中央委员会. 联共（布）党史简明教程. 北京：人民出版社. 1975

2. 毛泽东. 毛泽东选集（1－4）. 北京：人民出版社，1991

3. 毛泽东. 毛泽东文集. 北京：人民出版社，1999

4. 中国共产党第十一届中央委员会第三次全体会议公报. 北京：人民出版社，1978

5. ［苏联］列宁. 列宁全集（23）. 北京：人民出版社，1990

6. 邓小平. 邓小平文选. 北京：人民出版社，1994

7. 周扬. 周扬文集（5）. 北京：人民文学出版社，1994

历史类

1. ［美］麦克法夸尔、费正清. 剑桥中华人民共和国史. 谢亮生等译. 北京：中国社会科学出版社，1992

2. 沈宝祥. 真理标准问题讨论始末. 北京：中国青年出版社，1997

3. 马立诚、凌志军. 交锋：当代中国三次思想解放实录. 北京：今日中国出版社，1998

4. 朱正. 1957 年的夏季：从百家争鸣到两家争鸣. 郑州：河南人民出版社，1998

5. 《中国青年》编辑部. 潘晓讨论：一代中国青年的思想初恋. 天津：南开大学出版社，2000

6. 杨河、邓安庆. 康德黑格尔哲学在中国. 北京：首都师范大学出版社，2002

7. 靳大成. 生机：新时期著名人文期刊素描. 北京：中国文联出版社，2003

8. 刘锡诚. 在文坛边缘上——编辑手记. 开封：河南大学出版社，2004

9. 徐庆全. 风雨送春归——新时期文坛思想解放运动记事. 开封：河南大学出版社，2005

10. 陈文新. 中国文学编年史（当代卷）. 长沙：湖南人民出版社，2006

11. 陈建功等. 我的1977. 北京：中国华侨出版社，2007

12. 吴泰昌. 我认识的朱光潜. 上海：上海文艺出版社，2008

文学类

1. 中国新文学大系（1937~1949）·文学理论. 上海：上海文艺出版社，1990

2. 中国新文学大系（1949~1976）·文学理论. 上海：上海文艺出版社，1997

3. 梁实秋. 梁实秋批评文集. 珠海：珠海出版社，1998

4. 胡风. 胡风全集. 武汉：湖北人民出版社，1999

5. 巴金. 随想录. 北京：人民文学出版社，2000

6. 舒芜. 舒芜集. 石家庄：河北人民出版社，2001

7. 胡适. 中国新文学大系·建设理论集. 上海：上海文艺出版社，2003

8. 鲁迅. 鲁迅全集. 北京：人民文学出版社，2005

理论类

1. 李洪林. 理论风云. 北京：生活·读书·新知三联书店，1985

2. 王若水. 为人道主义辩护. 北京：生活·读书·新知三联书店，1986

五、论文

1. 刘再复. 论新时期文学主潮——在"中国新时期文学十年学术讨论会"上的发言. 文学评论，1986（6）

2. 何新. 李泽厚与当代中国思潮. 新华文摘，1988（9）

3. 徐碧辉. 对五六十年代美学大讨论的哲学反思. 中国社会科学，1999（6）

4. 黄克武. 论李泽厚思想的新动向：兼谈近年来对李泽厚思想的讨论. 中央研究院近代史研究所集刊，1996（25）

5. 洪子诚. 关于50至70年代的中国文学. 文学评论，1996（2）

6. 汪晖. 当代中国的思想状况与现代性问题. 文艺争鸣，1997（5）

7. 陈思和. 试论当代文学史（1949－1976）的"潜在写作". 文学评论，1999（6）

8. 黄兴涛. "美学"一词及西方美学在中国的最早传播——近代中国新名词源流漫考之三. 文史知识，2000（3）

9. 黄兴涛．明末清初传教士对西方美学观念的早期传播．文史知识，2008（2）

10. 蔡翔．有关"杭州会议"的前后．当代作家评论，2000（6）

11. 杨春时．20 世纪中国美学论争的历史经验．厦门大学学报，2000（1）

12. 郑杭生．中国共产党与中国社会学．社会学研究，2001（5）

13. 龚鹏程．台湾美学与人文．思与言，2002（40.2）

14. 墨哲兰．一段并不遥远的"美学个案"．文艺研究，2003（1）

15. 李泽厚、戴阿宝．美的历程——李泽厚访谈录．文艺争鸣，2003（1）

16. 赵士林．对"美学热"的重新审视．文艺争鸣，2005（6）

17. 刘悦笛．百年中国美学反思的"再反思"两题．美与时代，2005（1．下）

18. 刘悦笛．30 年西方美学研究缺什么．社会科学辑刊，2008（5）

19. 刘悦笛．中国美学三十年的功过得失．文艺争鸣，2008（9）

20. 陈卫平．1980 年代的启蒙：三种思潮与李泽厚．社会科学，2005（7）．

21. 黄宗智．悖论社会与现代传统．读书，2005（2）

22. 黄宗智．认识中国——走向从实践出发的社会科学．中国社会科学，2005（1）

23. 张法．美学与中国现代性历程．天津社会科学，2006（2）

24. 张法．回望中国现代美学起源三大家．文艺争鸣，2008（1）

25. 张法．艺术学的重要关键词：传统性与现代性．人文杂志，2008（6）

26. 王一川．现代性的颜面．文艺争鸣，2006（5）

27. 王一川．从启蒙思想者到素养教育者——改革开放 30 年文艺理论的三次转向．当代文坛，2008（3）

28. 王一川．中国现代Ⅰ文学与现代Ⅱ文学的断连带．文艺研究，2008（4）

29. 劳承万．上世纪五、六十年代的美学"大辩论"与朱光潜美学．探索与争鸣，2005（9）

30. 劳承万．百年中国美学寻踪与当下困境．粤海风，2007（4）

31. 李扬．重返八十年代：为何重返以及如何重返．当代作家评论，2007（1）

32. 李世涛．中国当代美学史上的"教科书事件"——关于编写《美学概论》活动的调查．开放时代，2007（4）

33. 曾繁仁．回顾与反思——文艺美学 30 年．华中师范大学学报，2007（5）

34. 高建平．文化多样性与中国美学的建构．学术月刊，2007（5）

35. 高建平．中国美学三十年．四川师范大学学报，2007（9）

36. 张玉能、张弓. 新时期美学研究问题域的转换. 华中师范大学学报，2007（6）

37. 丁耘. 启蒙主体性与三十年思想史——以李泽厚为中心. 读书，2008（1）

38. 王绍光. 大转型：1980 年代以来中国的双向运动. 中国社会科学，2008（1）

39. 何浩. 文学自主性 30 年及其与文化研究的论争——孤独者与道德公民的形象书写. 当代文坛，2008（3）

40. 陈雪虎. 人文之维及其当代面对：文论美学 30 年回望. 当代文坛，2008（3）

41. 胡疆锋. 西风东渐 30 年——西方文论与新时期中国文论建设. 当代文坛，2008（3）

42. 高小康. 走向文化的美学：困境与思考. 江苏社会科学，2008（4）

43. 高小康. 美学学科三十年：走向离散. 文艺争鸣，2008（9）

44. 韩毓海. 李泽厚、刘再复、甘阳对我们时代的影响——80 年代的反思与继承. 绿叶，2008（5）

45. 王德胜. "去"之三味：中国美学的当代建构意识. 江苏社会科学，2008（4）

46. 王德胜. 陈述"感性"与美学话语社会化. 社会科学辑刊，2008（5）.

47. 王德胜. 文艺美学："双重变革"与"集体转向". 山东社会科学，2008（11）

48. 刘彦顺. 论近 30 年间美学演进对美育学的推动. 社会科学辑刊，2008（5）

49. 张节末. 没有历史感就没有方向感——30 年来中国美学研究的教训及其解决方案. 社会科学辑刊，2008（5）

50. 聂振斌. 美学理论重构之我见. 社会科学辑刊，2008（5）

51. 刘士林. 中国美学 30 年的内在理路与未来愿景. 江西社会科学，2008（11）

52. 谭好哲. 从形上思辨到现实关怀——中国新时期美学的历史转型与时代特征. 山东社会科学，2008（11）

53. 代迅. 文化的普遍主义与相对主义：新时期中西美学关系及研究方法的反思. 山东社会科学，2008（12）

后　记

　　北上求学，硕博五年，匆匆而过。选择新时期中国美学作为学位论文的研究对象，出于导师王一川先生的建议，同时也很符合自己的兴趣。最早是在 1998 年，自己接触到了李泽厚、宗白华、朱光潜，那时他们的代表作正进入新一轮的重印热潮中。无论龙飞凤舞的潇洒意象，还是充实空灵的散步身姿，抑或慢慢欣赏的闲适情趣，高中时代阅读体验中那些莫名的喜悦，似远还近，似淡犹浓。十年之后，选择他们作为博士论文的对象，就像是在圆多年前一个美丽的梦。

　　选题确定以后，真正研究工作的进行，是一个充满焦虑和抗拒压力的过程。选题研究的时间范围从 1978 年到 1985 年，这一段的中国美学状况纷纭复杂，人物、现象、论争、著作十分繁复，要从中抽出一根线索颇为不易。更麻烦的是，要透彻理解新时期中国美学复苏，就要对 20 世纪 50 年代的美学讨论有所把握。但是，今天应该怎样来看待那场"唯心/唯物"占据了焦点位置的争辩呢？对此，时下盛行实证研究和知识考古两种方式。前者考辨讨论的史实材料，后者作意识形态的话语批判。但是，我想寻找到一种超越于它们的路径。这两者固然有其意义，但最大贡献无非对历史事实或话语权力提供一些佐证或分析，写一篇与写一百篇，在思想的质上是没有区别的。某些研究既忽略了理论内在的学理问题，亦无力提升人的精神境界，更缺乏对未来的建设性积极意义。在我看来，应当开启对中国当代美学的深度阅读，在量的积累基础上凸显质的意义突破。正如有着典型湖湘性格的李泽厚，给予人们的启示是要为中国思想添砖加瓦，而不只是做学术清道夫。尽管不能否认后者的工作，但是更不能因为后者工作而漠视了前者的意义，否则就是一种思想的懒惰。

　　在我看来，做学问关键在于把握好三个因素：创新性、历史感、现实感。其实，要写出"创新性"并不难，当下不是有很多时髦理论吗？随便拿一个来就能分析一番文本，或者吃定某一个尚未翻译的外国理论家，就能填补空白。难的是从"创新性"中写出"历史感"来，不发空论，言之有据，回到语境。但是，要写出"历史感"也并不是最难的，只要肯下功夫钻故纸堆，是不难考证出子丑寅卯来的。难的是从"历史感"中写出"现实感"来。我们做学问要对当下的文化思想有所回应与积极参与，要具有时代感和问题意识。现实感来源于什么？我认为一方面是个人之于时代的深切体验，一方面是思想之于现实的深刻把握，这也就是感性与理性的糅合。说来貌似无奇，践行实为不易。感性要求进入研究对象，理性要求穿透研究对象。只有获得源于"进入/穿透"的现实感，研究者才能真正对历史有切入肌肤的感触，也才能将事象提升为思想。就中国当代美学研究而言，"进入"针对的是特殊性事象，"穿透"致力的是普遍性意义。据此，论文提出了普遍性与特殊性双重交织的方法论。在对特殊性的历史考察中，要穿透历史看到恒定性的思想问题。这样才能超越实证研究与知识考古，不会沦为简单的历史还原或意识形态批判，也才能为中国思想提供建设性、积极性的路向引导。克罗齐曾提出过思想史研究的"第三种态度"："从不偏离真理之光，也不隐匿阴暗面，它越过阴暗面而取其精神，然而并不放过阴暗面，总是时时返回到它之中，永远致力于扮演一位自由但不虚妄的解释者，一个热情但不盲目的忠实倾心者。"如何经由特殊性中国境遇探寻普遍性世界意义，如何超越简单的意识形态批判上升到更高层面来对左右之间的思想责任重新辨析，如何在特殊年代知识梳理的基础上发掘隐匿其中的永恒关怀，这些就成为本书写作的思考焦点所在。虽然由学位论文到本书，又增删修订不少，但现状与这一目标的距离仍然不小。尽管如此，我个人依然认为现实与理想的差距不能反证目标的错误。如果连这点理想和自我期许都没有，做学问的意义又在于什么呢？做学问，不仅仅是方法论的，更应该是价值论的；做学问，不仅要掌握学术规范，更要提升自我。学问人生，不只是一个向前走的过程，还是一个向上走、向高走的过程。向前走，只是量的平面铺展；向上走、向高走，才能不断获得质的突破，成就自我，成就思想。当然，这是一种很高的学问境界，需要自己用一生的时间去沉潜、涵泳、践履、体悟。学问，不只是某种知识的对象，更是在路上的思考者们安身立命的根本。

对于学问人生的思考，虽源于自我阅读体悟，但更离不开北京师范大学文艺学研究中心诸位老师的言传身教。

首先，最值得感谢的是恩师王一川先生。第一次读到王老师的著作是在 2001 年，《中国形象诗学》那感性与理性的圆融使我开始集中关注王老师的研究。结识王老师更富传奇色彩，那是 2003 年 7 月一次偶然的网络交谈。人生中有无数次的偶然，有些偶然稍纵即逝，有些偶然却能影响到一生的命运。没有王老师的鼓励，我不可能坚定报考北京师范大学；没有王老师的支持，我也不可能顺利进入硕博连读。五年北京师范大学的时光，王老师一直以他的严谨与关爱引导与支持着我的学习和生活。难忘每学期两次的王门读书会，训练的不仅是读书报告写作与学术规范，更是攻守辩难的思维反应与口头表达；难忘每年六月的王门毕业聚餐，总是能从老师给予众师兄师姐的毕业赠言中品味出点滴为学为人的智慧；更难忘博士论文的写作过程，从选题到定稿，从文字到结构，老师都做出了精心指点。做这个题目的过程就是回到当下文化的思想起点去的过程，在阅读、梳理、理解、把握新时期美学的同时，自己的理论根基得以夯实，对文艺美学学科内在包含的问题及其推进发展的可能性也有了新的认识。这是一个既能奠定根基，又有广阔延展的论域，王老师精湛独到的学术眼光，使我受益无穷。

同时，深深感谢童庆炳先生。博一期间，童老师给博士生们开设"文心雕龙研究"课程，亲自疏导，极为仔细。每逢大家争辩，童老师总是慈眉善目微微笑观，那是对学生们放胆探索的无声鼓励。传道解惑之余，童老师还多次带我们06级博士生爬香山、游植物园，颇得"风乎舞雩，咏而归"之趣。香山红叶，雪芹故居，卧佛大寺，潺流小溪，此情此景，至今历历在目，仿如昨日。博士三年期间，由于我参与协助了文艺学研究中心的诸多日常工作，与童老师接触较多，童老师在学习与工作中给予我诸多指点与关心。他那和风细雨般娓娓道来的教诲与引导，我将永远铭刻在心。"手握青苹果"是值得我一生珍藏的宝贵财富。还有程正民先生的巴赫金研究与俄国文艺学阐释，激发了我对现实理论问题的深入思考。毕业阶段，程老师经常性地询问我就业进展，毕业之后对我也多有提携，这份关爱难以忘却。此外，李春青先生对荀孟解诗的学术分梳，使我顿悟了"考镜源流"的意义，而他的"为诗一辩"更促使我重思审美价值在一个意识形态批判占据主潮时代中的责任担当；曹卫东先生的德国浪漫主义美学课程，引领我真正开始接触德国美学，在进入康德、哈曼、赫尔德三者思想场域间去的过程中，德国思想第一次在我心里清晰起来；季广茂先生课堂的精彩引人，自不必言，季老师曾在我最为困难的一个时刻给予我以无私而体贴的关怀，"没有过不去的火焰山"这样一条短信一直保存在我的手机里面，作为那段情谊的见证，也作为一种精神的动力。还有方维规、蒋原伦、赵勇、陈太胜、陈雪虎、姚爱斌、钱翰、吕黎等诸位老师都以不同的方式给予我论文写作以关心或指点，都一一感谢。

感谢由程正民教授、张颐武教授、邱运华教授、季广茂教授、赵勇教授组成的论文答辩委员会，给予我很多的鼓励和深具学术眼光的建议。

感谢师兄何浩。每一次去他顺义的家中，都会讨论论文思路，他对时代问题的深透理解，一直是我学习的榜样。没有他的引导与鼓励，我可能会有更多迷惘和浮躁。感谢同门学友唐宏峰、张贺、张新赞、何博超、冯雪峰、卢亚明、金浪，王门内部读书会上，他们为论文修改提出了诸多有益建议。感谢远在重庆的师兄朱周斌，他经常询问我的论文进展，并在我找工作期间提供过有力帮助。

南下工作，来到中山大学，尽管是新环境，却丝毫没有生疏感。康乐园生气盎然，珠江水怡养心神。广州的工作和生活如同它的天气，始终是那么暖洋洋。感谢中文系领导及同事们的关心，大家的热情使我迅速融入这个共同体之中。

当然要感谢家人易莲媛，你是我最好的对话小伙伴。感谢我的父母，他们以微薄的收入供我念书多年，没有他们坚定的支持，我是不可能走到现在，走得这么远。

我知道，博士论文只是学问道路的一个起点，路还长。此后的行走，唯有继续努力，改造自我，向上，向高……

补记：本书能够出版，感谢王一川老师将本书纳入他所主编的"现代文艺与文化转型"丛书，同时仰赖北京师范大学出版社谭徐锋主编、马佩林主任的支持和帮助，责任编辑周粟先生为出书质量辛勤操劳，特别致以由衷的感谢。

罗成

2009 年 5 月 1 日初稿于北京师范大学主楼

2010 年 3 月 3 日二稿于中山大学中文堂

2013 年 9 月 24 日补记于中山大学中文堂